JAMIE BRENNER

Der Sommer der Dünenrosen

GOLDMANN
Lesen erleben

Jamie Brenner

Der Sommer der Dünenrosen

Roman

Aus dem Englischen
von Martina Tichy

GOLDMANN

Die Originalausgabe erschien 2017 unter dem Titel
»The Forever Summer«
bei Little, Brown and Company, New York,
a division of Hachette Book Group, Inc.

Dieses Buch ist auch als E-Book erhältlich.

MIX
Papier aus verantwortungsvollen Quellen
FSC® C014496
FSC www.fsc.org

Verlagsgruppe Random House FSC® N001967

1. Auflage
Deutsche Erstveröffentlichung Mai 2018

Umschlaggestaltung: UNO Werbeagentur, München
Umschlagfoto: plainpicture/ Folio Images/ Clive Tompsett
Redaktion: Regina Carstensen
AB · Herstellung: kw
Satz: Buch-Werkstatt GmbH, Bad Aibling
Druck und Einband: GGP Media GmbH, Pößneck
Printed in Germany
ISBN 978-3-442-48680-9
www.goldmann-verlag.de

Besuchen Sie den Goldmann Verlag im Netz

Für meine Großmutter Frances Rubin Carver.
Du fehlst mir.

Provincetown, Massachusetts

Frühling

Wenn das Beach Rose Inn wieder offen hatte, markierte dies Jahr für Jahr den inoffiziellen Sommeranfang. Es gehörte zum Lebensrhythmus von Provincetown, ebenso wie der Fährverkehr von und nach Boston, der Fahrplan für die Walbeobachtungstouren und der Verlauf der Parade am Unabhängigkeitstag. Amelia wusste das und hatte es neben anderem wohl erwogen, bevor sie sich entschied, das alte Haus in diesem Jahr geschlossen zu lassen.

Es war seit fünf Generationen im Besitz ihrer Familie, und jeden Frühling standen Vorbereitungen auf die Strandsaison an, die Amelia lange Zeit mit der Präzision eines Uhrwerks erledigt hatte. Neue Schindeln, neuer Anstrich, Blumenbeet auf Vordermann bringen, Upgrades für Kabelanschluss und Internet, und dann natürlich noch jede Menge unvorhersehbare Reparaturen – je nachdem wie hart in diesem Teil New Englands der Winter gewesen war, den sie nun überstanden hatten. Wenn der Sommer richtig in Schwung kam, fing die eigentliche Arbeit erst an. Volle fünfzehn Wochen, von Mai bis Anfang September, war das Haus voller Menschen. Manche kamen zum ersten, manche zum wiederholten Mal (und waren mittlerweile eher Freunde als Gäste), doch die einen wie die anderen hielten Amelia und ihre Partnerin Kelly die gesamte Saison über auf Trab.

Und es gefiel ihr. Sie war mittlerweile fünfundsiebzig und führte die Pension schon so lange, dass sie sich einen Sommer ohne diesen Betrieb nicht vorstellen konnte. Doch die Dinge wandelten sich, und es wurde Zeit, sie langsamer anzugehen.

Eines Tages kam der Anruf. Aus heiterem Himmel.

Als das Telefon klingelte, stand Amelia vor der Küchenspüle. Sie hatte aus dem Fenster auf den Holztisch geblickt, der sich durch den Garten bis zu den Sandausläufern der Cape Cod Bay erstreckte. Dort nahmen ihre Gäste das Frühstück ein, fanden zusammen und schlossen Freundschaften, die offenbar häufig die eine Ferienwoche überdauerten.

»Könnte ich mit Amelia Cabral sprechen?« Die Stimme einer jungen Frau, zittrig.

»Am Apparat«, sagte Amelia und wollte schon anfügen, dass die Pension in dieser Saison – und vielleicht auf unbestimmte Zeit – geschlossen sein würde. Wie viele Gespräche dieser Art sie in den letzten Monaten auch geführt hatte, sie fielen ihr um keinen Deut leichter.

»Hallo, äh – tut mir leid, wenn ich Sie belästige.« Langes Schweigen.

»Ja, Liebes. Was kann ich für Sie tun?«, fragte Amelia mit sanftem Nachdruck.

»Mrs Cabral, ich heiße Rachel. Und nach allem, was ich weiß, sind Sie meine … Großmutter.«

Das Wort hing zwischen ihnen im Äther, gewichtig und schwerelos zugleich.

Amelia hatte gedacht, in ihrem Alter lägen die Zeiten der – schönen wie bösen – Überraschungen lange hinter ihr. Exakt an dieser Stelle hatte sie dreißig Jahre zuvor gestanden, als ein Anruf erfolgte, mit so verheerenden Nachrichten, dass sie sich nur noch an der Kante der Arbeitsfläche festklammern konnte, als sei sie das Einzige, das sie noch mit der Welt verband. Und genau das tat sie auch jetzt, während die junge Frau ihre Geschichte erzählte.

Nachdem sie schließlich aufgelegt hatte, schlang sie die Arme um sich, um das Zittern in den Griff zu bekommen.

Komisch, dachte Amelia, *dass wir auf extrem schlechte und extrem gute Neuigkeiten in der gleichen Art reagieren: ungläubig.*

Benommen ging sie durch die Hintertür hinaus in den ersten Frühjahrssonnenschein. *Ich muss es Kelly erzählen,* war ihr erster Gedanke – Kelly, die Unerschütterliche, die ihr so viele Jahre geholfen hatte, die Pension am Laufen zu halten, und die Amelias Entscheidung, in dieser Saison nicht aufzumachen, nur widerwillig mittrug. Was würde Kelly davon halten?

Was hielt Amelia selbst davon? Sie wusste nur eins. Die letzten dreißig Jahre hatte sie das Haus mit Fremden vollgepackt. Doch nun würde sie in ein paar Wochen Verwandte unter ihrem Dach haben.

Nach all der Zeit – ihre Familie.

Kapitel 1

New York City

Das Restaurant war üppig ausgestattet, angesagt und laut. Ihr Verlobter hatte es zur Feier ihres Geburtstags ausgesucht. Ihr Verlobter, der nun nicht mit am Tisch saß.

Marin stand auf und winkte, als sie ihre Eltern eintreten sah. Sie waren von Philadelphia hergefahren, um abends mit ihr zu feiern. Kaum beim Tisch angelangt, schloss Blythe, ihre Mutter, sie in die Arme.

»Alles Gute zum Geburtstag, Schätzchen! Dreißig. Ich kann's gar nicht glauben«, sagte sie. Sie trug ein klassisch geschnittenes blassblaues Kostüm. Typisch alter Geldadel. Typisch Mum. Marin spürte einen Anflug von Trauer. Noch ahnte ihre Mutter nicht, was ihr bevorstand.

»Gut siehst du aus, Marin«, sagte ihr Vater. »Die vielen Stunden in der Firma bekommen dir offenbar ausgezeichnet.«

Marin strahlte ihn an. Der Stolz ihres Vaters auf ihre Karriere war für sie ein Lebenselixier. Wenigstens einer ihrer beiden Elternteile würde heute Abend mit ihr zufrieden sein.

Ihre Mutter sah sich um. »Wo ist denn Greg? Wird er später noch zu uns stoßen?«

»Nein«, sagte Marin gedehnt. »Er kommt nicht später.«

Die drei nahmen Platz, der Kellner brachte die Speisekarten.

Das Restaurant bot nur Menüs, und die Auswahl hielt sich in engen Grenzen. Marin hatte keinen Appetit.

»Was ist los?«, fragte Blythe. »Ist er krank?«

»Ihm fehlt nichts, Mom. Aber wir haben uns getrennt.«

»Was?« Ihre Mutter sah aus, als hätte Marin ihr ins Gesicht geschlagen. »Wieso um alles in der Welt? Habt ihr euch gestritten?«

Ihr Vater winkte dem Kellner und bestellte einen Martini. Marin bat um ein Glas Chardonnay.

»Nein, wir haben uns nicht gestritten. Ich war einfach unzufrieden«, sagte Marin. Nicht die ganze Wahrheit.

»Du arbeitest zu viel, Marin. Beziehungen müssen gepflegt werden. Du kannst nicht auf Autopilot schalten, nur weil du einen Ring am Finger trägst.« Die Stimme ihrer Mutter schnellte eine Oktave höher.

»Blythe, bitte. Sie hat ein Anrecht auf eine Karriere. Mach es nicht daran fest«, sagte Kip. »Und Gregs Arbeitszeiten an der Wall Street sind mit Sicherheit noch länger als ihre.«

»Ist schon gut, Mom. Es ist am besten so. Tut mir leid, wenn du enttäuscht bist, aber …«

Blythe schüttelte den Kopf. »Ich bin nicht enttäuscht. Ich will nur, dass du glücklich bist. Warum hast du nicht mit mir darüber geredet? Wann ist das alles passiert?«

Marin fühlte sich schuldbewusst, weil sie sich ihrer Mutter nicht anvertraut und sie damit zum ersten Mal aus ihrem Privatleben verbannt hatte. Aber es war nur vorübergehend und notwendig, und eines Tages würde ihre Mutter es verstehen. Das hoffte Marin jedenfalls. Einer Frau, die seit zweiunddreißig Jahren glücklich verheiratet war, ein derartiges Chaos zu erklären, stellte keine leichte Aufgabe dar.

»Gestern Abend. Mir ist einfach klar geworden, dass es

nicht das Richtige für mich ist. Ich bin noch nicht bereit für die Ehe. Oder vielleicht will ich nicht ihn zum Ehemann haben. Keine Ahnung. So oder so musste ich ehrlich sein – ihm und mir gegenüber …«

Der Kellner brachte die Drinks, und ihr Vater hob sein Glas. »Es ist schwer zuzugeben, was man will, wenn damit eine unpopuläre Entscheidung verbunden ist. Ich bin stolz auf dich.«

Ihre Mutter funkelte ihn an.

»Danke, Dad.«

»Hast du ihm den Ring zurückgegeben?«, fragte Kip.

»Weiter hast du nichts dazu zu sagen?«, kam es von Blythe.

»In New York State gilt dergleichen als bedingte Schenkung. Man ist vertraglich verpflichtet, den Ring zurückzugeben.«

»Wen kümmert schon der verdammte Ring!«, sagte Blythe.

»Ja, Dad – ich habe ihm den Ring zurückgegeben. Und Mom – Trennungen kommen nun mal vor. Das wird schon wieder.«

Ihre Mutter nickte, wirkte jedoch bekümmert und nicht besonders überzeugt.

»Natürlich wird es das«, sagte ihr Vater und trommelte mit den Fingern auf den Tisch.

»Jetzt kommt schon – können wir nicht über was anderes reden? Wir sind doch eigentlich aus einem freudigen Anlass hier«, sagte Marin und lächelte, in der Hoffnung, die Stimmung zu lockern.

Ihre Eltern wechselten einen merkwürdigen Blick. Wenn Marin sich nicht täuschte, schüttelte ihre Mutter fast unmerklich den Kopf.

»Was ist los?«, fragte Marin.

»Nichts, gar nichts«, erwiderte ihre Mutter. Zu rasch.

Schweigen senkte sich über den Tisch und wurde nur von dem Kellner gebrochen, der ihre Bestellungen aufnahm. Die Atmosphäre heiterte sich erst auf, als Marins Vater sie nach dem neuesten Mandanten ihrer Anwaltskanzlei fragte, einem sehr bekannten Humangenetik-Unternehmen.

Marin strahlte. »Über die geplante Fusionierung darf ich nicht allzu viel sagen, aber es ist ein großer Schritt für mich, dass ich bei dem Fall mitarbeiten kann. Ich bin zwar noch ziemlich weit unten am Totempfahl angesiedelt, aber trotzdem …«

Kip nickte und schwenkte sein Glas, bis die Eiswürfel klimperten. »Eins nach dem anderen. Halt dich bedeckt, racker dich ab, beachte die Spielregeln, dann kommst du schon dahin.«

Beide wussten, was er mit *dahin* meinte. Eine Partnerschaft in der prestigeträchtigsten Anwaltskanzlei von New York City. Oder auch die Leitung einer eigenen Kanzlei – wie der, die ihr Vater 1982 in Philadelphia gegründet hatte, wo Kipton Bishop nunmehr als einflussreichster Anwalt der Stadt galt. Mittlerweile war er sechzig und machte keinerlei Anstalten kürzerzutreten. Eigentlich erstaunlich, dass er es zu dem Geburtstagsdinner geschafft hatte. Solange Marin sich erinnern konnte, hatte er Fünfzehnstundentage und Reisen um die Welt absolviert, daher war sie daran gewöhnt, zumeist mit ihrer Mutter allein zu sein. Ehrlich gesagt hatte sie keine Ahnung, wie Blythe das all die Jahre ausgehalten hatte – daheimzubleiben, sich allein ums Haus und den Gemüsegarten zu kümmern und darauf zu warten, dass Marins Vater sich (selten genug) blicken ließ. Marin schauderte. Ihr ganzes Leben lang war ihr immer mehr als bewusst gewesen, dass sie nicht diejenige sein wollte, die zurückblieb.

Während des Essens checkte sie unter dem Tisch ihr Handy. Sie wusste es sehr wohl zu schätzen, dass ihre Eltern nach Manhattan gefahren waren, um mit ihr zu feiern. Aber der Abend zog sich in die Länge.

Schließlich erschien die Nachricht, auf die sie gewartet hatte.

Klar, komm vorbei.

Der Kellner näherte sich mit einer großen Torte, in der eine einzelne brennende Kerze steckte, die kunstvoll mit Raspeln aus weißer Schokolade verziert war.

Bitte nicht singen. Nein, das passte nicht zu dem Lokal. Der Kellner stellte die Torte vor sie hin, ihre Mutter langte über den Tisch und drückte ihre Hand. »Alles Gute zum Geburtstag, Schätzchen.« Sie klang so elend, als wäre ihre eigene Verlobung in die Brüche gegangen.

Marin schloss die Augen, pustete die Kerze aus und dachte an die Person, die am anderen Ende der Stadt auf sie wartete.

»Auf viele weitere«, stimmte ihr Vater ein und leerte sein Glas.

Der Kellner zerteilte die Torte und servierte jedem ein Stück. »Was sagt denn Greg zu der Sache? Hat er es einfach akzeptiert?«, platzte ihre Mutter heraus. Das musste Marin ihr lassen – immerhin hatte sie bis zur Nachspeise an sich gehalten.

»Setz ihr nicht so zu, Blythe«, sagte ihr Vater, ohne dem Teller vor sich Beachtung zu schenken. Marin dagegen verschlang ein halbes Tortenstück in zwei Riesenbissen. Mit vollem Mund sollte man schließlich nicht reden.

»Die Frage drängt sich doch auf, Kip. Ich meine, wenn man zwei Jahre zusammen ist, ein gemeinsames Leben plant … das ist doch nicht plötzlich null und nichtig.« Marins Mutter betastete ihre aschblonde Frisur, als hätte allein der Gedanke an solch einen Schlamassel sie zerwühlt. »Bist du deiner Sache ganz sicher? Ich will nur nicht, dass du etwas tust, was du später bereust.«

Marin nickte. Ja, sie war sich sicher. Mit einem Mann wie Greg Harper machte man nicht aus einer Laune heraus Schluss.

»Tausend Dank für das Essen. Echt. Macht's gut, ihr zwei«, sagte Marin und checkte unwillkürlich noch einmal ihr Handy.

»Du willst doch nicht schon los?«, fragte ihre Mutter.

»Lass sie doch, Blythe. Wie ich Marin kenne, legt sie vermutlich zu Hause noch eine Nachtschicht ein.« Ihr Vater zwinkerte ihr zu wie ein Verschwörer.

»Also, sie muss aber auch lernen, mal zu entspannen. Ganz im Ernst, Marin: deine Prioritäten …«

»Liegen genau da, wo sie liegen sollten«, sagte ihr Vater.

»Es war einfach eine lange Woche«, sagte Marin. »Und wir treffen uns ja morgen zum Frühstück.«

Wieder wechselten ihre Eltern diesen seltsamen Blick.

Marin gab beiden einen Gutenachtkuss.

Draußen sog sie die warme Frühlingsluft in sich ein, dann winkte sie einem Taxi. Es war, als hätte sie zum ersten Mal an diesem Abend Atem geholt.

Blythe Bishop fröstelte in dem eisigen Foyer des Plaza Hotel.

Trennungen kommen nun mal vor. Mehr hatte ihre Tochter zu dem Thema nicht zu sagen? Ach, was dachte sie da?

Blythe schlang die Arme um sich und suchte Trost in dem eleganten Ambiente.

Ja, Trennungen kamen vor. Gestern hatte Marin noch einen Diamanten von drei Karat an ihrem linken Ringfinger getragen, bereits eine Anzahlung für eine Hochzeits-Location geleistet und geplant, in der kommenden Woche mit ihrer Mutter auf Kleidersuche zu gehen. Und jetzt? Mit alldem war es jetzt einfach … vorbei?

Marin war zu karrierefixiert. Das war das Problem.

Dreißig und Single. Ja, Blythe wusste, dass es altmodisch war, darin etwas Schlechtes zu sehen. Aber von Marins früheren Freundinnen waren die meisten bereits verheiratet, bewohnten große, schöne Häuser in Penn Valley und bekamen die ersten Kinder, hatten Bürostunden und Karrierestress weit hinter sich gelassen. War es so verkehrt, sich das Gleiche für ihre eigene Tochter zu wünschen?

»Du musst Marin mehr vertrauen«, sagte Kip. »Jeder ist seines Glückes Schmied.«

»Wenn sie doch nur mehr davon verlauten ließe, wie das mit Greg passiert ist. Auch wenn sie die Sache beendet hat, kann es nicht leicht für sie sein. Sie haben schließlich schon die Einladungen in Auftrag gegeben.«

»Das ist nicht unsere Angelegenheit«, sagte Kip und ging zügig zum Lift. Sie folgte ihm in die Kabine, wo jeder auf einen anderen Knopf drückte.

»Da wir ihre Eltern sind, ist es sehr wohl unsere Angelegenheit.« Nach zweiunddreißig Jahren verstand sie immer noch nur die Hälfte von dem, was dieser Mann von sich gab.

»Marin hatte den Mumm, Schluss zu machen, weil sie wusste, dass die Beziehung für sie nicht das Richtige war. Sie lässt sich nicht unterkriegen.« *So wie ich,* las sie seine Gedanken. Und *im Gegensatz zu dir.*

»Ich mache mir Sorgen, dass sie letztlich allein durchs Leben gehen wird«, sagte Blythe.

»Vielleicht will sie genau das. Es ist ihr Leben.«

Die Tür gab den Weg zur siebten Etage frei. Kips Etage.

»Das ist so komisch«, sagte sie und folgte ihm unaufgefordert aus dem Lift. »Kip, es fühlt sich einfach nicht richtig an.«

Sie stand in dem stillen Flur und zwinkerte, um die Tränen zurückzuhalten.

Kip kratzte sich mit der Schlüsselkarte am Kinn. Er wirkte untypisch müde.

»Schluss mit dem Aufschieben, Blythe. Wir müssen es ihr sagen.«

»Aber gerade jetzt ist nicht der beste Zeitpunkt, um …«

Kip hob die Hand, als wollte er den Straßenverkehr zum Stillstand bringen. »Stopp. Ich will nichts davon hören. Die Trennung von Greg ändert gar nichts. Morgen beim Frühstück sagen wir es ihr.«

Damit drückte er auf den Knopf, die Tür des Lifts öffnete sich wieder. Fall abgeschlossen.

Kapitel 2

Das Taxi hielt an der Ecke 68. Straße und Lexington Avenue. Nach dem langen Winter standen nun, im Mai, die Bäume in voller Blüte. Es war ein herrlicher Frühlingsabend, und Marin hatte die erste Hürde geschafft.

Nur der Gedanke, dass sie ihn heute noch sehen würde, hatte sie das Dinner überstehen lassen. Ihre Eltern meinten es gut, das wusste sie, aber Herrgott – was sollte sie sagen? *Ich habe meine Verlobung gelöst, weil ich einen anderen kennengelernt habe und mich noch nie in meinem Leben jemand körperlich so angezogen hat?* Sie wusste nicht, was schlimmer war: der Gegenstand ihrer Sorge zu sein oder mit ihrer Enttäuschung fertigzuwerden, wenn sie ihnen die Wahrheit sagte.

Sie klingelte bei dem schicken Stadthaus an der Ecke. Ihr Blick ruhte auf ihrem nackten Ringfinger. Es war immer noch verstörend, ihn dort nicht mehr zu sehen – den Diamantring von Tiffany, den Greg Harper ihr drei Tage vor Thanksgiving angesteckt hatte, in One if by Land, Two if by Sea, dem ebenso charmanten wie permanent ausgebuchten New Yorker Restaurant, das dank eines Besuchs von Obama und seiner Frau zu Ruhm gelangt war. Marin hatte den Ring fast ein halbes Jahr getragen und nach ihrem Jawort aufrichtig vorgehabt, ihn ein Leben lang nicht mehr abzulegen.

Was würde Julian sagen, wenn sie ihm von der gelösten Verlobung erzählte?

Er trug noch seinen Büroanzug, allerdings ohne Krawatte.

Seine Brille, die er zum Lesen aufsetzte, verriet ihr, dass sie ihn bei der Arbeit unterbrochen hatte. Marin bekam Gewissenbisse. Sie hätte ebenfalls arbeiten sollen. Eine Nachtschicht einlegen, wie ihr Vater es ausgedrückt hatte. Stattdessen lenkte sie Julian ab. Und ließ sich von ihm ablenken.

Mit gerade mal zweiunddreißig Jahren war Julian Rowe der jüngste Partner der Kanzlei, von der Marin seit ihrem Studium träumte: Cole, Harding and Worth. Er hatte seine Karriere mithilfe von Firmenfusionen und -übernahmen aufgebaut und war als junger Mitarbeiter bei einigen der bahnbrechendsten Prozesse der jüngeren Vergangenheit beteiligt gewesen. Vor ein paar Monaten, zwei Jahre nach ihrem Einstieg in die Kanzlei, war Marin seinem Team zugewiesen worden, das an der Fusion eines Pharma-Giganten und eines kleinen, aber extrem profitablen Unternehmens arbeitete, das DNA-Tests zur Privatanwendung vertrieb.

Es gab fast zu viel zu arbeiten und zu lernen, um auch nur einen Gedanken daran zu verschwenden, dass Julian Rowe ein schöner Mann war.

Fast.

Als sie ihn zum ersten Mal sah – hochgewachsen, Haare und Augen tiefdunkel –, schoss ihr das Wort *irre* durch den Kopf. Seine Nase war perfekt gemeißelt wie die des jungen Clint Eastwood, und er sprach leicht distanziert, als hätte sein brillanter Verstand kaum Zeit, um innezuhalten und die Information zu übermitteln – war er innerlich doch schon beim nächsten Punkt angelangt. Von seinen ersten zwölf Lebensjahren in Nordlondon war ihm ein leichter britischer Akzent geblieben. Er war so durch und durch seriös, dass es fast schon wehtat.

Marin begehrte ihn – sofort und auf der Stelle. Noch nie

in ihrem Leben hatte sie eine derart pure körperliche Anziehung erlebt. In der Kanzlei stand sie ständig unter Strom, war vollgepumpt mit Adrenalin, nahm alles intensiver wahr. Sie fühlte sich wie ein einziger bloßliegender Nerv. Wenn Julian mit ihr redete, vermochte sie sich nur mit größter Mühe auf das zu konzentrieren, was er sagte, statt einfach auf seine Lippen zu starren. Am Konferenztisch beugte sie sich zu weit zu ihm vor. Sie konnte kaum noch schlafen, wollte immer nur so bald wie möglich zurück in die Kanzlei.

Und zugleich plante sie ihre Hochzeit.

»Wie geht's dem Geburtstagsmädchen?«, fragte er, nachdem sie im Haus war, und küsste sie. Dann hängte er ihren leichten Kaschmirumhang in den Garderobenschrank.

»Jetzt schon besser«, hauchte sie, von seinen Armen umschlungen.

»Es hat mich gewundert, dass du dich gemeldet hast. Wie bist du losgekommen? Warst du nicht mit deinen Eltern zum Abendessen und …«

»Lange Geschichte«, sagte sie.

Julian hatte vor Jahren alle drei Etagen des Stadthauses von einer Promi-Witwe gemietet, die nach Palm Beach gezogen war. An ihrem ersten Abend dort hatte Marin zu Julian gesagt, von so einem Haus habe sie immer geträumt.

»Wenn der richtige Zeitpunkt gekommen ist, gebe ich ein Angebot darauf ab«, sagte er.

»Wieso nimmst du an, dass sie es verkaufen wird?«

»Ich bin Anwalt. Ich weiß, wie man so was sondiert.«

»Ich nicht, und ich bin auch Anwältin.«

Bei seinem eindringlichen Blick blieb ihr wie üblich fast das Herz stehen. »Das kann ich kaum glauben. Du wirkst wie eine Frau, die sich zu dem verhilft, was sie will.«

An jenem Abend hatte sie gedacht, sie würde das Haus nie wieder betreten. Ja, sie hatten miteinander geschlafen. Aber das war bloß eine einmalige Sache – sozusagen, um dem Ganzen ein Ende zu setzen.

Natürlich gab es nach dieser ersten Nacht kein Zurück mehr. Wie naiv anzunehmen es hätte anders sein können.

Beim Gedanken an die Miene ihrer Mutter angesichts der Mitteilung, dass die Hochzeit geplatzt war, zuckte sie zusammen.

»Halt dir die Augen zu«, sagte Julian und nahm sie bei der Hand.

»Wieso? Was hast du vor?« Seine verspielte Seite kannte sie erst seit den letzten ein, zwei Wochen ihrer nunmehr zweimonatigen Beziehung. Was immer er von sich preisgab – eine neue Facette seiner selbst, eine liebenswerte Eigenart, Einzelheiten aus seiner Kindheit und Jugend –, war wie ein kostbares Geschenk für sie. Sie wollte nichts weiter, als ihn in- und auswendig zu kennen, und das Gefühl, dass er ihr allmählich mehr vertraute, sich ihr öffnete, war berauschend.

Er befahl ihr nochmals, sich die Augen zuzuhalten, und führte sie durch die Räume.

»Okay – jetzt kannst du gucken.«

Sie waren im Wohnzimmer. Ein Flackerlicht stach ihr ins Auge – eine Kerze in einem Schokoladen-Cupcake auf einem antiken Beistelltisch.

»Ach, Julian«, sagte sie und küsste ihn.

»Ich wusste ja nicht, dass ich schon heute mit dir feiern würde. Das hatte ich für einen der nächsten Abende eingeplant.«

»Du hättest gar nichts auf die Beine stellen müssen. Wirklich nicht. Ich wollte dich einfach nur sehen.«

Die Kerze verlangte nach Beachtung. Da Marin wusste, dass Julian ihr nicht mit abgeschmackten Klischees wie *Wünsch dir was* kommen würde, beugte sie sich über den Tisch und blies die Kerze sacht aus. Er goss ihr ein Glas Wein ein, und sie rollte sich auf der edlen Ledercouch zusammen. Von dort aus sah sie zu dem Glastisch hin, auf dem inmitten von Aktenordnern zwei Laptops standen.

»Arbeitest du an der Sache mit Genie?«

Er nickte. »An was wohl sonst. Aber ich habe es bald im Kasten.«

Das DNA-Test-Unternehmen Genie belegte Julian vollständig und Marin weitgehend mit Beschlag. Außerdem hatte es sie beide von der erotischen Spannungszone in die Sexzone geführt.

Dazu kam es während einer schier endlosen Reihe von Abenden, an denen sie bis in die Puppen an der Fusion von Genie arbeiteten. Marins Verlobter, der ihre Überstunden normalerweise gelassen nahm, begann sich zu beschweren. Seine Ungeduld angesichts ihrer kargen Freizeit war nur zu verständlich, ärgerte Marin aber dennoch. Und brachte sie dazu, ihre Zustimmung zu seinem Antrag noch einmal zu überdenken. Genau wegen solcher Dinge war sie nie scharf aufs Heiraten gewesen – von Kindern ganz zu schweigen. Greg wollte ebenfalls keine Kinder – eine Sorge weniger. Man konnte nun mal nicht alles haben. Und sie wusste seit früher Jugend, dass sie auf Erfolg aus war. So wie ihr Vater.

Mochte Greg noch so sehr beteuern, dass er ihr Arbeitsethos unterstützte – sie strapazierte seine Geduld, das war ihr klar. Darum beschloss sie eines Mittwochabends um halb zehn, sich vom Computer loszueisen und es für heute gut sein zu lassen. Vor dem Aufbruch machte sie jedoch noch kurz Halt bei Julians Büro, um einen Karton mit Akten abzuliefern – was sie ebenso gut dem internen Zustelldienst am folgenden Morgen hätte überlassen können. Doch Julians Wirkung auf sie war so stark wie die Erdanziehungskraft.

Ich schaue nur kurz vorbei, und dann gehe ich. Nach Hause zu meinem Verlobten, dachte sie, mit Blick auf ihren Ring.

Vielleicht würde sie gar nicht mit Julian reden. Ihm nur zuwinken, den Karton abstellen und kehrtmachen. Doch dann, in seinem Büro im achten Stock, von dem man das lila beleuchtete Empire State Building sah, traf sie ihn bei einer Beschäftigung an, die sie förmlich zu der Frage zwang:

»Warentests?« Sie hätte als Erste eingeräumt, dass ihr Lächeln zu kokett war.

Vor ihm auf dem Schreibtisch stand ein Test-Set von Genie. Das Logo auf der Verpackung, das einen rotgrünen DNA-Strang darstellte, war unverwechselbar. Dutzend weitere stapelten sich andernorts im Büro. Es war üblich, dass Kunden die Kanzlei mit Probepackungen beschenkten. Doch für Marin stellte das DNA-Test-Set eines der weniger verlockenden Angebote dar.

Julian sah das offenbar anders. In einer Hand hielt er das Teströhrchen aus Plastik mit abnehmbarem Deckel, in der anderen die Gebrauchsanweisung. Als er Marin in der Tür stehen sah, hob er das Röhrchen empor, als wolle er einen Trinkspruch ausbringen.

»Ja. Sie fragen mich immer wieder, ob ich schon selbst einen Test gemacht habe. Ich empfinde wohl so etwas wie eine berufliche Verpflichtung dazu. Und auch ein bisschen Neugier, zugegeben.«

Marin trat zum Schreibtisch und griff nach dem leeren

Pappkarton von Genie, dankbar für das Requisit. Sie wusste, dass sie eine gewisse Grenze überschritt, aber sie konnte nicht anders. Es war, als beobachte sie von ferne das Tun und Treiben einer fremden Person.

Lächelnd hielt er ihr den auf Hochglanzpapier gedruckten kleinen Beipackzettel hin. Sie brauchte ihn nicht zu studieren; wie die Sache funktionierte, wusste sie noch von ihrer ersten Besprechung mit Genie: Man musste lediglich eine Speichelprobe einschicken und bekam einige Wochen später per E-Mail die Ergebnisse. Bei so viel Benutzerfreundlichkeit war es kein Wunder, dass das Unternehmen boomte und für einen milliardenschweren Käufer attraktiv geworden war.

Als sie den Zettel nahm, berührten sich ihre Fingerspitzen sacht. Sie schluckte schwer und tat, als läse sie die Packungsbeilage, doch die Worte verschwammen vor ihren Augen. *Geh einfach nach Hause.*

»Sie sollten es auch mal versuchen«, sagte er.

»Wirklich?«

»Sie gehören schließlich zum Team.« Er lächelte, und aus seinen tiefschwarzen Augen sprach eine Herausforderung, die – kühne Vorstellung – ebenfalls an einen Flirtversuch denken ließ.

Und in ihrem momentanen Zustand, aufgekratzt von der Begegnung, bei der das Berufliche in den Hintergrund getreten war, ließ Marin sich nur zu gern darauf ein.

An diesem Abend geschah nichts weiter, doch seither schien sich etwas verändert zu haben – als teilten sie nunmehr ein Geheimnis. Und so war es auch: Sie fanden einander anziehend. Und das würde ein Geheimnis bleiben müssen, selbst wenn sie nicht mit einem anderen verlobt gewesen wäre, denn Beziehungen jedweder Art zwischen Partnern und Mitarbeitern waren absolut tabu. Da kannte die Kanzlei kein Pardon.

Dies war für Anwaltskanzleien nichts Ungewöhnliches, doch bei Cole, Harding and Worth achtete man besonders empfindlich darauf, und zwar seit dem »Vorfall« vor zwei Jahren anlässlich eines sommerlichen Umtrunks: Ein Seniorpartner hatte einer jungen Frau mitgeteilt, er wolle sie auf sieben verschiedene Arten ficken. Die Frau verschaffte sich öffentliches Gehör. Zum ersten Mal in ihrer fünfzigjährigen Geschichte fand die stolze Kanzlei nicht im *Wall Street Journal*, sondern auf der Klatschseite der *New York Post* Erwähnung.

Der Partner hatte seinen siebenstellig dotierten Job gegen eine Dozentenstelle an der City University von New York eingetauscht, und die übrigen Mitarbeiter hatten eine Woche Sensitivity-Training sowie ein Seminar zum Thema sexuelle Belästigung über sich ergehen lassen müssen. Seitdem galt das Null-Toleranz-Prinzip.

Dennoch kamen Julian und sie nicht voneinander los, sosehr sie sich auch bemühten. Keine Woche nach dem Gespräch über Genie lud er sie zu sich nach Hause ein. Beide bekannten sich zu ihrer wechselseitigen körperlichen Anziehung und waren sich einig, dass die Situation »entschärft« werden müsse.

An jenem Abend kamen sie über den Flur nicht hinaus. Der gut aussehende, reservierte, professionelle Julian Rowe fickte ohne Rücksicht auf Verluste. Danach pochte ihr Körper von Kopf bis Fuß. Ineinander verschlungen lagen sie auf dem Boden und unterhielten sich unverbindlich über das fantastische Haus, das er gemietet hatte und gern kaufen wollte. Und dann zwang sie sich zurück in ihre Kleider, zurück zu der Wohnung, in der sie mit ihrem Verlobten lebte.

Es war grundverkehrt, aber sie konnte nicht damit aufhören. Wenn sie alles gegeneinander abwog, fiel ihr die Vorstellung leichter, Greg zu verlassen, als sich von Julian fernzuhalten. Und sobald sie sich das eingestand, war die Entscheidung gefallen.

»Marin«, sagte Julian nun.

Sie fuhr hoch. »Entschuldige. Ich hab bloß nachgedacht ...«

»Was denkt denn Greg, wo du gerade bist? Ich will nicht, dass du dir Ärger einhandelst.«

Sie spielte mit dem Papierförmchen des Cupcakes und leckte sich Schokoladenglasur vom Daumen. Ihr Herz hämmerte.

»Ich habe mit Greg Schluss gemacht.« Ihr war bang davor, ihn anzusehen – wie würde er diese Neuigkeit aufnehmen? Als er nichts sagte, musste sie sich wohl oder übel seinem Blick stellen, um seine Reaktion daraus abzulesen.

Sie wirkte nicht positiv.

»Irritiert dich das?«

»Nein.« Er erhob sich und lief auf und ab. »Aber das mit uns sollte nicht eure Beziehung zerstören, Marin. Es war als etwas Vorübergehendes gedacht, zwei Erwachsene, die aufeinander stehen und Dampf ablassen. Ich meine, wir arbeiten zusammen. Wir können kein Paar sein.«

Vor Enttäuschung wurde ihr flau im Magen. »Na schön«, fuhr sie ihn an. »Trotzdem kann ich niemanden heiraten, den ich nicht liebe. Es hat also nichts mit dir zu tun, falls dich das irgendwie beruhigt.«

»Jetzt sei nicht sauer auf mich. Ich glaube, du hast da was in den falschen Hals gekriegt.« Er setzte sich neben sie und nahm ihre Hand. »Hör zu, ich bin verrückt nach dir. So ist es – und das weißt du auch.« Er küsste sie. »Das eben hat mich nur ein bisschen überrascht. Und wir müssen vorsichtig sein.«

»Das ist mir klar! Ich will nicht, dass die Sache irgendwie eskaliert. Ich kann bloß nicht mit einer Lüge leben.«

»Hut ab, Marin. Hut ab.« Er umarmte sie. »Das war bestimmt nicht leicht.«

Allerdings nicht. Greg hatte es übel aufgenommen und sie in seiner Wut mit allen Schimpfnamen belegt, die sie verdient hatte – und dabei wusste er das Schlimmste noch gar nicht, nämlich dass sie eine Affäre hatte. In seinem ganzen Leben war Greg Harper noch nie gescheitert, hatte sich nie geschlagen geben müssen. Er machte sich nicht einmal die Mühe, sie nach dem Grund zu fragen oder nachzuforschen, ob sich die Beziehung nicht doch irgendwie retten ließ. Marin nahm ihm etwas weg. Tat ihm etwas an, über das er keine Kontrolle hatte. Sein Gesicht zu verlieren empörte ihn eindeutig mehr, als Marin zu verlieren. Wer auch immer gesagt hatte, die Hölle selbst könne nicht so wüten wie eine verschmähte Frau – derjenige hatte eindeutig noch nie einen Alpha-Rüden abgefertigt.

Es war hässlich gewesen, aber die Art, wie es sich abspielte, bestätigte sie nur in ihrem Entschluss.

Jetzt war es endgültig. Und Julian hatte die Wahl, darin einen Dämpfer oder etwas Positives für ihre Beziehung zu sehen. So oder so kam es ihr vor, als wäre eine Last von ihr abgefallen.

Marin stand auf. »Ich sollte dann mal los. Danke für das Geburtstagstörtchen.«

Er griff nach ihrer Hand.

»Geh nicht weg. Bleib hier.«

Mit Schrecken spürte sie Tränen in ihren Augen brennen. Ihr war nicht bewusst gewesen, wie verzweifelt sie genau das hatte hören wollen.

Kapitel 3

Blythe erwachte um kurz vor sechs, zwei Stunden, bevor ihr Wecker losging. Das überraschte sie nicht. Einen Monat nach der Trennung von Kip war es für sie immer noch ungewohnt, allein zu schlafen. Dazu noch ein fremdes Hotelzimmer – die passenden Zutaten für eine zermürbende Nacht mit viel Hin-und her-Wälzen.

Sie blinzelte in der Finsternis und streckte sich in dem Riesenbett ihrer Suite aus. Die Verdunkelungsvorhänge waren zugezogen und ließen kein Fünkchen Licht durch. Obwohl die Sonne gerade erst ihren Aufstieg begann, wusste Blythe, dass Midtown rund um die Uhr wach und munter war; sie brauchte nur auf die Fifth Avenue zu treten und dem Tag ins Auge sehen.

Aber sie wollte dem Tag nicht ins Auge sehen – nicht, wenn das hieß, ihrer Tochter mitzuteilen, dass Kip sie nach mehr als dreißig Ehejahren um die Scheidung gebeten hatte.

Als Kip vor vier Wochen aus dem Haus in der Wynnewood Lane, das sie als Frischvermählte gekauft hatten, ausgezogen war (unter Hinterlassung seiner Kleider, seiner Golfausrüstung und seiner Scotch-Kollektion), hatte sie fest mit seiner Rückkehr gerechnet. Er wohnte zur Untermiete in einem Stadthaus in Oak Hill, aber das würde er bald leid sein. Sie kannte Kip, sie kannte ihn durch und durch. Ja, sie hatten Probleme in ihrer Ehe, aber das war nun wirklich nichts Neues. Warum also plötzlich Scheidung? Warum gerade jetzt?

War es Zufall, dass er im Gefolge von Marins Verlobung erstmals den Wunsch nach einer Trennung ausgesprochen hatte? Hatte er den Drang dazu bis dahin unterdrückt, weil er glaubte, ihre erwachsene Tochter bräuchte sie immer noch als Paar? Hatte ihre bevorstehende Hochzeit, der erste Schritt zur Gründung einer eigenen Familie, ihn irgendwie von dieser Verpflichtung entbunden?

Falls ja, bot die geplatzte Verlobung dann nicht die ideale Gelegenheit, innezuhalten und die Sache noch einmal zu überdenken?

Morgen beim Frühstück sagen wir es ihr. Schluss mit dem Aufschieben.

Sie brachte es nicht über sich. War nicht bereit, die Niederlage einzugestehen.

Ihr Blick schweifte zum Wecker auf dem Nachttisch. Kurz nach sechs. Kip hatte sein Lebtag nie länger als bis sechs geschlafen.

Blythe sparte sich die Mühe, Make-up aufzulegen, auch wenn die dunklen Ringe unter ihren Augen zumindest ein bisschen Concealer hätten vertragen können. Aber da ihr nun die Idee gekommen war, mit Kip zu reden, wollte sie sich die Gelegenheit nicht entgehen lassen. Am Ende war er schon halb auf dem Weg zum Fitnessbereich des Hotels? Sie schlüpfte in ihre herzlich wenig zum Einsatz gelangenden Yogapants, in den Kapuzenpulli mit dem Logo von Yale, den sie seit Marins erstem Jahr am College besaß, und in ihre Uggs.

Sie drückte den Knopf für Kips Stockwerk und ging in Gedanken noch einmal alles durch. *Es besteht kein Grund zur Eile, wir können es Marin auch erst später sagen. Wir ha-*

ben ja selbst die Einzelheiten noch gar nicht besprochen. Natürlich wusste sie schon jetzt, was er darauf antworten würde. *Da gibt es nichts zu besprechen. Du behältst das Haus. Was immer du sonst brauchst …*

Ich brauche dich, dachte sie. Doch das hatte sie bisher nicht ausgesprochen – weder laut noch ihm gegenüber. Aber an diesem Morgen würde sie es tun.

Denn es stimmte ja – hatte immer gestimmt, solange sie sich erinnern konnte. Selbst zu den Zeiten, als sie ihn nicht begehrte. *Begehren* und *Bedürfen* sind zweierlei. Was hatte irgendein Philosoph noch mal gesagt? Ersetzt das Wort *Bedürfen* durch *Liebe,* und ich zeige euch die wahren Ausmaße der Liebe. Irgendwas in der Richtung. Sie hatte nicht Philosophie studiert. War nicht aufs College gegangen. Hatte Kip geheiratet.

Blythe tappte im siebten Stock durch den Flur, vorbei an zwei Geschäftsleuten im Anzug, bog um die Ecke und stand schließlich vor Kips Tür.

Sie wartete kurz, ignorierte dann das »Bitte nicht stören«-Schild am Türknauf und klopfte.

Keine Antwort.

Blythe klopfte erneut, diesmal etwas unsicherer. Eine Hotelangestellte schob einen Wagen mit Laken und Handtüchern an ihr vorbei. Blythe wartete, bis sie halb durch den Flur war, und klopfte dann ein drittes Mal. Vielleicht war er ja schon im Fitnessbereich des Hotels. Traute sie sich, ihn dort aufzuspüren? Doch da hörte sie Metall an Metall schaben, und die Zimmertür wurde aufgesperrt. Zu ihrer Überraschung verspürte Blythe Herzrasen – etwas, das sie für Kip schon sehr lange nicht mehr empfunden hatte.

Ihr Mann öffnete die Tür nur einen Spaltbreit. Er war

noch im Nachthemd – das blassblaue, das sie ihm letztes Weihnachten geschenkt hatte –, und seine Augen waren vom Schlaf verquollen.

»Alles okay mit dir?«, fragte sie, weil Krankheit die einzig mögliche Erklärung dafür war, dass er sich nicht schon munter tummelte.

»Blythe, was zum Teufel tust du hier um diese Zeit?«, fragte er im Flüsterton zurück.

Um diese Zeit? Hatte sie sich etwa vertan? Ihr schoss die Röte ins Gesicht, als sie auf ihre Armbanduhr sah, halb in Erwartung, dort 4:15 statt 6:15 angezeigt zu sehen.

»Es ist doch schon nach sechs«, sagte sie.

»Kip? Wer ist denn da?« Eine weibliche Stimme. Aus dem Hotelzimmer von Blythes Ehemann.

Blythe erstarrte. Kip antwortete auf die Frage, aber was genau er sagte, konnte Blythe im ersten grellen Schock beim besten Willen nicht verstehen. Er trat auf den Flur hinaus und schloss die Tür hinter sich.

»Tut mir leid«, sagte er und rieb sich die Stirn. »Ich hätte es dir eher sagen sollen. Aber du hast dich ja schon mit der Vorstellung einer Scheidung so schwergetan. Da wollte ich nicht alles auf einmal angehen.«

Die erste Gereiztheit war aus seinem Blick verschwunden.

»Heißt das, du … liebst sie?«, fragte sie.

»Ja.«

Als Marin das Foyer des Plaza betrat, strotzte sie vor Energie, obwohl sie nur ein paar Stunden geschlafen hatte.

Julian freute sich, dass sie frei war. *Sie* freute sich, dass sie frei war. Jetzt konnte sie die Gesellschaft ihrer Eltern ganz anders genießen als am Abend zuvor.

Sie entdeckte ihren Vater, der graue Hosen und einen leichten Pullover im Argyle-Muster trug. Mit seinen eins fünfundachtzig, dem dichten, grau melierten Schopf und den strahlend blauen Augen war er eine umwerfende Erscheinung. Marin hatte sich immer gewünscht, ihm ein wenig zu ähneln, aber sie schlug nach den Madigans, der mütterlichen Seite. Wobei ihre Mutter sich in puncto Aussehen durchaus nicht verstecken musste: Sie war eine ausgesprochen hübsche Frau mit hohen Wangenknochen, tief liegenden haselnussbraunen Augen und vollen Lippen. Doch Marin waren die feineren, klassischen Gesichtszüge der Bishops immer erstrebenswerter erschienen.

»Wo ist denn Mom?«, fragte sie, als sie vor ihrem Vater stand, und sah sich um. Im Foyer wimmelte es von an- und abreisenden, gut betuchten Gästen sowie von Pagen, die schwer mit Gepäck beladene Messingkarren schoben.

»Sie hat scheußliches Kopfweh«, sagte er.

»Ach herrje! Soll ich schnell rauf zu eurem Zimmer gehen und nach ihr schauen?«

»Nein, nein – sie ruht sich gerade aus«, gab er zurück und wandte den Blick ab.

»Bist du sicher?« Marin packte das schlechte Gewissen. Ihre geplatzte Verlobung machte ihre Mutter buchstäblich krank. Sie, Marin, musste unbedingt mal wieder nach Philadelphia fahren, zu einem Mutter-Tochter-Lunch. Und Blythe in die Geschichte mit Julian einweihen.

»Ja. Sie lässt dich grüßen und fühlt sich ganz mies, aber sie meinte, du solltest dich einfach später bei ihr melden.«

»Na gut – wie ist es, willst du hier frühstücken, oder sollen wir woandershin gehen? Ein paar Straßen weiter gibt es ein nettes …«

»Marin, ich möchte etwas mit dir besprechen.« Er wirkte ernst. Streng.

Marins erster Gedanke war: *Woher weiß er, dass ich etwas mit jemandem aus meiner Kanzlei habe?* Die Juristenszene war klein, insbesondere innerhalb der drei Eckpunkte New York, Philadelphia und Boston. Bestimmt war er mordsenttäuscht von ihr und ihrem unprofessionellen Verhalten!

Sie wagte ihm nicht in die Augen zu sehen. »Ist alles okay?«

Er nickte, die Arme vor der Brust verschränkt. »Deine Mutter und ich lassen uns scheiden.«

Kapitel 4

Auf dem Freeway 10 in Los Angeles stand der Verkehr Richtung Osten Stoßstange an Stoßstange.

Nachdem sie fünf Minuten lang keinen Zentimeter weitergekommen war, drückte Rachel Moscowitz auf die Hupe. Nicht gerade eines Zen-Meisters würdig, aber heute half nicht mal achtsames Atmen. Sie stand ohne Job da. Schon wieder! Und diesmal sogar unverschuldet.

Ihr Handy klingelte, sie stellte es auf Lautsprecher.

»Hi Rach, ich bin's, Fran«, sagte ihre Mutter.

»Es passt gerade nicht so besonders. Ich stecke voll im Verkehrschaos.«

»Dauert keine Sekunde: Kannst du nach der Arbeit kurz bei mir vorbeifahren und dich um Hugo kümmern? Ich bin in Joshua Tree und hab vergessen, jemandem Bescheid zu sagen.«

»Was? Jetzt?«

»Es ist schon ein paar Tage her, und vermutlich hat er kein Futter mehr.«

Nicht zu fassen. Ihre Mutter sollte nicht einmal eine Zimmerpflanze haben, geschweige denn eine Katze.

»Fran, ich hab heute echt einen miesen Tag. Kannst du nicht jemand anders fragen? Wo ist denn Tad?« Tad, der derzeitige Liebhaber ihrer Mutter. Nur ein paar Jahre älter als Rachel.

»Wir sind schon seit Wochen nicht mehr zusammen. Hab ich dir das nicht erzählt?«

Nein, hatte sie nicht. Weil sie Rachel immer nur dann anrief, wenn sie etwas brauchte. Allerdings bot das Haus ihrer Mutter in Brentwood Rachel die Gelegenheit, einen Zwischenstopp einzulegen und abzuwarten, bis die schlimmsten Staus sich aufgelöst hatten.

»Okay«, sagte sie. »Ich gebe Hugo was zu fressen. Wann kommst du zurück?«

»Ich schreibe dir eine SMS.«

Der Anruf war beendet, bevor Rachel ihrer Mutter sagen konnte, dass sie den Job verloren hatte, den sie für den sicheren Einstieg in eine längst fällige Karriere gehalten hatte.

Wie aufgekratzt sie gewesen war, als sie ihn tatsächlich an Land zog. Eine Reiki-Patientin ihrer Mutter (ja, ihre Mutter war ausgebildete Reiki-Meisterin, dazu noch ordinierte freireligiöse Pastorin und zugelassene Immobilienmaklerin) gehörte zum Produzententeam der Reality-Show *Celebrity Family Tree.* Nach einer Reiki-Behandlung erwähnte die Frau, dass sie eine Rechercheassistentin bräuchte. Und Fran hatte, in einer seltenen Anwandlung von Hilfsbereitschaft, Rachel ein Vorstellungsgespräch verschafft. Der Produzentin schien es nichts auszumachen, dass Rachels Lebenslauf lediglich zwei durch Scheine belegte Jahre an der Universität von Berkeley, einen kurzen Einsatz als Kellnerin in einem Bio-Café, ein paar Monate als Verkäuferin in einem Vintage-Shop und sporadische Runden als Hundeausführerin aufwies.

»Mir gefällt Ihre Energie«, hatte die Frau gesagt. Und Rachel hatte jede Menge gute Energie! Daran arbeitete sie. Wenn ihre Mutter überhaupt je etwas Nützliches an sie weitergegeben hatte, dann die Kraft des positiven Denkens.

Doch dann: die Notsitzung. Judy, ihre Chefin, hatte die

ganze Belegschaft in den Besprechungsraum zusammengetrommelt und die Neuigkeiten mitgeteilt: Die Produktion war bis auf Weiteres auf Eis gelegt.

Sie wollte versuchen, sich von ihrem neuen Arbeitslosenstatus nicht herunterziehen zu lassen. Und auch nicht von dem Verkehr. Und auch nicht davon, dass der Zweitschlüssel für das Haus ihrer Mutter nicht unter der Topfpflanze neben der Eingangstür lag.

Rachel setzte sich auf die Vortreppe; die Mittagssonne brannte auf sie herab.

Wo war der verdammte Schlüssel? Sie hatte noch einen bei sich in der Wohnung, aber die befand sich am anderen Ende der Stadt in Silver Lake, das nützte ihr im Augenblick also nicht allzu viel. Sie wählte die Nummer ihrer Mutter und wurde sofort mit der Sprachbox verbunden.

Nicht zu glauben!

Ihre Mutter hatte die Angewohnheit, einfach zu verschwinden, sich monatelang komplett auszuklinken. Zum Glück hatte sie auch die Angewohnheit, Fenster nicht zu verriegeln. Und da Rachel um keinen Preis wieder ins Auto steigen wollte, ging sie über den ungepflegten Rasen bis zum Gartenschuppen, schleppte von dort eine Metallleiter zum Haus, stellte sie so nah wie möglich unter dem Schlafzimmerfenster ihrer Mutter auf und kletterte fluchend hoch. *Positiv denken, positiv denken,* befahl sie sich.

In ihrer hinteren Hosentasche summte das Handy. Sie ignorierte es und versuchte, nicht nach unten zu schauen, während sie zum ersten Stock hinaufstieg. Dann war sie beim Fenster und stemmte den unteren Teil des Schieberahmens hoch. Geschafft! Als die Öffnung ganz frei war, beugte sie sich hindurch und bugsierte sich auf den Schreibtisch ihrer Mutter, der mit Papierstapeln, Büchern und Münzen bedeckt war. Letztere flogen in alle Richtungen, als sie sich darauf fallen ließ.

Ein schriller Schrei ließ sie hochfahren; sie verlor das Gleichgewicht und purzelte zu Boden.

»Mann, Hugo, hast du mich erschreckt.«

Hugo, der zweijährige getigerte Kater ihrer Mutter, rieb sich an Rachel. Normalerweise war er zurückhaltender, aber jetzt gierte er offenbar nach Aufmerksamkeit. Oder auch einfach nur nach Futter.

Rachel ging in die Küche hinunter, und richtig, der Katzennapf war leer. Der Wassernapf ebenfalls. Und hier drinnen hatte es mit Sicherheit gut über dreißig Grad.

»Ach Hugo. Tut mir echt leid.« Rachel fand eine Tüte Katzenfutter unter der Spüle, schüttete eine ordentliche Portion in die Metallschüssel, füllte die Wasserschale auf und setzte sich an den Küchentisch. Nachdem sie nun einmal hier war, hatte sie es nicht eilig mit der Heimkehr. Sie würde ihrer Mitbewohnerin sagen müssen, dass sie wieder einmal ohne Job dastand. Das hieß: Auszug. Und vielleicht sogar Wiedereinzug bei Fran.

Ihr Handy klingelte abermals, sie fuhr zusammen und checkte die angezeigte Nummer. Judy Ross, Leiterin der Rechercheabteilung. Ihre Chefin. Oder vielmehr, seit diesem Vormittag, ihre Exchefin.

»Hi, Rachel – du bist wahrscheinlich noch gar nicht zu Hause, aber ich kriege hier schon die ersten Anrufe von der Presse. Ich bezweifle zwar, dass es jemand bei dir versucht, aber wenn die höheren Etagen mauern, könnte es vielleicht doch …«

»Ich sage kein Wort. Aber ganz unter uns, ich fasse es

einfach nicht, dass er unsere Show plattgemacht hat.« Jawohl, selbst wenn sie nur Rechercheassistentin war, fühlte sie sich doch so sehr in die Produktion eingebunden, dass sie das Ganze auch als ihre Show betrachtete.

Schließlich war sie dabei gewesen, als das Rechercheteam die Entdeckung machte. Sie arbeiteten gerade an der Folge über Scott Anders, den heiß geliebten Helden romantischer Komödien, der mitunter auch als Action-Star in Erscheinung trat und Hollywoods Aushängeschild für Polit-Aktivismus war. Neben diesem bekennenden Verfechter der Menschenrechte wirkte Angelina Jolie saft- und kraftlos. Welche Überraschung also für das Team von *Celebrity Family Tree,* darauf zu stoßen, dass einer seiner Vorfahren zu den berüchtigtsten Sklavenhändlern im Süden gehört hatte.

Rachel war sich nicht ganz sicher, was als Nächstes geschah – jedenfalls überstand dieser kleine Spaßfaktor bei der Bearbeitung der Folge den Final Cut nicht. Und das stank offenbar jemandem vom Team gewaltig, denn die Sache sickerte zur Presse durch. Dass Scott Anders von Sklavenhändlern abstammte, war kein großer Aufreger – schließlich kann man sich seine Familie nicht aussuchen. Aber man kann sich aussuchen, was man im Hier und Jetzt tut, und Scott Anders hatte den Produzenten schwer Druck gemacht, ihre Entdeckung in der Versenkung verschwinden zu lassen. Das Alleinstellungsmerkmal der Show bestand darin, dass der Zuschauer »live dabei« war, wenn die Promis etwas über ihre Vorgeschichte erfuhren. Die Seriosität der gesamten Sendung wurde in Frage gestellt; Scott Anders wies die Anschuldigungen zurück, er habe von der Geschäftsführung verlangt, die Wahrheit über seine Vorfahren nicht ans Licht kommen zu lassen. Und warf damit *Celebrity Family*

Tree den sprichwörtlichen Wölfen zum Fraß vor. Daraufhin machte die Fernsehgesellschaft kurzen Prozess.

»Aber noch was, Judy«, sagte Rachel, »wenn du weiter versuchen könntest, irgendwelche Hinweise auf meinen Vater zu finden, würde mir das ungeheuer viel bedeuten.«

Solange sie zurückdenken konnte, hatte Rachel sich danach verzehrt zu erfahren, wer ihr Vater war. Weiß, männlich, in den Zwanzigern, mehr wusste ihre Mutter nicht. Sie hatte ihn als Samenspender ausgewählt, weil er geschrieben hatte, er reise gern.

Mithilfe der Recherchemöglichkeiten des TV-Teams konnte Rachel ein bisschen nachgraben. Auf einen Namen stieß sie nicht, aber ein DNA-Test ergab, dass sie zur einen Hälfte südeuropäischer und zur anderen Hälfte osteuropäischer Abstammung war. Da ihre Mutter eine aschkenasische Jüdin war, blieb der Vater als Südeuropäer übrig. Und es kam noch besser: Genie, das DNA-Test-Unternehmen, teilte ihr mit, dass sich beim Vergleich mit den übrigen Dateien jemand gefunden hatte, dessen genetische Anlagen zu fünfzig Prozent mit denen von Rachel übereinstimmten. Eine Halbschwester! Und über dieses Unternehmen konnte sie ihr eine Mail schicken.

Zum ersten Mal bestand ihre Familie aus mehr als bloß ihrer mit sich selbst beschäftigten Mutter.

Doch seit sie die E-Mail über Genie geschrieben hatte, war eine Woche vergangen, und sie hatte noch nichts von Marin Bishop aus New York City gehört.

Vielleicht war die Mail bei ihrer Halbschwester im Spam-Ordner gelandet. Ihre Halb*schwester*. Sie konnte es kaum fassen. Ja, so musste es sein – dem Spam-Ordner zum Opfer gefallen.

Rachel würde es nochmals versuchen. Bestimmt ließ sich die direkte Mail-Adresse finden. Wenn sie in den zwei Monaten bei der Rechercheabteilung etwas gelernt hatte, dann Hartnäckigkeit beim Aufspüren einer Quelle. Und diese Frau, diese Halbschwester, war eine Quelle der wertvollsten Informationen, die sie sich nur vorstellen konnte. Rachel hatte das dringende Bedürfnis, irgendwohin zu gehören; ihre Mutter hatte ihr dieses Gefühl nie vermittelt. Aber wenn sie ihren Vater und ihre Schwester fand, würden sich vielleicht alle Puzzleteile zusammenfügen, und sie würde sich zum ersten Mal in ihrem Leben heil und ganz fühlen.

»Unter anderem rufe ich auch deshalb an«, sagte Judy. »Im Büro ist so viel los, da hatte ich keine Zeit mehr, mit dir darüber zu reden. Aber ich hab ihn rausgekriegt. Ich weiß den Namen deines Vaters.«

Kapitel 5

Scheidung! Das hatte Marin nicht kommen sehen.

Sie saß an ihrem Schreibtisch, wo sie normalerweise ein Musterbild an Organisation und Beherrschung abgab, und war völlig aufgelöst angesichts der Worte ihres Vaters – *längst fällig* und *ein neuer Lebensabschnitt.* Neuer Lebensabschnitt? So redete ihr Vater sonst nicht. Also fragte sie ihn: »Gibt es jemand anders?« Seine Antwort: »Ja.« Der zweite Schlag.

Sie starrte mit leerem Blick auf den Computerbildschirm.

Wie konnte das passieren? Zwei Monate zuvor war sie anlässlich des Geburtstags ihrer Mutter in Philadelphia gewesen, und ihre Eltern hatten allem Anschein nach wie immer gewirkt. Nicht das leiseste Anzeichen, dass irgendwas nicht stimmte, und jetzt ließen sie sich scheiden, weil ihr Vater in einer neuen Beziehung war? Allerdings hatte Marin an jenem Wochenende Greg mitgenommen. So viel zum Thema Anschein.

Sie drehte noch durch, wenn sie nicht mit jemandem reden konnte, und derjenige, mit dem sie am liebsten reden wollte, befand sich nur ein Stockwerk über ihr.

Es war verkehrt, und sie hasste sich für ihre Schwäche, aber sie brauchte ihn.

Sie stand vom Schreibtisch auf und ging zu den Aufzügen.

Julians Sekretärin war nicht am Platz, die Tür zu seinem Büro war geschlossen. Marin klopfte einmal an und öffnete sie. Sie wollte nur sein Gesicht sehen.

Als sie es dann sah, zeigte es den Blick des Kaninchens vor der Schlange. Ihm gegenüber saß der Seniorteilhaber Hilton Wallace.

Dieser war vermutlich einmal ein attraktiver Mann gewesen. Doch nun, mit Mitte fünfzig, wirkte er aufgedunsen und wies die typischen Merkmale eines Lebens im Überfluss auf. Gegen die Jahrzehnte mit endlosen Stunden am Schreibtisch vermochten Golf und Tennis am Wochenende nichts auszurichten. Er hatte stahlblaue Augen und die schwersten Krähenfüße, die Marin jemals gesehen hatte – Falten, die eher in sein Gesicht gemeißelt als im Lauf der Zeit langsam eingegraben zu sein schienen. Und in diesem Augenblick verliehen sie seiner Miene einen besonders ungnädigen Ausdruck.

»Hallo, Marin. Was verschlägt Sie denn in diese Gegend?«, fragte er, lehnte sich zurück und musterte sie scharf.

»Entschuldigen Sie die Störung! Ich wollte nur … in der Aktenbox, die Sie runtergeschickt haben, fehlen ein paar Unterlagen zu Genie. Dina sitzt nicht an ihrem Platz, sonst hätte ich sie gebeten …«

»Ich lasse sie die Dokumentenliste überprüfen, wenn sie wieder da ist«, sagte Julian knapp.

Scheiße, Scheiße, Scheiße. Sie trat den Rückzug an und kehrte in ihr eigenes Büro zurück.

Dort lehnte sie sich an die Tür und fasste einen Beschluss, auf den sie gleich als Erstes hätte kommen sollen: ihre Mutter anzurufen. Sie hinterließ ihr eine Botschaft auf der Sprachbox, dass sie am Samstag zu ihr fahren würde.

Bis dahin musste Marin alle Gedanken daran verdrängen. Ja, ihre Eltern trennten sich. *Nimm es mit Fassung – du bist schließlich eine erwachsene Frau.*

Sie rief ihre Firmen-E-Mails ab.

Beim Scrollen stach ihr eine Nachricht besonders ins Auge. Der Name des Absenders sagte ihr nichts, der Betreff lautete: *Bitte Lesen.*

Hi Marin:
Ich habe versucht, Sie über Genie zu erreichen, aber als da nichts von Ihnen kam, dachte ich mir, vielleicht bin ich in Ihrem Spam-Ordner gelandet. Darum habe ich mir überlegt, Ihnen direkt zu schreiben. Hoffentlich ist Ihnen das recht.
Ich habe vor Kurzem einen DNA-Test von Genie gemacht und die Antwort erhalten, dass sich in ihrer Datenbank eine nahe Verwandte von mir gefunden hat. Nämlich Sie! So nah, dass Sie entweder meine Großmutter oder meine Halbschwester sein müssen. Bei Ihrem Profil schätze ich mal, dass Sie nicht meine Großmutter sind (LOL). Ich weiß, das ist vermutlich ein Schock für Sie – für mich war es das jedenfalls, auch wenn ich immer gewusst habe, dass es sein kann, weil meine Mutter Single ist und mein Vater ein Samenspender war. Vielleicht sind Sie ja in einer ähnlichen Situation? So oder so, ich würde mich riesig freuen, von Ihnen zu hören. Die Nummer steht unten. Sie können mich jederzeit anrufen.

Rachel Moscowitz

Marin blickte mit zusammengekniffenen Augen zum Bildschirm.

Was. Zum. Teufel.

Nach dem Einschicken ihrer DNA-Probe hatte sie von

Genie kein Sterbenswort gehört und das Ganze praktisch vergessen.

Mit angehaltenem Atem öffnete sie einen Browser und loggte sich in ihr privates E-Mail-Konto ein. Tatsächlich, relativ weit oben, zwischen den dringenden Appellen ihres Fitnessclubs, doch wieder mitzumachen, und Sonderangeboten von Barneys und Bergdorf, erwartete sie mehr als ein halbes Dutzend Mails von Genie.

Ihr Test-Set wurde registriert.

Ihre Probe ist eingetroffen.

Ihre Ergebnisse können nun eingesehen werden.

Mit zitternden Händen klickte sie auf die dritte Nachricht. *Melden Sie sich mithilfe Ihres Benutzernamens und des bei der Erstregistrierung festgelegten Passworts an.*

Benutzername und Passwort? Sie zerbrach sich den Kopf. Erst beim dritten Versuch hatte sie Erfolg. *Sei nicht so emotional.* Es war wichtig, das hier genauso anzugehen wie jede andere neue Information, die analysiert werden musste. Methodisch. Professionell. Leidenschaftslos.

Nach ein bisschen Herumklicken fühlte sie sich entspannter und hatte sich besser im Griff. Sie konzentrierte sich auf den Bereich, in dem es um die Zusammensetzung ihrer Herkunft ging: Die eine Hälfte des Schaubilds zeigte eine Weltkarte, die andere eine Liste mit Prozentzahlen und Regionen. Ganz oben stand, Marin sei zu 99,2 Prozent europäischer Abstammung. Sie hätte auf hundert Prozent getippt, nachdem die Familien ihrer Eltern aus Großbritannien kamen, aber heutzutage war wahrscheinlich niemand mehr zu hundert Prozent irgendwas. 99,2 Prozent konnten wohl schon für sich genommen als bemerkenswert gelten.

Auf der Karte sah man die Gebiete farbig hervorgehoben, in denen Marins Vorfahren angesiedelt waren. Dass Großbritannien dazugehörte, stellte keine große Überraschung dar – die Urgroßeltern ihres Vaters waren von England und Schottland herübergekommen, und ihre Mutter stammte aus Wales. Doch merkwürdigerweise war auch eine Region in Südeuropa markiert, die in etwa Spanien und Portugal umfasste.

Sie checkte die Prozentzahlen auf der rechten Seite und runzelte die Stirn. Dieser Aufschlüsselung zufolge war sie zu 50 Prozent *süd*europäischer Abstammung. Das konnte nur Unsinn sein. Selbst wenn einer ihrer beiden Eltern einen Vorfahren aus Spanien oder der näheren Umgebung aufzuweisen hätte, ergäben sich daraus für Marin keine fünfzig Prozent.

Immerhin, das erklärte die seltsame E-Mail. Hier lag ein Irrtum vor.

Sie war in Versuchung, die Mail zu ignorieren, aber wenn sie das tat, versuchte die Frau am Ende noch einmal, Kontakt mit ihr aufzunehmen. Lieber den Nachfragen ein Ende bereiten.

Liebe Ms Moscowitz,
danke für Ihre Mail. Leider scheint es sich hier um ein Missverständnis zu handeln. Ich wünsche Ihnen für Ihre Familienforschung das Beste.

Marin drückte auf »Senden« und loggte sich aus.

Sie brauchte wahrhaftig keine Ablenkung in Form von abstrakten Informationen über ihren angeblichen Stammbaum. Ihre konkrete Familie, ihre Hier-und-Jetzt-Familie, löste sich auf.

Und sie hatte keine Ahnung, was sie deswegen unternehmen sollte.

Kapitel 6

Im Zweifelsfall: »Geh gärtnern.«

Das war seit Jahren Blythes persönliches Motto. Die Liebe zur Gartenarbeit verdankte sie ihrer Schwiegermutter – das wertvollste Geschenk, das sie von dieser Frau je erhalten hatte. Anlass dazu war Blythes Eingeständnis, wie frustrierend sie Kips Fünfzehnstundenwerktage und sein ebenso exzessives Golfspiel am Wochenende fand.

»Kein Grund, dich als Golfwitwe aufzuführen, Liebes«, sagte Nina Bishop. »Es geht nicht darum, dass dein Mann zu viel zu tun hat, sondern dass du zu wenig zu tun hast.«

Blythe hatte daraufhin zu der noch nicht mal zweijährigen Marin geblickt. Nicht genug zu tun?

Doch als sie später darüber nachdachte, wurde ihr klar, dass *zu tun haben* einerseits bedeuten konnte, scheinbar Tag für Tag auf der Stelle zu treten – oder aber das Gefühl, etwas erreicht zu haben. Sie war durchaus nicht unzufrieden mit ihrem Mutterdasein, aber es war eine ganz andere Zufriedenheit als die, die sie beim Tanzen empfand.

»Für den Anfang nichts Kompliziertes«, hatte Nina gesagt. »Salat. Stangenbohnen.«

Und Blythe befolgte ihren Rat. Sie lernte, was ein Boden-pH-Wert war. Lernte die Erde zu bearbeiten, Samen zu kaufen und zu säen, lernte, wann Pflanzen umzusetzen und wann sie zu ernten waren. Lernte alles über Unkraut und Schädlingsbekämpfung. Als Marin in die zweite Klasse ging, erntete Blythe von Frühjahr bis Spätherbst in solider Reihenfolge Salat, Buschbohnen, Tomaten, Rote Bete, Grünkohl, Rhabarber und – zu Marins Entzücken – Kürbisse. Kip, der kein großer Gemüsefreund war, hatte in Blythes gesamten Gärtnerjahren nur um eines ersucht: Mais für Popcorn. Und auch den baute sie an.

An diesem Morgen kniete Blythe auf dem Boden vor ihren Brandywine-Tomaten und suchte nach Eindringlingen. Gestern hatte sie einen winzigen grünen Baumwollkapselwurm entdeckt, der sich millimeterweise den Pflock hinaufarbeitete. Blythe hatte kurzen Prozess mit ihm gemacht.

Wenn sie doch mit Kips neuer Freundin ebenso verfahren könnte.

Candace Cavanaugh, geschieden, die Tochter eines Golfkumpels aus Kips Club. Fünfundzwanzig Jahre jünger als er. Wer hätte gedacht, dass Kip zu solch einem Klischee mutieren würde?

»Es ist eine heikle Situation«, hatte er zu ihr gesagt. »Wenn es jemand anders wäre, würde ich mir keine großen Gedanken darum machen, wie es nach außen hin wirkt. Aber in diesem Fall müssen wir das einzig Richtige tun …«

Mit anderen Worten: Hier und da gab es Affärchen, und die meisten sahen darüber hinweg, denn an bestehenden Ehen war nicht zu rütteln. Doch diesmal ließ sich nicht darüber hinwegsehen. Andere Augen richteten sich auf die Vorkommnisse, insbesondere Augen aus dem Philadelphia Racquet and Hunt Club. Kip gedachte nicht, sich einem Skandal auszusetzen. Also wurden die Scheidungspapiere eingereicht.

Zum ersten Mal seit ihrem neunzehnten Lebensjahr würde Blythe Pläne für ein Leben ohne Kipton Bishop schmieden müssen. Vielleicht durfte sie sich ja schlicht glücklich preisen, dass es überhaupt so lange gehalten hatte. Schließlich war er in ihr Leben getreten, als sie keinen Boden mehr unter den Füßen hatte.

Blythe war von Michigan nach Philadelphia gezogen, um sich dem Pennsylvania Ballet anzuschließen, der Tanztruppe ihrer dritten Wahl. Sowohl beim American Ballet Theatre als auch bei der Joffrey Ballet School war sie nicht genommen worden.

Mit jedem Tag, der verstrich, hörte sie im Hinterkopf nur noch den – logischen, rasend machenden und letztlich ignorierten – Appell ihrer Eltern, erst aufs College zu gehen und beim Ballett (bildlich gesprochen) einen Fuß in der Tür zu behalten, um später, *wenn* sie das dann noch wollte, professionelle Tänzerin zu werden. Aber warum sollte sie etwas aufschieben, von dem sie wusste, dass sie es wollte? Es gab kein *Wenn.*

Aus *wenn* wurde *und wenn.*

Und wenn sie nun versagte? Und wenn man sie im folgenden Jahr nicht weitermachen ließ?

Im Frühling jenes ersten Jahres war ihr Selbstvertrauen auf einem bisher unbekannten Tiefpunkt angelangt. An dem Abend, an dem sie Kip kennenlernte, fand die alljährliche Gala des Pennsylvania Ballet statt. Das Motto lautete »Diamonds on Broad Street«, eine Hommage an den dritten Akt von Balanchines *Jewels.*

Blythe wusste sogar noch, was sie damals getragen hatte – ein weißseidenes Etuikleid, Größe 32. Es hing bis heute bei ihr im Schrank.

Für die Aufführung war eine Gruppe von Tänzern ausgewählt worden, der Blythe nicht angehörte. Sie stand in der Menge wohlhabender Tanztheater-Mäzene – von denen manche zehntausend Dollar pro Gedeck gezahlt hatten, um dabei zu sein – und hörte dem künstlerischen Leiter der Truppe zu, der in das Thema des Abends einführte.

»›Diamonds‹, dem die Musik von Tschaikowsky Leben einhauchte, beschwört den Geist des Mariinski-Theaters herauf, an dem Balanchine unterrichtete. Mary Clark und Clement Crisp haben einmal geschrieben: ›Und ginge auch das gesamte Vermächtnis des Balletts zu Zeiten des russischen Zarenreichs verloren, dank ›Diamonds‹ wüssten wir immer noch um seinen Wesenskern.‹«

Blythe applaudierte höflich. Sie wäre weiß Gott gern woanders gewesen. Sie war Zierrat, wie die Blumendekorationen aus weißen Callas auf den Tischen, wie die aberhundert silberglänzenden Kerzenhalter – Leihgabe einer Dame aus der höheren Gesellschaft Philadelphias – und die Eisskulptur in der Mitte des Raums, die an das kaiserliche Russland denken ließ. Die Gäste kamen wegen des Essens, wegen der Fotografen, die sie hoffentlich ablichten würden, wegen der Aufführung, vor allem aber erschienen sie, um sich unter die Tänzer zu mischen.

Ein älteres Ehepaar näherte sich ihr, der Mann im Smoking, die Frau in einem eleganten, mit weißen Perlen bestickten Gewand, die blonde Frisur von silbernen Strähnchen durchzogen. Trotz der Anwesenheit Hunderter anderer, gut betuchter Gönner der Tanzkultur stachen sie heraus. Von allen, denen Blythe an jenem Abend begegnet war, ließen diese beiden die größte Begeisterung darüber erkennen, mit dabei zu sein.

Die Frau fragte Blythe, ob sie bei der Aufführung mitwirke.

»Ich gehöre zur Truppe, aber ich trete heute nicht auf«, sagte sie und fügte dann an: »Ich bin noch im ersten Jahr.« Eine lahme Entschuldigung. Aber dieses Pärchen wusste es ja nicht besser.

»Wie reizend. Glückwunsch«, sagte die Frau, die sich als Nina Bishop vorstellte. Preston Bishop, ihr Ehemann, erklärte Blythe, seine Frau besuche die Vorstellungen des Pennsylvania Ballet schon so lange, »da waren Sie noch gar nicht auf der Welt«.

»Meine Großmutter hat mich zum *Nussknacker* mitgenommen, als ich vier war«, sagte Nina. »Ich kann mich natürlich nicht mehr daran erinnern, aber irgendwie hat es wohl eine lebenslange Leidenschaft geweckt.«

Es fiel eine weitere Bemerkung, irgendwas darüber, wie wichtig es sei, die Künste zu unterstützen, doch Blythe hörte kaum etwas davon. Ein Mann kam auf sie zu, ein junger Robert Redford. Offensichtlich wollte er sich zu ihnen gesellen und dem redseligen Pärchen ins Wort fallen.

»Kip! Da bist du ja. Ich dachte schon, du hättest dich davongeschlichen.« Nina zog ihn in ihren kleinen Kreis. Der Mann – nach Blythes Schätzung fünf oder sechs Jahre älter als sie – sagte irgendwas in der Richtung, er wolle bald gehen, müsse anderntags früh im Büro sein. Blythes spätere Version der Geschichte lautete, dass Kip zu der Mitteilung ansetzte, er werde demnächst aufbrechen, es sich bei Blythes Anblick jedoch anders überlegt habe. In Wahrheit hatte Nina sie ihrem Sohn vorgestellt – »Sie ist Tänzerin!« – und darauf bestanden, dass er noch blieb und Blythe sich zu ihnen an den Tisch setzte. Und dann – und dieser Teil stimmte – hatte Kip zu ihr gesagt: »Nichts für ungut, aber anders als meine Eltern kann ich dem Ballett nichts abgewinnen. Vielleicht können Sie mir erklären, was mir entgeht?«

Ihr Herz geriet ins Flattern, wie mitten in einer besonders schwierigen Hebefigur. Liebe auf den ersten Blick? Nicht direkt. Aber da war etwas, ein Funke. Er reichte, um ein Leben abseits der Bühne vorstellbar zu machen. Vielleicht ein erfülltes Leben, in dem sie auf Erfolgskurs ginge, statt in der Versagerschiene zu bleiben.

Als sie ein Jahr später am Arm ihres Vaters durch den Mittelgang der Kirche schritt und sich dafür rüstete, vor zweihundert Menschen ihr Gelübde abzulegen, schwor sie sich zunächst ihr eigenes. *Ich werde Kipton Bishop eine gute Ehefrau sein. Ich werde ihn glücklich machen.*

Und jetzt war ihr Mann bei einer anderen Frau.

Blythe hörte Wagenreifen auf der Kieszufahrt knirschen. Sie stand auf, fegte ihre Sweatpants ab und ging ums Haus. Sich in Manhattan einen Saab zu halten, wie Marin es tat, war pure Extravaganz, aber dank ihm dauerte die Fahrt zum elterlichen Haus nur zwei Stunden.

»Hi, Schätzchen! Ich bin im Garten. Was hast du da?«

Eben nahm Marin eine große Plastiktüte vom Beifahrersitz.

»Ich hab dir Bagels mitgebracht.« Sie glich einer wandelnden Reklame für Michael Kors, wie sie da mit ihrer maßgeschneiderten marineblauen Hose, einer Nadelstreifenbluse und einem halben Dutzend melodisch klimpernder Armreifen Richtung Garten ging. Ihr glänzendes dunkles Haar hatte sie zu einem hohen Pferdeschwanz gebunden, ihre braunen Augen waren hinter einer verspiegelten Pilotenbrille verborgen. Blythe platzte fast vor Stolz. Ihre Kleine.

»Liebes, das wäre doch nicht nötig gewesen. Danke.« Marin wusste, dass in den Vororten von Philadelphia keine anständigen Bagels zu finden waren – jedenfalls nicht solche wie in New York. Ach, New York. Obwohl Blythe zeitweise eine tiefe Abneigung gegen die Stadt hegte, die ihre Tochter fortgelockt hatte, musste sie doch zugeben, dass sie auch ihre guten Seiten hatte.

Sie gingen ins Frühstückszimmer – ein Anbau, der zehn Jahre zuvor anlässlich von Renovierungsarbeiten in der Küche entstanden war: ein luftiger offener Raum mit großflächigen buntgemusterten Fliesen und einem Oberlicht, einem Tisch für acht Personen und einem Zweiersofa in der Ecke, Blythes Lieblingsplatz zum Lesen. Hohe Glastüren führten in den Garten.

Blythe brachte einen Krug mit frisch aufgegossenem Eistee. Marin legte ihr Handy auf den Tisch und scrollte sich durch ihre E-Mails.

»Sorry – ich muss hier nur ganz kurz was checken.«

Blythe setzte sich ihr gegenüber und wartete geduldig, bis Marin mit Tippen fertig war. Dann sah ihre Tochter hoch und fragte: »Wieso bist du aus New York weg und hast mir keine Chance gegeben, mit dir zu reden?«

Na, das war schnell gegangen.

»Ich denke mal, ich wusste nicht, was ich sagen sollte«, gab Blythe zu. »Ich hatte gehofft, dein Vater würde sich besinnen und wir würden um dieses Gespräch herumkommen. Aber da kannte ich noch nicht die ganze Geschichte.«

»Candace Cavanaugh.« Marin verzog den Mund, als hätte sie in eine Zitrone gebissen.

Blythe nickte bedrückt und schüttelte dann den Kopf. »Aber es geht nicht nur darum. Zumindest kann ich mir das nicht vorstellen. Ehen sind kompliziert. Ich dachte bloß, wir wären schon über vieles hinweg, das …« Sie machte eine Bewegung, als wolle sie eine Fliege totschlagen. »Trotzdem – an dem wirklich Wesentlichen ändert das nichts. Dein Vater und ich sind noch deine Eltern, und wir sind für dich da. Wir werden stets eine Familie sein.« Sie versuchte zu lächeln.

Marin griff über den Tisch hinweg nach Blythes Hand. »Danke, Mom. Mit mir ist alles okay. Wirklich. Ich sorge mich nur um dich. Ich weiß, dass wir immer ehrlich zueinander sein konnten. Es tut mir leid, dass ich so ein … Geheimnis aus meiner Trennung von Greg gemacht habe. Dabei wollte ich ja mit dir darüber reden. Ja, das wollte ich – ich meine, ich will es.«

»Ja?« Blythe spitzte die Ohren.

»Natürlich. Mom – du bist meine beste Freundin. Aber ich gebe mir alle Mühe, Diskretion zu wahren, und das musst du auch. Die Sache ist die, dass ich jemand anderen kennengelernt habe.«

Blythe schnappte nach Luft. Das hätte sie als Allerletztes erwartet.

»Wer ist es?«

»Du erzählst Dad nichts davon, schwörst du's?«

»Glaub mir, an diesem Punkt ist das kein Thema.«

»Ach Mom. Sprecht ihr nicht mehr miteinander?«

»Doch.« So gut wie nicht. »Genug davon. Wer *ist* es?«

»Jemand aus der Arbeit.«

Vor Schreck verkrampfte Blythe sich. »O Marin. Sag nicht, dass er verheiratet ist.«

»Nein! Nein, es ist nichts dergleichen. Aber er ist in einer übergeordneten Stellung, das macht es zu einem Problem.

Wir halten es geheim. Für mich ist es schon verrückt, dass ich dir überhaupt so viel davon erzähle.«

Blythe fehlten die Worte. Da hatte sie angenommen, Marins Arbeitswut wäre ihrer Beziehung in die Quere gekommen, und in Wirklichkeit hatte ihre Tochter eine neue Beziehung angefangen – in ihrem Job! Hoffentlich wusste sie, was sie da tat.

»Bitte, sei nicht sauer auf mich, wenn ich das frage, aber bist du sicher, dass die Trennung von Greg nötig war? Ich sage es höchst ungern, aber eine kleine Liebelei muss nicht unbedingt das Ende einer Verlobung bedeuten.« Oder auch einer Ehe.

Marin schüttelte rasch den Kopf. »Anders ging es nicht. Seit ich mit diesem neuen Mann zusammen bin … ist mir klar geworden, wie falsch es war, mich für immer an Greg binden zu wollen. Ich liebe ihn nicht, Mom. Oder jedenfalls nicht genug.« Unausgesprochen schwang laut und deutlich mit: *Nicht so, wie ich diesen neuen Typen liebe.*

»Und dieser Mann aus deiner Kanzlei – empfindet er umgekehrt dasselbe für dich?«

Marin strahlte sie an. »Ich glaube schon.«

Noch nie hatte Blythe sie wegen eines Mannes so glücklich erlebt. Niemals. Sie glühte förmlich. Ihre Schleusen brachen, und sie schwärmte lang und breit, wie gut der Neue aussah mit seinen dunklen Augen und den langen Wimpern und dass er mit leicht britischem Akzent sprach. Sein scharfes, analytisches Denkvermögen. Seine Brillanz.

»Okay, okay.« Blythe lachte. »Hab's kapiert. Ich freue mich für dich. Aber sei bitte vorsichtig.«

»Bin ich. Keine Sorge«, sagte Marin und checkte erneut ihr Handy. »Hey, Mom, kann ich dich mal was Verrücktes fragen?«

»Klar.« Blythe zwitscherte fast vor Verzückung, das Vertrauen ihrer Tochter wiedererlangt zu haben. »Frag mich, was du willst.«

»Besteht irgendeine Chance, dass Dad zum Teil spanischer oder italienischer Abstammung ist oder sonst was?«

Blythes Gesicht verlor die Farbe. Sie sah auf ihre Shorts, war plötzlich völlig auf einen Schmutzfleck konzentriert. »Nicht dass ich wüsste«, sagte sie, um einen beiläufigen Ton bemüht.

»Oder portugiesisch? Irgendwas in der Richtung? Ich weiß schon, er sagt immer gern, seine Familie wäre britischer als die Krone, aber was hat es damit wirklich auf sich?«

»Wo kommt das auf einmal her?« Der Schreck war Blythe kalt in die Glieder gefahren.

»Eigentlich ist es albern, ich weiß. Aber erinnerst du dich noch, dass ich euch letzte Woche beim Abendessen von unserem neuen Mandanten erzählt habe? Die Firma produziert ein DNA-Test-Set für den Hausgebrauch, und als Mitglied des Teams habe ich eine Probe eingeschickt. Das Ergebnis lautete, ich sei zu fünfzig Prozent südeuropäischer Herkunft – Spanien, Portugal, irgendwas in der Gegend.«

»Oh. Da muss ein Irrtum vorliegen. Oder vielleicht bin ich ja zur Hälfte Spanierin.« Blythes gezwungenes Lachen klang eher nach einem Aufjaulen.

»Du müsstest zu hundert Prozent Spanierin sein.«

»Na, dann ist es eindeutig ein Irrtum.« Die Schuld – oh, die Schuld. Wie ein Amboss auf ihrer Brust.

Marin nickte. »Habe ich mir schon fast gedacht.«

Blythe stand auf, ihre Hände zitterten. »Sei's drum. Gehen wir raus in den Garten. Ich will dir meinen Mangold zeigen.«

Jede Ausrede war ihr recht, um dem Boden näher und auf alle viere zu kommen. Bevor sie noch ohnmächtig wurde.

Marin hatte reichlich Zeit zum Nachdenken, während sie auf der George-Washington-Brücke im Stau stand. Ihr wäre nie eingefallen, an einem Samstagabend nach Manhattan zu fahren – eigentlich hatte sie über Nacht in Philadelphia bleiben wollen. Aber ihre Mutter hatte sie praktisch vor die Tür gesetzt.

»Ich habe hier viel um die Ohren, und ich weiß, dass du jede Menge zu arbeiten hast. Nächstes Mal dehnen wir deinen Besuch länger aus«, hatte sie gesagt.

Merkwürdig. Normalerweise fand ihre Mutter Vorwände en masse, damit Marin länger blieb. Andererseits gab Marin dies mehr Zeit mit Julian. Sie begab sich direkt zu seinem Stadthaus.

»Das ist ja eine Überraschung«, sagte er und umarmte sie. »Ich dachte, du wolltest das ganze Wochenende in Philly bleiben.«

Überall lagen Akten herum, und sein Laptop stand auf dem gläsernen Couchtisch. Sie hatte ihn einmal gefragt, warum er nicht einfach das Arbeitszimmer im ersten Stock benutze, woraufhin er sagte, er habe nie vorgehabt, den ganzen Abend im Wohnzimmer zu arbeiten – zu Anfang habe er den Laptop nur aufgeklappt, um eine Kleinigkeit zu erledigen, und ehe er es sich versah, waren drei Stunden vergangen. Ihr ging es nicht anders.

»Ja, dachte ich auch. Aber anscheinend wollte meine Mutter ein bisschen ihre Ruhe haben.« *Seltsamerweise.*

»Wie verkraftet sie die Trennung?«

Marin zuckte mit den Achseln. »Schwer zu sagen. Meinem

Eindruck nach macht sie gute Miene zum bösen Spiel. Aber sie ist das Alleinleben nicht gewöhnt. Und das Ganze kam aus völlig heiterem Himmel.«

»So mag es aussehen, ist es aber nie. Es gibt immer irgendwas.«

»Ich kann mir bloß nicht vorstellen, was.«

»Natürlich nicht. Es gibt nichts Rätselhafteres als die Ehe der eigenen Eltern.«

Sie wusste, dass er dabei an die Scheidung seiner Eltern dachte. Sie hatte ihm als Kind und Jugendlichem viel Leid beschert. Er war neun gewesen, als sein Vater ging, und Julian hatte ihn nicht mehr wiedergesehen, seit seine Mutter mit ihm zurück nach New York State gezogen war. Allein mit einer einsamen, so gut wie arbeitslosen Mutter in einem malerischen Vorort von Rye hatte er sich in seiner Schulzeit immer als Außenseiter gefühlt – und dies als Kapitän diverser Sportteams sowie mit Spitzennoten und untadeligen Prüfungsergebnissen kompensiert. Für das Studium in Harvard erhielt er ein Vollstipendium.

Nun erzählte er Marin, dass sein Vater und er seit Kurzem wieder in Kontakt waren. Julian argwöhnte, dass er nur Geld von ihm wollte.

Sie kam sich blöd vor, weil sie ihm von ihren Eltern vorgejammert hatte.

Er stand von der Couch auf und nahm etwas aus der Schublade eines antiken Beistelltischs. Als er sich wieder zu ihr umdrehte, hielt er eine kleine orangefarbene Schachtel mit einer braunen Schleife in der Hand.

»Wir haben es noch gar nicht geschafft, deinen Geburtstag gebührend zu feiern«, sagte er und lächelte.

»Das wäre doch nicht nötig gewesen.« Sie wurde nervös.

Wenn Julian Geld für sie ausgab, fühlte sie sich irgendwie unbehaglich. Greg Harper hatte stets mit Geld um sich geworfen, als wäre es von keinerlei Bedeutung, und für ihn traf das auch zu. Ihm war es schon tonnenweise in die Wiege gelegt worden, und als Banker verdiente er womöglich noch mehr. Julians Einkünfte aus der Kanzlei waren mehr als beträchtlich, aber da er in beengten Verhältnissen aufgewachsen war, ging er jede Anschaffung mit großer Ernsthaftigkeit und Vorsicht an. Dabei war er durchaus nicht knauserig; er durchdachte nur alles und jedes, weil jeder Dollar für ihn von Bedeutung war. Fast so, als wäre die Frage, wie er verdient und wie er ausgegeben wurde, moralischer und nicht einfach finanzieller Natur.

Die Schachtel war von Hermès.

»Mach sie auf«, sagte er, rückte näher an sie heran und streichelte ihr den Rücken.

Zögerlich streifte sie die Schleife ab, hob den Deckel an und erblickte ein zartes, längliches Oval aus Platin – einen Schlüsselanhänger mit Marins Initialen, eingraviert in verzierten Kursivlettern.

Sie nahm ihn vorsichtig aus der Schachtel und sah Julian an.

»Julian, er ist wunderschön! Danke. Aber du hättest wirklich nicht …«

Er küsste sie, umfasste ihr Gesicht, und sie schlang die Arme um ihn. Brust an Brust spürte sie das Auf und Ab seines Atems und wünschte sich, ewig so zu verweilen.

Ich liebe ihn, dachte sie. *Ich bin durch und durch in ihn verliebt.*

Er löste sich sacht von ihr, nahm ihre Hand und drückte etwas hinein.

Einen Schlüssel.

Mit einem Mal gewann der Anhänger von Hermès enorm an Bedeutung.

»Julian …«

»In der Kanzlei müssen wir weiterhin aufpassen, aber ich möchte dich künftig öfter sehen. So oft, wie du herkommen kannst.«

Ihr Herz schlug höher. Das war kein Traum. Sie würden ein Paar sein.

»Ach, Julian. Bitte entschuldige, dass ich neulich einfach in dein Büro geplatzt bin.«

Er küsste sie auf den Nasenrücken. »Ist schon okay. Nichts passiert. Jetzt hab ich's kapiert – du warst durch den Wind. Aber mach das auf keinen Fall noch mal. Ich will keine Alarmglocken läuten hören.«

»Ich auch nicht«, sagte sie. »Aber ich arbeite immerhin bei dem Genie-Fall mit. Es ist nicht völlig abwegig, dass ich etwas mit dir zu besprechen hätte.«

»Allerdings würdest du dazu nicht unbedingt in mein Büro stürmen müssen.«

»Stimmt.« Den nächsten Gedanken versuchte sie wegzuschieben – vergeblich. »Julian, hast du eigentlich jemals deine Ergebnisse von Genie erhalten?«

»Klar. Du nicht?«

»Äh, doch. Warum hast du nichts davon gesagt?«

»Ehrlich gesagt habe ich nicht groß darüber nachgedacht. Keine weltbewegenden Offenbarungen. Wieso?«

»Ich hab mich nur gefragt …« Sie wandte den Blick ab. »Wie groß ist die Wahrscheinlichkeit, dass die Resultate von Genie falsch sind?«

»Sehr gering. Es bleibt immer ein kleiner Spielraum für

menschliche Irrtümer, aber soweit die Unternehmensleitung weiß, ist so etwas noch nie passiert.«

Ihr Herz begann zu hämmern, doch sie sprach weiter in beiläufigem Ton. »Ich meine, hier geht es ja um einiges. Die Menschen werden emotional mit eingebunden.«

»Wie gesagt, die Wahrscheinlichkeit, dass die Ergebnisse für eine Person falsch sind, ist extrem gering.«

»Aber es wäre möglich.«

»Möglich ist alles. Wieso – war bei deinen Ergebnissen etwas Überraschendes dabei?«

Jetzt war der Augenblick da, ihm von der E-Mail zu erzählen. Aber nein, es lief gerade so gut. Ein magischer Tag. Warum ihn verderben?

»Nein«, log sie. »Absolut nichts. Ich hatte mir nur Gedanken gemacht, verstehst du – aus rechtlicher Sicht. Es könnte zu Klagen kommen.«

»Natürlich. Aber es gab noch keine. Bei überraschenden oder fraglichen Ergebnissen kann der Test wiederholt und eine zweite Bestätigung eingeholt werden; in Zweifelsfällen ist das auch genauso geschehen. Und das zweite Ergebnis stimmte stets exakt mit dem ersten überein.«

Sie lehnte den Kopf an seine Schulter. Wollte nicht mehr an die E-Mail denken, sie vergessen.

Es war einfach ein Irrtum.

Kapitel 7

»Wo fährst du hin?«, fragte Rachels Mutter, die endlich eingetroffen war, um ihren Kater wieder zu sich zu nehmen. Eben versuchte sie – mit begrenztem Erfolg –, Hugo zurück in seinen Transportkorb zu locken.

Rachel, erst halb fertig mit dem Packen ihrer Riesenreisetasche, kämpfte mit sich, ob sie ihrer Mutter reinen Wein einschenken sollte oder nicht. Sie kam zu dem Schluss, dass es mühsamer wäre, Ausflüchte zu erfinden. Und wozu sich groß Gedanken machen? Ihrer Mutter würde es sowieso egal sein. Sie war Rachel gegenüber beim Thema Vaterschaft immer offen und direkt gewesen. Hatte es auf die leichte Schulter genommen, so leicht, dass es einen rasend machen konnte.

»Ich habe die Rechercheabteilung der Show in Gang gesetzt, um meinen Vater aufzuspüren.«

»Ist nicht wahr! Und, hast du ihn gefunden?«

»Ihn nicht direkt. Aber seine Mutter. Sie lebt in Provincetown, Massachusetts. Da fahre ich jetzt für ein paar Tage hin.«

»Krass«, sagte Fran und zog einen Joint aus ihrer Handtasche.

»Bitte rauch nicht hier drinnen«, sagte Rachel.

»Das ist ein Heilmittel. Ich hab einen grausamen Kater. Sean war mit mir gestern Abend in einem neuen Lokal in Venice, wo sie angeblich nur Bio-Wein ausschenken, aber das bezweifle ich jetzt.«

Gereizt zog Rachel den Reißverschluss der Tasche mit einem Ruck zu. Sie gestand es sich nur höchst ungern ein, aber sie hatte gehofft, dass ihre Mutter angesichts der bevorstehenden Reise etwas Erhellendes zu sagen hätte. Doch Fran schien immer nur auf der Oberfläche des Lebens zu schwimmen wie ein Fettauge auf der Brühe. Wenn etwas zu sehr in die Tiefe ging, klinkte sie sich aus. Sie beide waren seit jeher eher wie Schwestern als wie Mutter und Tochter gewesen. Es wäre von Fran zu viel verlangt, Rachel zu bemuttern. Um diese eigenwillige Dynamik hatten sämtliche Freunde Rachel in ihrer Jugend beneidet. »Deine Mom ist so cool«, hieß es immer wieder, wenn Fran nur Spott und Hohn für den Gedanken übrighatte, Ausgehzeiten vorzuschreiben, und auf Rachels Zeugnisse keinen Blick warf. Ihre Vorstellung von mütterlichen Ratschlägen bestand in einer detaillierten Schilderung ihres One-Night-Stands mit Anthony Kiedis von den Red Hot Chili Peppers.

»Rach, machst du diese Reise, weil du deinen Job verloren hast?«

»Was? Nein. Ich hab's dir doch gesagt. Ich bin schon seit einer ganzen Weile auf Vaterschaftssuche.«

»Ich will nicht, dass du komplett ausflippst. Such dir einfach was für zwischendurch, bis du wieder eine Festanstellung hast.«

»Hältst du mir ernsthaft Vorträge über Jobs? Du bist dein Leben lang nie bei einer Sache geblieben.«

»Tu, was ich sage, und nicht das, was ich tue. Wann hast du das letzte Mal Yoga gemacht?«

»Okay, Fran. Wenn ich zurück bin, suche ich mir einen neuen Job. Zerbrich dir deswegen nicht den Kopf.«

Zufrieden damit, ihren mütterlichen Pflichten für diesen

Tag nachgekommen zu sein, wandte Fran sich erneut dem Kater zu. Rachel war versucht, ihr mehr über die erste Station ihres Trips zu verraten – ein kurzer Halt in New York City, wo sie es riskieren wollte, ihre Halbschwester zu treffen. Dann beschloss sie, nichts davon verlauten zu lassen. Wenn sie selbst diesbezüglich schon ihre Zweifel hatte, sollte Fran sie nicht noch weiter entmutigen.

Vielleicht sollte sie es fürs Erste gut sein lassen und sich mit der Person begnügen, mit der sie Kontakt aufgenommen hatte und die sie tatsächlich kennenlernen wollte: ihre Großmutter. Ihre Großmutter! Amelia Cabral aus Provincetown, Massachusetts. Doch irgendetwas zwang sie, es ein letztes Mal mit Marin Bishop zu versuchen – diesmal von Angesicht zu Angesicht.

Fran zündete ihren Joint an, und Rachel seufzte.

Sie konnte sich nicht damit abfinden, dass ihre durchgeknallte Mutter die einzige Antwort auf die Frage *Wer bin ich?* darstellte.

»Ich muss los, Fran. Ich melde mich bei dir, wenn ich wieder da bin.«

»Hugo will offenbar lieber hierbleiben«, sagte ihre Mutter.

»Niemand bleibt hier. Wir brechen alle auf.«

Nach einem letzten Rundblick verließ Rachel die Wohnung, mit der schweren Reisetasche über der Schulter.

Es ging Marin wider die Natur, Dinge halb fertig liegen zu lassen. Ihre Freunde neckten sie schon seit Langem wegen ihrer Detailversessenheit und ihrer eisernen Entschlossenheit, dem Leben eine Ordnung aufzuzwingen. Darum kam sie am Montagmorgen – nach einer schlaflosen Nacht – zu der Erkenntnis, dass sie mehr Informationen von dieser

Rachel Moscowitz brauchte. Nicht dass sie irgendetwas davon für glaubwürdig hielt – im Nachhinein erschien es ihr absurd, dass sie das Thema gegenüber ihrer Mutter überhaupt zur Sprache gebracht hatte. Aber bis die Ergebnisse eines zweiten DNA-Tests vorlagen, hing die E-Mail dieser komischen Frau quasi in der Luft: eine große Frage, die um Antwort flehte. Marin konnte sie ebenso wenig ignorieren wie einen Stapel Papiere auf ihrem Schreibtisch kurz vor Feierabend.

Um acht Uhr morgens war es in der Kanzlei noch relativ ruhig. Ruhig genug, dass sie nicht fürchten musste, während des Telefonats gestört zu werden.

Sie schloss ihre Tür, rief auf ihrem Handy die Mails der Frau ab und tippte dann die Nummer ein. Ihr Herz schlug rascher, und in einem Anflug von Schwäche betete sie um die Sprachbox. Bingo.

»Hi – hier ist Rachel Moscowitz. Oder besser gesagt, meine Sprachbox. Hinterlasst eine Nachricht!«

»Rachel, hier spricht Marin Bishop. Äh, wie ich schon in meiner Mail geschrieben habe, liegt da sicherlich ein Irrtum vor. Aber wenn es Ihnen recht ist, würde ich Ihnen gern ein paar Fragen stellen.« Sie nannte ihre Nummer und kappte die Verbindung, als stünde ihr Handy in Flammen. Erst als sie sich wieder ihrem Computer zuwandte, ging ihr auf, dass 310 die Vorwahl für Kalifornien war, das hieß: Wo immer Rachel Moscowitz genau wohnte, dort war es erst fünf Uhr morgens. Okay, und das wiederum bedeutete, Marin blieb noch eine Weile, bevor sie es mit einem möglichen Rückruf zu tun bekam. Sie konnte lockerlassen.

Es klopfte an der Tür.

»Herein«, rief sie, in der Hoffnung, es könnte Julian sein,

und in dem Wissen, dass dies ausgeschlossen war. Sie würden einander den ganzen Tag weder sehen noch sprechen, und wenn sie sich zufällig im Flur begegneten, würden sie höchstwahrscheinlich sogar jeden Blickkontakt vermeiden.

Die Tür ging auf. »Sie sollen bitte zu Hilton ins Büro kommen.« Es war Carol Rand, Hilton Wallaces Chefsekretärin. Zum Zeitpunkt ihrer Einstellung war Marin noch nicht auf der Welt gewesen. Marin fragte sich, wie das wohl sein mochte – dreißig Jahre denselben Job auszuüben, niemals weiter aufzusteigen, niemals eine Machtposition innezuhaben. Wie kam Carol morgens aus dem Bett?

Marin lächelte. »Vor der Zehn-Uhr-Besprechung oder …«

»Jetzt gleich, wenn es sich einrichten lässt.«

Marin erhob sich von ihrem Schreibtischstuhl, strich sich den engen grauen Rock glatt und folgte Carol zu den Aufzügen.

»Hatten Sie ein schönes Wochenende?«, fragte Carol.

»Ja, danke. Und Sie?«

Ihr Gegenüber nickte. »Mit Zeit für die Enkel. Es gibt nichts Besseres.«

Der Aufzug, in dem es schwach nach Kaffee roch, beförderte sie rasant in den neunzehnten Stock. Hier residierten die Partner der Kanzlei, ein jeder hinter geschlossenen Milchglastüren. Es herrschte Grabesstille. Hiltons Büro, das Marin nur selten zu Gesicht bekam, lag ganz am Ende des Flurs, ein Eckzimmer mit Ausblick auf den Freedom Tower. Carol hielt ihr die Tür auf.

»Marin ist da«, verkündete sie. Marin trat ein und musste sich auf die Lippe beißen, um beim Anblick von Julian, der Hilton Wallace gegenübersaß, nicht hörbar nach Luft zu schnappen. Julian würdigte sie kaum eines Blickes, was ihr einen Stich versetzte, auch wenn sie wusste, dass es das einzig Richtige war.

»Schließen Sie die Tür, Carol, ja? Danke.«

Marins Magen krampfte sich wie zu einer Faust zusammen.

»Marin. Julian«, sagte Hilton und nickte ihnen zu. Worum ging es hier? Sie brauchte ihre geballte Willenskraft, um nicht zu Julian hinzusehen und sich zu vergewissern, ob er nervös oder das Ganze hier ein völlig normaler Vorgang war. »Es wäre eine Beleidigung Ihrer beachtlichen Intelligenz, Ihnen zu unterstellen, Sie wüssten nicht, warum Sie hier sind.«

Marin wurde es flau zumute. Dank ihrer beachtlichen Intelligenz wusste sie schlagartig, warum sie hier waren. Aber was hatten sie falsch gemacht? Wie war ein Seniorpartner ihnen auf die Schliche gekommen?

Als gewiefte Verhandlungsexperten bewahrten sowohl Julian als auch Marin Stillschweigen. Hilton hatte dafür Verständnis; er nickte und legte die Finger unter seinem Kinn zusammen.

»Die Grundsätze unserer Kanzlei zum Thema Fraternisierung sind Ihnen sicherlich bekannt.«

Marin kam ihr Morgenkaffee wieder hoch. Sollte sie die Sache abstreiten? Könnte sie doch mit ihrem Vater sprechen – als wäre dies hier ein Quiz und ihr stünde ein Telefonjoker zu. Aber es war kein Spiel, und es führte kein Weg um Hilton Wallaces nächste Worte herum: »Ich muss Sie beide bitten, mit sofortiger Wirkung Ihre Kündigung einzureichen.«

Kapitel 8

Das Klingeln eines Telefons riss Marin am helllichten Tag aus tiefem, wie betäubtem Schlaf. Sie blinzelte gegen das Sonnenlicht an, das ins Wohnzimmer drang, und war sich – ihr erster klarer Gedanke – todsicher, das verdammte Handy ausgestellt zu haben, und zwar schon vor Tagen. Der letzte Anrufer, der zu ihr durchdrang, war ihr Vater gewesen. Er hatte ihr aufgetragen, »wieder in die Gänge zu kommen« und nach Philadelphia zurückzukehren, wo er ein paar Strippen würde ziehen müssen, um ihr einen neuen Job zu verschaffen. Und da war sie – die schlimmste Strafe überhaupt. Nicht nur, dass sie ihren Job verloren hatte und möglicherweise sogar Julian verlieren würde. Sie hatte auch ihren Vater enttäuscht.

Es klingelte weiter, schrill und hartnäckig. Ihr ging auf, dass es das hausinterne Telefon war, über das der Portier von der Lobby aus anrief.

Julian. Wieso hatte er so lange gebraucht?

Seit dem Abend nach dem niederschmetternden Rausschmiss aus Hilton Wallaces Büro hatten sie einander nicht mehr gesehen.

Anfangs, als sie in Begleitung des Sicherheitsangestellten die Räumlichkeiten von Cole, Harding and Worth verließ, ihre Habseligkeiten in einem einzelnen Pappkarton auf den Armen (ihr Laptop ging an die Kanzlei zurück), war sie überzeugt gewesen, sie beide würden sich schon wieder fangen, würden neue Jobs finden. Die Kanzlei würde nicht strafrechtlich gegen sie vorgehen; die Partner scheuten einen Prozess wegen sexueller Belästigung. Darum griffen sie schon im Vorfeld rigoros durch – so lief es nun einmal.

Doch Julian sah die Dinge anders. Er hatte tatsächlich gesagt, sein Leben sei ruiniert. Sie wagte nicht zu fragen, wer seiner Meinung nach dafür verantwortlich war: sie, Hilton Wallace oder er selbst.

An jenem »Abend danach« erklärte er ihr, er brauche ein wenig Zeit für sich.

»Ich muss das alles verarbeiten.«

»Du gibst mir die Schuld«, sagte sie.

»Nein, das tue ich nicht, Marin. Wenn überhaupt, dann gebe ich mir die Schuld für meinen Leichtsinn. Und deshalb brauche ich jetzt einfach Ruhe, um damit fertigzuwerden. Allein.«

Eine natürliche, verständliche Reaktion. Schließlich hatte Marin auch an einigem zu knabbern. Sie telefonierten ein paarmal miteinander, doch die Distanz zwischen ihnen war schmerzhaft spürbar.

Und zwei Tage später dann die Klatschspalte auf Seite sechs: »Ein Tonschuss auf zwei Turteltauben.« *Wer sind die beiden aufstrebenden Talente aus einer Topanwaltskanzlei, die einander verfielen – und damit in Ungnade gefallen sind? Ein Hinweis: Die Affäre kratzte nicht nur nachhaltig am beruflichen Ansehen der zwei. Die beteiligte Anwaltsdame war bis vor Kurzem mit dem UBS-Banker Greg Harper verlobt. Doch Ende gut, alles gut: Harper ist mittlerweile glücklich in den Armen der Nachrichtenmoderatorin Sarah Stall gelandet.*

Damit war es offiziell heraus, so offiziell wie hässlich.

Sie hatte ihren Verlobten betrogen, sie hatte mit ihrem Vorgesetzten geschlafen. Sie hatte ihren Job verloren. (Der einzige Lichtblick? Ihr schlechtes Gewissen wegen der Trennung von Greg wurde zumindest teilweise durch das Wissen gemindert, dass er bereits neue Wege eingeschlagen hatte. Die Moderatorin war jung und hübsch und … Aber was hatte sie erwartet?)

Sie wand sich bei der Vorstellung, dass Greg den Artikel auf Seite sechs las. Sie hatte ihm nicht erzählt, dass es jemand anderen gab – aus Rücksicht auf seine Gefühle. Und ja, ein wenig hatte sie auch gefürchtet, dass er Rache üben würde. Greg war ein Alpha-Rüde von der Wall Street. Wer mit dreißig siebenstellige Bezüge einstreicht, sitzt nicht einfach da und lässt sich alles gefallen.

Wie waren sie aufgeflogen? Nachts lag Marin wach, spulte ihre Beziehung Minute um Minute wieder ab, ein Film in Endlosschleife, auf der Suche nach dem entscheidenden Schnitzer. War es der Tag gewesen, an dem sie in Julians Büro geplatzt war und dort auch Hilton vorgefunden hatte? Vermutlich würde sie es nie herausfinden. Und, ganz ehrlich, was machte es schon für einen Unterschied? Das Kind war in den Brunnen gefallen. Und Julian gab ihr die Schuld dafür. Er stritt es ab, aber sie wusste es besser.

Immer wieder betrachtete sie den Schlüssel, den er ihr gegeben hatte, die greifbare Erinnerung daran, dass ihm an ihr gelegen war – das würde nicht alles in Schall und Rauch aufgehen. Sie quälte sich mit der ständigen Versuchung, zu ihm zu fahren und ihn zu sehen. Wenigstens hat er bisher den Schlüssel nicht zurückgefordert, sagte sie sich.

Noch nicht.

Wie besessen checkte sie ihr Handy, hoffte auf ein

Lebenszeichen von Julian. Es war schmerzhaft – zum einen, weil sie nie eine Sprachnachricht oder SMS von ihm vorfand, zum anderen, weil sie jedes Mal, wenn sie ihre Mails abrief, auf ein Minenfeld wohlmeinender Freunde stieß, die von Soundso auf Facebook erfahren hatten, dass blablabla undsoweiterundsoweiter.

Und dann eine Sprachnachricht, die ihr *nicht* willkommen war: Rachel Moscowitz befand sich im Anmarsch auf New York, unterwegs zur Familie ihres leiblichen Vaters. »Sie stammen aus Portugal«, verkündete sie. »Und wir dann wohl auch!«

Was für ein Fehler, bei ihr angerufen zu haben. Ein schwacher Moment. Wenn sie bloß alles vergessen könnte, was an jenem letzten Tag in der Kanzlei geschehen war!

Sie griff nach dem Telefon, doch es hatte aufgehört zu klingeln. Sie wählte die Nummer des Empfangs.

»Sie haben angerufen?«, fragte sie den Portier. Es war mehr ein Krächzen, sie musste sich räuspern. Wann hatte sie zum letzten Mal mit jemandem gesprochen?

»Ja, Miss Bishop. Ihre Mutter kommt zu Ihnen hinauf.«

Marin schloss die Augen. Nicht Julian, sondern ihre Mutter. Natürlich. Wie lange hätte Blythe sich wohl noch abwimmeln lassen? Ihr Blick wanderte zu der Steppdecke und den Kissen auf der Couch, wo sie in dieser Woche allabendlich vor dem Fernseher eingeschlafen war und einen Großteil des Tages zubrachte.

Keine Versteckspielchen mehr. Sie schleppte sich zur Wohnungstür.

»Hi, Mom.«

Blythe rauschte wortlos herein, das blonde Haar perfekt frisiert, eine leichte himmelblaue Stola aus Kaschmir über grauen Hosen. Sie ließ den Autoschlüssel auf das hölzerne Tischchen beim Eingang fallen und schloss Marin in die Arme.

»Ich hab mir solche Sorgen um dich gemacht. Alles okay mit dir?«

Die Antwort konnte sie sich selbst geben, dachte Marin: Ihre ungewaschenen Haare, das verlotterte T-Shirt und die Yogapants, die sie seit einer Woche weder Tag noch Nacht abgelegt hatte, sprachen für sich. Sie wusste, dass ihre Wangenknochen hervorstanden. Sie hatte keinen Appetit und entsprechend kaum etwas gegessen; ihr Gesicht war spitz und kantig geworden.

Marin verzog sich wieder auf die Couch. Ihre Mutter schob ein Knäuel Taschentücher und die Fernbedienung beiseite und setzte sich neben sie.

»Marin, das wird schon wieder. So etwas passiert nun mal.«

»Nein, tut es nicht! Hast du eine Ahnung, wie mies das ist? Keine Topkanzlei in Manhattan wird mich einstellen. Ich bin radioaktiv verseucht. Ich bin in den Klatschnachrichten, Herrgott noch mal!«

»Das verfliegt wieder«, sagte Blythe. »Ist bald Schnee von gestern.«

Ihre Mutter begriff es nicht. Woher auch? Sie hatte niemals derart kolossale Fehlentscheidungen getroffen, war nie in ihrem Leben auf Schleuderkurs geraten.

»Ich verschwinde kurz im Bad«, sagte Marin. »Hättest du gern einen Kaffee oder sonst was? Dann sage ich dem Lieferservice Bescheid.«

»Meine Güte, Marin. Du machst dir morgens nicht mal einen Kaffee?«

»Den hole ich mir immer auf dem Weg zur Kanzlei.« Und damit brach sie in Tränen aus.

»Marin, Schätzchen, bitte nicht verzweifeln. Geh duschen und zieh dir was an – dann ist dir schon besser zumute.«

Marin schniefte in ein Taschentuch. »Ich hab's echt vergeigt.«

»Auf die Gefahr hin, banal zu klingen, aber Dinge geschehen nicht ohne Grund. Das könnte auch hier der Fall sein. Man wird sehen. Bis es so weit ist, darfst du dich nicht weiter so bestrafen. Zieh dir also was an, ich gehe inzwischen einkaufen, und dann machen wir uns was Schönes zu essen. Und sprechen alles gründlich durch. So wie sonst auch immer.«

Marin schmiegte sich in die Arme ihrer Mutter. »Okay. Nimm meinen Schlüssel mit, für den Fall, dass ich gerade unter der Dusche stehe, wenn du zurückkommst.«

Blythe küsste, schon auf dem Weg zur Tür, ihrer Tochter auf die Stirn.

Marin spürte abermals ihren Kummer, und sie schluckte weitere Schluchzer herunter. Mein Gott, sie kam sich vor wie ein Kind. Ihre Mutter hatte recht: Sie musste sich zusammenreißen. Den Stier bei den Hörnern packen, wie sie es immer schon getan hatte, wie ihr Vater es tat: ohne Umschweife, fest entschlossen. Sie würde das hier wieder in Ordnung bringen.

Ihr Handy klingelte, und sie wischte sich die Tränen aus den Augen, damit sie es auf der Couch finden konnte. Beim Anblick der Nummer stockte ihr der Atem, und ihr erster Impuls war, den Anruf zu ignorieren, ihn im Fegefeuer der Sprachbox landen zu lassen und dann zu löschen.

Stattdessen folgte sie ihrem neuen Motto, packte den Stier bei den Hörnern und tippte auf das Display.

»Hier spricht Marin.«

»Marin? Ich bin's, Rachel. Rachel Moscowitz.«

Marin sagte nichts, und Rachel redete weiter; die Worte sprudelten förmlich aus ihr heraus. »Ich habe Ihre Nachricht bekommen, und ich bin gerade für ein paar Stunden in New York, dann fahre ich weiter nach Cape Cod. Ich konnte hier unmöglich durchfahren und nicht versuchen, Sie zu treffen. Wenn Sie nur ein paar Minuten Zeit für mich hätten, einfach bloß für mein Gefühl von … ach, keine Ahnung. Ehrlich gesagt, ich weiß nicht, wonach ich suche.«

Marin, ohnehin schon am Tiefpunkt, fürchtete keinen Absturz mehr.

»Wo sind Sie denn jetzt?«

***

Das Starbucks am Times Square war gerammelt voll mit Touristen und Obdachlosen, die auf Stühlen kauerten. Marin sah sich um und erkannte Rachel Moscowitz aufgrund ihrer raschen Google-Suche während der Taxifahrt hierher. Trotzdem überraschte es sie, wie hübsch sie war: wellige, honigfarbene Mähne, dank der kalifornischen Sonne von Kopf bis Fuß braun gebrannt. Sie trug den lässigen, günstig erstandenen Boheme-Chic zur Schau, in dem Marin, wann immer sie es damit versuchte, stets nur so aussah, als käme sie frisch aus dem Bett.

Rachel lehnte an der Wand neben den Verkaufsregalen mit Kaffeebechern, CDs und umweltfreundlich produzierten Wasserflaschen. Zu ihren Füßen ruhte eine überdimensionale Reisetasche.

Marin holte tief Luft und ging auf sie zu.

»Rachel?«

Die Frau drehte sich um und riss die großen braunen Augen noch weiter auf. »Marin!« Sie umarmte sie. »O mein Gott, ich freu mich ja so, dass wir uns kennenlernen!«

Marin nickte nur; sie brachte kein Wort heraus angesichts dieser mandelförmigen Augen, die ein Spiegelbild ihrer eigenen waren. Schließlich sagte sie gepresst: »Zum Unterhalten sollten wir uns vielleicht ein besseres Plätzchen suchen.«

»Wie? Ach so, ja, klar. Ich wusste einfach nicht, wo ich hinsollte. Ich bin erst das zweite Mal in New York. Beim ersten Mal war ich zehn, da haben wir Freunde von meiner Mom besucht. Sie waren mit uns zusammen in *Wicked – Die Hexen von Oz.*«

»Nehmen wir ein Taxi«, sagte Marin.

Die fünfminütige Fahrt brachten sie mit Small Talk über Los Angeles und New York zu. Eigentlich hätten sie das kleine Stück bis zu dem Restaurant auch zu Fuß gehen können, doch Marin wollte sitzen. Sie brauchte ein geschütztes Umfeld, wollte sich vorgaukeln, alles unter Kontrolle zu haben.

Das Le Pain Quotidien an der Ecke 53. Straße und Fifth Avenue war Marins erste Adresse, wenn sie der Kanzlei für ein paar Minuten entkommen wollte. Es war ihr bekannt, sie fühlte sich dort wohl und brauchte es jetzt als Stütze.

Das Lokal hatte zwei Ebenen; am oberen Ende der Treppe hielt Marin sich scharf rechts und ergatterte einen Tisch auf dem Balkon. Sie bestellte einen Kaffee, Rachel entschied sich für grünen Tee und einen Blaubeermuffin.

»So«, sagte Marin.

»Danke fürs Herkommen«, sagte Rachel und spielte dabei

mit einem Zuckertütchen herum. »Das Ganze ist ziemlich verrückt, ich weiß.«

Marin nickte und blickte in die Augen, die so beunruhigend vertraut wirkten. »Ich kann diese Testergebnisse nicht einfach so hinnehmen. Das geht nicht gegen Sie. Aber meine Eltern sind seit mehr als dreißig Jahren zusammen. Da kann das Ergebnis doch nicht stimmen.«

Rachel nickte und tippte mit dem Zeigefinger an ihren Teebecher. »Schon klar. Für mich ist es leichter, weil ich immer schon gewusst habe, dass mein Vater ein Samenspender war. Vielleicht hatte Ihre Mutter ja Schwierigkeiten, schwanger zu werden, und hat es Ihrem Vater bloß nie gesagt. Sind schon verrücktere Sachen gelaufen.«

Was?

»Oder vielleicht ist Genie bei meinen Ergebnissen ein Fehler unterlaufen«, warf Marin schnell ein, konnte Rachel dabei aber nicht ansehen.

»Sicher«, sagte Rachel. »Hören Sie, ich bin nicht hier, um Ihr Leben irgendwie aufzumischen. Ich wollte Sie einfach nur kennenlernen. Für den Fall, dass es stimmt. Ich hatte nie eine Schwester oder einen Vater. Nur meine Mom, und sie ist … na, sagen wir, sie ist nicht besonders mütterlich. Deshalb sind vermutlich mit mir ein bisschen die Gäule durchgegangen, als ich von Ihnen erfahren habe. Und von unserem – also von meinem – Vater.«

Rachel erzählte Marin von ihrem Job in der Rechercheabteilung einer Fernsehshow und wie ihre Chefin die Samenbank quasi geknackt hatte, um den Namen ihres Vaters ausfindig zu machen.

Marin schluckte schwer. »Haben Sie sich mit ihm in Verbindung gesetzt?«

»Das wollte ich. Mehr als alles andere. Aber dafür ist es zu spät.«

Marins gleichgültige Haltung fiel von ihr ab wie Schuppen von einer Tierhaut. Ihr Mund war plötzlich staubtrocken. »Was meinen Sie mit *zu spät?*«

»Er ist tot. Schon seit Langem.«

So wirr und widerstreitend Marins Gedanken zu diesem Thema auch waren – diese Möglichkeit hatte sie nicht in Betracht gezogen. Nervös riss sie an ihrem Zuckerpäckchen herum.

»Das … das tut mir leid.«

»Ja. Das ist die schlechte Nachricht. Aber es gibt auch eine gute: Seine Mutter, meine Großmutter, ist gesund und munter und lebt in Provincetown.«

»Haben Sie sich bei ihr gemeldet?«

»Logo. Ich hab mich von Ihrer Abfuhr nicht entmutigen lassen.« Ihr Lächeln ließ Marin wissen, dass sie sie nur ein bisschen necken wollte. Puh, wieso musste sie auch noch cool sein? Das machte es Marin schwerer als erwartet, sie abzuschmettern. »Und es klang, als wäre sie total aus dem Häuschen wegen meinem Anruf. Sie hat gesagt, ich könnte so lange bleiben, wie ich will. Sie betreibt eine Frühstückspension. Und da fahre ich jetzt hin.«

Rachel lud auf ihrem Handy ein Foto hoch; es zeigte ein dreistöckiges Strandhaus mit dunkelgrauen Schindeln und rundum laufenden Veranden.

»Das ist der Blick aus einem der Gästezimmer.« Ein Garten, der zu einem Strandabschnitt und einer weiten Wasserfläche führte. Marin schmeckte die salzige Luft.

»Sie sollten mitkommen«, sagte Rachel. »Dort ist jede Menge Platz.«

»Was? Oh – nein. Ich habe Ihnen ja schon gesagt, das Ganze hat nicht das Geringste mit mir zu tun.«

Rachels leicht verletzte Miene entging Marin nicht. Wäre ihre Antwort doch etwas weniger scharf ausgefallen. »Ich habe hier viel um die Ohren«, setzte sie nach. »Arbeit – so in der Richtung.«

»Ja, versteh schon, total. Keine Ahnung – ich dachte bloß, vielleicht wären Sie gern weg von hier.«

Marins Handy summte. Eine SMS von ihrer Mutter mit der Frage, ob sie lieber Rot- oder Weißwein zum Abendessen hätte. Sie antwortete nicht, schaltete das Handy aus und stopfte es in ihre Handtasche. »Entschuldigung – was haben Sie gerade gesagt?«

»Ach, nur dass ich dachte, Sie wären vielleicht gern weg von hier.«

»Was bringt Sie auf den Gedanken?«

»Hören Sie, ich bin keine Stalkerin oder so, aber ich habe wirklich nicht geglaubt, dass Sie sich tatsächlich mit mir treffen würden. Und auf der Fahrt nach New York habe ich Sie noch mal gegoogelt, und da kam, äh, Ihre … momentane Situation zur Sprache.«

Marin vergrub das Gesicht in ihrer Handfläche. »Die Klatschspalte auf Seite sechs.«

Das Chaos, das ihr Leben auf einmal war, wirkte mit einem Schlag so überwältigend real und niederschmetternd, dass ihr das Atmen schwerfiel.

»Alles in Ordnung mit Ihnen?«

»Nein.«

»Tut mir leid. Ich wollte Sie nicht aus der Fassung bringen. Das alles auf Sie abzuladen war vermutlich ziemlich selbstsüchtig von mir. Ich sollte wohl besser los.«

»Wie kommen Sie nach Provincetown?«

»Ich miete mir ein Auto. Sechs Stunden, dann bin ich bei Amelia.«

»Amelia?«

»Meine Großmutter.« Sie grinste.

Marin stellte es sich vor: Stunde um Stunde auf der Straße, fort von der Großstadt. Ruhe. Anonymität. Ein Cottage am Meer.

An diesem Punkt fiel Marins Blick auf das Zuckerpäckchen zwischen Rachels Fingern; das untere Ende war zu winzigen Fransen zerzupft. Marin schaute auf ihr eigenes gelbes Päckchen, das nach exakt dem gleichen Muster eingerissen war. Sie schob es zu Rachel hinüber, und ihre Blicke trafen sich.

»Okay«, sagte Marin – oder flüsterte es vielmehr. »Ich fahre mit.«

Kapitel 9

Blythe jonglierte mit den schweren Einkaufstüten vom Bio-Supermarkt, staunte immer noch über die abartigen Preise und hätte sich treten können, weil sie nicht ihre eigenen Gartenerzeugnisse mitgebracht hatte. In letzter Zeit war sie schrecklich zerstreut. Doch wer wollte ihr das verdenken, bei alldem, was so los war?

In der Lobby von Marins Wohngebäude schoss ein Portier hinter dem Empfangstresen hervor, um Blythe behilflich zu sein.

»Danke – es geht schon«, sagte sie. »Wenn Sie nur den Aufzugknopf für mich drücken könnten.«

Das Gebäude in der 87. Straße zwischen Park und Madison Avenue war radikal modern und trotz seines Minimalismus von opulenter Wirkung. Jede Menge Chrom und Weiß. Blythe fühlte sich immer unwohl, wenn sie durch die Drehtür in die kalte, unpersönliche Lobby kam. Als sie in Marins Alter war, besaßen Kip und sie schon das zweistöckige Haus im Kolonialstil, in das sich Blythe auf den ersten Blick verliebt hatte.

Die junge Mrs Kipton Bishop zu sein hatte allerdings nicht nur solche Sonnenseiten gehabt. Für den Country Club der Familie beispielsweise brachte Blythe weit weniger Enthusiasmus auf.

Einen Monat nach ihrem ersten Date hatte Kip Blythe zum ersten Mal in den Philadelphia Racquet and Hunt Club mitgenommen, dem die Familie Bishop seit seiner Gründung im Jahr 1897 angehörte. Kip verehrte diese Institution ohne Wenn und Aber, Blythe jedoch überfiel, sobald sie in der Eingangshalle stand (flächendeckend dunkles Holz, jede Menge Porträts erlauchter einstiger Mitglieder – alle weiß und männlich), auf der Stelle eine unerklärliche Befremdung. Eigentlich hätte ihr so etwas liegen müssen, war es doch wie das Ballett eine abgeschottete Gemeinschaft mit ganz eigenen strengen Regeln und Erwartungen. Bloß dass hier nicht Blut, Schweiß und Talent zählten, sondern Name, Abstammung und Geld.

Sie hasste Golf. Und sie war jung; wieso sollte sie ihre Zeit damit totschlagen, oben in der Ladies Lounge Karten zu spielen? Was gab es in dem Club denn sonst noch zu tun? Sie war nicht an Faulenzen gewöhnt, und wie viele Stunden konnte der Mensch sich schon neben dem Fünfzig-Meter-Becken in der Sonne aalen? Also verbrachte Kip seine Wochenenden im Club, Blythe die ihren zu Hause – allein. Für seine langen Arbeitszeiten unter der Woche hatte sie Verständnis. Der Club brachte sie auf die Palme. Ihrem Gefühl nach saß sie in der Falle.

Wie anders ihre Tochter doch lebte. Sie war frei, war unabhängig, aber wohin hatte sie das gebracht? Binnen eines Monats hatte sie ihren Verlobten und ihren Job verloren. Und es klang nicht danach, als würde der neue Mann in ihrem Leben für seinen Part bei dem Debakel geradestehen. Schließlich war es zum Teil auch seine Schuld.

Als Marin anrief und von ihrem Jobverlust berichtete, kämpfte Blythe mit dem Impuls, auf der Stelle nach New York zu fahren. Ausgeredet hatte ihr diese Idee schließlich Kip, mit dem Argument, dass Marin erwachsen und für die

Konsequenzen ihrer Entscheidungen selbst verantwortlich war. Doch als Blythes Anrufe und SMS tagelang unbeantwortet blieben, hielt sie es nicht länger aus.

Und als sie in der Wohnung stand, wusste Blythe, dass sie zu lange gewartet hatte. Seit ihrem letzten Zusammentreffen vor kaum einer Woche hatte Marin sichtbar abgenommen, war blass und wirkte erschöpft. Und sie, die selbst als Kind keine große Schmusekatze gewesen war, ließ sich nun widerstandslos in die Arme ihrer Mutter sinken.

Es war ein gutes Gefühl, gebraucht zu werden. Sosehr es Blythe schmerzte, ihre Tochter leiden zu sehen – zumindest konnte sie hier etwas unternehmen. Zumindest waren ihr hier nicht komplett die Hände gebunden wie bei allem, was mit der Scheidung zusammenhing.

Kip hatte ihr Papiere vorgelegt. Er ging so geschäftsmäßig damit um! Ihre Freunde meinten, bei aller Liebe, aber sie bräuchte einen eigenen Anwalt, ganz gleich, wie großzügig Kip sich seinen Beteuerungen nach erweisen würde. Widerwillig hatte sie für die folgende Woche einen Termin mit Patricia Graf, Esquire, vereinbart. »Die Beste überhaupt«, hieß es. »Ein Haifisch in Chanel.«

Blythe verscheuchte den Gedanken daran. Mit diesem Problem würde sie sich nächste Woche beschäftigen. Im Augenblick zählte einzig und allein Marin. Mit Blythes Hilfe würde sie eine neue Sicht auf die Dinge finden und sich fangen. Und als Auftakt würde Blythe ihrer Tochter etwas Gutes kochen.

»Marin?«, rief sie, als sie in die Wohnung trat. Sie ließ zwei Tüten zu Boden fallen und schloss die Tür hinter sich.

Keine Antwort. Blythe sah im Schlafzimmer nach. Nichts.

Offenbar war sie ausgegangen, war endlich wieder im

Land der Lebenden. Hoffentlich hatte sie Blythes SMS gelesen und war nicht losgezogen, um selbst noch Wein zu besorgen.

Blythe lächelte zufrieden. Es war richtig gewesen herzukommen.

Sie packte die Einkäufe aus: Hähnchenbrustfilets, italienisches Brot, Olivenöl, Eier, Butter, Zitronen, Grünkohl, koscheres Salz, Sardellenfilets, Worcestershire-Sauce, Knoblauch. Alle nötigen Zutaten für Marins heiß geliebtes Hähnchen-Piccata und ein neues Rezept für einen Caesar Salad mit Grünkohl. Hoffentlich hatte Marin die Küchenmaschine noch, die Blythe ihr letztes Weihnachten geschenkt hatte; die brauchte sie für die Salatsauce.

Sie hörte, wie die Wohnungstür aufging.

»Hi, Schätzchen«, rief sie und blickte in einen weiteren nahezu leeren Küchenschrank. »Ich suche gerade nach deiner Küchenmaschine.«

Die Tür fiel krachend ins Schloss; wie sich herausstellte, war Marin nicht allein. Sie hatte offenbar eine Freundin mitgebracht, eine schöne junge Frau, braun gebrannt und mit langen weizenblonden Haaren. Sie trug eine große Reisetasche mit sich.

»Oh! Ich wusste nicht, dass du in Begleitung kommst …«

Marin würdigte sie keines Worts und erklärte der Besucherin, sie könne ihre Tasche im Wohnzimmer abstellen.

Die Frau schenkte Blythe ein – entschuldigendes? – Lächeln und winkte andeutungsweise. Marin machte keine Anstalten, sie beide einander vorzustellen. So unhöflich war sie sonst nie. Blythe kam eilig hinter dem Küchentresen hervor. Was war hier los?

»Ich bin Blythe Bishop, Marins Mutter«, sagte sie und

streckte der jungen Frau, die sie anstrahlte und sich offenbar ehrlich über das Zusammentreffen freute, die Hand hin.

»Rachel Moscowitz«, gab sie zur Antwort.

»Ihr zwei kennt euch von …«

»Mutter, kann ich kurz mit dir sprechen? In meinem Schlafzimmer«, sagte Marin.

»Also, du bist dir sicher, dass ich den Mietwagen absagen soll?«, fragte Rachel.

»Ja. Wir nehmen meinen.«

Blythe verkniff sich die naheliegende Frage: Wo wollten sie hin?

Marin ging mit ihrer Mutter ins Schlafzimmer, machte die Tür zu und ließ den Blick durch den Raum schweifen, als wäre sie in Gedanken schon beim Packen.

»Wo fahrt ihr denn hin?«, fragte Blythe nun doch – sie konnte nicht anders.

»Nach Cape Cod. Provincetown.«

Blythe geriet ins Schwanken, erfasst von einer tiefen Urangst.

»Oh?«, brachte sie mit Mühe heraus.

»Ja. Rachel will dort die Familie ihres Vaters kennenlernen, und ich begleite sie.«

»Du begleitest sie? Wieso?«

»Weil mein Leben in die Brüche geht und ich hier wegmuss. Die Gelegenheit dazu ist mir einfach in den Schoß gefallen, und ich nutze sie.«

»Marin, du bist durcheinander – mit gutem Grund. Aber es ist nicht der richtige Zeitpunkt, um vor allem davonzulaufen. Du solltest bei deiner Familie sein.«

»Lustig, dass du das sagst. Rachel ist der Ansicht, dass wir

Familienangehörige sind – sehr enge sogar. Um genau zu sein: Halbschwestern.«

Blythes Herz begann zu hämmern. Hatte sie wirklich geglaubt, Marins Frage von letzter Woche würde sich verflüchtigen? Hatte sie angenommen, sie könne Marin mit einer kurzen Bemerkung abspeisen und dann wäre nie wieder die Rede davon?

»Möchtest du mir etwas sagen, Mutter?«

Mutter – aus Marins Mund klang es scheußlich, als handle es sich um einen Titel wie Oberst oder Präsident. Kein Kosename, keine Anrede, wie man sie für den Menschen gebrauchte, der einem am nächsten stand.

Sie schluckte schwer. »Wo kommt das alles auf einmal her?«

»Ich wollte in Philadelphia mit dir darüber reden. Über das DNA-Test-Unternehmen. So ist Rachel auf mich gestoßen. Wegen unserer großen Gen-Verwandtschaft wurden wir in Verbindung gebracht.«

»Und sie … hat ihren Vater nie gekannt?«

»Ihr Vater war ein Samenspender.«

»Ein Samenspender?«, fragte Blythe verdutzt.

»Ja. Mom, sag mir einfach die Wahrheit – hattest du Schwierigkeiten, schwanger zu werden? Musstest du auf einen Samenspender zurückgreifen?«

Blythe wusste nicht, was sie erwidern sollte.

»Sag's mir lieber selbst. Ich finde es sowieso heraus. Ist Dad mein leiblicher Vater?«

Blythe fehlten die Worte. Sekunden vertickten. Marin stieg die Röte ins Gesicht.

»Antworte mir. Du schuldest mir die Wahrheit. Ist er mein Vater?«

Blythe presste die Hand an die Brust, als müsse sie das Wort mit Gewalt herausbringen. »Nein.«

Marin sank zu Boden und saß vor Blythe, als wäre sie wieder ein Kleinkind.

»Aber spielt das wirklich eine Rolle? Es handelt sich doch nur um eine Formalie. Du ähnelst deinem Vater mehr als mir!«

Marin vergrub das Gesicht in den Händen. »Weiß Dad es?«

»Nein.«

»*Was?*« Marin sah zu ihr hoch. »Wie kannst du ihn bei so was belügen? Was hast du dir dabei gedacht?«

»Bitte, bitte, lass es gut sein. Das hier soll nicht dein Leben erschüttern.«

»*Mein* Leben? Oder *deins?*«

Es war Blythe unerträglich, wie Marin sie ansah – als wäre sie der Feind.

»Beide. Oder auch das deines Vaters.«

Marin nickte langsam, wischte sich die Tränen ab und zog sich am Bett wieder hoch. »Vielleicht hättest du dir das vorher überlegen sollen, als du ihn vor dreißig Jahren hinters Licht geführt hast.«

Mit einem Schluchzer stürmte sie hinaus und knallte die Tür hinter sich zu. Blythe stand wie erstarrt, nur ihre Beine zitterten. Am liebsten hätte sie sich für immer und ewig hier verkrochen, aber das ging nicht. Je eher sie ins Wohnzimmer ging, um die Situation zu retten, desto besser.

Marin und Rachel saßen in der Küche vor Schnapsgläsern und einer Flasche Wodka. Sie drehten sich zu ihr um und sahen sie aus zum Verwechseln ähnlichen braunen Augen an. Wieso war ihr das nicht schon eher aufgefallen?

»Marin, bitte, trink lieber nichts. Lass uns das Gespräch zu Ende führen.«

»Geh einfach, Mutter. Ich breche gleich morgen früh auf.«

»Lauf nicht weg. Es tut mir leid. Es tut mir leid, dass ich dir nicht früher davon erzählt habe. Aber bestrafe mich nicht dafür. Schließ mich nicht aus, wende dich deswegen nicht Menschen zu, die du kaum kennst.« Sie sah zu Rachel, die auf ihrer Unterlippe herumkaute – genau wie Marin, wenn sie nervös war. »Rachel, vielleicht können Sie doch ohne Marin fahren? Geben Sie uns ein bisschen Zeit, um …«

»Nein!«, herrschte Marin sie an. »Rachel ist meine … Schwester. Und die Frau in Provincetown mag eine Fremde sein, aber sie ist auch meine Großmutter. Und sie will uns kennenlernen.«

Blythe geriet wieder ins Schwanken. »Was für eine Frau?«

»Ich habe die Mutter meines Vaters ausfindig gemacht«, sagte Rachel. »Sie betreibt eine Pension und hat mich zu sich eingeladen. Ich hab ihr gesagt, dass ich versuchen wolle, Marin zum Mitkommen zu überreden, und sie meinte, je mehr, desto besser. Sie klingt echt cool. Richtig nett.«

»Sie wollen also nicht versuchen, Ihren … Vater zu finden?«

»Ich hab's versucht«, sagte Rachel. »Aber er ist tot.«

Blythe suchte Halt an der Wand. *Atmen,* befahl sie sich. Wie konnte er tot sein? Und sie nichts davon wissen? Aber wie sollte sie auch?

»Das tut mir leid«, sagte sie gepresst. »Wissen Sie, was mit ihm passiert ist?«

Rachel schüttelte den Kopf. »Ich hoffe, meine Großmutter kann mir mehr dazu sagen. Viel mehr.«

Noch nie hatte Blythe ein solcher Schrecken erfasst. Über

alldem würde sie Marin verlieren – das wusste sie. Und das durfte sie nicht zulassen. Die Vergangenheit hatte sie eingeholt, und sie konnte sich nicht mehr verstecken. Und ganz bestimmt konnte sie ihre Tochter dabei nicht sich selbst überlassen.

»Ich möchte mitfahren«, sagte Blythe.

Aufgebracht knallte Marin ihr Glas auf den Tisch. »Auf gar keinen Fall.«

Gleichzeitig begann Rachel zu lächeln und sagte: »Wahnsinn.«

Kapitel 10

Provincetown

Amelia sah zu, wie Kelly das letzte Stück Meerglas am äußersten Rand der schweren Platte befestigte. Es war ein großformatiges Werk, in Auftrag gegeben von einer Kundin, die etwas »Authentisches« und »Strandiges« als Herzstück ihres für mehrere Millionen Dollar frisch erworbenen Heims am East End haben wollte.

Solange Amelia denken konnte, hatte sie Mosaiken geschaffen, doch erst Kelly hatte daraus ein Geschäft gemacht. Für Amelia war es eine Familientradition, die liebevolle Erinnerungen an ihre Kindheitssommer in Provincetown wachrief, wo sie und ihre Mutter morgens lange Strandspaziergänge unternommen und Muscheln gesammelt hatten. Ihr Vater überließ ihnen die Holzabfälle von dem Möbelstück, an dem er jeweils gerade arbeitete, ihre Mutter schmirgelte sie glatt und leimte sie zu Bilderrahmen zusammen. Amelias Aufgabe bestand darin, die Muscheln kunstvoll zu arrangieren und individuelle Mosaikmuster zu entwerfen, die dann gerahmt und von ihrer Mutter für fünf Dollar das Stück an Touristen verkauft wurden.

Wie viele Familien, die seit vier oder fünf Generationen fest in diesem Hafenort verwurzelt waren, hatten sich auch die Cabrals angesichts des Niedergangs von Provincetown anpassen und zusehen müssen, auf jede nur erdenkliche Art und Weise Geld zu verdienen. Amelias Mutter erzählte, als Kind habe sie Blaubeeren gepflückt und verkauft, als junge Frau die Zimmer des einzigen kleinen Inselhotels geputzt. Der Zustrom von Künstlern – nicht wenige wurden später zu Größen ihrer Zeit (Jack Kerouac, Jackson Pollock und Norman Mailer hatten sich alle einmal für eine Zeit lang in Provincetown angesiedelt) – öffnete ihr die Augen dafür, dass es noch andere Möglichkeiten gab, sich seinen Lebensunterhalt zu verdienen. Geben musste, um zu überleben. An diesem Punkt begann Amelias Mutter, inspiriert von Fotografien der Gassen in Lissabon mit ihren kunstvollen Kacheln und Fliesen, selbst an Mosaiken zu arbeiten.

Jahre später, nachdem sich Amelia in Boston ein eigenes Leben aufgebaut – und zerstört – hatte, erinnerte sie sich an das Zweite, mit dem ihre in jungen Jahren verwitwete Mutter gelernt hatte, sich über Wasser zu halten: Sie begann die Gästezimmer ihres Hauses an die Künstler zu vermieten, die in Scharen nach Provincetown kamen. Ohne jeden offiziellen Anstrich, keine Frühstückspension oder Bed and Breakfast, wie man dergleichen heutzutage bezeichnete. Es sprach sich schlicht in der Künstlergemeinde herum, dass man bei Renata in der Front Street 157 übernachten und arbeiten konnte. Zu dieser Zeit lebte der Ort noch vom Meer und nicht vom Tourismus. Nun hieß ebendiese Straßenzeile Commercial Street, und Renatas privates Gästehaus war jetzt das Beach Rose Inn, wiedereröffnet im Jahr 1989.

Amelia hatte geglaubt, das alte Haus habe genug Geschichten und Wandlungen erlebt. Doch nun waren ihre Enkeltöchter hierher unterwegs. Wer hätte das je gedacht?

»Ein echtes Prachtstück«, sagte Amelia von der Türschwelle

des Ateliers, mit einem prüfenden Blick auf das Mosaik. »Ich bin schwer in Versuchung, es der Frau vor der Nase wegzuschnappen.«

»Das kannst du dir nicht leisten, Liebling«, gab Kelly zurück. »Aber als Nächstes mache ich etwas für dich. Eine Überraschung.«

Amelia schmunzelte. »Gib mir einen Hinweis.«

Kelly schüttelte den Kopf und ließ ein spitzbübisches Lächeln sehen. Amelia verspürte Gewissensbisse. Sie hatte ebenfalls eine Überraschung für Kelly. Und vermutlich keine, die sie erfreuen würde.

Amelia zögerte, dann zog sie einen Stuhl vom Arbeitstisch zu sich heran. Sie konnte es Kelly genauso gut gleich sagen. Es wäre Unsinn, damit zu warten, bis die Gäste im Haus waren.

»Ich habe Nadine geschrieben«, sagte sie.

Kelly stellte den Leimtopf ab, legte beide Hände auf den Tisch und ließ die Schultern hängen.

»Ich musste ihr Bescheid geben«, sagte Amelia. »Es sind die Kinder ihres Bruders. Sie hat ein Recht, davon zu erfahren.«

Kelly seufzte. »Klar. Ich versteh schon. Ich war mit dieser Situation nie glücklich, Amelia. Du musst dich nicht stellvertretend für mich schuldig fühlen.«

»Sie war so verletzend.«

»Sie ist deine Tochter. Und wie du sagtest, sie hat ein Recht, es zu erfahren. An diesem Punkt hat das Ganze wenig mit mir zu tun.«

»Ich habe sie gebeten herzukommen.«

Kelly zuckte zusammen. »Hat sie schon geantwortet?«

Amelia schüttelte den Kopf.

»Okay, na dann – ich will bloß nicht, dass du Schaden nimmst. Alles andere interessiert mich nicht.«

»Das Einzige, was mich momentan verletzen kann, ist das fortdauernde Schweigen.«

Kelly legte den Arm um sie. »Es kommen zwei Enkeltöchter zu dir. Enkeltöchter! Konzentrieren wir uns auf das Positive.«

»Das werde ich. Ich meine, das tue ich ja. Aber ich denke auch, das ist meine letzte Chance, was Nadine angeht.«

Kelly rang sichtlich mit der Vorstellung, Nadine nach drei Jahrzehnten wieder aufkreuzen zu sehen. Nach all dem Schmerz, all dem Zorn, all den furchtbaren Worten. Ja, Kelly war besorgt um sie, das wusste Amelia. Aber sie wusste auch, dass Kelly nicht zuletzt an sich dachte und die Vergangenheit nicht wiederaufleben lassen wollte. Doch sie, Amelia, gute zwanzig Jahre älter als Kelly, konnte es sich nicht erlauben, noch länger zu warten.

Das Schicksal hatte ein Wunder bewirkt: Morgen würde die Vergangenheit bei ihr vor der Tür stehen. Und sie würde sie mit offenen Armen willkommen heißen.

***

Zweihundertneunzig Meilen entfernt von New York City. Einhundertsiebzehn Meilen von Boston.

Provincetown hätte ebenso gut auf dem Mond liegen können.

Nach vier Stunden Fahrt bereute Marin ihre Entscheidung bitterlich. So wie ihre Mutter und Rachel ununterbrochen munter drauflosschwatzten, wäre man nie darauf gekommen, dass sie sich erst einen Tag kannten (a) und ihre Mutter sich als größte Lügnerin der Welt entpuppt hatte (b).

Aber was kümmerte das Rachel? Sie hatte, was sie wollte: eine neue Familie, und zwar im Handumdrehen. Warum hatte Marin sich bloß auf diese Reise eingelassen? Sie war überrumpelt worden. Oder vielleicht wäre die Idee ganz in Ordnung gewesen, wenn ihre Mutter die Sache nicht an sich gerissen hätte.

»Hier abfahren«, zwitscherte ihre Mutter von der Rückbank. Auf dem Schild vor ihnen stand DOWNTOWN NEWPORT.

»Okay, Blythe!«, flötete Rachel vergnügt.

»Die Route wird neu berechnet«, kam es monoton vom Navi.

»Halt mal, wieso biegen wir hier ab? Wir wollten doch in einem durchfahren«, sagte Marin und reckte sich auf dem Beifahrersitz hoch. Sie hätte das Steuer nie aus der Hand geben dürfen.

»Oh – ich dachte, wir waren alle dafür, in Newport was zu Mittag zu essen. Der Strand soll sehr hübsch sein«, bemerkte Rachel.

»Ich war nie dafür.«

»Die Mehrheit entscheidet, Marin«, sagte ihre Mutter.

Das war ein Spruch von ihrem Vater, um Familienstreitigkeiten bei Autoausflügen beizulegen. Angesichts der Zusammenhänge dieser Reise erboste Marin der Kommentar. Mit finsterem Blick drehte sie sich zur Rückbank um. »Mutter, du hast dich zu diesem Trip selbst eingeladen, und ehrlich gesagt verstehe ich immer noch nicht, wieso. Also halte dich wenigstens aus allem raus.«

»Du musst deinen Zorn überwinden.«

»Meinen Zorn überwinden? Du hast mich mein Leben lang angelogen!«

»Deshalb will ich ja bei dir sein … ich möchte dir helfen, zu verstehen …«

Die mechanische Stimme des Navis unterbrach sie. »Ich glaube, ich habe Sie nicht richtig verstanden.«

»Verdammt noch mal«, sagte Marin.

»Ich glaube, ich habe Sie nicht richtig verstanden«, wiederholte das Navi. Rachel stellte es aus.

»Wir müssen was essen«, sagte Rachel mit einem Seitenblick zu Marin. Die Brise, die durch die offenen Fenster hereinwehte, fächerte ihr langes, in der Sonne goldglänzendes Haar auf, bis es einem Flugdrachen glich. Rachel wirkte wie eine Schauspielerin in einem heiteren Roadmovie von Nancy Meyers.

»Na schön«, knurrte Marin.

Sie musste es zugeben: Der Hafen war wirklich hübsch. Restaurants mit roter Holzverkleidung, die Namen wie Barking Crab trugen, und – ebenfalls auf Bowen's Wharf – Läden wie etwa das Egg and Dart; auf einmal schien Manhattan sehr weit weg. Sie atmete tief aus und dachte: Vielleicht, ganz vielleicht, wird es ja alles wieder. Doch in den Anflug von Optimismus – ein windiger Luftballon – bohrten sich Gedanken an Julian.

Immer noch kein Wort von ihm.

Sie drehten eine Runde, bis zu ihrer Rechten Easton's Beach auftauchte. Das Meer war ruhig und schimmerte türkisfarben. Marin hatte nicht gewusst, dass der Atlantik auch so aussehen konnte. Das Meer ihrer Kindheit, an der Küste von Jersey, war tiefblau oder grau, mit stetiger Brandung. Das Kreischen einer Möwe verstärkte ihre Sinneserinnerungen an jene Zeit, und am liebsten hätte sie um all das geweint, das sie für ihr Leben als wahr angesehen hatte und das nun verloren war.

Rachel hielt auf einem großen Parkplatz; die Mittagssonne brannte auf sie herab.

»Wo gehen wir hin?«, fragte Marin im Gefolge von ihrer Mutter und Rachel, die Yelp zurate zog.

»Am Strand gibt es eine Snackbar«, sagte Rachel.

»Eine Snackbar?«

»Mit viereinhalb Sternen. Berühmt für ihre Hummerbrötchen.« Rachel zeigte ihr ein Foto auf ihrem Handy.

»Okay«, sagte Marin und fand es selbst abscheulich, wie trübsinnig sie sich anhörte, kam aber aus dem Sumpf nicht heraus. Die Sonne, der Sand, der herrliche Tag – nichts davon durchdrang die Wolke über ihrem Herzen.

Die Snackbar bestand aus einer langen Holztheke vor einer offenen Küche. Die Theke bot einen Getränkespender, eine Auswahl frischer Brezeln und Popcorn wie im Kino. Ein Hamburger kostete fünf Dollar fünfundzwanzig. Marin konnte sich nicht erinnern, wann sie zum letzten Mal weniger als zehn oder elf Dollar für einen Burger bezahlt hatte. Fischsandwiches, Krebsküchlein, Hotdogs … sogar Zuckerwatte. Alles hier schrie: *Hab Spaß! Vergnüg dich!*

Sie entschieden sich für das Gleiche: je zwei Hummerbrötchen mit Pommes frites. Nur Rachel bestellte noch Churros zur Nachspeise.

Als das Essen fertig war, trugen sie ihre Tabletts mit dem Hummer auf Papptellern, den Erfrischungsgetränken und salzigen Bergen von Pommes zu einem Tisch auf der Terrasse.

»Heute ist der erste Tag, der sich nach Sommer anfühlt«, sagte Blythe und blickte lächelnd auf das Strandpanorama.

»Das hier *schmeckt* nach Sommer«, gab Rachel zurück und biss in ihr Brötchen.

Marin lehnte sich auf ihrem Stuhl zurück und suchte in ihrer Handtasche nach ihrem Handy. Sie hatte eine Abmachung mit sich selbst getroffen, ihre E-Mails erst in Provincetown zu checken. Aber dieser Zwischenstopp in Rhode Island zählte nicht, oder?

Sie schirmte das Display mit einer Hand vor der gleißenden Sonne ab. *Aktualisiert.*

Nichts.

»O mein Gott, Marin!«, kreischte ihre Mutter.

Ein Vogel saß auf ihrem Tablett – eine schlanke Möwe. Und dann flog sie mit einem von Marins Hummerbrötchen davon.

»Was zum Teufel …«, sagte Marin.

In diesem Moment kam eine zweite Möwe angesegelt und schnappte sich das andere Brötchen.

Rachel, die mit vollem Mund gegen einen Lachanfall kämpfte, deutete auf etwas hinter Marins Rücken. Sie drehte sich um. An einem Coca-Cola-Automaten lehnte eine große, von Hand beschriftete Tafel: *Bitte geben Sie auf Ihre Speisen acht. Wenn sie über die Theke gegangen sind, können wir keine Verantwortung mehr dafür übernehmen. Möwen sind auf Ihr Essen aus!*

Für sie selbst unerklärlich, schossen Marin Tränen in die Augen. »Ich hatte sowieso keinen Hunger«, sagte sie.

»Ach, Schätzchen – hier. Nimm eins von meinen Brötchen.«

»Ist schon gut«, schnauzte sie. »Ich wusste doch, dass wir besser durchgefahren wären.«

»Marin hat nie Hummer gegessen, bis sie auf dem College war«, sagte Blythe zu Rachel. »Als sie klein war, gingen wir öfter in ein schickes Fischrestaurant im Stadtzentrum, und da stand sie immer schluchzend vor dem Hummerbecken.«

»Ooooh!«, sagte Rachel.

Marin verdrehte die Augen.

Nachdem ihre Mutter und Rachel aufgegessen hatten, stellte Marin fest, dass sie doch Hunger hatte. Aber aus irgendeinem Grund konnte sie es nicht zugeben.

Sie stiegen wieder in den Wagen.

Kapitel 11

Auf Blythe wirkten die riesigen weißen Windräder in der Ferne wie winkende Arme, die sie anlockten. In der vergangenen Stunde hatte das, was sie um sich herum sah – weite Wasserflächen mit hingetupften Segelbooten, schmale Brücken und von Bäumen gesäumte Schnellstraßen –, ihr das Gefühl gegeben, in eine Fantasiewelt eingetaucht zu sein. Das offene Schiebeverdeck, der Sender mit Rocksongs, an die sie sich aus ihrer Teenagerzeit in den frühen Achtzigerjahren erinnerte (Rachel und Marin wollten partout nicht glauben, dass Bono einst von Mädchen aus aller Welt wie ein Gott verehrt wurde) – mit einem Mal empfand sie wieder diese fast völlig ungetrübte Freude, die sie für immer verloren geglaubt hatte. Vom vollkommenen Glück trennte sie nur eins: das offensichtliche Elend ihrer Tochter.

Ja, natürlich war das Ganze ein Schock. Lag der Fehler bei Blythe? Absolut. Aber sie musste fest daran glauben, dass Marin ihr irgendwann verzeihen würde. Von etwas anderem auszugehen verbot sich von selbst. Marin verstand nicht, warum sie sich den beiden aufgedrängt hatte. Ein Grund dafür lautete: Marin sollte nicht inmitten von lauter unbekannten Menschen verwirrt und zornig allein vor sich hin brüten.

Der andere Grund, warum sie darauf bestanden hatte, sich den Mädchen anzuschließen? Sie war schlicht neugierig. Diese Amelia war die Großmutter ihrer Tochter. Fast schon unerhört, dass eine hergelaufene Fremde solch eine enge Verbindung zu Marin hatte. Klar, Blythe hatte immer gewusst, dass dem so war. Aber es war für sie nicht realer gewesen als andere Tatsachen des Universums, über die sie nicht täglich nachsann. Nun, da diese Person, diese Großmutter aufgestöbert worden war, musste Blythe sie einfach kennenlernen. Welche Facetten von Marin mochten sich im Gesicht, in der Persönlichkeit dieser für sie ebenfalls völlig unbekannten Frau spiegeln?

Und ja, es würde sie auch zu dem Mann zurückbringen, der Marins leiblicher Vater war. Aber daran wollte sie jetzt nicht denken.

Sie blickte auf den Hinterkopf ihrer Tochter; das dunkel glänzende Haar war im Nacken zu einem nachlässigen Knoten geschlungen. Marin checkte ihr Handy. Schon wieder.

»Hast du etwas von Julian gehört?« Blythe wusste, dass sie besser nicht danach gefragt hätte. Aber das Schweigen ihrer Tochter war für sie so neu wie unerträglich. Erst schloss sie Blythe von der Geschichte mit Greg und dem Desaster in der Kanzlei aus. Und nun auch von allem, was mit diesem neuen Mann zu tun hatte.

»Lass es, Mutter«, sagte Marin.

»Was ist mit ihm?«, fragte Rachel. Blythe nickte. *Ja, Rachel, los! Frag du nur. Dich wird Marin nicht ignorieren. Dazu ist sie zu höflich.*

Marin seufzte und rutschte auf ihrem Sitz herum.

»Wir kennen uns durch die Arbeit. Die Kanzlei hat strenge Vorgaben, was Beziehungen angeht – ich war ihm untergeordnet. Jemand hat davon erfahren, und wir mussten beide gehen.«

»Ja, hab schon kapiert, einiges stand davon in dem

Online-Artikel. Schöne Scheiße. Macht es ihm was aus, dass du gerade jetzt aus der Stadt abhaust?«

Marin schüttelte den Kopf. »Im Augenblick will er nicht mit mir reden.«

»Er will nicht mit dir reden?«, fragten Rachel und Blythe wie aus einem Mund.

Marin sah Blythe scharf an. »So ist es. Er braucht Zeit, um es … zu verarbeiten.«

»Wenn ihr mich fragt, ich finde das ein bisschen selbstsüchtig«, sagte Blythe.

»Dich hat aber niemand gefragt.«

»Gibt er dir die Schuld?«, fragte Rachel.

»Ich weiß es nicht«, gab Marin zu.

»Das ist doch lächerlich!«, sagte Blythe, so heftig, dass es sie selbst überraschte. Aber Marin so reden zu hören – als gäbe sie sich komplett geschlagen –, das sah ihr überhaupt nicht ähnlich. »Dein Vater meint, die Kanzlei hat überreagiert.«

»Ach, *mein* Vater meint das?«, konterte Marin scharf. »Erzähl mir doch, was *mein* Vater sonst noch alles meint.«

Die Bemerkung schwebte zwischen ihnen in der Luft, und für eine scheinbar endlose Strecke herrschte Schweigen.

Um kurz vor drei, sieben Stunden nach ihrem Aufbruch von New York City, bog Rachel in Provincetown in die Commercial Street ein.

Sie lächelte. Konnte diese malerische, schmale Straße mit ihren höchstens dreistöckigen Gebäuden und den bunten Ladenfassaden ebenso ein Teil von ihr sein wie die messingglänzende Schönheit von Los Angeles? Ja. Ja, so war es. Sie spürte es.

Überall liefen Menschen herum, strömten von den Gehwegen auf die Straße, Pärchen und Grüppchen flankierten den langsam vorankommenden Wagen; ein paar Fahrradfahrer zogen vorbei und machten mit Geklingel auf sich aufmerksam. Weiter vorn ein Fahrradtaxi. Zentimeterweise arbeitete Marin sich einen halben Block voran. Links Cabot's Candy. Rechts eine kleine Kunstgalerie. Zentimeter um Zentimeter. Vorbei an dem großen Ziegelbau des Postamts. Die weiß getünchte öffentliche Bibliothek. Ein kleines Café namens Heaven.

»Ach, ist das entzückend!«, sagte Blythe.

Und das war es auch – das war es wirklich.

Es tat Rachel leid, dass Marin die Reise nicht genoss. Ja, ihre Mutter hatte sie angelogen, so was warf einen sicher aus der Bahn. Aber Blythe schien eine ziemlich tolle Mom zu sein. Wie es wohl war, mit solch einer Mutter aufzuwachsen? Bei Fran hieß es immer nur: »Ich, ich, ich.« Bei Blythe drehte sich alles einzig um Marin. Allein wie sie sie ansah, so voller Bewunderung. Es war ihr nicht egal, was zwischen Marin und ihrem Freund ablief. Sie begleitete sie sogar auf ihrer Reise! Fran war vermutlich schon wieder in Ojai oder in Joshua Tree, und niemand wusste, wann Rachel das nächste Mal etwas von ihr hören würde.

Sie sah zu Marin, die aus dem Fenster starrte.

»Was meinst du?«, fragte Rachel. »Ziemlich cool, oder?«

»Nicht zu fassen, der Wagen vor uns bleibt einfach mitten auf der Straße stehen.«

Der Fahrer des roten Jeeps hielt gerade ein Schwätzchen mit einem Typen auf einem Fahrrad und einem anderen Kumpel, der sich halb durch das Autofenster beugte. In Los Angeles wäre das undenkbar und hätte jede Menge Hupen und Gebrüll nach sich gezogen. Doch irgendetwas gab Rachel zu verstehen, dass dergleichen in Provincetown zur Tagesordnung gehörte.

Als der Jeep sich wieder in Bewegung setzte, kamen sie einen Block weiter. Und schließlich, auf der linken Seite, erhob sich das dreistöckige Haus im georgianischen Stil mit seinen grauen Holzschindeln, einer umlaufenden Veranda, einer Backsteintreppe und weißen Holzbalkons. Auf einem frei hängenden, ramponierten Schild stand BEACH ROSE INN.

Rachels Herz schlug schneller.

Amelia hatte in einer E-Mail geschrieben, sie solle auf der Straße parken. Doch nun, da sie gleich ihre Großmutter kennenlernen sollte und sie der Charme dieses wundersamen Orts schier überwältigte, war sie solchen praktischen Anweisungen nicht gewachsen. Sie konnte kaum klar denken, geschweige denn rückwärts einparken.

»Ich mach das«, sagte Marin und schnallte sich ab, nachdem Rachel vergeblich herumgefuhrwerkt hatte, um sich erst in die eine, dann in die andere Parklücke zu zwängen. Marin stellte den Wagen gegenüber der Pension ab, vor einem Lokal namens Joe Coffee.

»Wenn ich's mir so überlege, ich könnte einen Kaffee brauchen«, sagte Marin.

Machte sie Witze? Wie konnten sie das Ganze auch nur eine Minute aufschieben? Ihre Großmutter war hier an Ort und Stelle, sie wartete auf sie.

Rachel entdeckte einen schokoladebraunen Labrador, der auf der vorderen Veranda lag. Sie wollte schon sagen: *Nein, gehen wir rein.* Aber Marin war so unglücklich. Wenn ein bisschen Koffein sie aufheiterte …

Der Weg zum Café führte sie an runden Tischen mit türkisfarbenen Sonnenschirmen vorbei. Am Tisch direkt bei der Tür saß ein halbes Dutzend Männer, alle mit gestutzten, grau melierten Bärten, schicken Sonnenbrillen und farbenfrohen T-Shirts. Ihr raues Gelächter weckte in Rachel den Wunsch, sich dazuzusetzen und mitzureden.

»Willst du auch was?«, fragte Marin sie und reihte sich in die Schlange ein.

»Ich mach das schon, Liebes. Sagt mir, was ihr wollt«, bot Blythe an.

»Nein, ich mach das, Mom.«

»Für mich nichts, danke.« Rachel biss sich auf die Lippe, um nicht herauszuplatzen: *Nun beeilt euch mal ein bisschen!*

Zum Glück arbeitete die Barista fix. Sie hatte blonde Dreadlocks und dazu einen Lidschatten aufgetragen, der perfekt zu einer Rave-Party gepasst hätte. Auf ihrem pinkfarbenen T-Shirt war VAGINA IS FOR LOVERS zu lesen.

Mit Kaffeebechern in der Hand folgten Marin und Blythe Rachel wieder nach draußen. Sie musste sich zwingen, um nicht einen Schritt zuzulegen. *Los, los!*

»Setzen wir uns doch einen Moment«, sagte Marin.

Okay, jetzt trieb sie es zu weit.

»Marin! Wir haben sieben Stunden Fahrt hinter uns. Ganz zu schweigen von den zweiundzwanzig Jahren, die ich gebraucht habe, um hierherzufinden. Ich kann keine Minute länger warten!«

Marin wirkte gequält, und erst da ging Rachel auf, dass sie das Zusammentreffen hinauszögern wollte.

»Gut. Dann geht ihr doch schon mal vor«, sagte Marin.

»O nein – das machen wir schön alle zusammen.«

»Wisst ihr was«, sagte Blythe, »wie wär's, *ihr* zwei geht vor und ich warte hier? Ihr solltet eurer Großmutter erst mal allein begegnen. Ich besorge mir eine Zeitung und trinke meinen Kaffee. Ich komme dann nach.«

Marin schien hin- und hergerissen. Sie wollte keineswegs bei ihrer Mutter bleiben und mit ihr zusammen warten, war aber auch noch nicht bereit, Amelias Haus zu betreten. Also tat Rachel das, was eine jede gute Schwester gemacht hätte.

Sie nahm sie bei der Hand.

Kapitel 12

Panik. Anders ließ sich das Gefühl nicht beschreiben, mit dem Marin hinter Rachel die Backsteintreppe hinaufstieg. Über ihren Köpfen hingen rote Geranien aus einem Weidenkorb.

Marin hielt sich im Hintergrund, als Rachel vor der Haustür stand. Der schokoladenbraune Labrador sprang auf und schleckte ihr die Hand, die sie in Abwehr erhoben hatte.

»Die Tür ist offen«, sagte Rachel und griff nach dem Türknauf.

»Stopp! Solltest du nicht erst mal anklopfen?«

»Das hier ist ein Bed and Breakfast – da können wir doch wohl einfach reingehen.«

Bevor diese Frage leise geregelt werden konnte, flitzte der Hund ins Haus und kündigte ihr Eintreffen mit lautem Gebell an.

Sie folgten ihm. Den einzigen Hinweis, dass dies eine Pension und kein privates Strandhaus wie aus dem Bilderbuch war, lieferte der halbrunde, weiß gestrichene Holztresen rechts neben der Eingangstür. Der Raum war luftig, ganz in Weiß, Grau und Meergrün gehalten. Weiße Wände und Holzbalken, ein weißer Tisch aus Peddigrohr zwischen zwei blassgrauen Sofas. Kleine, leicht mitgenommen wirkende Holztische mit allerhand Krimskrams darauf – antike Kerzenhalter aus Kupfer, mit schiefergrauen und moosgrünen Steinen gefüllte Glasschalen. Zur Linken eine gerahmte alte

Landkarte von Provincetown über einem Regal mit aufgereihten grünen und blauen Glasflaschen in unterschiedlichen Größen.

Eine Wand war vom Boden bis zur Decke mit Mosaiken bestückt, manche aus Kachelteilen in lebhaften Blau- und Grüntönen zusammengesetzt, andere einfarbig mit blassen Steinen und Muscheln. Unter alldem stach Marin eins sofort ins Auge: ein gigantischer Seestern aus Buntglas.

»Molly, Schluss mit dem Gebell! Was machst du denn für einen Aufstand?« Eine rothaarige Frau kam durch eine Tür am anderen Ende des Vorraums. Sie trug ein weißes T-Shirt mit V-Ausschnitt und olivgrüne Cargohosen, ihr Haar war links und rechts zu zwei unordentlichen Rattenschwänzen zusammengebunden. Sie hatte hohe Wangenknochen, cremefarbene Haut und viele Sommersprossen. Die Krähenfüße um ihre grünen Augen und die Kerben um ihren fein geschwungenen Mund waren das Einzige, was auf ihr Alter schließen ließ. »Oh – hallo, Mädels. Ihr seid bestimmt die Enkeltöchter!«

»Äh, ja«, sagte Rachel. Marin nickte nur.

»Ich bin Kelly.« Die Frau hob einen Finger – *kleinen Moment* – und zog ein Gerät aus der hinteren Hosentasche, das Ähnlichkeit mit einem Walkie-Talkie hatte. »Die Mädchen sind da«, sprach sie in das Gerät hinein und wandte sich dann wieder den beiden Frauen zu. »Amelia kommt gleich herunter. Entschuldigt dieses Untier. Es gehört unseren Freunden, die weiter unten in der Straße wohnen, und aus irgendeinem Grund macht es sich die Hundedame in diesem Haus ein bisschen zu gemütlich. Ich fahr schnell los und kaufe was zu essen ein. Wir sehen uns später – ach ja, irgendwelche Lebensmittelallergien?«

Marin und Rachel schüttelten den Kopf.
»Ich, äh, bin Vegetarierin«, sagte Rachel.
»Das war ich auch, bis Amelia mich auf die dunkle Seite gezogen hat.« Kelly zwinkerte ihnen zu und verschwand dort, woher sie gekommen war.
Marin sah zu Rachel.
»Wer ist das?«
»Kelly.«
»Ja, das hab ich auch mitgekriegt. Ist sie hier der Boss, oder so?«
Rachel zuckte mit den Achseln. »Amelia meinte, die Pension wäre diese Saison geschlossen. Deswegen hat sie Platz für uns drei. Keine Ahnung, vielleicht arbeitet die Frau hier.«
Kurz danach: Schritte auf der Treppe. Eine ältere Frau in einem blauen Kleid mit Batikmuster stieg die Stufen hinunter und winkte ihnen zu. Sie war mittelgroß und schlank, hatte kinnlanges weißes Haar, eine breite Nase und ein warmes Lächeln.
»Rachel«, rief sie und schloss sie auch schon in die Arme. »Du bist ja noch viel hübscher als auf den Fotos!« Dann sah sie zu Marin, und ihre dunklen Augen füllten sich plötzlich mit Tränen.
»Du siehst genauso aus wie mein Nicolau«, sagte sie und packte sie bei den Händen. »Das hätte ich nicht gedacht.«
Marin blickte hilflos zu Rachel, die abermals mit den Achseln zuckte.
Die Frau sah sich um. »Fehlt nicht noch jemand?«
»Ja. Meine Mutter. Sie sitzt im Café. Trinkt einen Kaffee«, sagte Marin unbeholfen.
»Wir haben doch auch Kaffee«, erwiderte Amelia, als wäre Kaffeetrinken außer Haus eine absurde Idee.

»Sie kommt bald nach«, sagte Marin.

Amelia wirkte nachdenklich. »Wozu noch lange warten? Ich zeige euch jetzt eure Zimmer, sodass ihr euch frisch machen könnt. Deine Mom, Marin, wird dann eben erst später ihr Zimmer beziehen.«

Von ihrem Tisch aus hatte Blythe einen freien Blick auf das Beach Rose Inn. Sie fragte sich, wie lange sie sich Zeit lassen sollte, bis sie hineinging.

Schon außergewöhnlich, wie das Leben spielte. Sie saß hier, die Scheidung in Reichweite, trotz des Entschlusses, den sie vor so vielen Jahren gefasst hatte, um ihre Ehe zu retten.

Dazu dieser prächtige Tag: wolkenloser Himmel, strahlende Sonne, doch nicht zu heiß. Ein Wetter, das den Gedanken aufkommen ließ, es werde nie wieder regnen. Nicht viel anders als jener Frühsommernachmittag, an dem sie Nick Cabral zum ersten Mal begegnet war.

Als sie sich verabschiedeten, wusste sie, dass sie ihm nie wieder begegnen würde. Aber niemals hätte sie gedacht, dass sie eines Tages seine Mutter kennenlernen würde – die Mutter, die etwas so Ungeheuerliches getan hatte, dass Nick nicht über sie reden wollte. Er hatte gesagt, es sei ihm herzlich gleichgültig, wenn er nichts mehr von ihr hören würde.

»Das ist mein Neustart«, sagte er über Philadelphia, wo er einen Abschluss in Filmkunst machen wollte. Und wo er träge Sommernachmittage im Bett zubrachte – mit Blythe, einer verheirateten Frau.

Zu der Zeit hatte sie das Gefühl gehabt, ihr Leben sei bereits vorbei. Keine Neustarts mehr für sie, die Frau eines ehrgeizigen Firmenanwalts, die in einem großen Haus in der

Vorstadt lebte. Sie fühlte sich einsam in ihrer Ehe. Konnte sich nicht erinnern, wann Kip sie zum letzten Mal berührt hatte.

Ihre Schwärmerei für den verträumten, dunkeläugigen Kunststudenten war eine Ablenkung, eine vorübergehende Schwäche. Es war verkehrt, aber sie kam nicht von ihm los.

Was hat sie denn so Schlimmes getan? Sie ist immerhin deine Mutter.

Für mich ist sie gestorben, lautete seine Antwort.

Blythe sah sein Gesicht noch genau vor sich, als er das sagte. So viel Leid in seinen Augen, ein harter Zug um seinen Mund. Sie hatte sich vorgebeugt und ihn geküsst.

Nun griff sie nach ihrem Kaffee und erhob sich. Es war der Moment gekommen, die Frau zu treffen, die für Nick gestorben war. Nun war Nick für sie beide wirklich und wahrhaftig tot. *Nick.*

Dieser Gedanke tat weh, auch war er so unfassbar. Aber wie hätte sie sich etwas wie das hier je vorstellen können? Auf einmal fiel ihr ein, was Nick als Letztes zu ihr gesagt hatte. Er war der Meinung gewesen, dass das Universum seine eigenen Pläne habe.

Damit hatte er recht gehabt.

Kapitel 13

Sie waren nahezu mit der Besichtigung des ersten Stocks durch und standen auf der Schwelle zu dem Zimmer, das Marin für die nächsten Tage bewohnen sollte. Die Sonne strahlte durch die Fenster und die Glastür, die auf einen Balkon führte. Über dem französischen Bett war ein weißes Bücherregal angebracht. Das Laken war meergrün, darauf lag eine weiße Daunendecke und auf der wiederum eine kunstvoll gehäkelte Überdecke. Der hölzerne Beistelltisch hatte weiße Porzellanknäufe, die mit Sonnenblumen bemalt waren. An einer Wand lehnte ein Stück Treibholz.

Marin begutachtete den Ort, an dem sie sich zusammenrollen und ihre Wunden lecken konnte: eine Holzbank mit nicht zueinander passenden Kissen vor einem Fenster, auf dem Sims Schätze aller Art – von der Sonne gebleichte alte Wäscheklammern, eine Handvoll runder, glatter Steine sowie ein Einweckgefäß, gefüllt mit blauem Meerglas.

Unten bellte Molly lautstark.

»Bestimmt ist deine Mutter jetzt auch da«, sagte Amelia. »Lass deine Tasche einfach stehen, Schätzchen, du kannst später auspacken.«

»Ich würde das lieber jetzt gleich tun, wenn es dir recht ist.«

»Du kommst nicht mit runter?« Amelia wirkte verdutzt. Wahrscheinlich fand sie es merkwürdig, wenn nicht gar unhöflich, dass Marin beim Empfang ihrer Mutter nicht dabei sein wollte.

Doch sie verkniff sich eine weitere Bemerkung. »Okay. Wann immer du so weit bist. Ich werde inzwischen deiner Mutter ihr Zimmer zeigen.« Marin bedankte sich, kam sich grob und furchtbar vor – und wollte doch nur in Ruhe gelassen werden.

Sie betrachtete sich in dem mit einem Muschelmosaik gerahmten Spiegel über der weißen Kommode. Zum ersten Mal in ihrem Leben war das Rätsel bezüglich ihres Äußeren gelöst. Die Gesichtszüge, die sie weder ihrem Vater noch ihrer Mutter hatte zuordnen können (ihre braunen Augen, die Neigung ihrer Nase, die angewachsenen Ohrläppchen), erkannte sie nun in Amelia wieder.

Marin ließ sich rücklings auf das Bett fallen und starrte zur Decke. Ein Ventilator drehte sich leise. Sie sah ihm zu und dachte an ihren Vater. Was sollte sie in dieser Angelegenheit tun? Mit dem Geheimnis zu leben war undenkbar, doch ihm die Wahrheit zu sagen, würde ihm nur Leid zufügen. Es war das Gegenteil von dem, was er gern als Win-win-Situation bezeichnete. Und was er noch gern sagte: »Wenn du nicht weißt, was du tun sollst, tu nichts.«

Dem Ventilator zuzusehen machte sie schwindlig. Ihr Magen rumorte. Unerklärliches Heimweh überkam sie, nicht nach einem bestimmten Ort, sondern nach dem Leben, das bis vor zwei Wochen ihres gewesen war. Jetzt war sie komplett von allem losgelöst, aus der Bahn geworfen – wortwörtlich und in jedem erdenklichen Sinn. Selbst Julian schien nur noch ein Traum zu sein. So unwirklich, dass sie erschrak.

Sie nahm ihr Handy und scrollte die Fotos durch, bis sie ein Selfie fand, das sie an einem trägen Sonntagmorgen von ihnen beiden in seinem Bett aufgenommen hatte. Julian wirkte ausnahmsweise nicht auf der Hut, sein glänzendes Haar war verwuschelt, und er lächelte.

Sie stöhnte auf, legte den Arm um ihren Bauch – der Schmerz war fast körperlich zu spüren. Hinter dem Fenster erstreckte sich der Ozean. Bot Frieden. Bot Glück.

Marin wählte seine Nummer und machte sich erneut auf die Sprachbox gefasst. Doch zum ersten Mal, seit sie beide die Kanzlei verlassen hatten, ging er dran.

»Hey«, sagte sie nervös. Auf eine Unterhaltung war sie überhaupt nicht vorbereitet, eher auf die Hinterlassung einer Sprachnachricht. Und das auch nur zur Not. »Wie geht's dir?«

»Ganz okay. Und dir?« Die Frage war rein rhetorisch, schon klar. Sie hatte gegen seine Bitte verstoßen, ihn in Ruhe zu lassen. Aber wie viel Ruhe, wie viel Zeit brauchte er noch? Sie war drei Bundesstaaten von ihm entfernt.

»Bei mir ist auch alles okay. Ich wollte nur kurz sagen, dass ich für ein paar Tage die Stadt verlassen habe. Ich bin in Provincetown. In einer hübschen kleinen Pension, die Rose Beach Inn heißt, allerdings ist sie für normale Gäste geschlossen. Ist eine lange Geschichte …« Ihr Gerede lief ins Leere, Julian schwieg. Es war, wie sie fand, ein vorwurfsvolles Schweigen.

Hätte sie ihm doch schon früher von Rachel erzählt. In ihrer augenblicklichen verfahrenen Lage und so zerrissen, wie sie sich gerade fühlte, war ein Gespräch unmöglich. Julian konnte nur davon ausgehen, dass Marin auf die Tränendrüsen drücken, ihn emotional manipulieren wollte.

»Ich bin in Chicago«, sagte er sachlich. Chicago? Solange sie ihn kannte, hatte er nie von dieser Stadt gesprochen.

»Zu Besuch?«

»Vorstellungsgespräch.«

Ihr wurde flau im Magen.

»Wow. Das ist ja … aufregend«, stieß sie aus. Würde er nach Chicago ziehen, bräuchte sie sich keine Hoffnungen mehr auf ihre Beziehung zu machen. Es wäre das Ende. Lange Arbeitszeiten und lange Anfahrten, um sich am Wochenende zu sehen, waren eine Killer-Kombination.

»Mal sehen, ob es hinhaut«, sagte er. Sie sah den entschlossenen Zug um seinen Mund vor sich.

Erneutes Schweigen. Hätte sie doch nicht angerufen. Dieses Gespräch war schlimmer als das Schweigen, das bis dahin zwischen ihnen geherrscht hatte.

»Okay. Dann halt mich auf dem Laufenden. Ich bin am Samstag wieder in der Stadt.«

»Marin«, sagte er, in beunruhigend mitfühlendem Ton. »Ich muss mich im Augenblick auf die Arbeit konzentrieren.«

Oh.

»Mit *im Augenblick* meinst du …«

»Pass auf dich auf, Marin.«

Das Abendessen war für sechs angesetzt. Rachel fand sich als Erste draußen ein, an dem langen Tisch mit Blick auf die Bucht. Es war alles so bezaubernd – das Haus, der Garten. Das Nebelhorn in der Ferne. Möwen versammelten sich auf den hölzernen Buhnen, Taue grenzten den Garten von dem mit allerlei Gestrüpp bewachsenen Sandstreifen ab, der sich bis zum Wasser erstreckte.

Die Tischplatte bestand aus vier breiten, ausgeblichenen Bohlen mit deutlichen Abnutzungsspuren. In gespannter Erwartung der anderen grub Rachel ihren Fingernagel in eine der tiefen Kerben.

»Hey Rachel«, sagte Kelly und setzte sich zu ihr auf die

Bank. »Du bekommst die absolute Starbehandlung. Amelia hat für heute Abend doch glatt was Vegetarisches zubereitet. Dass ich das noch mal erleben durfte.« Sie zwinkerte ihr zu.

»Ich hab das sehr wohl gehört«, sagte Amelia und stellte eine Schüssel mit Salat aus weißen Bohnen und einen Brotkorb auf den Tisch.

Blythe kam gleich nach ihr, jetzt in Leinenhosen und Pullover. Marins Mutter war einfach super. Die perfekte Mom, immer noch schön, ohne sich zu sehr aufzubrezeln. Eine dezent-elegante Erscheinung. Sie war das komplette Gegenteil von Fran mit ihrer drahtigen Yogafigur, auf die sie geradezu fanatisch achtete, und die in Klamotten steckte, für die selbst Rachel sich schon zu alt fühlte – Fran mit ihrer ewigen Bräune und ihren vielen Tätowierungen. Sie schob den Gedanken beiseite.

»Ach, Amelia, es ist einfach entzückend hier«, sagte Blythe.

»Ja«, bestätigte Rachel. »Und der Tisch ist wirklich cool.«

»Den hat unser Freund Paul für uns gemacht. Bis vor einigen Jahren hatten wir draußen nur mehrere kleine Tische stehen. Aber dann haben wir uns überlegt, dass es ganz schön sein könnte, unseren Gästen mehr Gemeinschaft bei den Mahlzeiten zu bieten – damit sie einander kennenlernen können, statt ständig in getrennten Gruppen dazusitzen. Das war eine der besten Entscheidungen, die wir je getroffen haben, denn im Laufe der Jahre entstanden unter den Gästen so einige Freundschaften. Sie haben sich gegenseitig eingeladen, sogar zu Hochzeiten.« Amelia und Kelly lächelten sich zu. »Es hat wunderbar funktioniert.«

»Dann macht ihr also auch regelmäßig Abendessen für eure Gäste?«

»Nein, nur Frühstück.«

»Wie gesagt: Starbehandlung.« Kelly schmunzelte.

»Na ja, Schätzchen, sie sind schließlich Familienangehörige und keine Gäste.« Amelia ließ ihren Blick über den Tisch schweifen. »Wird deine Tochter nicht mit uns essen?«, fragte sie Blythe.

Die sah nervös zu Rachel.

»Ich geh mal nachschauen. Ich werde ihr sagen, dass wir alle draußen sitzen.« Rachel stand auf.

»In den ersten Stock kommst du auch über die Küche. Da gibt es eine Hintertreppe«, sagte Amelia.

Rachel ging zügig hinein, in der Hoffnung, dass Marin nur die Zeitangaben aus den Augen verloren hatte und nicht die gemeinsame Mahlzeit boykottieren wollte.

Die Küche war so anheimelnd, dass sie in ihr den Wunsch weckte, hier selbst Gerichte zuzubereiten. Die Einrichtung wirkte modern und altmodisch zugleich mit ihren ausgetretenen Holzdielen, den elfenbeinfarbenen Schränken, den Arbeitsflächen aus Marmor und den seitlich angebrachten Messingstangen, an denen Schneebesen und Schöpflöffel hingen. In den von Eisenträgern gehaltenen klobigen Regalen entdeckte sie eine wilde Mischung von Tellern und Schüsseln. Auf den Arbeitsflächen befanden sich ein Tischbackofen sowie eine Holzschüssel mit Mörser und Stößel. Ein blassblauer Behälter mit der Aufschrift BROT. Eine Zuckerdose, offenbar selbst getöpfert. Eine gelbe Teekanne, ein Milchkännchen aus Porzellan. Grünes Meerglas in diversen Teilen auf der Fensterbank. Rachel griff nach einem davon, widerstand der Versuchung, es in der Tasche ihrer Jeansshorts verschwinden zu lassen, und begab sich nach oben.

Im ersten Stock angelangt zögerte sie kurz, bevor sie bei Marin anklopfte.

»Was ist?«, rief Marin.

»Ich bin's, Rachel. Wir sitzen schon alle draußen und warten nur noch auf dich.«

»Mir ist nicht nach Abendessen.«

Zum ersten Mal flammte in Rachel Ärger gegen ihre Halbschwester auf. Marin war schließlich nicht die Einzige, die mit einem Haufen Scheiße zu kämpfen hatte. Sie selbst war auch ziemlich von der Rolle. Was hatte sie erwartet? Dass sich nach dem ersten Zusammentreffen mit Amelia alle Puzzleteile wie von Zauberhand zusammenfügen würden? Dass sie sich von einem Moment auf den anderen zu Hause fühlen würde, dass die Einsamkeit, die ihr bisheriges Leben überschattet hatte, sich augenblicklich verflüchtigte? Danach fühlte es sich nicht an.

Ja, Amelia und Kelly waren cool. Und sie war heilfroh, bei ihnen zu sein. Doch nun wurde ihr klar, dass sie sich selbst an der Nase herumgeführt hatte: von wegen, es würde keine Rolle spielen, dass ihr Vater tot war, es würde ausreichen, ihre Großmutter kennenzulernen. Es drängte sie, irgendeine Art von Verbindung zu ihrem Vater herzustellen. Bloß wusste sie nicht, wonach sie fragen sollte oder was sich in diesem Haus finden ließe, das ihren Bedürfnissen gerecht werden würde.

»Jetzt komm schon, Marin«, sagte sie. »Das Essen sieht verdammt lecker aus, und … also, du willst doch nicht unhöflich sein, oder?«

»Verzieh dich, Rachel.«

Marins Ton ließ wenig Spielraum für Verhandlungen. Widerwillig trat Rachel den Rückweg über die Hintertreppe an.

Kapitel 14

Rachels Miene verriet Blythe sofort, dass Marin nicht zum Abendessen kommen würde. Sie bemühte sich, nicht zu verzweifeln. Schließlich wollten sie eine ganze Woche in Provincetown verbringen, da konnte man nicht erwarten, dass gleich am ersten Abend alles rundlief.

»Tut mir leid wegen deiner Tochter«, sagte Amelia zu Blythe. »Das Ganze war wohl eine unwillkommene Überraschung für sie?«

»Es ist etwas kompliziert«, gab Blythe zu. »Sie fängt sich bestimmt wieder.« *Lieber Gott, mach, dass sie sich wieder fängt!*

Das Essen war köstlich – gegrillte Shrimps mit Knoblauch und Koriander, Reis und gedünstete grüne Bohnen. Und die Unterhaltung bei Tisch gestaltete sich ebenfalls höchst angenehm. Offenbar wollte niemand zu sehr in die Tiefe gehen und die idyllische Wir-lernen-uns-erst-mal-kennen-Blase platzen lassen. Doch als Amelia und Kelly sich in die Küche verzogen, um die Nachspeise und Kaffee zu holen, konnte Blythe sich die Frage nicht verkneifen: »Rachel, wie findet denn deine Mutter all das? Dass du mit Amelia Kontakt aufgenommen hast und hergefahren bist?«

»Meine Mutter? Das ist ihr egal.«

»Es ist ihr *egal?*«

Rachel zuckte mit den Achseln. »Die Sache mit dem Samenspender hat sie immer sehr lässig genommen. Sie wollte ein Kind, für sich allein, und hat nie ein Geheimnis daraus gemacht. Ich will dir jetzt nicht zu sehr auf die Pelle rücken, aber hast du jemals daran gedacht, Marin reinen Wein einzuschenken? Ich meine, warst du nie bange, dass sie dir eines Tages auf die Schliche kommen würde?«

Blythe nahm einen großen Schluck aus ihrem Weinglas und blickte Richtung Wasser. »Wie schon gesagt – es ist nicht so ganz einfach.«

»Bist du sauer auf mich, weil ich Kontakt zu Marin aufgenommen habe?«

Blythe strich mit einer Fingerspitze über den Rand ihres Weinglases. War sie sauer, dass Rachel in ein Wespennest gestochen hatte?

»Nein. Natürlich nicht.«

»Und ihr Vater? Also der Vater, der sie aufgezogen hat?«

»Könnten wir dieses Thema bitte aussparen?« Blythe blickte zum Haus und bereute, sich überhaupt auf das Gespräch eingelassen zu haben.

»Tut mir leid! Ich … ich bin bloß … Ach, was weiß ich, ich bin einfach so was von nervös.«

»Hast du immer in Los Angeles gelebt?«

Rachel nahm einen kräftigen Schluck von ihrem Bier. »Wir sind von Philadelphia nach L. A. gezogen, da war ich zwei.«

»Das heißt, du bist aus Philadelphia?«

»Ja. Meine Mutter gehörte dort zur Oberschicht, aber das hat ihr nicht gepasst. Sobald es ging, ist sie abgehauen.«

Als Rachels Mutter »abhaute«, war sie, Blythe, nach Philadelphia gekommen, einer Stadt, von der sie nie angenommen hätte, dort ihr weiteres Leben zu verbringen.

»Was gibt es weiter über dich zu erzählen, Rachel?

Abgesehen von diesem Familiendrama. Hast du in L. A. einen Freund?«

Rachel schüttelte den Kopf. »Nein. Ich war noch nie so richtig verliebt oder irgendwas in der Art.«

Blythe nickte. »In der heutigen Zeit habt ihr jungen Frauen es offenbar damit nicht so eilig.«

Und damit waren sie – so ihre Vermutung – um einiges schlauer, als sie es damals gewesen war.

***

Begonnen hatte es im Sommer. »Fast Car« von Tracy Chapman war ein Dauerbrenner im Radio. Blythe sah sich dreimal die Liebeskomödie *Cocktail* im Kino an. Grauenvoll, aber sie konnte nicht anders.

In diesem Sommer geriet Blythe zum ersten Mal ins Schwimmen. Die Wärme, die üppig blühenden Blumen, die Gartenpools, die nach Entfernung der Planen zum Vorschein kamen, die langen Tage und das Licht der Glühwürmchen bei Nacht. All das verstärkte ihr Gefühl von Einsamkeit, machte es für sie noch unerträglicher.

Im Sommer zuvor, dem ersten nach ihrer Heirat, war es nicht anders gewesen. Die Schwüle – mit der Pollen aller Art durch die Luft flogen – rief eine schmerzliche Sehnsucht in ihr wach. Höchst merkwürdig. Abend für Abend fasste sie nach Kip, in der Hoffnung, Erfüllung durch ihn zu finden. Doch er wandte ihr oft den Rücken zu. Er musste früh aus dem Bett, stand unter Stress, hatte kein Interesse an ihren Wünschen.

Als es September wurde, war sie dankbar für die ersten vom Baum fallenden Blätter, für das Schweigen der Zikaden.

Die Jahreszeit, in der es früh dunkel wurde und die Bäume kahl dastanden, würde dieses seltsame Etwas in ihr hoffentlich zur Ruhe bringen. Und so war es. Um die Weihnachtszeit dachte sie: *Ich schaffe das.*

Doch dann war wieder Sommer, und mit ihm kehrte die Ruhelosigkeit zurück.

Sie saß auf der langen Treppe zum Philadelphia Museum of Art und sah den Autos zu, die den Platz Richtung Kelly Drive umrundeten. Die Straße war nach dem Ruderer John B. Kelly jr. benannt, dem älteren Bruder von Grace Kelly – Trivialitäten über Philadelphia, über die sie dank Kips Mutter Bescheid wusste.

Aber im Augenblick wollte sie nicht über die Bishops nachdenken. Morgens hatte sie sich mit Kip gezankt, und jetzt sollte das Ganze zumindest für ein paar Stunden vergessen sein. Es war ein herrlicher Samstagnachmittag – sehr warm, aber nicht drückend, mit einer leichten Brise vom Fluss. Sie hatte Kip angefleht, ein wenig Zeit mit ihr zuzubringen. Es hätte gar nichts Verrücktes sein müssen, obwohl sie liebend gern zur Küste gefahren wäre, um dort am Strand entlangzuwandern, Käsesteaksandwichs zu essen, sandige Füße in offene Sneakers zu stopfen – schon ein Spaziergang im Suburban Square, einer Shopping-Mall mit edlen Geschäften, wäre schön gewesen. Aber er musste arbeiten, wie seit neuestem an jedem Wochenende, und als sie ihrer Enttäuschung Luft machte, legte er ihr nahe, »erwachsen zu werden«.

Sie stieg die ungefähr siebzig Stufen bis zum Eingang des Museums hoch. Zwischendurch hielt sie inne, um den Ausblick auf ihre neue Heimat zu genießen. Es war eine wunderbare Stadt, da konnte sie sich nicht beklagen. Doch was hatte sie – vier Jahre nach ihrer Übersiedlung hierher – im Gegenzug zu bieten? Ihre Tanzkarriere war im Sand verlaufen, sie selbst eine einsame Hausfrau.

Vielleicht war das ja die Lösung: ein Kind.

»Ein Kind?«, hatte Kip gesagt, als hätte sie einen Ausflug zum Mond vorgeschlagen. »Du hast doch kein Gramm Körperfett.«

War das ein Hindernis? Der Gedanke beunruhigte sie. Sie nahm knapp zehn Pfund zu. Laut Auskunft des Arztes war bei ihr alles im grünen Bereich. Trotzdem wurde sie nicht schwanger. Sie beging den Fehler, ihren Frust darüber vor Kip laut werden zu lassen.

»Es ist nicht der richtige Zeitpunkt – weder für dich noch für mich«, erklärte er barsch. »Ich muss mich momentan wirklich ins Zeug legen, Blythe. Eine Familie gründen wir, wenn ich verlässlich Fuß gefasst habe.«

Doch sie fürchtete, er werde nie verlässlich Fuß fassen. Nie einen Gang runterschalten, um ein normaler Ehemann zu sein, geschweige denn ein Vater.

Der Arzt hatte sie angewiesen, ihn noch einmal zu konsultieren, falls es binnen sechs Monaten zu keiner Empfängnis gekommen war. Doch nach Verstreichen der Halbjahresfrist fehlte ihr der Mut, einen weiteren Termin auszumachen. Wie sollte sie auch schwanger werden – ihr Mann rührte sie überhaupt nicht mehr an.

Wieder beklagte sie sich bei Kip. »Wie wäre es mit einer Eheberatung?«

»Blythe, ich bitte dich. Ich habe im Augenblick mehr als genug um die Ohren. Versuch nicht dauernd, alles zu kontrollieren.«

Alles zu kontrollieren? Sie hatte nichts unter Kontrolle.

Ihr Leben war vage und leer. Als sie in den Ballettstunden die ersten Arm- und Handhaltungen erlernte, hatte der Trainer gesagt, sie solle Mittelfinger und Daumen so zusammenlegen, als hielte sie dazwischen einen Wattebausch. Genau dort lebte sie jetzt – in diesem winzigen, formlosen Raum.

Im Philadelphia Museum of Art gab es eine neue Ausstellung über Meister des Kubismus: Picasso, Braque, Léger, Gris. Blythe interessierte sich vor allem deshalb für die kubistische Bewegung, weil sie mit der Blütezeit des Ensembles Ballets Russes zusammenfiel; Picasso hatte sogar gemeinsam mit Sergei Djagilew gearbeitet.

Drinnen steuerte sie als Erstes den Museumsshop an, verweilte ausgiebig bei impressionistischen Plakaten, winzigen Freiheitsglocken und großformatigen teuren Bildbänden. Sie entdeckte ein Notizbuch mit Degas' *Tänzerinnen in Blau* als Cover, griff danach und blätterte die leeren Seiten durch. Stellte sich vor, es nachts im Bett in Händen zu halten und mit ihren Enttäuschungen, Träumen und Sehnsüchten zu füllen.

Sie kaufte es.

Die Eingangshalle war erstaunlich voll. An solch einem traumhaften Tag hätte sie erwartet, das Museum fast leer vorzufinden. Ihrer Ansicht nach genoss jeder den ersten Anflug von Sommer auf die einzig richtige Art und Weise, nämlich im Freien – jeder außer ihr. Aber nein, die Schlange vor der Ticketkasse erstreckte sich über die gesamte Länge des Vorraums. Aus unerklärlichen Gründen wurde es Blythe weinerlich zumute. Das Universum hatte sich gegen sie verschworen.

Nach einer Weile marschierte ein uniformierter

Museumsmitarbeiter an der Schlange entlang und wies die Leute an – je nachdem, wie weit vorn sie in der Reihe standen –, in einer halben, in einer oder auch erst in zwei Stunden wiederzukommen. Es müsse Platz geschaffen werden. Die Menschenmenge sei buchstäblich brandgefährlich.

Als alle brav Richtung Ausgang trotteten, witzelte ein Mann hinter Blythe: »Nicht zu fassen, dass so viele Menschen bereit sind, eine Stunde anzustehen, bloß um sich Kubisten anzusehen.«

Sie drehte sich zu ihm um – ihr Frust musste raus. »Sie haben sich doch auch angestellt, was finden Sie dann daran nicht zu fassen?«

Er trug Jeans und ein Cocteau-Twins-T-Shirt. Seine Augen waren fast so schwarz wie das T-Shirt.

»Ich bin nicht freiwillig hier – es geht um ein Uni-Projekt. Glauben Sie mir, ich könnte mir weit Besseres an einem Sommertag vorstellen.«

Fast hätte sie gefragt: *Ach ja, und zwar was?* Aber das verbot sich nach einem zweiten Blick auf ihn. Dafür sah er einfach zu gut aus. Es hätte nach Flirtversuch, nach einer Einladung geklungen. Sie bemerkte, dass er einen Skizzenblock dabeihatte. Eine Frage konnte sie sich doch nicht verkneifen: »An welcher Uni sind Sie?«

»Kunstakademie«, sagte er. »Studieren ist der einzige Grund, sich in einer Stadt wie Philadelphia aufzuhalten.«

Irgendetwas an seiner unverblümten Negativität, seiner Ungeduld, an der Art, wie seine dunklen Augen sich ihres Gesichts und ihres Körpers so bemächtigten, wie es nur Künstler vermögen, gab ihr das Gefühl, aus dem Wasser aufzutauchen.

Sie hätte ihm gerne gesagt, dass künstlerische Ambitionen

auch sie in die Stadt geführt hatten. Und wünschte, das wäre immer noch der Grund für ihr Verbleiben in Philadelphia.

Draußen versteckte sich die Sonne hinter zwischenzeitlich aufgezogenen Wolken.

»Und, was haben Sie vor, bis wir in einer Stunde wieder reindürfen?«, fragte er. Seine schwarzen Augen signalisierten eine Einladung. Ihr Herz machte einen Sprung.

Die unzähligen Treppenstufen zwischen ihr und der Straße erschienen als unüberwindliche Hürde. Blythe blieb wie angewurzelt stehen. Wollte nirgendwohin, nur in genau diesem Moment verweilen. Wollte nachfühlen, wie die Welt auf einen Schlag weiter wurde. »Keine Ahnung«, sagte sie.

»Ich schon. Ich werde mit Ihnen schlafen«, erklärte er.

»Wie bitte?« Was sollte das? Wer sagte denn *so was?*

»Ich brauche Inspiration.« Er blickte in Richtung Eingang. »Und das, wonach ich suche, werde ich nicht da drin finden.«

»Ich weiß ja nicht mal, wie Sie heißen.«

»Nick.«

Kapitel 15

Amelia war auf Routine geeicht. Sommer für Sommer servierte sie morgens von sieben bis neun Frühstück für ihre Gäste. Dann radelte sie nach Herring Cove Beach und machte dort einen langen Strandspaziergang, bei dem sie den Sand nach Muscheln, Meerglas und anderen kleinen Schätzen absuchte.

Nun war es schon nach neun und der Tisch immer noch leer, bis auf eine Möwe, die sich dreist am Ende der Bank niedergelassen hatte. Amelia stellte das von Hand bemalte Tablett mit ihren berühmten Eierpuddingtörtchen ab und ging wieder in die Küche, um frischen Kaffee aufzubrühen. Beim Blick durchs Fenster auf den Tisch fragte sie sich, ob sie am Ende das gesamte Frühstück in den Müll schmeißen müsste.

Schliefen sie immer alle so lang? Gerade als sie aufgeben und zum Strand fahren wollte, stach ihr ein dunkel glänzender Pferdeschwanz ins Auge.

Er gehörte zu Marin. Der Stillen. Die Nick so sehr glich.

Offensichtlich hatte sie die Vordertür genommen und war den ganzen Weg hintenherum gegangen.

Amelia wollte mit ihr reden. Es war ziemlich seltsam, diese jungen Frauen um sich zu haben, bei sich wohnen zu lassen, in dem Wissen, dass es sich um ihre Enkelinnen handelte. Ja, sie wusste es, es war unübersehbar, aber bis in ihr Gefühl war es noch nicht vorgedrungen. Es versetzte ihr vor allem einen Stich, dass ihre Tochter bisher nicht auf ihren Brief geantwortet hatte. Kelly hatte recht gehabt: Sie hätte der Hoffnung keinen Raum geben dürfen. Aber ihren Enkelinnen würde sie Raum geben, in jeder Hinsicht. Ihre Erwartungen waren nicht unrealistisch. Genauer gesagt: Sie hatte gar keine. Sie konnten die Vergangenheit nicht ändern, waren aber an sie gekoppelt. Das ließ sich nicht leugnen.

Nick, ein Samenspender. Ausgerechnet er! Sie hätte ihm die Gebühren für die Kunstakademie doch überwiesen. Sie war zwar damals knapp bei Kasse gewesen – die Pension warf noch nicht so viel ab –, aber sie hätte es hingekriegt. Otto wäre eingesprungen. In den ersten Jahren nach ihrer Scheidung hatte er sie buchstäblich abgeschrieben, die Kinder jedoch nicht. Letztlich hatte es aber sein Gutes gehabt, dass Nick sie nicht um Geld angegangen war. Andernfalls hätte er keine Spuren hinterlassen, und sie könnte nicht diese junge, wunderschöne Frau in ihrem Garten betrachten.

Marin hockte am hinteren Ende des Tischs auf der Bankkante und betrachtete das Meer. Die Sonnenbrille verdeckte ihr halbes Gesicht, sie trug weiße Shorts und ein schwarzes Tanktop.

Amelia holte tief Luft und schob sich durch die Schwingtür mit dem Fliegengitter, in ihren Händen hielt sie die angeschlagene gelbe Kaffeekanne aus Porzellan, die schon ihre Mutter benutzt hatte. Marin wandte den Blick erst vom Wasser ab, als Amelia den Kaffee auf den Tisch stellte, direkt neben dem Orangensaft, dem Maisbrot, *broa,* und der Schüssel mit frischen Beeren.

»Guten Morgen, Liebes.« Sie goss Kaffee in eine hübsche, blassblau gemusterte Porzellantasse, die sie vor ein paar

Jahren zusammen mit Kelly bei einer Haushaltsauflösung entdeckt hatte. »Nimmst du Milch zum Kaffee?«

Marins Blick war leer. »Was? Nein danke. Schwarz ist gut.«

Der Schmerz in den Augen der jungen Frau war nicht zu übersehen. Amelia verstand – das alles musste ein großer Schock gewesen sein. Rachel hatte ihr erklärt, sie habe schon von klein auf an von dem Samenspender gewusst, beim letzten Telefonat vor ihrem Eintreffen jedoch erwähnt, dass Marin keine Ahnung gehabt hatte.

»Es ist bestimmt eine große Umstellung«, sagte Amelia.

Marin wandte sich wieder dem Wasser zu. Als klar wurde, dass von ihrer Enkelin keine Antwort kommen würde, fühlte sich Amelia – für sie sehr untypisch – gezwungen, die Stille zu durchbrechen.

»Falls es ein Trost ist: Ich bin vollkommen aus dem Häuschen darüber, dich und Rachel hier zu haben. Und deine Mutter scheint ganz reizend zu sein. Vielleicht kann ich euch später ein bisschen die Insel zeigen?«

Die Hintertür schlug mit dem vertrauten dumpfen Geräusch zu. Amelia drehte sich um und sah Rachel auf sie zueilen.

»Guten Morgen!«, sagte Rachel.

»Hast du gut geschlafen, mein Kind?«, fragte Amelia.

»Total. So gut wie schon lange nicht mehr. Wow, das sieht ja irre aus. Danke.« Sie griff nach der Kaffeekanne.

»Ich habe gerade zu Marin gesagt, dass ich euch später gern mehr von der Insel zeigen würde.«

»Bin sofort dabei! Ich will alles sehen. Eine Woche reicht wahrscheinlich nicht aus?«

Amelia lachte. »So groß ist die Insel nun auch wieder

nicht. Aber in mancher Hinsicht hast du recht. Ich habe den Großteil meines Lebens hier verbracht und entdecke immer noch Neues.«

»Super! Wie viele Generationen deiner Familie haben hier gelebt?«

»Eure Urgroßmutter hat sich in Provincetown niedergelassen, da war es noch ein abgeschiedenes Fischerdorf. Niemand hätte sich vorstellen können, was daraus …«

»Entschuldigt mich.« Marin stand abrupt auf und ging mit ihrer Kaffeetasse ins Haus.

Amelia und Rachel wechselten besorgte Blicke. War die entspannte Atmosphäre zu viel für sie gewesen? Zu unerwartet?

Es tat Amelia leid, dass Marin unglücklich war, andererseits verspürte sie große Freude, weil sie wenigstens zu einer ihrer beiden Enkelinnen eine Verbindung knüpfen konnte.

»Sie steht unter Stress«, sagte Rachel und griff nach einer Scheibe Maisbrot. »Das sieht einfach toll aus.«

»Es ist sehr schade, dass sie sich so schwertut, dass sie so sehr leidet«, bemerkte Amelia.

»Sie kommt schon drüber hinweg.«

»Wieso bist du dir da so sicher?«

»Mich hat sie am Anfang auch beiseitegeschoben. Und jetzt ist sie hier. Deswegen mache ich mir darüber keine Sorgen.«

Amelia lächelte. Was für ein munteres, optimistisches Wesen.

»Weißt du, was ich unbedingt möchte?«, fuhr Rachel fort. »Und zwar so schnell wie möglich, wenn es keine allzu großen Umstände macht? Ich würde gern Fotos von meinem Vater sehen.«

Amelias Lächeln wurde brüchig. Wann war sie zum letzten Mal in der Lage gewesen, sich ein Bild von Nick anzusehen? Abgesehen von seinem Todestag, der sie jedes Jahr an ihn mahnte, hielt sie die Erinnerungen an das, was so lange schon verloren war, unter Verschluss. Die Fotoalben aus ihrer Zeit in Boston, den Jahren, in denen sie Nadine und Nick großgezogen hatte, waren auf dem Dachboden in Kisten verpackt, zusammen mit ihren ersten Büchern und den Babysachen, die sie für den Fall aufbewahrt hatte, dass sie einmal mit einem Enkelkind gesegnet sein würde.

Sie biss sich auf die Lippe. Hier war das Enkelkind, groß und erwachsen.

»Ach, Liebes. Natürlich habe ich Fotos. Ich brauche nur ein bisschen, um sie vom Dachboden herunterzuholen.«

»Ich bin total aufgeregt. Von einem solchen Moment habe ich immer geträumt.«

Sie drückte Amelias Hand.

Es war ein Fehler gewesen hierherzukommen. Marin zog die Schubladen auf und begann den Koffer wieder mit Kleidungsstücken zu füllen. Was hatte sie sich dabei eigentlich gedacht? Ihr Vater riet seinen Mandanten stets, keine großen Entscheidungen zu treffen, wenn sie gerade mit einem Todesfall oder einer Scheidung fertigwerden mussten – und waren ihre letzten Wochen nicht so etwas wie ein Todesfall und eine Art Scheidung gewesen? Sie trauerte um den Verlust ihres Jobs, um ihre Beziehung und, ja, auch um den Verlust ihres Vaters.

Sie hätte so gern mit ihm gesprochen und ihm alles erzählt. Doch ihre Mutter hatte recht, wenn sie sagte, dass dies ihn nur verletzen würde.

Sie konzentrierte sich auf logistische Erwägungen. Wenn sie jetzt nach New York zurückfuhr, saßen ihre Mutter und Rachel gleichsam auf dem Trockenen. Aber sie konnten sich ja ein Auto mieten. Oder mit der Fähre nach Boston übersetzen und von dort aus fliegen. Sicher war nur eins: Sie musste von diesem Ort weg, und zwar so schnell wie möglich.

Sie zog den fertig gepackten Rollkoffer in den Flur und hoffte, sich ungesehen davonmachen zu können.

Umsonst gehofft. Weiter hinten sah sie Kelly, deren rotes Haar wie eine Flagge wehte. Sie hievte ein riesiges rechteckiges Mosaik zentimeterweise in Richtung Treppe. Auf ihrem T-Shirt stand: NO ONE LIKES A SHADY BEACH.

Marin zog sich in ihr Zimmer zurück.

»Marin?«

Zu spät.

»Äh, ja?«

Kelly setzte das offensichtlich schwere Objekt ab und lehnte es an ihre Knie. Der Blick aus ihren grünen Augen ruhte auf Marins Koffer.

»Wenn du eine Sekunde Zeit hättest – könntest du mir helfen, das Ding nach unten zum Lieferwagen zu tragen? Ich habe meine Kraft überschätzt. Oder auch nur das Gewicht von diesem Monstrum.«

In die Ecke getrieben.

»Mmh, ja, klar.« Was konnte sie sonst schon sagen?

Sie betrachtete das Werk, eine gigantische Meerjungfrau aus Kacheln, Muscheln und verschiedensten anderen Dingen, die eigentlich ein höllisches Chaos hätten ergeben müssen, sich stattdessen aber zu einer wahren Pracht von Farben und Strukturen fügten.

»Wo soll es hin?«, fragte Marin.

»Eine Kundin hat mich damit beauftragt, und jetzt bringe ich es ihr, sie wohnt am anderen Ende des Orts.« Sie beäugte wieder den Koffer. »Ich kann dich irgendwo absetzen, falls du eine Mitfahrgelegenheit brauchst.«

»Oh, ich … nein, ist schon gut. Danke.« Sie beförderte den Koffer mit einem Tritt zurück ins Zimmer.

Marin schnappte sich das eine Ende des Mosaiks, Kelly das andere, und so bewegten sie sich in unbeholfenem Gleichschritt die Treppe hinunter.

»Puh. Danke. Du hast mich gerettet.«

Immer noch im Stop-and-go-Modus trugen sie das Mosaik zur Haustür hinaus und wuchteten es auf die Ladefläche von Kellys Pick-up.

»Du arbeitest hier in Vollzeit, obwohl die Pension diesen Sommer geschlossen ist?«, fragte Marin.

Kelly lächelte. »Ich arbeite nicht hier, Schätzchen. Amelia ist meine Frau.«

Oh! Marin spürte, wie sie errötete. Was war sie doch naiv gewesen. Hätte sie etwas ahnen müssen? Eine schöne New Yorkerin war sie; wie konnte sie bloß so eine primitive Vermutung äußern?

»Entschuldigung. Ich komme mir wie eine Idiotin vor.«

Kelly lachte. »Brauchst du nicht. Es liegt an dem Altersunterschied, stimmt's? Das haut jeden um.« Sie öffnete die Fahrertür und setzte sich hinters Steuer, stieg dann aber wieder aus und sah über die Ladefläche zu Marin. »Hättest du Lust mitzufahren?«

»Was? Jetzt?«

»Ich könnte ein bisschen Gesellschaft brauchen. Normalerweise begleitet mich Amelia, aber sie ist so aufgekratzt, weil ihr alle hier seid, dass ich wohl kaum eine Chance habe, sie loszueisen.«

Marin dachte an den gepackten Koffer in ihrem Zimmer. Wenn sie jetzt aufbrach, konnte sie am späten Nachmittag wieder in der Stadt sein. Und doch hörte sie sich sagen: »Klar.«

Kapitel 16

Richtung Osten wurde die Stadt vorrangig zu einem Wohngebiet. Die Häuser waren von gediegener Schönheit, anheimelnd und prächtig zugleich.

»Das wäre ein toller Spaziergang, wenn wir nicht das Mosaik dabeihätten«, sagte Kelly.

»Wie weit ist es zu fahren?«

»Nicht lang. Ein paar Minuten.«

»Hast du nicht gesagt, dass die Kundin am anderen Ende des Orts wohnt?«

»So ist es. Der ganze Ort ist nur drei Meilen lang.«

Marin konnte sich nicht vorstellen, in solch einer winzigen Kleinstadt zu leben. »Wie viele Einwohner hat Provincetown?«

»Übers Jahr gesehen? Vielleicht dreitausend. Aber im Sommer kommen sicher noch mal zwanzigtausend dazu.«

Was? »Das klingt ziemlich verrückt.«

»Ist es auch. Provincetown ist definitiv verrückt. Wie die Menschen, die es lieben.« Sie lächelte Marin zu.

Marin sah aus dem Fenster. Am liebsten wäre sie immer weiter und weiter gefahren. Dann müsste sie an nichts denken als an die Dünen in der Ferne und an Kelly, ihre liebenswerte Reiseführerin. Kelly hatte etwas Beruhigendes an sich. Nicht vorstellbar, dass sie jemals Mist bauen würde. Ihre Ausstrahlung ließ das Gefühl aufkommen, dass sie keine Sekunde von Selbstzweifeln geplagt wurde.

»Und wer hat das Mosaik in Auftrag gegeben?«

»Eine Frau namens Sandra Crowe. Letzten Sommer ist sie wegen einer Kunstauktion von Boston hergekommen und hat am Ende ein Haus gekauft. Jetzt bildet sie sich ein, Malerin zu sein. Wobei nichts verkehrt daran ist, etwas als Hobby zu betreiben – im Sommer wimmelt es hier von Leuten, die ihre künstlerische Ader ausleben wollen. Aber Sandra hat unsere Freunde zum Wahnsinn getrieben, weil sie unbedingt in den hiesigen Galerien ausstellen wollte. Schließlich hat unser Freund Bart sich erbarmt und ihre Bilder ein paar Wochen lang in seiner Galerie gezeigt. Letzten Endes hat er dabei draufgezahlt, aber wenigstens gibt sie jetzt Ruhe.«

»Ein Opfer für die Gemeinschaft«, sagte Marin.

»Haargenau. Das East End gilt als der schicke Teil des Orts«, fuhr Kelly fort und nahm eine Kurve. »Früher hätte jemand wie du sich nicht hier herumgetrieben.«

»Weshalb nicht?«

Kelly schüttelte den Kopf. »Du stammst aus der Arbeiterklasse, Herzchen. Portugiesische Fischerfamilie.«

Super. Sie war nicht nur eine in Ungnade gefallene Anwältin, sie hatte auch eine Herkunft aufzuweisen, die im Heimatort ihrer Großmutter als wenig wünschenswert galt.

Zur Linken, vor einer Hügel- und Dünenlandschaft, eine Villa im Colonial-Revival-Stil. Der ausladende Vorgarten bot eine Mischung aus Blüten in Lila und Rot. Das Haus, ganz in Weiß, hatte etwas Nüchternes an sich, das sie an Greg Harpers Sommerhaus in East Hampton erinnerte. Sie verscheuchte den Gedanken.

Kelly bog in die kreisförmige Zufahrt ein und parkte den Pick-up.

»Ist es okay, wenn du mir noch hilfst, das Ding bis zur Haustür zu tragen? Dann ist dein Job beendet – versprochen.« Ihr Lächeln war zum Niederknien.

»Kein Problem.«

Sie nahmen wieder ihre Positionen zu beiden Enden des Mosaiks ein und liefen über den gepflasterten Weg, der zum Säulenvorbau der Villa führte.

»Ich hatte mal eine Sackkarre für solche Sachen. Keine Ahnung, wo die hingekommen ist. Ich schätze, irgendwelche Gäste haben sie benutzt, um ihr Gepäck zum Wagen zu schaffen, und haben sie dann versehentlich mitgenommen.«

Eine junge Frau mit blondem Pferdeschwanz öffnete nach dem Klingeln die Tür. Sie trug eine Khakihose und ein weißes Polohemd.

Offensichtlich überrascht fragte Kelly: »Tanya – was machst du denn hier?«

»Ich arbeite diesen Sommer für Mrs Crowe.«

»Ach was!« Unausgesprochen klang noch etwas anderes mit: *Was Besseres hast du nicht gefunden?*

»Ich hätte ja lieber wieder in der Pension gearbeitet, aber …«

Kelly wandte sich Marin zu und stellte die beiden einander vor. »Tanya besucht die Rhode Island School of Design. Das ist jetzt, warte mal, dein dritter Sommer hier?«

»Der vierte«, sagte Tanja. »Kelly, dieses Mosaik ist eins meiner Lieblingsstücke von dir. Wirklich umwerfend. Und hier erhält es einen Ehrenplatz«, fügte sie hinzu.

»Ach ja? Wo kommt es denn hin?« Kelly wischte sich über die Stirn, stemmte die Hände in die Hüften und musterte die Eingangshalle, die sich über zwei Stockwerke erstreckte.

»Ins Esszimmer.«

»Klingt gut. Okay, Kleines. Dann bis die Tage.«

»Warte! Fahr nicht gleich wieder. Sie ist hinten im Garten und will dich begrüßen.«

»Ein anderes Mal. Wir müssen los.«

»Kelly, lass mich nicht hängen. Sie bringt mich um, wenn du nicht Hallo sagst.«

Kelly ächzte. »Na schön. Führ mich zu ihr.«

Das Haus hatte dramatisch hohe Räume, in denen dank der Klimaanlage geradezu arktische Temperaturen herrschten. Überall weiße Wände und Möbelstücke in blassen Tönen. Die einzigen Farbtupfer lieferten die Ölgemälde und Skulpturen.

»Wird nicht lange dauern. Hoffentlich«, sagte Kelly zu Marin.

Durch Schiebeglastüren gelangten sie zu einer Veranda und einem Pool, der die Form eines Kommas hatte. Eine Frau in einem weißen Badeanzug und mit einem übergroßen weißen Hut sonnte sich auf einem Liegestuhl. Sie winkte die Besucherinnen zu sich.

»Hi, Sandra«, sagte Kelly.

»Hi, Schätzchen. Ist mein neues Baby da?«

»Yep. Bei Tanya im Foyer.«

Die Frau klatschte vor Entzücken in die Hände, wie ein Kind, dem ein Eisbecher mit einer Wunderkerze vorgesetzt wurde.

»Du bist heute in Begleitung«, bemerkte die Frau. Aus der Nähe betrachtet, so Marins Eindruck, war sie Ende vierzig, vielleicht auch schon Anfang fünfzig. Genauer ließ es sich nicht schätzen, weil ihr halbes Gesicht von einer Sonnenbrille à la Jackie Onassis verdeckt war. Ihr Lippenstift glänzte neutral, nicht zu braun, nicht zu rosa – eine Farbe, die nur eine professionelle Visagistin auswählen konnte. Um den Hals trug sie eine goldene Kette.

»Das ist Marin Bishop. Marin, Mrs Sandra Crowe.«

Sie begrüßten einander, dann schob Sandra ihre Brille hoch und sah Kelly an. Sie verfügte über die gut erhaltene Schönheit, der Marin in Manhattan häufig begegnete.

Sandra schlang einen schwarzen Sarong um ihre Taille, schlüpfte in goldene Flip-Flops und sagte: »Dann wollen wir mal einen Blick darauf werfen!«

Sie folgten ihr in die Eingangshalle, wo das Mosaik an der Wand lehnte. Sandra schnappte nach Luft und klatschte vor Begeisterung erneut in die Hände.

»Es ist überirdisch! *Überirdisch.* Ach, Kelly. Du bist ein Genie.«

»Freut mich, dass es dir gefällt.«

»Gefällt? Ich bin besessen davon. Meinst du, du könntest noch eine Meerjungfrau machen? Ich hätte gern ein Buntglasfenster im großen Bad.«

»Klar. Wir können ja mal darüber reden.«

»Fantastisch. Warum bleibt ihr zwei nicht zum Frühstück?«

»Danke, Sandra, aber wir müssen zurück. Heute Nachmittag feiert ein Freund von uns Geburtstag.«

»Na, dann eben ein anderes Mal. Aber bevor ihr abhaut, sag mir noch schnell: Stimmt es, dass die Pension in dieser Saison geschlossen bleibt?«

»Ganz recht«, sagte Kelly.

»Amelia kränkelt doch hoffentlich nicht?«

»Nein, ihr geht's prima, danke der Nachfrage.«

»Macht viel Arbeit, so eine Pension.«

»Arbeit, die wir sehr gern hatten.«

»Aber wie lange könnt ihr das noch machen? Erinnere Amelia daran, dass ich jederzeit bereit bin, ihr diese Bürde abzunehmen, sobald sie dazu bereit ist. Denn ein Haus kann zur Bürde werden. Ihr zwei solltet es euch mal ein bisschen gut gehen lassen! Mit leichtem Gepäck.«

»Ich richte es ihr aus, Sandra. Aber so schnell wird sie es nicht verkaufen.«

Die Sonnenbrille wurde wieder heruntergeschoben. »Sei einfach so lieb und überbring ihr die Botschaft. Oh, und ich gebe am Unabhängigkeitstag eine Party. Du und Amelia, ihr müsst unbedingt kommen. Und Sie auch«, setzte sie nach, an Marin gewandt, deren Namen sie offenkundig bereits wieder vergessen hatte.

»Wir gucken mal in den Kalender«, sagte Kelly in unverbindlichem Ton.

»Es gibt Cocktails und ein Abendessen, bevor alle zum Feuerwerk aufbrechen. Bei der Gelegenheit werde ich ganz offiziell dein Mosaik enthüllen. Bestimmt stehen meine Freunde Schlange, um bei dir etwas in Auftrag zu geben.«

Kelly nickte. »Wer kann da nein sagen? Danke, Sandra. Dann sehen wir uns in ein paar Wochen.«

Als sie wieder im Wagen saßen, fragte Marin: »Überlegt Amelia tatsächlich, das Haus zu verkaufen?« Aus irgendeinem Grund stimmte die Vorstellung von Sandra Crowe als neuer Besitzerin sie traurig.

»Wie gesagt, so schnell wohl nicht. Das Haus gehört seit fünf Generationen Amelias Familie. Aber es sind keine Angehörigen mehr da, die sich darum kümmern könnten.« Sie sah Marin unmittelbar an. »Bleib doch die ganze Woche. Es sind ja nur ein paar Tage. Vorhin wolltest du aufbrechen, oder?«

»Ja«, räumte Marin ein. »Okay. Ich bleibe noch. Aber was Sandra Crowes Cocktails am Unabhängigkeitstag betrifft, da seid ihr auf euch gestellt.«

Kelly lachte.

Rachel hoffte, dass es nicht selbstsüchtig von ihr war, so darauf zu drängen, Fotos von ihrem Vater zu sehen. Aber warum hatte Amelia die einzigen Fotos ihres verstorbenen Sohns im Dachboden gebunkert?

Sie streckte sich auf dem plüschigen Doppelbett in ihrem grandiosen Zimmer aus. Sonnenlicht strömte durch die zarten weißen Vorhänge, der Ventilator quirlte die frische Brise, die von der Bucht hereinwehte.

Es klopfte an der Tür.

»Herein«, rief sie.

Blythe steckte den Kopf durch den Spalt. »Entschuldige die Störung, aber hast du Marin gesehen?«

»Seit dem Frühstück nicht mehr.«

»Ich will zum Strand und dachte mir, es könnte nett sein, wenn sie mitkäme. Aber sie ist nicht in ihrem Zimmer.«

Rachel setzte sich auf. »Vielleicht ist sie spazieren gegangen. Wo ist der Strand?«

Blythe betrat den Raum, zog eine Landkarte aus ihrer Handtasche, faltete sie auseinander und deutete auf Herring Cove.

»Wir sollten Fahrräder mieten«, schlug Rachel vor.

»Ich habe seit dreißig Jahren nicht mehr auf einem Fahrrad gesessen.«

»Na, wie heißt es doch so schön – Fahrradfahren verlernt man nicht!«

Blythe lachte.

»Klopf, klopf«, sagte Amelia, die vor der offenen Tür stand. »Darf ich reinkommen?«

»Klar! Wir haben gerade überlegt, uns Fahrräder zu mieten. Gibt's da irgendwas in der Nähe?«

»Ja. Ihr könnt aber auch die Räder von Kelly und mir nehmen, wenn ihr nur zu zweit seid.«

»Ist das … hast du die Fotos von meinem Vater?«

Amelia nickte. »Ich lasse sie dir hier, dann kannst du sie in aller Ruhe ansehen.«

»Geh bitte nicht weg!«, sagte Rachel. »Ich möchte sie gemeinsam mit dir ansehen, damit du mir was dazu erzählen kannst. Wo sie aufgenommen worden sind und so.«

Amelia zögerte.

Blythe faltete die Landkarte wieder zusammen und bewegte sich Richtung Tür.

»Du musst nicht rausgehen«, sagte Rachel.

»Bis später«, rief Blythe, ohne auch nur noch einen Blick über die Schulter zu werfen.

Hmm. War sie nicht neugierig auf die Fotos? Immerhin war Nick Cabral auch Marins biologischer Vater. Rachel konnte sich gut vorstellen, dass ihre eigene Mutter gleichgültig reagieren würde, aber Blythe war doch so an allem interessiert.

Seufzend ließ Amelia sich auf der Bettkante nieder. »Rachel, du weißt, dass ich mich sehr über die Wendung freue, die die Dinge genommen haben. Dich und deine Schwester kennenzulernen ist das Beste, was mir seit Langem widerfahren ist. Aber ich kann nicht behaupten, dass es nicht auch kompliziert wäre. Nick und ich haben uns im Unfrieden getrennt. Er war wütend auf mich. Als er starb, hatten wir schon jahrelang kein Wort mehr miteinander gesprochen.

Und dass wir nie die Chance hatten, uns auszusöhnen, ist sehr, sehr schmerzhaft.«

Was hatte sie da bloß angerichtet? Sie war ein Elefant im Porzellanladen der Gefühle.

»Entschuldige! Ich kann sie natürlich allein anschauen. Mir war nicht bewusst … Es tut mir wirklich leid.«

Amelia lächelte traurig, ihr standen Tränen in den Augen. »Es gibt absolut nichts, wofür du um Verzeihung bitten müsstest, Rachel.« Sie zögerte, dann schlug sie das obere Album auf. »Ich habe zwei Alben mitgebracht. Eins ist aus seiner Kindheit, da war er etwa zehn. Das andere ist aus dem letzten Sommer, den er hier im Haus verbracht hat, zwischen dem dritten und vierten Collegejahr.«

»Da war er also fast in meinem Alter.«

»Ja.«

Rachel wappnete sich. Nun, da der Moment gekommen war, nach dem sie sich ihr ganzes Leben lang gesehnt hatte, überfiel sie Furcht. Behutsam berührte sie die aufgeschlagene Seite. Sie war mit Plastik überzogen, die Oberfläche glänzte und fing das grelle Sonnenlicht ein. Rachel beugte den Kopf tiefer, um einen guten Blick auf die Fotos zu haben.

Sie lehnte sich an das Kopfteil ihres Rattanbetts und nahm das Album behutsam von Amelia entgegen. Ihr Blick fiel auf das Foto oben rechts. Ein junger Mann auf einem Rasenstück mit viel Unkraut zog an einem Tennisball, den ein großer goldfarbener Labrador zwischen den Zähnen hielt. Der Mann war hochgewachsen und schlaksig, das dunkle Haar hing ihm über die Augen, und er lächelte.

»Das ist er?«, fragte sie, obwohl sie die Antwort schon kannte.

»Ja. Das ist Nick hinter unserem Haus. Bevor wir den Gemeinschaftstisch hatten.«

Wow. Eins stand fest – ihr Dad war ein heißer Typ. Er erinnerte sie an einen spanischen Schauspieler, Gael García Bernal.

Das Foto darunter war an einem bewölkten Tag am Strand aufgenommen worden. Nick, in Bermudas und einem T-Shirt der Boston University, beugte sich über eine Kühlbox. Neben ihm stand eine braun gebrannte, schlanke junge Frau mit dunklen Haaren; ihr Gesichtsausdruck ließ vermuten, dass die beiden in ein Gespräch vertieft waren.

»Wer ist das?«

»Meine Tochter. Nadine.«

»Du hast eine Tochter?«

Amelia nickte und presste die Lippen aufeinander.

»Wohnt sie auch hier in der Gegend?«

»Nein. Sie lebt in Italien.«

»Hast du … weiß sie von Marin und mir?«

»Ich habe ihr einen Brief geschrieben.«

Einen Brief? Meinte sie eine E-Mail? Und hätte das plötzliche Auftauchen zweier bis dahin unbekannter Familienmitglieder nicht einen Anruf verdient? Vielleicht war das irgendwas Altmodisches, das Rachel nicht kapierte.

Sie wandte sich wieder den Fotos zu. Im Geiste sagte sie immer wieder *Dad*, aber es war nicht leicht, diesen scharfen Typen mit einer Vaterrolle in Einklang zu bringen. Wie er wohl heute aussähe?

Amelias Handy klingelte, und sie ging dran, während Rachel weiter das Album durchblätterte. Ein paar Bilder zeigten Nick und einen älteren Mann, braun gebrannt und silberhaarig, nicht allzu groß, aber breitschultrig und gut aussehend. Ihr Großvater?

»Was soll das heißen, sie hat abgesagt? Die Party ist heute Nachmittag!« Amelia schnalzte unmutig, erhob sich und lief im Zimmer auf und ab. »Das ist so etwas von unprofessionell. Mir ist schleierhaft, wie sie sich im Geschäft hält. Das ist nur an diesem Ort möglich.« Schweigen, dann: »Ich tue mein Möglichstes, aber du weißt schon, dass ich nicht in zwei Stunden irgendwas für Dutzende von Leuten aus dem Ärmel zaubern kann.«

Amelia legte das Handy aufs Bett.

»Ist alles okay?«, fragte Rachel und klappte das Album zu, ließ aber die Hand darin, um zu wissen, welche Seite sie zuletzt angesehen hatte.

»Heute wird unser Freund Thomas fünfundfünfzig, und die Party findet am Nachmittag statt«, sagte Amelia. »Und jetzt hat die Frau vom Catering abgesagt. Gerade eben! Ich gehe gleich hin und sehe zu, was sich mit dem Essen machen lässt.«

»Ich komme mit«, sagte Rachel.

»Ach, Herzchen, das ist nicht nötig. Ich schaffe das schon allein. Du bist ja nur für ein paar Tage hier. Geh lieber an den Strand.«

»Nein. Ich möchte mithelfen. Ich bin nicht wegen des Strands hergekommen, sondern wegen meiner Familie, und dafür ist Familie doch nun mal da, oder?«

»Tja, wenn man es so ausdrücken will …« Amelia lächelte.

Kapitel 17

Wo waren sie alle? Blythe konnte weder Marin noch Amelia oder sonst jemanden entdecken. Sie kam an Rachels Zimmer vorbei und schaute hinein.

Es war leer. Die Fotoalben lagen da. Auf dem Bett.

Lagen einfach da.

Sie hätte nie nach ihnen gesucht. Ihr Instinkt riet ihr, sie nicht weiter zu beachten.

Blythe sah im Flur nach links und rechts, dann betrat sie Rachels Zimmer und schloss die Tür hinter sich.

Das war der reine Wahnsinn.

Sie setzte sich auf das Bett. Das eine Album war marineblau mit goldenem Rand. Der Rücken war abgenutzt. Als sie es aufschlug, knisterte es. Es roch muffig und nach altem Kleber. Blythes Puls raste.

Da war es, das Gesicht, das dreißig Jahre lang nur in ihrem Kopf existiert hatte. Schmerzhaft schön und lebendig. Zart berührte sie sein Bild. Nick am Strand, ganz nah beim Wasser. Diesen Nick kannte sie nicht – sorglos. Sonnengebräunt. Glücklich.

»Oh, Nick«, flüsterte sie.

Als sie ihn kennenlernte, hatte er diesen auf Sand erbauten Ort hinter sich gelassen. Hatte Boston abgeschworen, wo er geboren und aufgewachsen war. Sprach kaum von seiner Mutter – der Frau, unter dessen Dach sie nun schlief.

Nick Cabral war letztlich nicht zu durchschauen gewesen.

Als sie an jenem ersten Tag das Kunstmuseum verließen, redete Blythe sich ein – wenig überzeugend –, dass sie sich nur unterhalten würden. Doch auf dem kurzen Weg zu seiner Wohnung in der Green Street wechselten sie kaum ein Wort. Bei einer längeren Strecke, die einen Bus oder ein Taxi erforderlich machte, hätte sie es sich womöglich anders überlegt. Aber die Sonne, die Hitze, der fiebrige Puls der Stadt im ersten Ansturm des Sommers, all das hatte sie vorangeschoben wie eine Hand an ihrem Rücken.

In seinem Einzimmerappartement herrschte Unordnung. An der Wand lehnte eine Gitarre neben einem Fahrrad, dessen blaue Lackierung abplatzte. Halb ausgepackte Kleiderkartons bildeten die ganze Möblierung des Schlafzimmers. Nahe der kleinen Kochzeile stand ein runder Holztisch, darauf lagen Skizzenblöcke, Bleistifte und Schachteln mit Zeichenkohle.

Unwillkürlich verglich Blythe diesen Moment mit dem, als sie zum ersten Mal Kips makellos aufgeräumte und weitläufige Wohnung am Rittenhouse Square betreten hatte.

Stopp. Nur eine Stunde lang nicht Mrs Kipton Bishop sein. Mehr wollte sie nicht.

Nick öffnete den kleinen Kühlschrank. »Ich habe Bier und Weißwein da. Der Wein ist schon eine Woche oder länger offen, aber er müsste noch okay sein.«

Es war elf Uhr vormittags.

»Nein. Für mich nichts. Danke.«

Er machte zwei Bierdosen auf und gab ihr eine. Okay, sie würde ein Bier trinken. Warum auch nicht? Sie setzten sich an den Tisch. Sie berührte einen der Skizzenblöcke. »Darf ich reinschauen?«

»Darfst du. Ist nichts drin.«

Sie blätterte rasch die Seiten durch. Alle leer.

Er sagte, seit er Provincetown verlassen habe, wo er sonst immer den Sommer zugebracht hätte, könne er nichts mehr zeichnen.

»Warum nicht?«, fragte sie.

Er gab keine Antwort.

Sie nippte an ihrem Bier. Blythe war keine Biertrinkerin. *Flüssiges Brot.* Aber das spielte keine Rolle mehr. Wenn dieser Mann sie nackt sah, würde er nicht wissen, dass er Zeuge einer runderen, fülligeren Version ihres Körpers wurde – ihres Körpers, wie er war, seit sie nicht mehr tanzte. Ein Körper, den ihr Mann seit Monaten nicht angerührt hatte. Lag es daran, dass sie keine zarte Elfe mehr war und Kip sie deswegen weniger anziehend fand? Oder war es wirklich nur die Arbeit? Oder lag es an der Ehe selbst?

Nick starrte sie an, aus seinen dunklen Augen sprach das Verlangen. Er sah etwas vor sich, das er haben wollte. Nahm sie bei der Hand und ging mit ihr zu der breiten Matratze, die auf dem Fußboden lag. Das Bett war gemacht – ein tröstlicher Hinweis darauf, dass es doch einen gewissen Sinn für Ordnung und Disziplin in seinem Leben gab.

Als er sie berührte, schnappte sie nach Atem. An seinen Körper gepresst verlor sie vollkommen den Verstand. Großer Gott, hatte sie jemals ein solch geradezu lächerliches Verlangen empfunden? Bisher hatte sie mit drei Männern geschlafen: mit einem Tänzer aus der Truppe, mit einem Journalisten, den sie bei einer Party kennengelernt und immer mal wieder getroffen hatte, und dann mit Kip.

Aber das hier? Niemals.

Danach, nackt und außer Atem, Seite an Seite im Bett, wartete sie darauf, etwas wie Schuldbewusstsein, Reue oder auch Überraschung angesichts dessen zu empfinden, was eben geschehen war. Doch sie spürte nur eins: ungeheure Erleichterung. Wenn er sie zum Reden gedrängt hätte, wenn er der Typ Mann gewesen wäre, der sich mit ihr unterhalten wollte, nachdem er sie bis zur Besinnungslosigkeit gevögelt hatte, dann hätte sie gesagt, es fühle sich an, als hätte er sie *sich selbst* zurückgegeben.

Nick griff nach einem Feuerzeug, das neben dem Bett lag, und zündete sich einen Joint an. Er hielt ihn ihr hin, doch sie schüttelte den Kopf. Blythe rauchte nicht, trank nicht, nahm keine Drogen. Aber nachdem sie mitten am Tag mit einem Wildfremden in dessen Wohnung gegangen war und mit ihm geschlafen hatte, war es wohl naheliegend für ihn anzunehmen, dass sie auch anderen Lastern huldigte.

Das Hasch war womöglich der Fingerzeig, dass sie aufbrechen sollte. Aber sie wollte noch nicht gehen. Sie hatte es nicht eilig damit, zu ihrem Leben zurückzukehren.

»Ich bin hierhergezogen, um im Ballett zu tanzen.« Die Worte platzten aus ihr heraus. »Also nach Philadelphia, meine ich.«

Er warf ihr einen Blick zu. »Dann bist du also Tänzerin?«

Sie schüttelte den Kopf. »Nicht mehr.«

Er inhalierte, behielt den Rauch eine Weile im Mund und blies ihn dann aus. »Und was ist jetzt?«

»Ich habe geheiratet.«

Nick nickte. »Ich hab den Ring gesehen. Und, wie läuft's?«

»Nicht gut. Wie man sieht.« Sie zog das Laken höher.

Er drehte sich auf die Seite, stützte sich auf den Ellbogen und sah sie an.

»Was sagt man dazu? Zwei Künstler, die nichts auf die Reihe bringen. Ein schönes Pärchen sind wir.« Sein Blick war sanft und liebevoll und berührte sie sogar mehr als seine Leidenschaft. Sie wartete, ob er noch etwas sagen würde, aber es kam nichts. Nach langem Schweigen machte er den Joint aus und zog das Laken herunter, entblößte ihre Brüste. Und dann war er wieder auf ihr, in ihr, und ihr wurde klar, dass es keine »Rückkehr« zu ihrem Leben gab.

Konnte sie die Woche durchstehen? Vielleicht, dachte Marin – wenn sie bloß ihrer Mutter aus dem Weg gehen könnte.

Je mehr sie über das Ausmaß von Blythes Täuschung nachdachte, desto weniger vermochte sie es zu fassen. Ihre Mutter, die Person, die ihr immer am nächsten gestanden hatte, kam ihr vor wie eine Fremde.

Sie folgte Kelly durch den Hintereingang in die Pension und weiter zur Küche.

Marin entdeckte den Zettel als Erste. Es war eine Notiz auf dem Papier vom Beach Rose Inn und haftete am Kühlschrank mithilfe eines Magneten, auf dem Fotoautomatenbilder von Amelia und Kelly – für einen festlichen Anlass herausgeputzt – zu sehen waren.

Katastrophe bei Thomas: Das Catering wurde abgesagt! Ich versuche etwas auf die Beine zu stellen. Komm nach, wenn du kannst. Alles Liebe, A

»Immer ist irgendwas«, sagte Kelly. »Geh doch mit, dann lernst du unsere Freunde kennen.«

Marin zögerte. Wenn Amelia und Kelly aus dem Haus waren, böte sich ihr die perfekte Gelegenheit zum Abgang. Aber beim Anblick von Kellys gerötetem, lächelndem

Gesicht brachte sie es nicht über sich. Trotzdem war sie nicht gerade in Partystimmung.

»Ich glaube, ich bleibe lieber hier«, sagte sie.

»Wie du meinst, aber ich würde mir so etwas nicht entgehen lassen. Du hast Provincetown nicht richtig erlebt, bevor du auf keiner ›Ich hab's bis fünfundfünfzig geschafft‹-Party warst.«

»Ich war schon auf Geburtstagsfeiern von Leuten, die älter als fünfundfünfzig wurden.«

»Mit Aids?«

Oh. »Okay. Gib mir fünf Minuten zum Umziehen.«

Die Läden und Restaurants wurden weniger, je weiter sie auf der Commercial Street Richtung Westen liefen. Schließlich standen sie vor einem hübschen Cottage mit türkisfarbenen Fensterläden und dazu passenden Schaukelstühlen auf der vorderen Veranda. Kelly stürmte die Steintreppe hinauf und winkte zwei Männern zu, die leger Shorts und T-Shirts trugen. Der eine war ein Afroamerikaner mit grau meliertem Haar und Brille, der andere groß und kantig, seine markante Kieferpartie und die Kerbe am Kinn erinnerten an einen Filmstar aus frühen Hollywood-Zeiten.

»Na, wie geht's dem Geburtstagskind?«, fragte Kelly und umarmte den Silberfuchs.

»Thomas hat heute einen guten Tag«, sagte er und lächelte Marin an. »Ich bin Bart. Willkommen in unserem Haus.«

»Marin«, erwiderte sie und gab ihm die Hand.

»Ah, die Enkelin«, bemerkte der zweite Mann.

Unter anderen Umständen hätte sie das verärgert. Wieso sollten diese Fremden über ihre persönlichen Angelegenheiten Bescheid wissen? Aber schließlich war sie diejenige, die uneingeladen auf ihrer Party erschien.

»Ja«, sagte sie.

»Ich bin Paul. Kommt rein. Amelia ist in der Küche.« Er zog sie mit sich. Kelly war bereits in ein Gespräch mit Bart vertieft.

»Und, wie lange bleibst du?«, fragte Paul.

»Nur bis Samstagmorgen.« *Es sind bloß ein paar Tage*, dachte sie.

Das Haus hatte den gleichen, leicht schäbigen Strandlook wie das von Amelia und Kelly. Im Wohnzimmer gab es ein Oberlicht, an den Wänden standen Bücherregale, die voller gebundener Ausgaben waren. Marin hätte gern die Titel in Augenschein genommen, doch Paul lotste sie zur Küche.

Sie war geräumig und von Licht durchflutet, mit Dielen aus blassem Hartholz und einer Kochinsel aus weißem Marmor. Limettengrüne Shaker-Schränke, eine Schale mit Äpfeln der Sorte Granny Smith und eine Reihe Perrier-Flaschen auf der Arbeitsfläche verstärkten die Grüntöne.

»Schau, wer da hereingeschneit ist«, sagte Paul zu Amelia.

Sie sah hoch.

»Hi, Liebes – ich stecke bis zu den Ellbogen im Teig, sonst würde ich dich zur Begrüßung umarmen. Fühl dich ganz wie zu Hause. In ungefähr einer Stunde wird es hier sehr, sehr voll sein, deshalb würde ich mir an deiner Stelle ein Plätzchen suchen und entspannen.«

Drei Männer rauschten in die Küche und begannen, sich von einem Tablett mit kunstvoll arrangierter Rohkost zu bedienen. Amelia verscheuchte sie wie lästige Fliegen und ratterte gleichzeitig Namen zur gegenseitigen Vorstellung herunter.

Die sich Marin niemals alle würde merken können, das wusste sie jetzt schon. Ihr plötzliches Auftauchen in Amelias

Leben fanden die drei offenkundig und ganz unverblümt so faszinierend wie erfreulich.

»Du bist also Rachels Schwester?«, fragte einer von ihnen.

»Halbschwester«, sagte Marin – das Wort klang für sie immer noch unglaublich. Aber hier, an diesem Ort, war es nicht ganz so seltsam wie vielleicht anderswo. »Ist Rachel da?«, fragte sie Amelia.

»Draußen beim Pool«, erwiderte Amelia.

Marin schnappte sich ein Karottenstäbchen und ging durch eine Glastür ins Freie. Eine Terrasse bot Ausblick auf einen Blumengarten, eine altmodische Gartenlaube und einen kleinen Pool. Dort entdeckte sie Rachel, die auf einer Stuhlkante hockte und sich mit einem bemerkenswert gut aussehenden Typen unterhielt. Er hatte Ähnlichkeit mit einem der Hemsworth-Brüder, Chris oder Liam oder wie sie hießen. Auf jeden Fall anbetungswürdig.

Und ihr entging nicht, dass ihre Schwester ihn bereits jetzt anzubeten schien.

Es hatte Rachel überrascht, wie schnell Amelia nach ihrem Eintreffen im Haus von ihren Freunden umringt war und wie fremd sich Rachel augenblicklich fühlte. Oh, sie war willkommen. Und definitiv eine Sehenswürdigkeit.

»Nicks Tochter. Nach all den Jahren. Nicht schlecht!«

Sie erfuhr, dass sie sich im Haus von Thomas Frost Duncan befand, einem preisgekrönten Dichter und langjährigen Einwohner von Provincetown, der nicht nur seinen fünfundfünfzigsten Geburtstag feierte, sondern auch die Tatsache, seit zwanzig Jahren mit Aids zu leben.

Thomas hatte kurz geschorenes weißes Haar und durchdringend blaue Augen. Er saß zusammengesunken auf einem Eames-Stuhl und wirkte deutlich älter als fünfundfünfzig. Als läse er Rachels Gedanken, sagte er. »Ich hätte nie gedacht, dass ich auch nur vierzig werde.«

Da sie nicht wusste, was sie darauf sagen sollte, erkundigte sie sich nach seinen Gedichten.

»Kaum zu glauben, dass sich deine Generation für Dichtung interessiert und nicht nur für Hundertvierzig-Zeichen-Haikus auf Twitter.«

»Alter Griesgram. Wie halte ich es bloß mit dir aus?«, sagte Bart liebevoll, um seine warmen braunen Augen zeigten sich Lachfalten. »Hör nicht auf ihn. Geh lieber raus zum Pool, zu den anderen jungen Leuten.«

»Na gut«, sagte Rachel. »Dann check ich dort mal die Lage.«

Sie trat auf die Gartenterrasse. Es war still hier draußen, nur ein Typ saß einsam in einem Loungesessel beim Pool. Sie wollte ihn nicht stören, stand unschlüssig und etwas verlegen zwischen Haus und Pool, bis der Mann ihre Anwesenheit spürte und sich umdrehte.

»Hey.« Er deutete ein Lächeln an und wandte sich dann wieder dem Wasser zu.

Wow. Wangenknochen, die sich zum Skispringen eignen würden, und Augen so blaugrün wie das Wasser der Bucht. Früher war sie völlig verrückt nach einem Fernsehspielfilm gewesen, in dem sich ein Mädchen in eine Meerjungfrau verwandelte. Die Meerjungfrau (und Rachel) verliebten sich in einen attraktiven Rettungsschwimmer, gespielt von einem umwerfenden Australier. Der Typ am Pool sah genauso aus wie dieser Schauspieler.

Aber das hier war kein Film, und sie sollte sich nicht in irgendeinen Pseudo-Australier verknallen. Deswegen war sie nicht nach Provincetown gereist. Es war ein Familienausflug, und Schande über sie, dass sie sein gutes Aussehen überhaupt zur Kenntnis genommen hatte. Außerdem waren hier lauter Schwule versammelt. Sie war eine Idiotin.

Sie setzte sich auf einen Stuhl in seiner Nähe, aber nicht zu nah.

»Hey. Ich bin Rachel.«

»Luke. Woher kennst du Thomas?«

»Äh – ich kenne ihn gar nicht. Ich bin mit meiner Großmutter hergekommen. Sie und er sind gut befreundet.«

Er nickte und lächelte höflich. Grübchen!

»Und woher kennst *du* Thomas?«, fragte sie.

»Er ist mein Vater.«

»Echt?« Sie gab sich keine Mühe, ihre Überraschung zu verbergen.

»Ja«, sagte Luke. »Die meisten hier befinden sich in ihrem zweiten Leben.«

Sie schüttelte den Kopf. »Ich weiß nicht viel über diesen Ort. Wir sind erst gestern angekommen.«

»Oh – na, du wirst schon sehen. Provincetown ist das Reich der Neuerfindung. Jeder hat seine Geschichte.«

Mich interessiert nur deine Geschichte, dachte sie. »Wohnst du hier?«

»Bin bloß zu Besuch«, sagte er. »Ich unterrichte an der University of Rhode Island.«

Schnuckelig *und* schlau. »Und was genau unterrichtest du?«

»Stadtplanung.«

Und soziales Bewusstsein. *Hör auf damit, Rachel.*

Wie alt er wohl war? Anfang dreißig, schätzte sie. Sie wollte etwas sagen, bemerkte aber, dass ihn etwas oder jemand hinter ihr ablenkte. Sie drehte sich um: Marin. Marin in einem hauchdünnen weißen Sommerkleid, das sie wie einen dunkelhaarigen Engel erscheinen ließ.

Zum ersten Mal, seit sie von Marin erfahren hatte, wünschte sich Rachel, wenigstens für eine Weile weiter ein Einzelkind zu sein.

Kapitel 18

Marin stand vor den Loungesesseln, während Rachel sie stammelnd mit dem heißen Typen bekannt machte, gefolgt von einer linkischen Erläuterung zu ihrem Halbschwester-Dasein.

»Interessant«, sagte er. »Und da habe ich immer gedacht, mein Dad und ich wären in einer komplizierten Situation.«

Kelly und Paul erschienen auf der Bildfläche.

»Wir verziehen uns kurz und genehmigen uns einen Drink«, verkündete Kelly.

»Falsch«, sagte Paul. »Wir gehen aus und betrinken uns.«

»Ihr brecht schon auf?«, fragte Marin.

»Barts Freunde sind alle in der Dauergenesungsphase, deswegen gibt es auf dieser Party keinen Alkohol; Paul und ich wollen eine Runde feiern«, sagte Kelly. »Falls du mitkommen magst.«

Marin hatte zwei Möglichkeiten: weiter mit dem scharfen Typen zu reden – und sich von Rachel mit Blicken erdolchen zu lassen – oder mit Kelly und Paul mitzuhalten.

»Klingt nach einem guten Plan«, sagte sie. »Ich schließe mich an.«

Rachels erleichtertes Aufseufzen war geradezu erschreckend offenkundig. Aber vielleicht hatte Marin es sich auch nur eingebildet. Mit einem Mal war sie stinkwütend auf Rachel. Auf ihren unschuldigen Rehblick. Auf ihre lächerliche, mit Händen zu greifende Schwärmerei für diesen Typen.

Auf die unendliche Bedürftigkeit, durch die Marin in ihr Leben hineingezogen worden war und die ihr eigenes auf den Kopf gestellt hatte.

»Lust mitzukommen?«, fragte Marin Luke. Er schien es in Erwägung zu ziehen, sagte aber dann: »Ist noch ein bisschen zu früh für mich. Aber danke.«

»Wie du meinst«, sagte Marin.

Die Bar hieß A-House und war wie anscheinend alles hier leicht zu Fuß zu erreichen. Sie lag in einer Seitenstraße der Commercial Street: ein weißer Schindelbau, über dessen Verandadach eine amerikanische Flagge wehte. Auf einem hölzernen Hängeschild vor der Fassade stand »ATLANTIC HOUSE BAR«. Das Gebäude wirkte altmodisch und wenig bemerkenswert, doch als Marin hochsah, bemerkte sie wunderschöne Buntglasfenster in einem oberen Stockwerk. Sie passten nicht so recht zu dem sonstigen äußeren Erscheinungsbild. Doch so war Provincetown wohl: Auf den ersten Blick schien alles offensichtlich zu sein, doch bei genauerem Hinsehen entdeckte man etwas, das man nicht unbedingt erwartet hätte.

Drinnen war es dunkel, und es roch nach jahrzehntealtem Zigarettenrauch. Hinter der Bar Weihnachtsbeleuchtung. In einer Ecke des Gastraums ein weiteres Buntglasfenster. Aus der Stereoanlage war Mariah Carey mit »Vision of Love« zu hören.

Der Barkeeper hob müde den Kopf, als wäre es später Samstagabend statt mittags und mitten in der Woche. Sein Gesicht war von der Sonne gegerbt, sein Haar raspelkurz, und er hatte jede Menge Tätowierungen auf den Armen. Er hätte ebenso gut vierzig wie sechzig sein können.

Marin, Kelly und Paul setzten sich an die Bar. Direkt hinter dem Barkeeper stand eine geschnitzte Holzbüste, die einen Wassermann darstellte.

»Hey, Chris. Drei Kamikaze, als Kurze«, sagte Paul.

Kamikaze? Marin trank gern mal ein Glas Wein – aber das war es auch schon. Links von ihr lief auf einem riesigen Bildschirm das Video zu dem Song von Mariah Carey.

»Auf Thomas«, sagte der Barkeeper, schob ihnen die drei Gläser hin und genehmigte sich selbst auch einen Drink.

»Auf Thomas«, wiederholte Marin gemeinsam mit Kelly und Paul. Sie trank ihren Kurzen. Wodka mit Limettensaft? Sie war sich nicht ganz sicher. Fest stand nur, dass er stark war.

»Fünfundfünfzig«, sagte Kelly. »Und ich bin auch schon über fünfzig, nicht zu fassen.«

»Ja, bist du, Liebes. Aber du siehst keinen Tag älter aus als fünfunddreißig. Du und Julianne Moore. Die schärfsten alten Rotschöpfe der Welt.«

»Soll ich mich da bedanken?« Kelly lachte.

»Ich finde es blöd, dass du letztes Jahr nicht groß gefeiert hast. Und ich würde sagen, zu deinem nächsten Geburtstag veranstalten wir eine rauschende Party bis zum Morgengrauen, und zwar genau hier. Sie sollte ein Motto haben.«

»Darauf trinke ich.« Kelly winkte den Barkeeper zu einer weiteren Runde herbei. »Aber erkundige dich vorher lieber bei meiner besseren Hälfte. Du weißt ja, dass sie immer irgendwas plant.«

»Und ob ich das weiß, du Glückspilz. Du und Amelia, Thomas und Bart – ihr bringt mich fast dazu, an die Ehe zu glauben. Obwohl es einem schon ein bisschen blümerant werden kann bei so viel Liebe und Hingebung.« Paul wandte sich an Marin. »Was ist mit dir, Schönste? Hast du einen Freund? Ein heißes Teil, das in New York auf dich wartet?«

Marin brach in Tränen aus.

»Ach herrje, Schätzchen! Habe ich was Falsches gesagt?«

»Nein«, schluchzte Marin. Sie vermisste Julian so sehr, dass es physisch wehtat. Ihr ganzer Körper schmerzte.

Mit diesem letzten knappen Telefonat konnte nicht alles zu Ende sein. Sie hätte ihm den wahren Grund für ihre Reise nach Provincetown erzählen sollen. Ihm eine Chance geben müssen, wieder gut Freund mit ihr zu sein. Alles andere mussten sie vorerst nicht klären.

»Jetzt schau, was du angerichtet hast!«, wurde Paul von Kelly gerügt, die einen Arm um Marin schlang. »Beachte ihn nicht weiter. Er ist einfach ein Lästermaul.«

»Schon okay. Alles gut. Es ist bloß …« Und dann brach es wie eine Lawine aus ihr heraus: ihr Job, ihr Verhältnis mit Julian, wie sie erwischt und dann gefeuert worden waren.

»Keine Fraternisierung am Arbeitsplatz? Da könnte hier der gesamte Ort dichtmachen«, sagte Paul.

»Marin, es klingt vielleicht abgedroschen, aber vertrau mir – der Start meiner Beziehung mit Amelia war sehr, sehr holprig …«

»Untertreibung!«, zwitscherte Paul.

»Lässt du mich bitte ausreden? Schätzchen, du musst dir einfach sagen: Wenn es sein soll, dann wird es auch sein. Das klingt nach Klischee, aber Klischees sind bloß recycelte Wahrheiten.«

Sie tranken aus. Kelly bestellte eine weitere Runde und verschwand Richtung Toilette.

»Blöd, dass ich so gar nicht trinkfest bin – mit euch beiden kann ich echt nicht mithalten«, sagte Marin.

»Wir fangen gerade erst an«, erklärte Paul. »Kelly muss sich heute zuschütten, das merke ich.«

»Wirklich?«

»In unserem Alter führen Geburtstage manchmal dazu. Und letztes Jahr hat sie sich ja selbst einer Attacke auf ihre Gesundheit stellen müssen. Bei solchen Anlässen kommt wohl das alte, hässliche Untier namens Furcht vor der Sterblichkeit ans Tageslicht.«

Sie sah sich um. Kelly war noch nicht zurückgekehrt.

»Geht es ihr denn jetzt wieder besser?«

»Ja. Aber so ein Schock bringt einen zum Nachdenken. *Carpe diem* und so weiter.«

Marin wollte etwas sagen, doch der Gedanke verflog gleich wieder. Sie war schon reichlich beschwipst. Chris schob die nächste Runde über den Tresen.

»*Carpe diem*«, sagte Marin und stieß mit ihm und Paul an.

Kelly tauchte aus dem Dunkel der Bar auf und schimpfte, weil sie nicht auf sie gewartet hatten.

»Weißt du eigentlich, was wir nie gemacht haben?«, fragte Paul. »Wir haben uns nie unsere Tattoos stechen lassen.«

»Wir haben uns nie unsere Tattoos stechen lassen«, wiederholte Kelly.

»Was für Tattoos?«, fragte Marin.

»Lange Geschichte«, sagte Kelly.

»Dann machen wir das doch jetzt«, schlug Paul vor.

»Amelia bringt mich um. Sie hasst Tattoos.«

»Schätzchen, du hast den Brustkrebs überlebt. Das gibt dir das Recht, ein Zeichen dafür zu setzen.«

»Stimmt!«, sagte Kelly. »Vielleicht nehme ich ihren Namen. Da kann sie doch nicht allzu sauer werden, oder?«

Marin nickte. In diesem Moment kam ihr alles sehr einleuchtend vor.

Hatte Marin mit Luke geflirtet? Rachel hätte nicht genau sagen können, ob sie einfach bloß eifersüchtig und albern war oder ob es tatsächlich zwischen den beiden geknistert hatte. Dann wiederum: Warum sollte Marin sich für Luke interessieren? Trauerte sie nicht immer noch ihrem Exfreund in New York nach?

So viel zum Thema schwesterliche Loyalität.

Mittlerweile scharten sich rund um den Pool Gäste, die aus dem überfüllten Haus herausströmten. Das Essen organisierte sich von selbst, da jeder etwas mitbrachte.

»Überwiegend sehe ich meinen Dad im Sommer«, sagte Luke zu Rachel. Vor ihnen standen Pappteller mit Tunfischsalat und Chips. »An Weihnachten bin ich abwechselnd bei ihm und bei meiner Mom.«

Er war in New Jersey aufgewachsen. Thomas war Englischlehrer an einer Highschool gewesen, Lukes Mutter Schulleiterin. »Als ich zwölf war, hat mein Dad verkündet: ›Das ist nicht das Richtige für mich, ich muss authentisch leben.‹ Und das war's.«

»Deine arme Mutter. Sie ist bestimmt völlig ausgerastet.«

»Eigentlich nicht so direkt. Sie war schon durch den Wind, aber nicht so sehr seinetwegen, denn sie wusste, dass sich an seinen Gefühlen nichts ändern ließ. Wenn es ihm möglich gewesen wäre, hätte er alles dafür getan, dass die Beziehung zu ihr funktioniert. Ich schätze mal, die Trennung war so freundschaftlich, wie sie unter den Umständen nur sein konnte.«

Rachel berichtete über ihr Aufwachsen mit einer

alleinerziehenden Mutter und über den lediglich genetischen Beitrag ihres Vaters, von dessen Tod sie erst in der vergangenen Woche erfahren hatte. »Jetzt ist es zu spät.«

»Tut mir leid«, sagte Luke.

Sie bereute ihr Gejammer sofort. Das zog ihn doch bloß runter!

»Nein – ich meine, es ist schon okay«, sagte sie. »Ich bin hier, Amelia ist fantastisch. Ich bin echt dankbar dafür, meine Großmutter kennengelernt zu haben.«

»Und deine Schwester.«

Du denkst an meine Schwester?

Immer mehr Menschen sammelten sich um den Pool. Alle wollten Luke begrüßen, steckten voller Erinnerungen an die Zeit, als sie ihn zum letzten Mal gesehen hatten, und voller Anekdoten über das, was sich seit seinem Besuch im vergangenen Sommer getan hatte. Rachel kam sich langsam dämlich vor, wie angewurzelt neben ihm zu hocken, darum entschuldigte sie sich schließlich und ging widerwillig ins Haus.

Im Wohnzimmer studierte Blythe eingehend die Bücherregale. In ihrer perfekt geschnittenen grauen Hose, der cremefarbenen leichten Kaschmirjacke und dem Halstuch war sie im Vergleich zu den anderen Partygästen deutlich zu schick angezogen.

»Amelia hat mir eine SMS geschrieben, dass ihr alle hier wärt, aber ich kann Marin nirgendwo entdecken«, sagte sie.

»Sie ist mit Kelly und Paul in einer Bar«, erklärte Rachel.

»Ach was?« Blythe schaute ungläubig. Und nicht gerade glücklich.

Rachel nickte. »Offenbar gibt es auf dieser Party keinen Alkohol, da sind sie zu dritt auf einen Drink losgezogen.«

»Marin trinkt nie viel. Schon gar nicht tagsüber.«

Rachel zuckte mit den Achseln. »Wir sind im Urlaub.«

Über Blythes Schulter hinweg erspähte sie Luke auf dem Weg zur Haustür. Allein. Er bemerkte sie und winkte kurz.

»Du gehst schon?« Unter Garantie hörte sie sich an wie ein Mädchen, das sich aufregt, weil der Junge, auf den sie steht, sich vor dem Schulball drückt.

»Ich brauche eine kleine Verschnaufpause. Am Herring Cove, denke ich mal.«

»Herring Cove?«

»Am Strand«, erklärte er. Dann, nach kurzem Zögern: »Willst du mitfahren?«

Darauf gab es nur ein eindeutiges Ja. Sinnlos, etwas anderes vorzugaukeln.

»Bis später, Blythe«, sagte sie und ließ Marins verdutzte Mutter stehen, bevor sie Einwände erheben konnte.

Vielleicht war es doch nicht ganz so prickelnd, eine in alles einbezogene Mutter zu haben.

Luke öffnete die Beifahrertür seines Jeeps, und sie stieg ein. Am Himmel waren Wolken aufgezogen, die leicht Brise hatte sich in einen kräftigen Wind verwandelt.

»In der Tasche auf dem Rücksitz sind ein oder zwei Sweatshirts, falls dir kalt ist«, sagte er. »Am Strand wird es noch stärker wehen.«

Sie drehte sich um und zog den Reißverschluss der Tasche auf. Es fühlte sich merkwürdig vertraulich an, in seinen Sachen herumzuwühlen, aber der Vorschlag war schließlich von ihm gekommen. Sie fand einen marineblauen Kapuzenpulli mit einem Aufdruck der University of Rhode Island und zog ihn über ihr T-Shirt.

»Danke.«

Sie warf einen verstohlenen Blick auf sein Profil und biss sich auf die Lippe. Geradezu verboten gut aussehend, offensichtlich intelligent und dazu auch noch irrsinnig nett.

Sie versuchte nicht daran zu denken, wie er Marin angeschaut hatte. In Liebesdingen kannte sie sich nicht aus. Sie hatte noch nie einen ernsthaften Freund gehabt, nur Affären, die bestenfalls ein paar Wochen hielten. Welche Ironie – hatte ihre Mutter doch ständig irgendeinen Freund, der für gewöhnlich unangemessen jung und fast immer so gut wie arbeitslos war.

»Warum hast du nie geheiratet?«, hatte Rachel sie einmal gefragt.

»Weil Männer zum Spaßhaben da sind, und Ehe ist Arbeit«, lautete Frans Antwort.

Von daher begriff Rachel einfach nicht, wozu Beziehungen gut sein sollten. Sie kannte keine, die auf Dauer funktionierten. Außerdem hatte sie noch nie die große Leidenschaft erfahren, noch nie eine alles verzehrende Verliebtheit, die die Menschheit anscheinend antrieben.

Luke machte das Radio an; ein alter Song von Kings of Leon durchbrach die Stille. Rachel spürte auf einmal eine gewaltige Energie, einen Adrenalinschub, der ihr den Atem nahm. Ihr Begleiter steuerte Richtung Nordwesten und war bald auf der Bradford Street. Sie schloss die Augen, während der Wind durch den offenen Jeep fegte. Ein paar Minuten später fuhr Luke hinter einer Kurve auf einen nahezu leeren Parkplatz. Er stellte den Motor ab, stieg aus und hielt ihr die Beifahrertür auf.

»Das ist der Strand?«, fragte sie.

»Ja. Hinter den Dünen.«

Die sandigen Hügel waren von Gräsern und vereinzelten tiefrosafarbenen Blumen durchzogen. Rachel zog ihre Turnschuhe aus.

»Bei uns in Kalifornien wachsen keine Blumen an den Stränden«, sagte sie.

»Man nennt sie hier auch Strandrosen«, bemerkte er.

Rachel folgte ihm über einen Pfad zu einem breiten Streifen aus nassem Sand. Der Ozean war grau und voller Gischt. Außer ihnen waren kaum Menschen unterwegs.

»So habe ich mir das nicht vorgestellt. Wieso ist es hier so leer?«

»Es ist schon relativ spät und bewölkt ... die Flut steht hoch. Im Juli würdest du hier um die Mittagszeit kaum einen freien Platz finden.«

Er hob einen Stein auf und schleuderte ihn gekonnt übers Wasser, sodass er dreimal sprang, bevor er im Meer verschwand.

»Beeindruckend«, sagte sie, halb im Scherz, halb im Ernst.

»Ich bin eingerostet. Früher habe ich mindestens noch zwei Hüpfer mehr geschafft.«

Rachel griff nach einem glatten weißen Stein und warf ihn in die See, wo er prompt versank.

Luke klaubte weitere Steine auf und gab ihr einen. »Du musst ihn ganz locker halten, so ungefähr.« Er legte ihre Finger um den Stein. Seine Nähe war schwindelerregend. »Und dann beweg dein Handgelenk wie ein Scharnier – einfach abfeuern.« Er hielt ihre Hand umschlossen, damit sie ein Gefühl für die richtige Bewegung bekam. Der Stein segelte davon, verschwand aber wiederum, ohne über die Wasseroberfläche zu tanzen.

»Darin bin ich offenbar eine Niete«, sagte sie.

»Man braucht nur ein bisschen Übung. Wie lange bleibst du noch hier?«

»Bis Samstag.«

»Genügend Zeit. Bis dahin hast du den Bogen raus – buchstäblich.«

»Ich nehme die Herausforderung an.« Es erschreckte sie selbst, wie sehr sie im Flirtmodus war.

Sie standen einander gegenüber, Auge in Auge. Irgendwo in der Ferne war ein Nebelhorn zu hören.

»Wir sollten wohl zu der Party zurück«, sagte er.

Nein, nein, nein – eine Tür fiel zu. Wohin sie geführt hätte, wusste Rachel nicht so recht.

Aber sie musste es herausfinden.

Kapitel 19

Kaum waren die drei sturzbetrunken ins Coastline-Tattoo-Studio gewankt – ein kleiner Laden in einer Seitengasse –, ließ sich Paul von einer SMS weglocken.

»Du Schweinepriester!«, protestierte Kelly, als er sagte, er müsse los. Marin lächelte. Hoffentlich war sie jenseits der fünfzig auch so drauf wie Kelly: völlig locker, ein Mensch, der sich offenbar wohl in seiner Haut fühlte. Es gab nur ein Wort dafür: Kelly war cool.

»Wir haben nicht alle die Liebe unseres Lebens, die uns zu Hause erwartet«, verteidigte sich Paul. »Manche müssen nehmen, was kommt. Oder wenn es bereit ist zu kommen.«

»Bah! Ab mit dir.«

Marin lachte laut auf – zum ersten Mal seit wie langer Zeit?

Sie durchblätterten die Bücher mit den Vorlagen, um mögliche Designs zu finden.

»Willst du wirklich Amelias Namen nehmen?«

»Kann sein. Ich muss eine gute Schrift finden. Die kursive hier wäre gar nicht schlecht.« Sie deutete auf eine verschnörkelte, wirbelige Umsetzung von *Meeresleben.*

»Ich könnte mir eine Blume vorstellen«, sagte Marin. »Vielleicht ein Gänseblümchen, innen am Handgelenk.«

»Gehört die zu deinem Geburtsmonat?«

»Was? Nein.«

»Du solltest dir etwas aussuchen, das eine persönliche Bedeutung für dich hat.«

Marin zuckte mit den Achseln. »Ich bin zu betrunken. Das ist eine blöde Idee. Besser, ich leiste dir einfach nur Gesellschaft.«

»Okay. Wenn es keine Bedeutung hat, dann lass es lieber. Das ist heutzutage das Problem – wir haben jegliches Gefühl für Rituale und Initiationen verloren. Es ist wichtig, manches zu markieren, verstehst du?«

»Im Moment würde ich kaum etwas anderes markieren, als dass ich komplett am Boden bin.«

»Keine schlechte Position.«

»Wie meinst du das?«

»Von da kann es nur bergauf gehen«, sagte Kelly.

In dem Augenblick fiel Marin ein, dass sie schon einmal geglaubt hatte, sie sei komplett am Boden – an dem Tag, als Rachel sie vom Starbucks am Times Square anrief. *Warum sollte ich mich nicht mit ihr treffen?*, hatte sie gedacht. *Schlimmer kann es nicht mehr werden.* Und dann kam die Wahrheit ans Tageslicht.

Aber was konnte jetzt noch schlimmer werden?

Kelly blätterte ein paar Seiten um und hielt dann inne, deutete auf ein Bild. »Das ist es. Wenn du es nimmst, nehme ich es auch.«

»Gleiche Tattoos? Sei mir nicht böse, aber wir kennen uns erst seit gestern.«

»Und in einer Woche bist du weg, und vielleicht werden unsere Wege sich nie wieder kreuzen. Etwas zur Erinnerung an mich.«

Marin beugte sich näher zu der Zeichnung.

»Was ist das?«

»Eine Strandrose«, sagte Kelly. »Wir sagen auch Dünenrose dazu.«

Am späten Nachmittag war das Haus von Thomas Duncan brechend voll, und draußen tummelten sich noch mehr Leute. Amelia hielt im Wohnzimmer Hof. Gerade fragte jemand sie: »Wie konnte Kelly bloß ein Mosaik an diese grauenhafte Sandra Crowe verkaufen?« Aus den Augenwinkeln sah sie, wie Luke Duncan in Begleitung von Rachel hinausschlüpfte.

Sie lächelte. Er war ein hübscher junger Mann, und sie erinnerte sich noch an seinen ersten Besuch auf der Insel – ein schlaksiger Zwölfjähriger mit großen Augen und schlaffem, schräg über die Augen fallendem Haar. Plötzlich spürte sie Neid aufkommen. Thomas hatte sein neues Leben mit Bart, aber er hatte auch seinen Sohn. In diesem Moment sehnte sie sich heftig nach Nadine. Dass sie nicht da war, wurde umso deutlicher, da sich nun Marin und Rachel eingefunden hatten.

Nadine hatte noch immer nicht auf den Brief geantwortet, und jetzt musste sich Amelia eingestehen, dass daraus auch nichts mehr werden würde. Wenn Nadine auf einen Brief mit derart dramatischen Neuigkeiten nicht reagierte, musste Amelia damit rechnen, dass ihre Tochter nie mehr zurückkehren würde. Nicht um ihrer Nichten willen – wahrscheinlich nicht einmal, um ihre Mutter zu begraben, wenn es so weit war. Es war an der Zeit, die Tatsache zu akzeptieren, dass Nadine sich von der Familie losgesagt hatte.

Als Teenager und noch auf dem College hatte Nadine immer eine Freundin mit dabeihaben wollen, wenn die Familie zusammenkam. Einmal hatte Amelia zufällig gehört, wie sie am Telefon eine Freundin als ihren Puffer bezeichnete. Das hatte Amelia wehgetan, aber sie konnte es kaum zur Sprache bringen, ohne sich selbst als Lauscherin beschuldigen zu lassen. Nadine machte ihr ständig Vorwürfe, mal harmlose und unverfängliche (»Das kapierst du einfach nicht«), mal äußerst schmerzhafte (»Du machst mir mein Leben kaputt«). Während Nadines Highschool-Zeit hatte Amelia das als normal hingenommen. Von den erfahreneren Müttern, mit denen sie befreundet war, bekam sie unisono zu hören, junge Frauen müssten ihre Mütter von sich weisen, um für sich ein eigenes Frauenbild zu finden. So gern sie diese moderne, intellektuelle Erklärung akzeptiert hätte – sie konnte sich nicht daran erinnern, ihre Mutter jemals so verstoßen zu haben. Sie hatte sie stets verehrt und über die Maßen geschätzt.

Nein, sie begriff Nadines Haltung einfach nicht. Sie konnte daran nichts ändern, das akzeptierte sie, aber es gefiel ihr ganz und gar nicht.

Bei Nick, ihrem Erstgeborenen, war es von Anfang an anders gewesen – von dem Moment an, als sich der Blick aus seinen verschleierten dunklen Augen auf sie richtete und sie die Verbindung zwischen ihnen wie einen Stromstoß erlebte. Dieses Gefühl flaute nie ab, wurde nie weniger. Bis zu jenem letzten Sommer.

Jahr für Jahr verbrachten die Cabrals den Sommer, von Juni bis Ende August, im Haus von Amelias Mutter an der Commercial Street. Als Renata Mitte der Siebzigerjahre starb, hinterließ sie das Haus Amelia, und für alle blieb es weiterhin bei den Sommern in Provincetown. Als Nick und Nadine das Teenageralter erreicht hatten, fanden sich zahllose ihrer Freunde zu Besuch ein und gaben einander die Klinke in die Hand. Daran änderte sich auch nichts, nachdem sie ihr Studium an der Boston University begannen. Vor allem Nadine verfügte über einen konstanten Kreis an

Freunden – die bereits erwähnten Puffer, die auch von Amelia gern gesehen wurden. Nach dreißig Jahren war ihre Ehe mit Otto Cabral schal geworden. Sie akzeptierte dies als den natürlichen Lauf der Dinge und bezweifelte, ob ihre eigenen Eltern bis zum Ende eine erfüllte, von Leidenschaft geprägte Ehe geführt hatten. (Sie war sich sicher, dass sie einmal für ein, zwei Jahre kaum miteinander gesprochen hatten.) Ja, indem sie Otto heiratete, erschuf sie ein Spiegelbild der Ehe ihrer Eltern. So sollte ihr Leben aussehen, glaubte sie damals. Es machte ihre Mutter glücklich, und sicherlich war sie genauso wie ihre Mutter. Doch mit den Jahren ging Amelia auf, dass dies durchaus nicht zutraf, sosehr sie ihre Mutter auch verehrte. Sie fand keine Befriedigung in einer Ehe, die sich zwischen lauwarmer Kameradschaft und völliger Gleichgültigkeit abspielte. Ja, sie hatte ihre Kinder und ihre Küche, ihr Haus und ihre Freunde. Aber das reichte nicht.

Darum waren die Sommer eine willkommene Ablenkung. Morgenspaziergänge am Strand, aufwendige Essensvorbereitungen, Abende an der Bucht, die bei Sonnenuntergang begannen und erst endeten, wenn der Letzte sich ins Bett getrollt hatte.

In jenem letzten Sommer brachte Nadine ihre Zimmermitbewohnerin und neue beste Freundin mit, eine lebhafte, künstlerisch veranlagte junge Frau, die Nadine so ausgelassen sein ließ, wie Amelia es selten erlebt hatte. Selbst Nick, dem die Freundinnen seiner kleinen Schwester mit ihrer Anhimmelei meist auf die Nerven fielen, riss sich beide Beine aus, um Zeit mit den beiden Frauen zu verbringen.

Manchmal hatte Amelia das Gefühl, dass ihre Kinder die junge Frau fast bedrängten, wenn sie lieber bei Amelia in der Küche sein wollte, statt zum Strand zu gehen oder in der

Canteen-Bar Cocktails in sich hineinzukippen. Als Amelia (die die Gesellschaft in der Küche mehr genoss, als sie es sich eingestand) die Freundin ihrer Tochter dazu befragte, sah die sie aus großen grünen Augen an und sagte: »Ich schätze mal, in meinem Herzen bin ich ein altes Mädchen.« Amelias eigenes Herz geriet ins Schlingern – ein freier Fall, der ihr Angst machte. Nach drei Sommerwochen war sie in Kelly Hanauer verliebt.

Es war ausgeschlossen. Es war Wahnsinn. Sie würde sich derartigen Gedanken und Gefühlen nicht hingeben. Doch eines Nachmittags – Otto war zum Angeln gefahren, Nick und Nadine beobachteten Wale – wurde aus einer Stunde in der Küche, wo Kelly lernte, Rosquillas zu backen, eine Flasche Wein am Rand der Bucht. Und der unwiderstehliche Rotschopf küsste sie.

»Das ist unmöglich«, sagte Amelia.

»Nichts ist unmöglich«, sagte Kelly.

Kapitel 20

Woher nahm Amelia bloß die Zeit? In aller Herrgottsfrühe sah Blythe, wie sie frisch gebackenes Brot, Beeren, Kaffee und Bio-Müsli auf den Tisch stellte – als hätte sie nicht gerade am Tag zuvor aus dem Stand heraus eine Party gestemmt.

»Hoffentlich machst du das alles nicht nur unseretwegen«, sagte Blythe.

»Ich bitte dich. Es ist mir eine Freude. Frag Kelly – ich weiß nichts mit mir anzufangen, wenn ich mich nicht um Gäste kümmern kann. Hast du gut geschlafen?«

»Allerdings. Perfekt.«

Na ja, nicht so ganz perfekt. Als sie zu Bett ging, war Marin noch nicht zurückgekehrt, und um zwei Uhr morgens wachte sie auf, voller Sorge um sie. Sie schlüpfte aus dem Bett, schlich durch den Flur und spähte in das Zimmer ihrer Tochter, um sicherzugehen, dass Marin heimgekommen war. Bei ihrem Anblick – wohlig zusammengerollt, im Mondlicht war nur ihr dunkler Pferdeschwanz zwischen den bleichen Laken zu erkennen – beruhigte sich Blythe so weit, dass sie weiterschlafen konnte.

Amelia brachte eine Platte mit goldbraunem Zucchinibrot. Blythe dachte an die Black-Beauty-Zucchini, die sie zwei Jahre zuvor angepflanzt hatte, und sah sich um.

»Hast du dir je überlegt, einen Gemüsegarten anzulegen? Das wäre der ideale Ort für so etwas.«

Amelia schüttelte den Kopf. »Eine hübsche Idee, aber der

Boden hier erfordert viel Arbeit. Dieser Ort ist buchstäblich auf Sand und Schlick erbaut. Gartenbesitzer lassen sich manchmal Erde liefern. Den Ärger, den man damit hat, ist die Sache nicht wert.«

»Wie schade«, sagte Blythe. Sie nahm sich vor, ihre Nachbarin anzurufen und sie zu bitten, nach den Tomaten zu sehen.

»Guten Morgen!« Rachel kam aus dem Haus gehüpft, das lange Haar offen. Sie trug ein fließendes Sommerkleid mit Motiven der Ureinwohner Amerikas. »Ich bin am Verhungern.«

Sie setzte sich Blythe gegenüber auf die Bank. Die Sonne spiegelte sich in einem schmalen goldenen Ring um ihre Pupillen. Ihre Augen waren heller als die von Marin, hatten aber die gleiche Mandelform. Für Blythe war es immer noch ungewohnt, Ähnlichkeiten zwischen den beiden zu entdecken. Andererseits trugen solch greifbare Details dazu bei, die absurde Situation realer zu machen.

Wenn sie doch nur wüsste, was in Marin vorging. Vor fast einer Woche hatte ihre Tochter sie mit der Wahrheit konfrontiert, und Blythe war mit ihren Bemühungen, Marin zum Reden oder gar zum Verzeihen zu bewegen, genauso weit wie am ersten Tag.

»Vielleicht können wir drei heute Nachmittag ja mal zum Strand gehen«, sagte Blythe zu Rachel. »Ich muss mir bloß vorher noch einen Badeanzug kaufen.«

Vor ihrem Aufbruch hatte sie nur für ein paar Tage in New York gepackt, nicht für einen Strandausflug. War das wirklich erst weniger als eine Woche her?

Die Tür schwang auf, und Blythe sah hoffnungsvoll hoch. Tatsächlich, es war Marin. Sie trug die übliche Sonnenbrille und ihre neue Uniform aus schwarzen Yogapants und einem zerknitterten T-Shirt. Wortlos kam sie zum Tisch, setzte sich und sackte zusammen, den Kopf auf den Arm gelegt. Sie hatte eine fürchterliche Fahne.

»Hi, Schätzchen. Kaffee?« Blythe bemühte sich, munter und nicht alarmiert zu klingen.

Marin nickte.

»Warst du gestern Abend unterwegs?«, fragte Rachel.

»Ja«, sagte Marin, hob den Kopf und nippte an ihrem Kaffee. Obwohl die Sonnenbrille ihr halbes Gesicht verdeckte, entging Blythe nicht, wie blass sie aussah.

»Alles okay mit dir?«, fragte Blythe.

»Passt.«

Da bemerkte Blythe es: etwas Glänzendes, Rotes innen am rechten Handgelenk ihrer Tochter, ungefähr so groß wie eine Vierteldollarmünze.

»Marin, was um alles in der Welt ist das denn?«

»Was?«, fragte Marin.

»Das hier?« Blythe packte sie beim Handgelenk.

Rachel und Amelia spähten über ihre Schulter.

»Du hast ein *Tattoo?«*, stieß Blythe hervor. Marin hatte sich nicht mal Ohrlöcher stechen lassen. Die extravaganteste Entscheidung, die sie je bezüglich ihres Äußeren getroffen hatte, basierte auf der unklugen Idee, sich im Sommer zwischen der zehnten und der elften Klasse Strähnchen zuzulegen.

»Würdest du bitte nicht so schreien? Mir platzt der Kopf.« Marin griff nach ihrem Kaffee und ging zurück ins Haus.

»O mein Gott«, sagte Blythe.

Rachel legte einen Arm um sie. »Ihr geht's gut.«

»Du kennst sie doch gar nicht! Es geht ihr nicht gut. Sie

ist nicht sie selbst. Meine Tochter hat einen Nervenzusammenbruch.«

Und damit stürmte sie ins Haus.

Marin ließ sich aufs Bett fallen und sah zur Decke. Sie hatte einen solchen Kater, dass das Kreiseln des Ventilators ihr den Magen umdrehte.

Hatte sie wirklich *so* viel getrunken? Genug für einen anständigen Schwips, das ja. Aber um sich dreimal zu übergeben?

Trotzdem, es war die Sache wert. Kelly war einfach der Hammer. Marin betrachtete die rote Blume, die in ihr Handgelenk eingeätzt war, und lächelte. Selbst wenn ihr das Tattoo nicht gefiele – was nicht der Fall war –, allein für den Gesichtsausdruck ihrer Mutter hatte es sich gelohnt.

Sie schloss die Augen und schirmte sie mit dem Unterarm vor der Sonne ab. Vor sich sah sie ihr Büro in New York. Den Besprechungsraum. Die Lobby. Das Leben bei Cole, Harding and Worth ging ohne sie weiter. Und Tatsache war, dass es sich gar nicht mal so merkwürdig anfühlte. Sie vermisste es nicht. Was hatte das zu bedeuten?

Ein Klopfen an der Tür. Marin ignorierte es.

»Marin«, rief ihre Mutter. »Wir gehen zum Strand. Willst du mitkommen?«

»Nein.«

»Es wird ein herrlicher Tag.«

Marin schleppte sich aus dem Bett und öffnete die Tür einen Spaltbreit. Ihre Mutter lächelte sie hoffnungsvoll an.

»Das Tattoo darf nicht in die Sonne«, sagte Marin. »Ich schlafe noch eine Runde.«

Sie machte die Tür wieder zu.

Und döste vor sich hin, als ein weiteres Klopfen sie störte. Am liebsten hätte sie gebrüllt, wer immer da vor der Tür stehe, solle sie in Ruhe lassen, zwang sich aber stattdessen – mit einem Mindestmaß an Höflichkeit – zu rufen: »Wer ist da?«

Keine Antwort. Nochmals ein leises Pochen. Stöhnend setzte sie sich auf und schleppte sich ein zweites Mal zur Tür. Kelly.

»Amelia bringt mich um, wenn du so verkatert bist, dass du den ganzen Tag in deinem Zimmer bleibst«, sagte sie.

Marin seufzte. »Stimmt, ich bin ziemlich verkatert. Aber ich habe auch keinen Bock auf meine Mutter. Oder auf sonst jemanden.«

»Also vergräbst du dich hier?«

»So lautet der Plan.«

»Für wie lange?«

»Ihr könnt mich wecken, wenn es Zeit ist, nach New York zurückzufahren.«

Kelly stemmte die Hände in die Hüften und legte den Kopf schräg. »Ich habe eine bessere Idee. Komm mit in mein Atelier. Es gibt da ein Projekt, für das ich ein zweites Paar Hände brauchen könnte.«

Marin verdrehte die Augen. »Kelly, das musst du nun wirklich nicht machen.«

»Was machen?«

»Für mich den Babysitter spielen. Mir geht's gut, okay? Es ist bloß eine Menge los, und ich will allein sein.«

»So ungern ich das sage, aber ich bin nicht speziell auf *dich* aus. Ich brauche akut Hilfe, und wenn du allein sein willst, dann bist du im falschen Haus gelandet. Und in der falschen Stadt. Sofern es dir noch nicht aufgefallen ist, wir mischen uns bei allen in alles ein. Ich glaube, das steht sogar irgendwo gedruckt in der Broschüre über Provincetown.«

Marin musste lächeln. »Ich bin nicht besonders künstlerisch veranlagt.«

»Talent ist nicht nötig. Ich brauche manuelle Unterstützung. Jetzt komm schon.«

Marin folgte Kelly die Treppe hinauf zu ihrem Atelier im zweiten Stock.

Das Erste, was ihr ins Auge stach, waren die Farben; Farben überall. Mosaike an den Wänden. Kleine Beistelltische mit Fliesen in Kobalt- und Himmelblau; ein großer Spiegel war mit Porzellanteilen verziert, in Blassrosa, Moosgrün und Rot. Die Statue einer Meerjungfrau aus schimmerndem knallgrünem Milchglas. Der Raum war riesig und ursprünglich wohl als Suite gedacht. Im Zentrum erstreckte sich ein breiter rechteckiger Tisch fast über die gesamte Länge des Ateliers. Auf ihm standen Teller mit bunten Fliesen und Glasstücken, Schalen mit Kieselsteinen, eine bis zum Rand mit Porzellanscherben gefüllte Teetasse. Überall lag Werkzeug herum: ein Lineal aus Metall, eine Reißschiene, ein seltsames Gerät, das aussah wie eine Gartenschere mit zwei Rädern am oberen Ende, riesige Rollen Klebeband, Klebstoff in Tuben.

»Wow«, sagte Marin und machte die Runde. An den Wänden deckenhohe Regale und Schränke voller Plastikeimer, die je nach Farbe und Material beschriftet waren: Meerglas, Kacheln, Porzellan und Steingut. In manchen Regalen stapelten sich Schüsseln und Teller, in anderen türmten sich Teetassen. Ein langes Regal füllten nach Farben sortierte Scheiben aus Buntglas: kräftige Grün- und Blautöne, dazu Lila in allen Schattierungen, von sattem

Dunkelviolett über blasses Lavendel bis hin zu Zuckerwatterosa.

»Für mich ist es der liebste Ort auf der Welt. Es war früher mal Amelias Schlafzimmer. Aber als ich ernsthaft mit den Mosaiken anfing, haben wir es zum Atelier umgebaut.«

»Es riecht gut hier drin. Nach Gewürzvanille.«

»Ach, das ist ein Parfum aus einem edlen Laden, Calypso heißt der. Amelia hat es mir einmal zu Weihnachten geschenkt. Ich benutze es nicht selbst, sondern versprühe es hier. Ziemlich teures Raumspray.« Sie lächelte.

Marin fand sie hinreißend. »Wie bist du zu den Mosaiken gekommen?«

»Amelia hat es mir beigebracht. Ihre Familie – *deine* Familie – betreibt diese Kunst schon seit Generationen. Sie hat es mir eigentlich nur gezeigt, weil sie dachte, dann hätten wir ein gemeinsames Hobby, aber schließlich wurde ich sozusagen besessen davon. Als ich mit Anfang zwanzig hierherzog, hatte ich keine Ahnung, womit ich mir meinen Lebensunterhalt verdienen sollte. Ich habe mich einfach voll auf die Mosaiken konzentriert, und zum Glück hat es funktioniert.«

»Die hast alle du gemacht?«, fragte Marin und berührte eine Tischplatte aus Spiegel- und Glasscherben, die sich zu einem Leuchtturm fügten.

»Yep.«

»Du bist sehr begabt.«

Eine Tafel auf dem Fußboden gehörte zu den wenigen einfarbigen Teilen, nur blasse Steine und weißes Milchglas. Daran klebte ein Zettel: *Glas und Stein auf Holztafel, zwölf Zoll mal sechsunddreißig Zoll, $ 1600.* Die Anwältin in Marin, die Person, die ihren Wert anhand von Zeiterfassungsbögen und Stundensätzen kalkulierte, fragte sich, wie lange es wohl dauerte, so ein Teil zu fertigen. Sie gab die Frage an Kelly weiter.

»Das ist verschieden, je nach Format, Material und Entwurf. Und meinem Energielevel. Im Augenblick habe ich richtig viel zu tun – und da kommst du ins Spiel. Ich arbeite an einer Überraschung für Amelia.«

Sie rollte eine große Skizze auseinander und legte sie auf den Tisch.

»Es ist ein Schild für das Beach Rose Inn, das sie draußen anstelle des alten hinhängen kann. Mein nicht allzu dezenter Hinweis, dass sie nächsten Sommer wieder aufmachen soll.«

»Ein farbiger Schriftzug?«

»Genau. Ich male die Skizze noch mit Buntstift aus, aber momentan arbeite ich mit ihr, so wie sie ist. Hier sieht man, welche Bereiche aus Kacheln und Smalti gestaltet werden. Die Beschriftung mache ich komplett aus Muscheln, die Amelia im Laufe der Jahre gesammelt hat, und dann kommt noch eine Strandrose dazu. Diese Aufzeichnungen beziehen sich auf meine Materialien: Meerglas, venezianische Kacheln, Smalti und Muscheln.«

Sie bedeutete Marin, ihr zu einem Regal zu folgen.

»In diesen Eimern sind nur Fundstücke von Amelia.«

Die Behälter waren beschriftet: FRAUENHAARFARN, MONDSCHNECKE, MIESMUSCHEL, PANTOFFELSCHNECKE. Auf dem untersten Regal standen Einmachgläser mit Meerglas.

»Das hat sie alles gesammelt?«

Kelly nickte. »Seit Jahren geht sie morgens zum Strand und sucht nach Teilen, die sie mir mitbringen kann.«

Marin beschloss, vor ihrer Abreise wenigstens einmal am Strand auf Schatzsuche zu gehen.

»Das klingt nach einem tollen Morgenprogramm.«

»Ich persönlich arbeite morgens gern als Erstes – oder tief in der Nacht. Dann bin ich am offensten und kreativsten.«

»Ich möchte auch ein bisschen was sammeln und mit nach New York nehmen. Zur Erinnerung an diese Reise.«

»Dann geh doch morgen mit Amelia mit. Das findet sie bestimmt super. Okay, bist du bereit für die Arbeit?«

»Ja«, sagte Marin, selbst überrascht, wie sehr sie sich darauf freute, etwas Produktives zu tun.

»Gut. Wie du siehst, bestehen die Mosaiken aus Hunderten von kleinen Teilen. Ob Kacheln, Glas oder Smalti … alle müssen geschnitten werden. Das braucht Zeit, und wenn du mir dabei was abnimmst, kann ich an dem eigentlichen Schild arbeiten.«

»Ist nicht eine ganze Menge von dem Zeug schon geschnitten? Ich meine, all die Regale …«

»Für dieses Schild habe ich spezielle Materialien bestellt. Wie zum Beispiel hier metallisches Smalti – so was Teures kauft man nicht ohne guten Grund.«

»Was ist Smalti eigentlich genau?«

»Ein besonderes Material, das in Venedig ausschließlich für Mosaiken hergestellt wird. Es gibt uns mehr Optionen, weil es verschiedene Grade der Lichtdurchlässigkeit hat und die Farben extrem kräftig sind. Geliefert wird es in Scheiben und muss von Hand geschnitten werden.« Sie griff nach dem seltsamen Werkzeug, das wie eine Gartenschere mit Rädern aussah. »Ein Rollschneider. Amelia sagt Zwickzange dazu.« Sie gab es Marin. »Bist du bereit?«

»Einen Versuch ist es wert.«

Blythe stand auf dem Balkon, der zu ihrem Zimmer gehörte, hoffte auf guten Empfang und wählte Kips Nummer. Sprachbox. Sie ließ sich nicht abschrecken und rief in seiner Kanzlei an. Seine Sekretärin wollte sie abwimmeln, ihr Mann sei in einer Besprechung, doch Blythe fiel ihr ins Wort (untypisch für sie) und sagte: »Verbinden Sie mich einfach mit ihm.«

»Blythe, das passt im Moment schlecht«, sagte Kip als Erstes.

»Hast du zwischenzeitlich mal mit Marin gesprochen?«

Kip seufzte. »Seit Mitte letzter Woche nicht mehr. Ich habe Nachrichten auf ihrem Handy hinterlassen. Du hast doch gesagt, du wolltest nach New York fahren. Bist du noch bei ihr?«

»Ja. Allerdings habe ich mir gedacht, sie sollte mal für ein paar Tage aus der Stadt raus, deswegen sind wir jetzt auf Cape Cod.«

»Ein Tapetenwechsel tut ihr vermutlich gut.«

»Tut er nicht. Ihr geht es immer schlechter.« Natürlich ließ sie dabei einen wichtigen Part des Rätsels um Marin aus. Sie konnte ihm ihren Gemütszustand nicht verständlich machen, ohne zu erklären, was tatsächlich los war. Doch das wollte sie nicht am Telefon erledigen.

»Sie hat ein paar harte Wochen hinter sich. Aber sie fängt sich schon wieder«, sagte Kip. »Soll ich mit ihr reden? Hol sie ans Telefon.«

»Sie hat sich in ihrem Zimmer eingesperrt. Ist völlig niedergeschlagen. Ich mache mir wirklich Sorgen.«

Blythe war klar, dass Marin die Situation nur akzeptieren würde, wenn sie und Kip an einem Strang zogen. Sie würde ihm die Wahrheit sagen müssen. Was konnte schlimmstenfalls passieren? Er war dabei, die Scheidung einzureichen. Ihre Ehe war am Ende. Sie wollte ihn nicht verletzen, aber wenn Marin dadurch wieder auf die Beine kam, sah sie keine andere Chance.

Kip seufzte. »Wann kommt ihr zurück? Ich fahre dann zu ihr und nehme mir Zeit für sie.«

»Ich finde, du solltest herkommen.«

»Nach Cape Cod? Blythe, ich sitze hier fest. Ich kann nicht von jetzt auf gleich in den Flieger steigen. Bring sie zurück nach New York, und dann setze ich ihr den Kopf zurecht.«

»Kip, ich weiß, dass wir vor der Scheidung stehen. Ich bitte dich nicht um meinetwillen, sondern um unserer Tochter willen. Stell ein einziges Mal in deinem Leben die Familie vor alles andere.«

Kapitel 21

Amelia wartete, bis im Haus Ruhe herrschte. Nach all den Jahren, in denen sie die Pension führte, hatte sie ein Gespür dafür, wann die Gäste in ihren Zimmern waren und man selbst abschalten konnte.

Kelly lag neben ihr im Bett, bürstete sich mit einer Hand die Haare und hielt in der anderen ihren E-Reader. Amelia wollte es nicht in den Kopf, dass sie dieses Gerät richtigen Büchern vorzog, aber Kelly behauptete steif und fest, es bekäme ihren Augen besser.

Amelia ärgerte sich über Kelly. Das kam selten vor, und es überraschte sie so sehr, dass sie wie gelähmt war. Den ganzen Tag hatte sie darauf gewartet, dass der Groll verflog – vergeblich. Darum war es an der Zeit, etwas zu sagen.

»Kannst du das Ding kurz weglegen?«, fragte sie und nahm ihre Brille ab. Sie drückte mit den Fingern auf die Falten um ihre Augen. War erschöpft; an Tagen wie diesem spürte sie ihr Alter.

»Stimmt was nicht?« Kelly war feinfühlig genug, um die Antwort auf ihre Frage bereits zu wissen.

»Ich bin ein bisschen enttäuscht davon, wie du mit Marins heikler Gefühlslage umgehst.«

Kelly setzte sich bolzengerade hin und legte E-Reader und Bürste auf ihren Schoß.

»Was meinst du damit?«

»Sie am helllichten Tag betrunken zu machen? Sich

tätowieren zu lassen? Ihre Mutter regt sich furchtbar auf, und das kann ich ihr nicht verdenken. Marin sollte in dieser Woche viel frische Luft schnappen, lange Spaziergänge machen, sich unterhalten. Den Ort entdecken. Wir sollten ihr helfen, mit alldem fertigzuwerden, und zwar auf gesunde, konstruktive Art und Weise.«

Kelly war schon immer impulsiv gewesen; sie tat, was sie wollte und wann sie es wollte. Sie hielt sich nicht an Regeln. Unter anderem darum liebte Amelia sie, und ebendieser furchtlose Überschwang hatte dazu beigetragen, Amelia aus dem Trott ihrer Ehe, aus ihrer Resignation und einem Leben voller Pflichten herauszureißen. Dank ihm konnte Kelly damals alles stehen und liegen lassen und nach Provincetown ziehen. Aber er war auch das, was Amelia bei Kelly am meisten frustrierte.

Kelly seufzte. »Okay, so wie du es ausdrückst, klingt es übel.«

»Und Paul hat einen grässlichen Einfluss auf dich.«

»Das hat nichts mit Paul zu tun. Hör zu, Marin wollte abreisen, okay? Sie wollte keine zweite Nacht hier verbringen. Wenn ich nicht einen Zugang zu ihr gefunden hätte, wäre sie jetzt schon wieder in New York, und wir hätten vermutlich nie mehr etwas von ihr gehört. Stattdessen hat sie mich gefragt, ob du sie morgen zum Strand mitnimmst. Sie möchte dich gern bei deinem Spaziergang begleiten.«

Amelia zog eine Augenbraue hoch. »Ach ja?«

»Ja. Ich habe mit ihr ausgemacht, dass du sie in der Früh weckst.«

Schweigen. »Du willst mir damit also sagen, dass der Zweck die Mittel heiligt?«

Kelly nickte. »So was in der Art.«

»Kelly.«

Sie seufzte. »Okay, gut. Vielleicht bin ich zu weit gegangen. Es tut mir leid. Aber mein Herz war auf dem rechten Fleck.«

Amelia drückte ihre Hand. »Ich weiß. Das ist es immer.«

»So viel zum Thema ruhiger, ereignisloser Sommer«, sagte Kelly und machte ihre Nachttischlampe aus.

Amelia stützte sich auf einen Ellbogen und betrachtete ihre Frau. Kellys langes Haar war offen, und ihr Gesicht wirkte keinen Tag älter als die Gesichter der Mädchen. Der berühmte irische Teint, der Jahr für Jahr vor der Sonne geschützt werden musste. Sie beugte sich vor und küsste sie.

»Es ist ja nur eine Woche. Dann läuft alles wieder normal«, sagte Amelia.

»Ich beklage mich doch gar nicht! Ich finde es toll, wenn Leben in der Bude ist. Und dir geht es ebenso, das weiß ich.« Kelly lächelte, ihre Miene nahm einen hoffnungsvollen, fast kindlichen Ausdruck an. »Ich dachte, wir könnten sie fragen, ob sie nicht noch ein paar Wochen länger bleiben wollen. Sie sollten unbedingt einen Unabhängigkeitstag à la Provincetown miterleben.«

»Meinst du, sie lassen sich darauf ein?«

Kelly zuckte mit den Achseln. »Einen Versuch ist es wert.«

»Das Ganze ist doch einfach unglaublich, oder?«

»Es ist irre. Mehr als irre. Und es gibt mir das Gefühl, dass wir die Pension zu voreilig dichtgemacht haben. Ich weiß, du dachtest, ich sollte mich schonen, von wegen Gesundheitsrisiko und so. Aber es ist gut, das Haus voller Menschen zu haben. Besonders für dich, glaube ich.«

»Es war nicht leicht, den Stammgästen abzusagen und andere abzuweisen«, gab Amelia zu. »Für die Millers hat es mir besonders leidgetan.« Die Familie Miller buchte seit 1996 durchgehend die erste Augustwoche. Amelia und Kelly hatten ihre Kinder aufwachsen sehen. »Sie müssen furchtbar enttäuscht sein. Sie haben nicht mal auf meine Mail geantwortet. Das darf ich ihnen wohl nicht übelnehmen.«

»Ich melde mich bei ihnen. Mittlerweile sind sie bestimmt darüber hinweg«, sagte Kelly. »Also, dann machen wir nächsten Sommer wieder auf. Vielleicht kommen ja Marin und Rachel für eine Weile her. Und das mit den Millers bringen wir wieder in Ordnung – wir schenken ihnen ein Wochenende oder so was.«

Amelia lächelte. »Einverstanden. Dann nennen wir das hier unseren Urlaub für eine Saison.« Sie knipste ihr Licht aus und schmiegte sich an Kelly. »Übrigens, ist dir aufgefallen, dass möglicherweise ein junges Glück erblüht?«

»Wer?«

»Rachel und Luke Duncan.«

»Was ist denn mit seiner Freundin? Der hübschen Asiatin, die er letzten Sommer dabeihatte?«

Amelia schüttelte den Kopf. »Thomas meinte, Luke hätte die Beziehung beendet, kurz bevor er herkam. Ich hoffe nur, dass das stimmt, wenn er jetzt mit Rachel flirtet.«

»Was hat diese Insel nur, dass man sich auf einen Schlag verliebt?« Kelly lächelte schelmisch.

Amelia wollte antworten, hielt dann aber inne. Kelly war eine romantische Natur, das wusste sie. Aber für Amelia hatte sie gerade den falschen Ton getroffen. Liebe auf den ersten Blick ist nicht immer harmlos und romantisch.

Von welchen Qualen war ihre Affäre am Anfang begleitet gewesen! Amelia hatte in Gedanken alles durchgespielt, was Menschen sich einreden, wenn sie eine Grenze überschreiten. Nur dieses eine Mal, sagte sie sich. Weiter ging es mit: *Okay, diesen Sommer, und dann ist es vorbei.* Sie versicherte sich, es richte keinen Schaden an, solange es niemand herausfand.

Aber natürlich findet es immer jemand heraus.

Unseligerweise war dieser Jemand in ihrem Fall Nick. Nick, der eines Abends eigentlich mit seinem Vater bei einer Benefizveranstaltung im Theater sein sollte, aber früher nach Hause kam und sich unverzüglich zu Kellys Zimmer begab. Er konnte nicht mehr länger warten, konnte sich nicht länger zurückhalten; er wollte ihr sagen, wie sehr er sie anbetete, wie sehr er sie an seiner Seite brauchte.

Und dann lag sie dort im Bett – mit seiner Mutter.

Kapitel 22

Marin grub die Zehen in den nassen Sand.

»An manchen Tagen klaube ich alles auf, was mir gefällt«, sagte Amelia. »Eine Austernschale. Eine Meerschnecke. Das Skelett eines Sanddollars, wenn ich Glück habe. An anderen Tagen habe ich bestimmte Aufgaben. Grünes Meerglas vielleicht, oder weiße Kieselsteine.«

Marin nickte, bückte sich und rollte ihre Cargohose hoch, die am Saum schon durchnässt war, dann verknotete sie die Zugschnur knapp unterhalb der Taille. Die vielen Taschen der Hose würden all das fassen, was sie an diesem Morgen aufsammelte. Sie vergewisserte sich, dass das Tuch, mit dem sie ihr Tattoo vor der Sonne schützen wollte, richtig saß, und blickte zum Himmel empor.

»Ich würde mir gern ein Einmachglas besorgen und es mit Meerglas aus dieser Woche füllen. Zu Hause stelle ich es mir dann neben das Bett«, sagte sie.

»Das ist eine reizende Idee, aber in der Zeit, die dir hier noch bleibt, wirst du nicht genügend Meerglas zusammenbekommen.«

»Ich könnte ja mit dem anfangen, was ich finde, und dann einfach noch was zum Auffüllen kaufen.«

Amelia sah sie an, als hätte sie zwei Köpfe.

»Kaufen? Das ist nicht Sinn und Zweck der Sache. Was du selbst findest, ist von Bedeutung. Es steht in Verbindung mit diesem Tag, diesem Spaziergang, diesem Moment. Deine

Hände lösen es von dem Ort, der es hervorgebracht hat, und machen es dir zu eigen.«

Na, wenn sie das so sah. »Ich schaue einfach mal, was ich finde.«

Amelia nickte.

Schweigend gingen sie weiter, die Augen auf den Sand gerichtet. Marin überlegte, ob sie sich vielleicht nach Amelias Sohn erkundigen sollte. Wobei sie auf Informationen über ihn nicht sonderlich versessen war – für sie bestand er nur aus dreiundzwanzig Chromosomen. Ein anonymer Samenspender, der ohne die verdammte moderne Technik hübsch anonym geblieben wäre. Aber war es nicht unhöflich, ihn überhaupt nicht zur Kenntnis zu nehmen? Sicher war er auch genau hier entlanggelaufen. Sie verscheuchte den Gedanken, wollte nicht, dass der Spender sich in ihrem Kopf, in ihrem Herzen einnistete. Nach ihm zu fragen machte ihn zu real. Es wäre ein Verrat an ihrem Vater.

Marin entdeckte etwas Rundes, Blassgrünes. Sie hob es auf, wobei nasser Sand unter ihre Fingernägel geriet, und zeigte es Amelia, die es Richtung Himmel hielt und verkündete: »Das ist ein Kieselstein, kein Meerglas.«

»Woran erkennst du das?«

»Er lässt kein Licht durch.«

Marin steckte ihn trotzdem in die Hosentasche.

Amelia blieb stehen. »Kelly und ich haben gestern Abend miteinander geredet, und wir fänden es wunderschön, wenn ihr euch entschließen könntet, noch ein, zwei Wochen zu bleiben. Vielleicht bis zum Unabhängigkeitstag? Der ist hier immer sehr lustig, und er wäre der perfekte Abschluss für eure Reise.«

Marins erster Impuls war, nein zu sagen und eine ganze

Liste von Gründen herunterzubeten, warum sie nach New York zurückmusste. Aber ihr fiel kein einziger ein.

»Das ist wirklich sehr großzügig von dir, Amelia. Danke. Ich bespreche es mit Rachel und meiner Mutter.«

»Es geht mich womöglich nichts an, aber ich würde mir Vorwürfe machen, wenn ich es nicht zur Sprache bringe. Ich meine, du solltest ihr verzeihen.«

»Was? Wem?«

»Deiner Mutter.«

Marin warf ihr einen scharfen Blick zu. »Nichts für ungut, aber du hast wirklich keine Ahnung von dem Ganzen.«

»Mag sein«, sagte Amelia und schirmte ihre Augen mit der Hand vor der Sonne ab, um Marin anzusehen. »Aber ich weiß, dass das Leben kompliziert ist, dass Menschen Fehler machen und dass es zu nichts führt, diejenigen zu verurteilen, die dich lieben.«

»Sie hat mich belogen – mich und meinen Vater –, mein ganzes Leben lang. Das ist kein Fehler, das ist eine Entscheidung.«

»Mag sein«, sagte Amelia. »Die Sache ist die: Als mein Sohn Nicolau starb, hatten wir schon mehrere Jahre lang nicht mehr miteinander gesprochen.«

»Das wusste ich nicht. Wie ist es dazu gekommen?«

»Ich habe mich in Kelly verliebt. Während ich noch mit seinem Vater verheiratet war.«

Okay, nicht gerade ideal. Aber es verblasste neben Blythes Täuschung.

»Tja, ich verstehe schon, das kann einen … aus der Bahn werfen. Aber ich finde immer noch, dass das, was meine Mutter getan hat, schlimmer war. Viel schlimmer. Ich meine, man kann sich ja nicht aussuchen, in wen man sich verliebt.«

»Nick meinte wohl, dass *er* in Kelly verliebt war.«

»Was?«

»Sie waren im gleichen Alter. Kelly war die beste Freundin meiner Tochter. Wir verbrachten den Sommer zusammen.«

»In der Pension?«

»Damals war es noch keine Pension. Es war das Heim unserer Familie. Und ja, in diesem Haus hier.«

Marin war fassungslos. Was für ein Drama, das sich unter diesem Dach abgespielt hatte! In diesem Licht erschien ihr biologischer Vater auf einmal als tragische und romantische Figur.

»Das klingt … kompliziert.«

»Nach mehr als einem Vierteljahrhundert mit Kelly fällt es mir schwer, unsere Beziehung als ein Vergehen zu betrachten, auch wenn es das wohl war. So oder so, ich wollte niemals meinen Kindern wehtun. Aber das habe ich, und seit dreißig Jahren muss ich damit leben. Deswegen möchte ich nicht, dass die Geschichte sich mit dir und deiner Mutter wiederholt.«

»Es ist nicht das Gleiche«, sagte Marin. »Nicht im Geringsten.«

Und ganz ehrlich, dreißig Jahre Groll erschienen ihr gar nicht mal so unwahrscheinlich.

Die vordere Veranda des Beach Rose Inn war *der* Platz zum Leute-Beobachten.

In dem Regal in ihrem Zimmer hatte Rachel ein Buch über Provincetown gefunden, *Land's End* von Michael Cunningham, und es sich mit ihm und einer Tasse Kaffee draußen auf dem Schaukelstuhl gemütlich gemacht. Aber wie sollte sie konzentriert über Provincetown *lesen,* wenn der Ort sich in seiner ganzen Vielfalt direkt vor ihr entfaltete? Am meisten verblüffte sie, dass alle einander zu kennen schienen. Völlig anders als in Los Angeles, dieser wuchernden Metropole, wo man immer wieder Leute sah, die man zu kennen glaubte, um dann festzustellen, dass es sich nur um Schauspieler aus Fernsehshows handelte, die man sich früher einmal angesehen hatte.

Und nun erschien an der Treppe jemand, den sie tatsächlich kannte. Luke Duncan.

Mit zwei Serviertabletts.

»Oh, hi!« Sie sprang auf, um ihm behilflich zu sein, und nahm ihm ein Tablett ab, ein schweres, von Hand bemaltes Keramikteil, an das sie sich noch von der Party erinnern konnte.

»Danke. Mein Dad hat mir aufgetragen, sie Amelia zurückzubringen.«

»Super«, sagte sie. *Super?* Ihr Herz wummerte. Und das lag nicht an dem starken Kaffee.

Er sah sich auf der Veranda um. »Und was treibt ihr heute so?«

»Ich … lese bloß ein bisschen.« Sie nahm das Buch vom Stuhl und hielt es ihm hin.

»Das ist gut.«

Er wollte noch etwas sagen, wurde jedoch von Stimmen abgelenkt, die jenseits der Treppe ertönten. Kurze Zeit später tauchte Marin auf, gefolgt von Amelia.

Rachel wurde bewusst, dass Marin wirklich wunderschön war. Die Hose mit dem Tunnelzug saß ihr tief auf den Hüften, dazu trug sie ein weißes Tanktop; ihre Wangen waren gerötet, von körperlicher Anstrengung oder der Sonne, und hoben ihre dunkelbraunen Augen noch stärker hervor. Ihr glänzendes dunkles Haar war auf dem Oberkopf zu einem nachlässigen Knoten gebunden, aus dem sich einige Locken so kunstvoll gelöst hatten, als hätte man Marin für eine Fotosession am Strand zurechtgemacht.

Rachel war nicht die Einzige, der das auffiel.

»Hey.« Luke lächelte Marin an, während er ihr, Rachel, *buchstäblich* den Rücken zudrehte.

»Hey«, gab Marin zurück, darauf konzentriert, das rote Tuch von ihrem Handgelenk abzuwickeln.

»Ich nehme euch die Tabletts ab, ihr Lieben«, sagte Amelia, befreite Luke und Rachel von der Keramik und ließ die drei auf der Veranda zurück.

Marin beschäftigte sich weiter mit ihrem Handgelenk und ließ das Tattoo zum Vorschein kommen. Luke sah ihr mit gespannter Aufmerksamkeit zu. Rachel überlegte verzweifelt, wie sie Marin loswerden konnte.

»Hast du dir das gerade erst machen lassen?«, fragte er.

Marin nickte. »Gestern. Nachdem wir von der Party weggegangen sind.«

Er griff nach ihrer Hand und hielt sie so, dass er einen besseren Blick auf das Tattoo hatte. Eifersucht ließ Rachels Magen ins Schlingern geraten.

»Eine Strandrose?«

»Ja, genau.«

»Wahnsinn.«

Rachel fragte sich, wieso sie auf einmal das dritte Rad am Wagen war, immerhin hatte ursprünglich *sie* mit Luke geredet!

»Es darf nicht nass werden und auch nicht in die Sonne, der Zeitpunkt ist also wohl ein bisschen ungünstig«, sagte Marin. »Aber sei's drum. Okay, ich leg mich wieder schlafen.«

Damit marschierte sie ins Haus; die Fliegengittertür schlug hinter ihr zu.

Luke folgte ihr mit dem Blick, ihm hing praktisch die Zunge heraus. Rachel setzte sich wieder in den Schaukelstuhl und las weiter. Oder tat vielmehr so.

»Deine Schwester ist schon eine Persönlichkeit«, sagte er schließlich.

»Halb.«

»Sie ist eine halbe Persönlichkeit?«

»Sie ist meine *Halb*schwester.«

»Ja. Richtig.« Er fuhr sich durchs Haar, eine Geste, die sie so fesselnd fand wie alles andere an ihm. »Ich gehe was essen. Willst du mitkommen?«

Sie sah ihn überrascht an, und es kostete sie große Mühe, lässig zu klingen, als sie sagte: »Klar.«

Luke ging mit ihr die Commercial Street hinunter. Sie machten bei einem Souvenirladen Halt, wo Rachel zu ihrer Freude eine Ansichtskarte fand, die das Beach Rose Inn zeigte. Sie kaufte sie und beschloss, sie ihrer Mutter zu schicken. Eine Querstraße weiter blieb Luke vor einem kleinen Restaurant mit einem Fenster zur Straße und einer auffälligen Regenbogenflagge stehen: Café Heaven.

»Wenn du hier was isst, wirst du sehen, dass der Name passt.« Er schmunzelte.

Essen oder nicht, sie war bereits im Himmel.

Drinnen war die blaue Decke mit bauschigen Wolken wie aus einem Cartoon bemalt. Alle Tische waren besetzt. Der Wirt vertröstete sie für ein paar Minuten und machte sie auf die Tagesangebote aufmerksam, die an einer Wandtafel zu lesen waren.

»Hier schmeckt alles toll, aber am liebsten mag ich die

selbst gemachten English Muffins. Danach kaufst du nie wieder einen im Laden.«

Sie nickte. Ein Tisch wurde abgeräumt, und sie konnten sich setzen.

»Und, geht Amelia mit euch auf Besichtigungstour? Oder Wale beobachten? Es gibt hier eine ganze Menge, was ihr euch ansehen könnt.«

»Ich weiß nicht so genau«, sagte sie. Selbst wenn Amelia sie zu einem vollgepackten Programm verdonnert hätte, würde sie es nicht zugeben. Bot er womöglich an, sie herumzuführen? »Was tust du denn den ganzen Sommer über in Provincetown?«

»Zum einen will ich meinem Dad zur Hand gehen. Und dann schreibe ich an einem Buch.«

»So was wie einen Roman?« Sie stellte sich eine aufregende Spionagestory vor – à la James Bond, aber eben mit einem Amerikaner als Hauptfigur. Oder vielleicht auch etwas Literarischeres. *Die Korrekturen,* Ort der Handlung: Cape Cod.

»Nein, ein Sachbuch. Über den Verfall amerikanischer Städte. Eine Art Update zu Jane Jacobs' Klassiker *Tod und Leben großer amerikanischer Städte.* Habt ihr das in der Schule lesen müssen?«

»Äh, nein.« Wenn sie das College nicht abgebrochen hätte, wäre sie vielleicht noch bis zu diesem Ding vorgedrungen.

»Na, sehen wir mal, wie viel ich hier schaffe. Seit der Highschool ist das der erste Sommer, in dem ich zwei Monate am Stück in Provincetown bin. Ist schon eine gewisse Umstellung.«

»Wolltest du einfach mal eine Zeit lang weg von Rhode Island?«

»Nein. Es war gar nicht so leicht, die Zelte abzubrechen. Aber als ich an Weihnachten hier war, ging es meinem Dad nicht besonders. Ich habe so ein mulmiges Gefühl, als könnte das mein letzter Sommer mit ihm sein.«

»Das tut mir leid«, sagte sie. »Aber er freut sich doch bestimmt sehr, dass du da bist. Das muss ihm eine Menge bedeuten.«

»Doch, schon, aber da ist ja noch Bart. Ich will ihn nicht bedrängen oder ihm etwas von seiner Zeit mit meinem Dad nehmen. Darüber habe ich im Vorfeld mit ihm geredet, und er meinte auch, ich sollte herkommen. Er fand die Idee gut.«

Luke dachte auch an Bart. Luke hatte alles im Blick. An Luke war, soweit sie das bis jetzt beurteilen konnte, nichts, aber auch gar nichts auszusetzen.

»Ich würde gern noch länger bleiben«, sagte Rachel. »Erst dachte ich, eine Woche wäre ganz schön lang, so in der Fremde und mit Leuten, die ich nicht kenne. Jetzt ist es, als hätte ich immer schon hier gelebt.«

»Diese Wirkung hat Provincetown auf manche. Ich könnte nicht rund ums Jahr hier wohnen, aber mein Dad ist für eine dreitägige Schreibklausur hergekommen – und hat den Ort seitdem nie mehr verlassen.«

Wenn Thomas Duncan von heute auf morgen nach Provincetown übersiedeln und Frau und Sohn hinter sich lassen konnte, musste Rachel doch in der Lage sein, ihren Aufenthalt zu verlängern.

»Vielleicht hänge ich noch ein, zwei Wochen dran«, tastete sie sich vor. Sie wollte ihn nicht verschrecken. Und wenn sie länger blieb, dann nicht seinetwegen. Nach drei Tagen hatte sie nur eine äußerst blasse Vorstellung von ihrem Dad. Die Fotos waren ein erster Schritt gewesen. Aber ein kleiner.

Der Antwort auf die entscheidende Frage war sie kaum nähergekommen: Wer *war* er?

Und noch wichtiger: Sie musste sich daranmachen, Fragen über sich selbst zu beantworten. Eine nicht ganz unbedeutende lautete, ob sie drauf und dran war, sich zum ersten Mal in ihrem Leben zu verlieben.

Marin verschlief den kompletten Nachmittag sowie das Abendessen und war nun, um neun Uhr abends, hellwach.

Sie stand auf dem Balkon ihres Zimmers und schaute auf den Garten. Stunden zuvor hatten Amelia, Kelly und ihre Mutter dort gesessen, und ihre Stimmen hatten sie aus dem Schlaf gerissen. Sie entdeckten sie, als sie vom Balkon nach unten spähte, und winkten sie zu sich. Sie waren glücklich, die Sache war abgemacht – alle blieben bis zum 4. Juli.

Marin hätte gern ein bisschen Zeit mit Kelly verbracht, aber ohne die anderen. Also verzog sie sich wieder ins Bett.

Jetzt war der Garten dunkel und leer, nur das Mondlicht, das sich im Wasser spiegelte, erhellte ihn ein wenig. Vielleicht sollte sie rausgehen und frische Luft schnappen. Danach fände sie womöglich wieder in den Schlaf zurück.

Eine Bewegung erregte ihre Aufmerksamkeit. Zwei schattenhafte Gestalten dicht beieinander nahe dem mit Tauen abgegrenzten Rand des Grundstücks, gleich hinter dem Tischende. Ihr erster Gedanke war, dass es sich um Eindringlinge handelte – aber vielleicht war so etwas hier ja an der Tagesordnung? Überrascht hätte es sie jedenfalls nicht. An diesem Ort schienen bei allen die Grenzen ein wenig fließend zu sein.

Gelächter drang an ihr Ohr. Da wurde ihr klar, dass es sich um Rachel und Luke Duncan handelte.

Das hätte auch ich unter Dach und Fach bringen können, dachte Marin. Im selben Moment hasste sie sich für diesen Gedanken. Aus ihr sprach der Kummer. O Gott. Es tat so weh. Sie vermisste Julian dermaßen heftig, dass sie alles getan hätte, um den Qualen ein Ende zu bereiten. Selbst etwas Dämliches, wie zum Beispiel ihn noch mal anzurufen.

Sie schloss die Balkontür und setzte sich auf die Bettkante. Mit pochendem Herzen tippte sie seine Nummer ein.

»Hallo?«

Seine Stimme zu hören war Schmerz und Erleichterung zugleich.

»Hey«, sagte sie. »Entschuldige, dass ich so spät noch anrufe.«

»So spät ist es doch gar nicht.« Seine Stimme war wärmer als bei ihrem letzten Telefonat – so viel konnte sie schon feststellen. Vielleicht war es auch nur Wunschdenken.

»Wie war's in Chicago?«, fragte sie.

»Das mit dem Job ist ziemlich aussichtslos. Es lief so, wie es zu erwarten war.« Schweigen.

Sie wollte schon sagen: *Am Wochenende bin ich wieder in New York,* aber dann fiel ihr ein, dass sie verlängert hatten. Wahrscheinlich war es am besten so. Er wollte Zeit und Abstand, und beides bekam er.

»Was macht dein Urlaub?«, fragte er.

»Es ist nicht direkt ein Urlaub.«

Julian bat nicht um weitere Erklärungen. Sie hätte wer weiß was dafür gegeben, in diesem Augenblick bei ihm zu sein, ihm in die Augen zu sehen – und ihm alles zu erzählen. Sie erinnerte sich an ihren letzten gemeinsamen Morgen, am Sonntag nach ihrem Besuch in Philadelphia, als sie ihm berichtete, wie seltsam sie es fand, dass ihre Mutter sie praktisch vor die Tür gesetzt hatte. Er hatte sie damals beruhigt, und jetzt brauchte sie ihn wieder.

»Können wir nicht skypen?«, fragte sie. Es klang ein bisschen kindisch, als wären sie Teenager, die während einer Schulwoche nachts heimlich miteinander telefonierten, unter der Bettdecke, ein jeder in seinem Zimmer.

»Marin …«

»Was ist? Willst du mich nicht mal auf einem Bildschirm sehen, mit zwei Staaten zwischen uns?«

Er seufzte. »Es ist nicht so, dass ich dich nicht sehen will. Oder dass mir nichts an dir liegt – denn das ist nicht der Fall. Aber unsere Beziehung hat uns vom Wesentlichen abgelenkt, und dafür haben wir beide bitter bezahlt. Ich weiß nicht, wie es bei dir ist, aber ich muss mich neu ausrichten.«

Zorn stieg in ihr hoch. »Neu ausrichten? Hast du eine Ahnung, womit ich mich hier herumschlage? Genie hat mein ganzes Leben auf den Kopf gestellt!«

»Genie? Was hat das mit alldem zu tun?«

In dieser Sekunde wurde ihr Kummer zu Wut. Sie hatte mehr verloren als er: ihre Identität, den Mann, den sie für ihren Vater gehalten hatte, die Beziehung zu ihrer Mutter. Und, ja, ihren Job. Was hatte er verloren? Nichts, das sich nicht ersetzen ließ.

»Okay, tut mir leid, dass unsere Beziehung uns vom Wesentlichen abgelenkt hat. Ich werde dich nicht mehr mit weiteren Anrufen von was auch immer ablenken.«

Sie legte auf.

Und fühlte sich erstaunlicherweise so gut wie seit Wochen nicht mehr.

Kapitel 23

Morgens war es bewölkt – kein Strandwetter. Dennoch waren Amelia und Marin bereits nach Herring Cove unterwegs. Blythe hatte für die kommenden Stunden eigene Pläne; sie machte es sich mit Diane Keatons Memoiren in dem Schaukelstuhl auf der Veranda gemütlich. Zum letzten Mal aufgeschlagen hatte sie das Buch am Vorabend ihrer Abreise nach New York, wo sie nach Marin sehen wollte ohne die geringste Ahnung, welch dramatische Wendung die Dinge nehmen würden. Und nun war Nick Cabral wieder in ihrem Leben. Oder vielmehr, sie war in *seinem* Leben – in dem Haus, in dem er seine Sommermonate verbracht hatte. An dem Strand, den sie von seinen Zeichnungen kannte.

Teile von Nicks Leben waren mittlerweile zum Vorschein gekommen, andere noch tief verborgen. Was war zwischen ihm und Amelia vorgefallen? Wie war er gestorben? Sie wollte es gern wissen, zugleich aber nicht riskieren, die Frau zu verstören, die ihnen allen so großzügig begegnete. Dennoch, wie konnte sie diesen Ort verlassen, ohne nachgefragt zu haben?

Eine weitere Frage nagte an ihr: Sollte sie Amelia die Wahrheit über ihre Beziehung zu ihrem Sohn sagen? Dass er in ihrem Fall kein anonymer Samenspender gewesen war? Dass sie ihn tatsächlich gekannt und sehr gemocht hatte – wenn auch nur für kurze Zeit?

Nach dem ersten leidenschaftlichen Nachmittag in seiner

kleinen Wohnung trafen sie sich einmal pro Woche. Dann mehrmals pro Woche. Es nervte Nick – der Spontanes und Impulsives über alles liebte –, planen zu müssen. Aber damals gab es noch keine Handys (wie anders sich ihre Affäre heutzutage gestaltet hätte, dank der modernen Technik, die für Vorwände wie gemacht schien), sodass sie Treffpunkte und Uhrzeiten vereinbaren und sich daran halten mussten. Unter der Woche sahen sie sich meist in Nicks Wohnung. Sie liebten sich wild und heftig, und wenn sie Glück hatten und ihnen noch ein paar Stunden blieben, lagen sie im Bett und unterhielten sich, über Kunst und die Welt – Gespräche, bei denen Blythe sich scharfsinnig und gefragt vorkam. Doch wenn sie persönlichere Themen anschnitt, biss sie auf Granit. Er wollte nicht über seine Familie reden, deutete nur an, es habe ein schweres Zerwürfnis mit seiner Mutter gegeben. Einmal, als sie seine älteren Skizzenbücher durchsahen, in denen immer wieder der Ozean und Strände mit hohen, blumenbewachsenen Dünen zu sehen waren, erzählte er vom Haus seiner portugiesischen Großmutter am Meer.

»An Weihnachten und im Sommer waren wir immer bei ihr in Provincetown. Im Winter ist das eine Geisterstadt, und im Haus meiner Großmutter konnte es einem leicht so vorkommen, als wären wir die einzigen Menschen auf der Welt. Im Sommer ist es dann ein einziger Karneval.« Er lächelte und sagte noch, fern vom Meer fühle er sich nie wirklich wohl.

Wenn sie weiterfragte, nach mehr dürstete, unbedingt diesen Mann näher kennenlernen wollte, der sie ins Leben zurückbrachte, lenkte er das Gespräch auf eine unpersönlichere Ebene. Sie unternahmen atemberaubende Motorradtouren auf dem Schuylkill Expressway. Sie schlang die Arme um ihn, der Wind schlug ihr ins Gesicht, und sie klammerte sich fest, als ginge es um Leben und Tod. Er fuhr mit ihr zum Fluss, fegte am Kunstmuseum und den Bootshäusern vorbei, und sie kreischte vergeblich, er solle nicht so schnell fahren. Ihr fiel ein, einmal gelesen zu haben, dass das Gehirn Furcht und Verliebtheit als ein und dieselbe Erfahrung speichert und beides manchmal miteinander verwechselt.

Voraussehbar waren ihre heimlichen Treffen nur in einem Punkt: Sie fanden immer tagsüber statt, wenn Kip in der Kanzlei war. Es gab eine einzige Ausnahme, und sie war der Anfang vom Ende.

Ein Tag Ende August. Kip war nicht in der Stadt, und Nick lud sie zu einem Abend mit ihm und seinen Freunden in einem Club ein. Sie freute sich darauf, eine ganze Nacht statt nur ein paar gestohlene Stunden am Nachmittag mit ihm zu verbringen. Voller Übermut putzte sie sich heraus: schwarzer Minirock und ein T-Shirt mit geometrischen Formen in leuchtenden Farben. Wie schön sie sich gefühlt hatte.

Als sie in Nicks Wohnung kam, hatten er und seine Freunde schon die ersten Drinks und Joints intus. Er legte den Arm um sie und stellte sie als sein Mädchen vor.

»Ah«, sagte einer. »Das Ehefrauchen.« Niemand in der rauchgeschwängerten Wohnung schien es eilig mit dem Aufbruch zu haben. Schließlich sah sie auf ihre Armbanduhr; es war fast zwei Uhr morgens.

»Wir sollten los«, sagte sie ungeduldig und bot an zu fahren. Sie zwängten sich alle in ihren BMW, und Nick lotste sie zu einer heruntergekommenen Gegend mit vielen Lagerhäusern. Der Club hatte weder ein Schild noch einen Namen und öffnete erst, wenn die legalen Bars zumachten. Sie hatte nicht gewusst, dass es solche Lokale gab.

Drinnen bestellte sie ein Glas Wasser und hielt sich daran fest. Nach den Jahren, in denen sie ihren Körper wie ein Instrument behandelt hatte, konnte sie ihn nicht missbrauchen, nicht einmal für eine Nacht. Nick ermahnte sie, ihr Glas keine Sekunde aus den Augen zu lassen. Dann verzog er sich, und sie blieb allein in dem höhlenartigen Gemäuer zurück.

Was zum Teufel sollte das? Warum hatte er sie überhaupt eingeladen? Die Musik war so laut, dass ihr ganzer Körper vibrierte. Sie lief herum. Musste auf die Toilette, aber die Schlange davor war lang – und manche der Anstehenden wollten sie gar nicht als Toilette benutzen. Sie wünschte, sie wäre zu Hause in ihrem Bett.

Endlich entdeckte sie einen seiner Freunde. »Hast du Nick gesehen?« Sie wollte weg, fürchtete sich aber davor, allein zu ihrem Wagen zu gehen. Der Freund deutete eine vage Richtung an.

»Wo genau?«, fragte sie und spähte ins Dunkel.

»Bei der Treppe. Siehst du das Ausgangsschild?«

»Ja, danke.« Sie schlängelte sich durch die Menge und bezweifelte, dass sie ihn finden würde.

Doch sie fand ihn.

Er stand im Treppenhaus. Es war düster und stank. (Jetzt wusste sie, wohin die Leute zum Pinkeln gingen, wenn die Toiletten anderweitig besetzt waren.) Eine falsche Blondine mit einem roten Minirock lehnte an der Wand und hatte den Kopf in den Nacken gelegt, sodass man ihren Hals in voller Länge sah. Sie drückte auf ihre Nase. Nick stand eben ihr und schnupfte Kokain von einem Taschenspiegel.

Blythe wich zurück.

Was hatte sie hier verloren? Plötzlich wurde ihr klar, was für ein Wahnsinn das Ganze war. Schwitzend bahnte sie sich einen Weg durch den Club, wollte nur noch weg. Die Straßen von North Philadelphia wirkten gefährlich leer, und ihr ging auf, was sie da eigentlich tat. Sie setzte ihre Ehe und nun auch noch ihr eigenes Leben aufs Spiel – für eine vorübergehende, auf purer Lust basierende Verrücktheit. Als sie beim Wagen angelangt war, zitterte ihre Hand so sehr, dass sie kaum den Schlüssel ins Schloss stecken konnte.

Zu Hause, wohlbehalten in ihrem Schlafzimmer, zog sie Rock und T-Shirt aus und warf alles in den Müll. Nie mehr wollte sie an diese widerliche Nacht erinnert werden. An ihr eigenes widerliches Verhalten. Schuldbewusst und verwirrt nahm sie ihr neues Tagebuch aus der Nachttischschublade und schüttete ihm ihr Herz aus: *Ich war so einsam, ich glaube, mein Mann liebt mich nicht mehr. Meine Ehe hat keinen Sinn, wir werden nie eine Familie sein, und deshalb habe ich etwas Dummes getan, und jetzt bin ich wütender auf mich, als ich es je auf Kip war …*

Am folgenden Nachmittag kam Kip von seiner Dienstreise zurück; sie hatte beschlossen, alles zu versuchen, damit sie wieder zueinanderfanden. Sie holte eine Flasche von seinem Lieblingsrotwein aus dem Keller, servierte ihm ein Sirloin-Steak und gefüllte Ofenkartoffeln. Danach zog sie ihn ins Schlafzimmer, wo sie die Augen schloss und versuchte, nicht an ihren sinnlichen, sie vollkommen verrückt machenden Liebhaber zu denken. Sie erwartete nicht, zum Höhepunkt zu kommen – nicht nur, weil ihr das bei Kip selten gelang, sondern auch wegen der Gewissensbisse und der Anstrengung, keine Vergleiche anzustellen. Doch überraschenderweise war es der befriedigendste Sex ihrer gesamten Ehe.

Was nicht nur ihr auffiel.

»Vielleicht sollte ich öfter verreisen«, sagte Kip und küsste sie auf den Kopf. In dem Moment überkam sie Schuldbewusstsein, durchfuhr sie wie ein Anfall von Übelkeit. *Es ist aus mit Nick,* hielt sie sich vor. Eine vorübergehende Verirrung, aber jetzt war sie wieder auf dem richtigen Pfad.

Blythe schloss das Buch in ihrem Schoß. Sie konnte sich nicht konzentrieren. Sollte sie Marin die Wahrheit sagen? Sie nicht länger annehmen lassen, ihr leiblicher Vater sei ein anonymer Samenspender? Würde es damit besser oder am Ende noch schlimmer werden?

Eine Frau kam auf das Haus zu; sie rauchte eine Zigarette und zog einen Rollkoffer hinter sich her. Blythe sah zu, wie sie den Griff zusammenschob und dann, ohne zu zögern, mit dem Koffer in der Hand zügig die Treppe hinaufstieg.

»Kann ich Ihnen helfen?«, fragte Blythe und stand auf.

Die Frau hatte dichtes braunes Haar, das schon stark von Grau durchsetzt war, und messerscharf blickende dunkle Augen über einer Adlernase. Sie musste etwa in Blythes Alter sein. »Das bezweifle ich«, sagte die Frau. »Ich bin hier, um meine Mutter zu sehen.«

Mit großen Schritten ging sie an Blythe vorbei ins Haus.

Amelia betrachtete den Morgen als Erfolg.

Marins Suche nach Meerglas blieb zwar ergebnislos, doch Amelia fand zu ihrer Freude mehrere weiße Wendeltreppenschnecken und eine Handvoll Scheidenmuscheln. Marin hob das Skelett eines Seeigels auf, das sie irgendwie faszinierte. Aber im Grunde war es hässlich, und schließlich schleuderte sie es zurück ins Meer.

Als deutlich wurde, dass am Strand für diesen Tag nichts mehr zu holen war, wagte Amelia sich vor: »Bist du eigentlich gar nicht neugierig, was meinen Sohn angeht? Du kannst ruhig fragen.«

»Mir ist nicht danach, über ihn zu reden. Ich meine, nichts für ungut, aber er war nur ein Samenspender. Und mein Vater ist mein Vater.«

Amelia nickte. Sie nahm ihr die Reaktion nicht übel. Es war eine schwierige Situation, und Marin meisterte sie so gut, wie man es erwarten konnte. Sie akzeptierte die Wendung ihres Lebens an der Oberfläche, auf einer tieferen Ebene jedoch verweigerte sie sich ihr. Es war ein Prozess, und Amelia wusste, dass einige Wochen nicht ausreichten, um sich durch all das hindurchzuarbeiten. Sie hoffte nur, dass der Kontakt nicht abreißen würde; und wenn der Tag kam, an dem Marin reden wollte, würde Amelia für sie da sein.

Sie stiegen in Amelias Wagen. Marin betrachtete die Muscheln und Schnecken.

»Ist es nicht erstaunlich, was für Schätze ein Strand birgt? An jedem Tag neue Geschenke«, sagte Amelia.

Marin lächelte.

Sie kamen nur langsam voran, statt der üblichen fünf Minuten dauerte die Fahrt nun schon zehn. Die Commercial Street war ein einziger Stau.

»Das fällt mir erst jetzt auf – hier gibt es ja gar keine Ampeln«, sagte Marin.

»Stimmt. Dabei wird es bis Ende August nach und nach immer noch voller, und wir stehen kurz vor dem Nervenzusammenbruch, aber dann fahren alle wieder fort, und das macht uns traurig.«

Eine Querstraße von der Pension entfernt entdeckte Amelia Blythe, die ihnen von der Veranda aus zuwinkte. »Deine Mutter will offenbar irgendwas von dir.«

Blythe eilte über die Treppe hinunter und ließ Amelia gerade noch einparken, bevor sie sich zum Fahrerfenster beugte.

»Warum gehst du nicht an dein Handy?«, fragte sie Marin, sichtlich frustriert.

»Ich habe es gar nicht dabei.«

»Ist alles in Ordnung?«, fragte Amelia und stieg aus. Blythe fasste sie am Arm.

»Ich wollte nicht, dass es völlig überraschend für dich kommt.«

Amelias Magen verkrampfte sich. »Stimmt etwas nicht?«

»Alles gut. Aber deine Tochter ist hier.«

Amelia sah zu Marin, fand keinen Sinn in den Worten. *Meint sie meine* Enkeltochter? *Sucht Rachel nach mir?*

Und dann begriff sie.

Nadine.

»Wo ist sie?«

Blythe deutete zum Haus, und Amelia setzte sich in Gang, so schnell, wie ihre schmerzenden Beine es erlaubten. Zum ersten Mal seit Jahren stimmte es sie traurig, nicht mehr einfach losrennen zu können; ihre Gelenke knacksten und knirschten wie alte Dielen kurz vor dem Durchbrechen. Die Eingangshalle war leer. Sie eilte in die Küche. Nadine würde natürlich draußen sein und auf ihre geliebte Bucht blicken.

Und richtig, sie saß am äußersten Ende des Tischs, mit dem Rücken zum Haus. Amelia näherte sich ihr leise und behutsam, als fürchte sie, Nadine aufzuscheuchen wie ein Rehkitz im Wald.

Und wie ein Rehkitz spürte Nadine ihre Anwesenheit und drehte sich um.

Amelias Augen füllten sich mit Tränen. Alle Gedanken

daran, sich zurückzuhalten, lösten sich in Nichts auf, sie eilte zu ihrer Tochter und zog sie an sich.

»Du bist da«, sagte sie und schnappte nach Luft. »Du bist wahrhaftig da.«

Nadine löste sich als Erste aus der Umarmung, und Amelia konnte ihr Gesicht genauer betrachten. Bei ihrer letzten Begegnung war sie gerade mal einundzwanzig gewesen – nun stand da eine Frau im mittleren Alter. Sie hatte sich verändert, und doch schien es Amelia, als sei die Zeit stillgestanden.

»Das Haus wirkt anders«, sagte Nadine. »Du musst eine Menge Geld hineingesteckt haben.«

Amelia hatte Mühe, ihre Worte zu verarbeiten. Ein Dutzend Fragen schossen ihr gleichzeitig durch den Kopf und verursachten einen Kurzschluss. Also nickte sie nur und überließ sich dem Moment – einer ungeheuerlichen Woge, der sie nichts entgegenzusetzen hatte, der sie sich nur fügen konnte.

»Wie lange bleibst du?«, fragte sie schließlich.

»Ich weiß nicht.« Nadine zuckte mit den Achseln, eine vertraute Geste.

»Du bist gekommen, um deine Nichten zu sehen.«

Nadine sah zum Haus. »Ich bin gekommen, um dich zu sehen.«

»Ich bin so dankbar, dass du da bist. Aus welchem Grund auch immer.« Schweigen.

»Kelly ist also immer noch hier«, sagte Nadine. Es war keine Frage. »Ich verfolge die Pension auf Facebook. Das ist ja ein Mordsunternehmen.«

»Nun ja, wir betrachten es als Liebesdienst.«

Sie hatte Nadine ebenfalls online gefunden. Nicht auf

Facebook, sondern auf ihrer Website. Sie verkaufte Handgetöpfertes. Alles in portugiesischer Tradition. Schöne Teile, und sie hätte zu gern einige davon gehabt, traute sich aber nicht, welche zu kaufen. Das hätte zudringlich wirken können.

Leider gab Nadines Website keine persönlichen Details preis. Darum fragte Amelia nun: »Bist du verheiratet? Gibt es Kinder?«

Nadine schüttelte den Kopf. »Ich habe eine Weile mit jemandem zusammengelebt. Aber wir haben uns getrennt.«

»Das tut mir leid.«

Nadine sah weg. Amelia beließ es bei dem Schweigen zwischen ihnen, widerstand dem Drang, es mit weiterem Geschwätz zu füllen.

»Kann ich denn hier wohnen? Auf der Website steht ja, dass ihr diesen Sommer keine Gäste aufnehmt, da dachte ich mir, mein Zimmer müsste frei sein.«

»Ja natürlich! Gehen wir nach oben.«

Nadine rollte ihren Koffer zurück ins Haus und folgte Amelia in den zweiten Stock. Als sie an der Tür zu Kellys Atelier vorbeikamen, wurde Amelia unruhig und dachte, sie müsse Kelly vorwarnen, damit Nadines Eintreffen sie nicht völlig überrumpelte.

»Wer ist die Frau auf der Veranda?«, fragte Nadine.

»Blythe? Sie ist die Mutter von einem der Mädchen.«

»Interessant«, sagte Nadine. »Und wo sind diese … Mädchen?«

»Die eine müsste hier sein – wir sind gerade vom Strand zurückgekommen. Marin. Sie ist deinem Bruder wie aus dem Gesicht geschnitten.«

»Ach ja.« Ihre Stimme war so ausdruckslos, dass diese

Äußerung eindeutig als Feststellung und nicht als Frage gemeint war.

»Und Rachel ist vermutlich auch nicht weit. Marin hält sich ein bisschen bedeckt, das Ganze hat sie sehr mitgenommen. Rachel hat ein sonnigeres Gemüt – typisch Kalifornien. Sie lebt in Los Angeles.« Amelia merkte, wie verlegen und nervös sie sich anhörte. Sie öffnete die Tür zu Nadines altem Zimmer.

»Nicht wiederzuerkennen«, sagte Nadine.

»Dreißig Jahre sind eine lange Zeit.«

Nadine rollte ihren Koffer zum Bett und zog den Reißverschluss auf. »Ich lege mich für ein paar Stunden hin, wenn du nichts dagegen hast. Ich bin ziemlich erschöpft.« Sie erklärte Amelia, sie sei zwei Tage zuvor von Italien nach Boston geflogen, habe eine Freundin besucht und an diesem Morgen dann die Fähre genommen.

»Natürlich.« Amelia widerstand dem Drang, sie zu umarmen, und machte sich auf den Rückweg durch den Flur, doch dann steckte sie noch einmal den Kopf zur Tür herein und sagte: »Du glaubst gar nicht, wie glücklich ich bin, dass du da bist.«

Nadine lächelte etwas gezwungen.

Amelia schloss die Tür und eilte zum Atelier. Sie klopfte an, doch es rührte sich nichts. Die Tür war verschlossen. Gleich darauf war sie in ihrem Schlafzimmer und wählte Kellys Handynummer. Sprachbox. Verdammt! Wieder hatte sie ihr Handy nicht dabei. Aber wo steckte sie?

Kapitel 24

Rachels neue Hauptbeschäftigung bestand darin, mit offenen Augen von Luke Duncan zu träumen.

In Gedanken spulte sie jeden Augenblick wieder ab, den sie zusammen verbracht hatten, zerpflückte jedes Wort ihrer Gespräche, analysierte jeden Blick, der zwischen ihnen hin und her gegangen war. Trotzdem hatte sie keine Ahnung, was er für sie empfand. Einerseits hatten sie einen freundschaftlichen Nachmittag und Abend miteinander gehabt, andererseits aber – nachdem er sie zurück zur Pension begleitet hatte – eine Weile auf das Wasser in der Bucht gesehen, und das war unleugbar romantisch gewesen.

Und der perfekte Zeitpunkt, sie zu küssen. Doch das hatte er nicht getan.

Sie gestand sich höchst ungern ein, dass sie so noch nie empfunden hatte. Sollte eine Frau in ihrem Alter nicht wenigstens eine größere Liebesaffäre gehabt haben? Sie schob die Schuld auf ihre Erziehung. Ohne irgendwelche Musterexemplare von beständiger, gesicherter Zweisamkeit wusste sie nicht, was sie anstreben sollte. Natürlich hatte sie den einen oder anderen Mann anziehend gefunden, hatte mit dem einen oder anderen herumgemacht. Aber noch nie waren ihre Gedanken so mit Beschlag belegt gewesen, dass sie keinen Schlaf fand und zugleich ständig vor sich hin träumte.

Wie konnte sie am 5. Juli abreisen und ihn nie wiedersehen? Unmöglich.

Sie beschloss, aus dem Haus zu gehen und etwas Produktives zu tun, nämlich zum Postamt zu laufen und die Ansichtskarte einzuwerfen, die sie für Fran gekauft hatte. Zum einen betrachtete sie die Karte als nette Geste, zum anderen wollte sie ihre Mutter irgendwie dazu bewegen, ein bisschen Interesse dafür aufzubringen, was sich in Rachels Leben so abspielte.

Liebe Fran,
Provincetown ist schön und exzentrisch. Sand, Surfen, Yoga, Meeresfrüchte und jede Menge Alkohol im Freien. Ganz nach deinem Geschmack. Vielleicht freut es dich ja zu sehen, woher der Spenderpapa kommt.
Alles Liebe, Rachel

Eine Querstraße von der Pension entfernt entdeckte sie Kelly, die beim Gehen zu Boden blickte. Sie trug eine Sonnenbrille und eine ausgeblichene Baseballkappe mit einem Fisch darauf.

Rachel rief nach ihr. Kelly fuhr zusammen und blieb stehen.

»Oh, hi, Rachel. Was tut sich so bei dir?«

»Nichts Besonderes. Aber Amelia hat vorhin nach dir gesucht.«

»Danke«, sagte Kelly. Und dann: »Sorry. Ich bin nicht ganz bei der Sache. Hat Amelia gesagt, was sie von mir will?«

»Ich glaube, sie wollte dich wissen lassen, dass ihre Tochter heute angekommen ist.«

Rachel hätte schwören können, dass Kelly unter ihren Sommersprossen blass wurde.

Blythe konnte es nicht fassen. Nadine, die Schwester, von der Nick mit so viel Zuneigung erzählt hatte. Die Schwester, zu der er damals von Philadelphia aus reiste – ein Besuch, von dem er nie wieder zurückkehrte. Sie war *hier.*

Näher konnte Blythe ihm nicht kommen. Und dieses Wissen half ihr, eine der Fragen zu beantworten, mit denen sie sich herumschlug: Ob sie Amelia die Wahrheit sagen sollte. Ja, sie würde es tun. Und das war der erste Schritt dazu, auch Marin reinen Wein einzuschenken – falls sie je in der Lage wäre, das tatsächlich durchzuziehen.

Wann war der richtige Zeitpunkt, um mit Amelia zu reden? Sie überlegte volle fünf Minuten, lief in ihrem Zimmer auf und ab, bis ihr klar war, dass es keinen richtigen Zeitpunkt gab – der Moment war gekommen.

Auf der Treppe hörte sie Geräusche aus dem oberen Stockwerk. Offenbar war Amelia bei Kelly im Atelier. Gut, dann würde sie es eben beiden erzählen. Also machte sie kehrt und stieg in die zweite Etage, hielt aber mitten im Flur inne, als ein erregter Wortwechsel an ihr Ohr drang.

»Kann sie nicht im ersten Stock schlafen? Mir ist nicht wohl dabei, sie direkt neben dem Atelier zu wissen. Es ist einfach …«

»Es ist ihr altes Zimmer. Kel, du musst mir da zur Seite stehen. Versuch bitte, dich für mich zu freuen.«

»Ich freue mich ja für dich. Ich will bloß keine negative Energie hier. Nicht gerade jetzt.«

»Es gibt keine negative Energie. Warum sollte Nadine sich die Mühe machen und herkommen, nur um negativ zu sein? Es ist ein Wendepunkt. Auf den ich all die Jahre gewartet habe. Und ich kann es absolut nicht brauchen, dass du so zynisch bist.«

»Ich bin nicht zynisch! Sie kreuzt hier auf, nachdem sie uns dreißig Jahre lang verteufelt und dich abgestraft hat, und ich darf nicht sagen: *Hey, Leute, es gibt Grenzen?*«

»Sie hat mich nicht abgestraft. Sie war verletzt. Wir haben sie verletzt.«

»Sie hat dir erst nach der Beerdigung mitgeteilt, dass Nick tot ist. Sie hat ihn auf einem anderen Kontinent begraben. Ist das keine Strafe? Ganz ehrlich, ich begreife nicht, wieso du so wenig Zorn in dir hast.«

»Das liegt daran, weil du keine Mutter bist.«

»Ach, ich habe nichts zu diesem Gespräch beizutragen, weil ich keine *Mutter* bin?«

»So habe ich es nicht gemeint.«

Blythe hörte ein Geräusch hinter sich und drehte sich um.

»Mom? Was machst du da? Lauschst du?«, fragte Marin, die Hände in die Hüften gestemmt.

»Nein, ich wollte nur ... ach, egal. Was tust du denn hier oben?«

»Ich helfe Kelly bei einem Projekt.«

»Was für ein Projekt?«

»Vergiss es. Sag bloß nichts.«

»Warum sollte ich etwas sagen?«

»Keine Ahnung. Warum stehst du hier im Flur und hörst den beiden zu? Offenbar hast du mittlerweile nichts Besseres mehr zu tun, als deine Nase in fremde Angelegenheiten zu stecken.«

»Marin, es reicht mir mit deinen Allüren. Du bist aufgebracht – das verstehe ich. An der Vergangenheit kann ich nichts ändern, aber dafür muss man mich nicht bis an mein Lebensende bestrafen, verdammt noch mal!« Zu ihrer Überraschung schnürte es ihr die Kehle zu, und ihr kamen die Tränen.

Die Tür zum Atelier ging auf. Kelly und Amelia sahen zu ihnen hin.

»Alles okay bei euch?«, fragte Amelia.

»Alles bestens!«, sagte Blythe und flüchtete nach unten.

Ein seltsameres Essen im Familienkreis war wohl kaum vorstellbar.

Marin hätte gern etwas getrunken, doch nach dem Gelage im A-House ertrug sie nicht mal mehr den Anblick eines gefüllten Weinglases. Ihre Mutter saß ihr gegenüber und gab sich die Kante – und zum ersten Mal in dieser Woche verzichtete Marin auf Schuldzuweisungen.

»Damit ich das richtig verstehe«, sagte Nadine. »Rachel, du wusstest, dass dein Vater ein Samenspender war, aber du« – sie sah zu Marin – »bist bis letzte Woche davon ausgegangen, dass der Ehemann deiner Mutter dein Vater ist.«

»Stimmt«, flötete Rachel.

»Und ihr habt euch über eine *Website* gefunden?« So wie sie das Wort aussprach, hätte sie auch *Raumschiff* sagen können.

»Ja.«

Schweigen.

Diese Frau sollte ihre Tante sein? Marin konnte es nicht fassen. Bei Amelia hatte sie trotz ihrer Wut über den Betrug ihrer Mutter und den Verlust ihres Vaters zumindest eine gewisse Wärme und Verbundenheit empfunden, konnte sie als Verwandte akzeptieren und willkommen heißen. Aber diese schwarzäugige Giftspritze brachte sie zur Weißglut mit ihren ganzen Fragen. Oder genauer, mit dem Ton ihrer Fragen – als wäre das Ganze so etwas wie ein Ammenmärchen.

Amelia hatte Fischeintopf gekocht, anscheinend Nadines Lieblingsgericht.

»Ich wüsste gern, wie man so kocht wie du«, sagte Rachel.

»Ich gebe mit Vergnügen ein paar Rezepte weiter«, sagte Amelia. »Was das Essen angeht, haben wir Portugiesen wundervolle Traditionen. Es würde mich riesig freuen, dich mit diesem Teil unserer Kultur bekannt zu machen.«

»Wisst ihr was«, sagte Nadine in die Runde, »als ich das zum letzten Mal hier gegessen habe, waren Kelly und ich noch beste Freundinnen.«

Rachel und Blythe sahen sie an. Kelly legte den Löffel beiseite. Marin, die nunmehr wusste, wohin diese Geschichte führen würde, blickte zu Amelia, die Kelly sacht beim Arm fasste.

»Echt? Wann habt ihr euch zuletzt gesehen?«, fragte Rachel.

Nadine schien spontan etwas erwidern zu wollen, überlegte es sich dann aber anders. Schließlich sagte sie: »Vor sehr, sehr langer Zeit.«

»Jedenfalls ist es toll, dass du jetzt hier bist.«

»So ist es an diesem Ort«, sagte Nadine. »Menschen kommen, Menschen gehen. Manchmal für immer.«

»Vielen Dank für diese philosophische Betrachtung«, bemerkte Kelly trocken.

Amelia warf ihr einen Blick zu.

»Klar, absolut«, sagte Rachel. »Das hier ist wirklich was Besonderes. Deshalb hab ich mir überlegt, Amelia, wenn du nichts dagegen hast – ich würde gern den ganzen Sommer bleiben.«

»Was?«, kam es wie aus einem Mund von Marin und Blythe.

»Ach Rachel, aber natürlich. Das wäre wunderbar«, sagte Amelia.

Nadine kniff die Augen zusammen. »Gar keine schlechte Idee. Ich glaube, ich bleibe auch noch eine Weile.«

Verrückt, alle miteinander. Egal, was Rachel tat – Marin würde nach dem Unabhängigkeitstag abreisen, mit ihr oder ohne sie.

Kapitel 25

Ein riesiger pinkfarbener Walfisch aus Pappmaschee und Holz nahm den Großteil des Vorgartens von Bart und Thomas ein. Bart machte sich gerade mit Klebeband an ihm zu schaffen, während Paul der Schwanzflosse mit einer Spraydose zu Leibe rückte.

»Um Himmels willen, der sieht ja aus wie ein Sperma in Großformat«, rief Kelly aus dem Fenster, als sie ihren Pick-up parkte. »4. Juli hier ist einfach bombig«, sagte sie zu Rachel. »Mardi Gras, Silvester und Gay Pride Parade, alles in einem. Und das wohlgemerkt *vor* dem Feuerwerk.«

Kelly überließ Bart und Thomas ihren Pick-up, damit die beiden ihr Prachtstück pünktlich zum Start des Umzugs um elf ins East End bringen konnten.

Rachel war mit einem Satz aus dem Wagen. Eigentlich hätte sie schon für die morgige Abreise packen müssen – stattdessen tauchte sie kopfüber in den Sommer von Provincetown ein.

»Ein Sperma in Großformat ist genau das, was wir uns vorgestellt haben«, sagte Paul und besprühte die tieferen Regionen des Walbauchs.

Unwillkürlich hielt Rachel Ausschau nach irgendeinem Anzeichen von Luke.

»Luke ist hinten im Garten«, sagte Bart.

Verdammt! War sie so leicht zu durchschauen?

»Ach ja? Ich wollte bloß … Super, der Wal.«

»Danke, Herzchen. Und jetzt ab mit dir an den Pool.«

Sie sah zu Kelly. »Brauchst du mich vielleicht?«

»Alles gut. Ich will nur noch hören, was Bart und Thomas zu ihrer Rechtfertigung für dieses rosa Monster vorzubringen haben, dann mache ich mich auf den Heimweg.« Sie zwinkerte ihr zu.

Okay.

Rachel ging um das Haus herum, über einen Pfad aus Steinplatten, der mit lilafarbenen Blumen gesäumt war; sie dufteten wie die, die ihre Mutter einmal angepflanzt hatte, als Rachel noch in der Grundschule war. Sie spürte schmerzhafte Erinnerungen in sich aufsteigen, die sie nicht unbedingt wiederaufleben lassen wollte. Was sie stattdessen im Augenblick fühlte, war in seiner Intensität viel kostbarer. Nur wusste sie nicht, wie sie mit den Emotionen umgehen sollte, die sie gefühlt alle fünf Minuten überschwemmten.

Luke hockte auf der Kante eines Loungesessels, genau wie am Tag der Party. Doch heute trug er Badehosen und ein blassblaues T-Shirt, das seine breiten Schultern betonte. Er tippte auf seinem Handy herum.

»Hey«, rief sie bemüht lässig.

Er drehte sich um, überrascht von ihrem Auftauchen.

»Oh, hey, Rachel«, sagte er. »Was machst du hier?«

»Kelly hat ihren Pick-up abgeliefert, damit Bart und dein Dad ihren Wal zum East End fahren können. Siehst du dir den Umzug an?«

»Vermutlich. Aber erst will ich noch ein paar Bahnen schwimmen. Bei mir zu Hause gehe ich regelmäßig ins Fitnesscenter, hier muss ich mich mit Schwimmen in Form halten.«

»Schon klar. Ich sollte definitiv auch mehr für meine Fitness tun.« Was redete sie da für ein Blech.

»Du kannst gern noch ein bisschen bleiben und den Pool nutzen.«

Ihr Herz machte einen Luftsprung. Das Angebot mochte nur dem Pragmatismus von Luke geschuldet sein, dem Fitness offenbar sehr am Herzen lag. Es konnte aber auch mehr bedeuten.

»Bist du sicher? Nicht dass ich irgendwem in die Quere komme oder so.«

Er lächelte. Diese Grübchen, und überhaupt! Ach, sie würde ihm nur zu gern in die Quere kommen.

»Keine Bange. Bevor ich morgens mit der Arbeit anfange, bin ich immer erst mal für eine Stunde hier.«

Sie streifte ihre Strandtasche von der Schulter und setzte sich auf den Sessel neben seinen. Er blickte Richtung Sonne.

»Ich habe darauf gewartet, dass es noch ein bisschen wärmer wird, aber vermutlich sollte ich nicht länger das Weichei spielen«, sagte er.

»Keine schlechte Idee.«

»Ach ja? Okay, Esther Williams – du zuerst.«

»Wer ist Esther Williams?«

»Du weißt nicht, wer Esther Williams ist? Sie war in den Vierzigerjahren eine berühmte Schauspielerin. Eigentlich war sie Schwimmerin, und in ihren meisten großen Rollen ist sie auch als Schwimmerin zu sehen gewesen.«

»Nie von ihr gehört.«

»Wie alt bist du?«

»Nicht alt genug, um in den Vierzigern ins Kino gegangen zu sein.«

Er lachte. »Okay, vielleicht ist mein Dad ja schuld, dass

ich auf alte Filme stehe. Egal, Schluss mit lustig. Ab in den Pool.«

Rachel zog ihr T-Shirt und die abgeschnittenen Denim-Shorts aus. Darunter trug sie ihren Lieblingsbikini, den mit dem Batikmuster. Sie hatte ihn im Vorbeifahren in einem Schaufenster gesehen, unwiderstehlich gefunden und in einem seltenen Anfall von Verschwendungssucht gekauft.

Gut möglich, dass diese Anschaffung sich jetzt auszahlte.

Luke hatte durchaus ein Auge für ihre Figur, doch sobald er merkte, dass sie es merkte, sah er weg. Toll, wie zurückhaltend er war – ganz anders als die meisten Jungs, die sie kannte! Vielleicht lag es daran, dass er um einiges älter war. So oder so schürte es ihr Begehren.

Sie hätte gern einen ordentlichen Kopfsprung mit viel Gespritze hingelegt, aber dafür war der Pool nicht tief genug; also watete sie am flacheren Ende hinein und begann rasch einige Züge zu schwimmen.

Verdammt, war das kalt. Sie jaulte leise auf.

»Ich sag's nicht gern, aber ich hab dich gewarnt«, rief Luke vom Beckenrand. Sie schwamm weiter; die Kälte und das Wissen, dass er sie beobachtete, ließen ihr Herz pochen. Am tiefen Ende hielt sie inne und trat Wasser. Ihr Haar breitete sich um sie aus wie das einer Meerjungfrau. Luke war nun auch im Wasser und begann seine Bahnen zu ziehen.

Sie schwammen in entgegengesetzten Richtungen und kamen ungefähr jede halbe Minute aneinander vorbei – weit genug voneinander entfernt, um nicht zusammenzustoßen, und doch so nah, dass sie einen Kitzel spürte. Aber viel zu schnell wurde sie schlapp und verfluchte ihre schlechte Kondition. *Mehr Herz-Kreislauf, weniger Yoga*, nahm sie sich vor. Völlig außer Atem blieb ihr schließlich nichts anderes übrig, als zum Beckenrand zu paddeln und sich an der Kante festzuhalten.

Luke schwamm zu ihr.

»Schon Feierabend?«

»Bloß eine kleine Pause.« Ihre Gesichter waren nur ein paar Zentimeter voneinander entfernt. Seine Augen hatten die Farbe des Pools und des Himmels. Auf seiner Haut, die gebräunter war als noch vor zwei Tagen, glitzerten kleine Wassertropfen. Ihr kam das Wort *göttlich* in den Sinn.

Reiß dich zusammen!

Sie sollte wohl so etwas sagen wie *Lass dich von mir nicht aufhalten,* aber sie wollte den Moment nicht zerstören. Auge in Auge, und sie wagte nicht zu atmen, geschweige denn zu sprechen.

Würde er sie küssen?

Und dann: ein Klopfgeräusch, Metall auf Glas. Sie sahen beide hoch. Thomas winkte ihnen von einem Fenster im ersten Stock aus zu.

»Er braucht offenbar irgendwas. Ich seh mal nach.«

Er hievte sich mit seinen muskulösen, wohlgeformten Armen aus dem Becken. Sie musste sich zwingen, den Blick abzuwenden – schließlich wurden sie von Thomas beobachtet.

»Gehst du heute Abend zu Pauls Party?«, fragte er, während er sich abtrocknete.

»Zu Pauls Party? Nein, ich glaube, wir sind irgendwo im East End zum Abendessen eingeladen.« Mist. Wieso gingen sie nicht zu Pauls Party?

»Na, vielleicht sehen wir uns ja alle später im Hafen zum Feuerwerk.« Er grinste.

Sie würde definitiv dort sein, und wenn sie sich allein zum Hafen aufmachen musste. Oder auf einem Umzugswagen mit einem rosa Wal! Rachel stieg über die Metallleiter am tiefen Ende aus dem Pool, und Luke gab ihr ein Handtuch. »Danke. Und danke auch fürs Schwimmen. Ich muss dringend was für meinen Kreislauf tun!«

»Jederzeit. Bis dann beim Feuerwerk.«

Sie zog sich wieder an und ging ums Haus zu ihrem Fahrrad – beschwingter, als sie es im Wasser gewesen war.

Beim Aufwachen fühlte Marin sich so erschöpft, als habe sie in der Nacht kein Auge zugetan, dabei hatte sie zehn Stunden geschlafen. Sie wäre gern noch mal eingenickt, doch auf der Commercial Street herrschte an diesem Morgen ein Geräuschpegel wie auf dem Times Square an Silvester um Mitternacht. Irgendwo in der Ferne explodierte ein voreiliger Knallkörper.

Sie stöhnte auf und vergrub sich unter den Decken.

In rund vierundzwanzig Stunden würde sie auf dem Rückweg nach New York sein. Sie musste sich eingestehen, dass sie manches von Provincetown vermissen würde. Vor allem Kelly.

Marin betrachtete die Blume an ihrem Handgelenk. Kelly hatte sie aus ihrer deprimierten Stimmung gerissen, wenn auch nur für eine Weile. Zum Glück war sie ihr an dem Morgen, an dem sie sich verdrücken und abfahren wollte, im Flur über den Weg gelaufen. Jene Fahrt zum East End, der Wind, der offene Pick-up, die Sonne auf ihrem Gesicht – das war Sommer pur gewesen, ein tiefes Ausatmen.

Sie beschloss, Kelly beiseitezunehmen und sich bei ihr zu bedanken – falls dafür noch Zeit blieb. Vermutlich war sie schon fort, um sich die Parade anzusehen. Und abends würden sie alle bei Sandra Crowe sein, was die Chancen minimierte, Kelly allein zu erwischen.

Die Frühstückszeit war vorbei. Sie schaute durchs Fenster, und richtig, am Tisch saßen nur ihre Mutter und Amelia, in ein Gespräch vertieft. Amelia schien wie gebannt von dem, was ihre Mutter sagte. Sehr gut. Hoffentlich blieben sie noch ein paar Minuten sitzen, dann hätte sie Zeit für ein Wort unter vier Augen mit Kelly.

Sie machte sich auf die Suche nach ihr.

Die dröhnende Popmusik und die ausgelassenen Rufe auf der Commercial Street waren im Garten hinter dem Haus noch gut zu hören. Früher hätte Amelia sich keine Sekunde des Umzugs entgehen lassen. Aber dieses Jahr war ihr das alles seltsam fern. Vielleicht lag es daran, dass es keine Pensionsgäste gab, denen sie zeigen musste, wie der Unabhängigkeitstag in Provincetown gefeiert wurde. Vielleicht war sie auch zu sehr von ihren neuen Enkeltöchtern und dem Versuch, aus der ganzen Geschichte schlau zu werden, in Beschlag genommen. Die übliche Ausgelassenheit war nichts im Vergleich zu dem Glück, das Rachel und Marin ihr beschert hatten.

»Ich bin dir wirklich sehr dankbar, dass wir hier bei dir sein durften«, sagte Blythe.

Amelia schenkte ihnen beiden Kaffee nach. »Ach, meine Liebe. Du kannst dir nicht vorstellen, was mir das bedeutet hat. Ich lasse euch nur ungern fort. Aber wenn ihr nun schon abreisen müsst, dann verabschieden wir euch heute Abend wenigstens mit einem Spektakel. So wie wir feiert niemand sonst den 4. Juli.«

Blythe nickte. »Aber bevor wir fahren, möchte ich dir noch etwas sagen. Etwas, das zu wissen dir zusteht.«

Amelia sah sie erwartungsvoll an, doch Blythe sprach

nicht gleich weiter. Offensichtlich rang sie mit dem, was sie mitzuteilen hatte. Amelia musste an sich halten, um ihr nicht zuzusetzen; am Ende verstummte sie dann gänzlich. Das Schweigen schien den Lärm von der Straße noch weiter anschwellen zu lassen.

»Nick war nicht mein Samenspender«, sagte Blythe.

Was? Im ersten Augenblick fühlte sich Amelia um etwas betrogen. Marin war gar nicht Nicks Tochter? Wie konnte das sein? Sie sah ihm doch so ähnlich.

»Ich verstehe nicht recht …«

»Er war mein Geliebter. Wir hatten eine Affäre.«

Es dauerte einen Moment, bis die Worte zu Amelia durchdrangen. Nick hatte diese Frau gekannt? Sie geliebt?

»O mein Gott.«

Blythe nickte, sie schluchzte nun ganz unverhohlen. »Ich hab in all den Jahren nie jemandem etwas davon gesagt. Es war der Sommer, in dem er dann zu Nadine nach Italien gereist ist, und ich habe ihn nie wiedergesehen. Als ich merkte, dass ich mit Marin schwanger war, war Nick schon lange fort und ich damit beschäftigt, meine Ehe zu retten.«

Jetzt begann auch Amelia zu weinen und griff nach Blythes Hand.

»Herrje. Was für Geheimnisse wir doch alle hüten. Das muss schwer für dich gewesen sein.«

Blythe nickte wieder und versuchte, sich zusammenzureißen.

»Danke«, sagte Amelia. »Danke, dass du es mir erzählt hast.« Ihr war, als sähe sie Blythe in einem neuen Licht. Stellte sich vor, wie sie ihrem Sohn vor dreißig Jahren erschienen sein mochte. So nah hatte sie sich Nick lange nicht mehr gefühlt.

Sie beugte sich vor, umarmte Blythe, und gemeinsam weinten sie um den Mann, den sie verloren hatten.

Marin stieg in den zweiten Stock. Die Ateliertür war zu, aber von drinnen hörte sie Kellys Stimme.

»Danke für die Nachfrage. Ich muss es bloß erst mal verarbeiten – ja, ich weiß. Also, wenn Sie von mir hören wollen, dass Sie klargestellt haben, was meine Optionen sind, und wenn Sie die Bestätigung brauchen, dass Sie Ihre Aufgabe als Onkologe erfüllt haben, dann sei das hiermit geschehen.«

Marin erstarrte.

Die Tür ging auf.

»Hey«, sagte Kelly lässig – so lässig, dass Marin nie auf die Idee gekommen wäre, es könne etwas nicht stimmen, wenn sie nicht zufällig den Gesprächsfetzen aufgeschnappt hätte.

»Was ist los?«, fragte Marin.

»Gar nichts.«

»O nein, nicht mit mir«, sagte Marin. »Wir haben uns in der ersten Woche gemeinsam betrunken, und ich habe dir von meinem ganzen Scheiß erzählt.« Sie hielt ihr das Handgelenk mit dem Tattoo hin.

»Nicht jetzt, Marin.«

»Wann sonst? Morgen früh fahre ich. Falls du es vergessen hast, im Gegensatz zu allen anderen aus diesem Ort gehöre ich nicht zum festen Inventar.«

Kelly schien zu überlegen. »Na schön. Wenn du morgen fährst, kannst du ein Geheimnis mitnehmen.«

Marin nickte.

»Aber ich will nicht hier darüber reden.«

»Wo dann?«

Das A-House hatte sich zu Ehren des 4. Juli schwer in Schale geworfen: rot-weiß-blaue Windräder auf dem Tresen, Zahnstocher mit winzigen US-Flaggen zu jedem Drink sowie ein Barkeeper mit freiem Oberkörper und einem Uncle-Sam-Hut. Die Bar war gerammelt voll, es gab nur noch Stehplätze. Kelly bugsierte sie durch die Menge zu einer Ecke direkt neben dem großen Fernsehbildschirm und winkte den Barkeeper zu sich. Er mixte ihnen zwei kurze Kamikaze. Marin kippte ihren herunter, obwohl es noch nicht einmal zwölf war und sie sich geschworen hatte, während ihres Aufenthalts hier keinen Alkohol mehr zu trinken. Ihr Bauchgefühl sagte ihr jedoch, dass sie ihn brauchen würde.

»Also«, sagte Kelly über die Musik hinweg – Whitney Houstons Version von »The Star-Spangled Banner« auf Video. »Wie es aussieht, ist der Krebs zurückgekommen. Jetzt sitzt er in meiner Lunge.«

Die Worte trafen sie wie ein Schlag ins Gesicht. *Lass dir als Antwort irgendwas Positives einfallen.*

»Das tut mir furchtbar leid, Kelly. Ich weiß, es sind keine guten Neuigkeiten – wer will so was schon hören. Aber auf die Gefahr hin, dass es sich wie ein Megaklischee anhört – du kannst das besiegen.«

Kelly schüttelte den Kopf. »Das ist es ja eben – kann ich nicht. Der Arzt hat sich da sehr deutlich ausgedrückt. Ich kann vielleicht bloß noch ein bisschen Zeit rausschinden. Deswegen hat er vorhin noch mal angerufen, um sich zu vergewissern, dass ich nicht die Virginia-Woolf-Nummer abgezogen habe.«

Marin brauchte einen Moment, um die Anspielung zu verstehen.

»Ach, Kelly! Wie kann der Arzt sich da so sicher sein?«

Kelly lächelte. »Jetzt komm schon, Marin. Wir sind doch beide erwachsen.«

»Du brauchst eine zweite Meinung. Komm nach New York. Mein ehemaliger Chef kennt den Leiter der …«

»Nein, Marin. Es gibt weder in New York noch in Boston oder auf dem Mond einen Arzt, der da was machen kann. Der Krebs hat sich auf meine Lunge ausgebreitet, und als Nächstes könnte das Gehirn dran sein. Der Arzt hat gesagt, mit Glück bleiben mir noch sechs Monate. Und wer weiß, in welchem Zustand ich am Ende bin.«

Sie bestellte einen weiteren Kurzen. »Kannst du dir das vorstellen? Für mich gibt es nichts Schlimmeres. Lieber richtig tot als tot bei lebendigem Leib.«

»Kelly, tu das nicht. Du musst positiv denken. Es heißt doch, die mentale Einstellung ist ganz wichtig.«

Kelly berührte Marins Hand. »Marin, du musst mir versprechen, mir schwören, Amelia nichts davon zu erzählen.«

»Was? Kelly, du musst es ihr sagen. Du kannst sie nicht einfach eines Tages damit überrumpeln. Sie muss wissen, was los ist.« Marin konnte sich Amelia nicht ohne Kelly vorstellen. Angesichts des gewaltigen Altersunterschieds war Amelia sicher stets davon ausgegangen, dass sie als Erste sterben und Kelly zurückbleiben würde. Das hatte sie zweifellos so eingeplant.

Und nicht etwa das hier.

»Ich werde sie nicht überrumpeln. Aber ich will diesen 4. Juli genießen – und sie soll es auch. Weil es der letzte sein wird, den wir zusammen erleben.«

Kapitel 26

»Fröhlichen 4. Juli!« In Sandra Crowes Eingangshalle entkorkte ein Kellner eine Flasche Champagner.

»Schick, schick«, sagte Nadine.

Weit und breit keine kitschige Dekoration anlässlich des Unabhängigkeitstags. Überall nur Weiß, Beige und Creme.

»Es ist ein ordentliches Haus«, sagte Amelia. »Solide gebaut. Nicht mein Geschmack, aber diese hohen Decken haben schon eine dramatische Wirkung. Und, wo ist jetzt dein Werk, meine Liebe? Ich sterbe vor Ungeduld.«

Kelly sah sich um. »Im Esszimmer, glaube ich. Sandra wird es uns bestimmt zeigen.«

»Nicht zu fassen, wofür reiche Leute ihr Geld verschleudern. Ich staune immer wieder«, sagte Nadine.

Kelly warf Amelia einen Blick zu und sagte: »Na, dann mach ich mich mal auf die Suche nach der Bar. Mag noch jemand einen Wodka?«

Amelia wollte, dass alle gut miteinander auskamen. Es war Kellys Lieblingsfeiertag im Sommer. Und jetzt verbreitete Nadine einen solchen Missmut und drohte alles zu verderben. Sie kämpfte seit ihrer Rückkehr nach Provincetown offenbar mit gemischten Gefühlen. Das war verständlich. Aber Kelly brachte keine Geduld dafür auf, was für sie untypisch war.

Irgendwas war mit Kelly los. Den ganzen Tag hatte Amelia ihr unbedingt von Blythes Enthüllung erzählen wollen. Von ihrer Beziehung zu Nick! Doch Kelly hatte sich rargemacht, und – statt sich die Parade anzusehen – allein eine lange Radtour zum Strand unternommen. Als sie endlich zurückkehrte, hatte sie kaum noch Zeit zum Duschen und Umziehen gehabt, geschweige denn für ein längeres Gespräch. Und jetzt sonderte sie sich schon wieder ab.

Vielleicht wollte sie Amelia nur Raum für eine Wiederannäherung an Nadine lassen. Aber an Blythes und Marins letztem Abend hier konnte Amelia sich einfach nicht voll auf Nadine konzentrieren. Blythes morgendliches Geständnis hatte Amelias Gefühle für Marin verändert; sie war nicht bloß das Produkt einer anonymen Samenspende, sondern ein Kind der Liebe. Nicks Kind der Liebe!

»Da bist du ja!« Sandra rauschte in die Eingangshalle, mit weit ausgestreckten Armen, die zahlreiche klobige Goldreifen zierten. »Der Ehrengast!«

Sie küsste Kelly rechts und links auf die Wange, was eher europäischen Gepflogenheiten entsprach. Dann wandte sie sich zu Amelia und umschloss ihre Hand. »Wie reizend, dass du kommen konntest. Danke, dass du deine fantastische, begabte Frau mit mir teilst. Ich bin hin und weg von diesem Werk – *hin und weg.*«

»Alles, was ich weiß und kann, hat mir Amelia beigebracht«, sagte Kelly.

Sandra klatschte in die Hände. »Ihr zwei seid zum *Anbeißen.*« Sie wandte sich Nadine zu und stellte sich vor.

»Oh, Entschuldigung – wo habe ich bloß meine Manieren gelassen?« Amelia schaltete sich ein und übernahm die weitere Vorstellungsrunde.

»Seid ihr bereit für meine Meerjungfrau?«, fragte Sandra. »Ich habe ihr einen Namen gegeben: Arielle. *Die kleine Meerjungfrau.* Einer meiner Lieblingsfilme.«

»Der Zeichentrickfilm?«, fragte Nadine ungläubig.

Amelia verbiss sich ein Lächeln.

»Was meinst du?«, fragte Sandra Kelly. Amelia wusste, was Kelly mit Sicherheit dachte: dass Sandra aus ihrer mythischen Sirene eine Disneyfigur gemacht hatte.

Bevor Kelly antworten konnte, sagte Sandra: »Es bleibt doch dabei, dass du mir ein Fenster für das große Bad gestaltest? Wenn heute Abend irgendwer hier versucht, dich mir abspenstig zu machen, dann lass es mich wissen. Die anderen müssen warten, bis sie an der Reihe sind.«

Amelia drückte Kellys Hand.

»Klar«, sagte Kelly.

»Wie schnell kannst du damit anfangen?«

»Zuerst ist noch ein anderes Teil dran. Aber ich kann das Fenster ja bald mal ausmessen und mit dir die Farben und den Entwurf besprechen.«

»Fabelhaft! Gleich dieses Wochenende?«

Kelly zögerte und sagte dann: »Klar. Wieso nicht.«

Sandra sah zu Tanya und schnipste mit den Fingern. »Ruf alle im Esszimmer zusammen.«

Amelia, Kelly, Nadine und die anderen folgten Sandra durch die Halle zu einem weitläufigen Raum mit einem Marmortisch, der Platz für zwanzig Gäste bot. Über dem Kopfende hing Kellys Mosaik. Seine Wirkung an diesem Ort war fantastisch und dramatisch zugleich. Der in Ochsenblutrot gestrichene Raum hob die satten Töne des Werks hervor.

Kellner reichten Champagnerflöten. Das Stimmengewirr der übrigen Gäste erfüllte zunehmend den Saal.

»Kommt alle her«, rief Sandra und schob einen Stuhl beiseite, damit sie sich am Kopfende des Tischs postieren konnte. »Es ist mir eine große Freude, mit euch allen hier den 4. Juli zu feiern. Heute Abend ist ein ganz besonderer Gast mit dabei, die brillante Künstlerin Kelly Hanauer. Dieses unglaubliche Mosaik hinter mir ist ihr Werk, darum möchte ich sie bitten, zu mir zu kommen und uns ein bisschen was dazu zu erzählen.«

Kelly sah zu Amelia – ein Reh im Scheinwerferlicht.

»Bring's am besten schnell hinter dich«, murmelte Amelia.

»Wenn ich gewusst hätte, dass das hier so eine Art Werbezirkus wird, wäre ich nie hergekommen.«

»Das ist der Preis, den man als Geschäftsfrau zahlt, meine Liebe«, sagte Amelia. »Ich halte so lange dein Glas.«

Kelly steuerte widerwillig das Tischende an und stellte sich neben Sandra.

»Danke, Sandra. Es macht mich sehr glücklich, das Mosaik hier zu sehen – du hast ihm das perfekte Heim gegeben. Wie ihr alle seht, stellt es eine Meerjungfrau dar, und sie besteht aus einer Kombination verschiedener Materialien, unter anderem Steine, Muscheln, Perlmutt, Buntglas …«

Amelia entdeckte ein Stück von sich entfernt Nadine und Marin, die sich unterhielten. Ihr Blick verschwamm, und für den Bruchteil einer Sekunde waren es Nadine und Nick.

Bei dem Gedanken daran, wann sie ihre Kinder zuletzt zusammen gesehen hatte, raste ihr Herz. Wie Wölfe waren sie auf sie losgegangen, Nick brüllte, Nadine weinte und zerschlug Gegenstände. Hatte Amelia es verdient? Ja. Wenn Eltern ihre Kinder verletzen, ob mit Absicht oder nicht, bekommen sie es auf die eine oder andere Art heimgezahlt.

Die erste Angst, der erste Gedanke, der sofort aufflammte, als Nick sie mit Kelly ertappte: dass er es Otto verraten würde. Wie töricht sie doch gewesen war. Als ob ihre Ehe in dem Zusammenhang überhaupt noch eine Rolle gespielt hätte. Um diese Zeit war sie bereits am Ende. Otto und sie lebten nebeneinander her. Dennoch hatte die Vorstellung sie entsetzt, dass er von der Affäre erführe. Schon komisch, wie viel Zeit man damit verplemperte, sich die falschen Sorgen zu machen.

Letztlich hatte Otto ihr verziehen. Und als er starb, hatte sie aufrichtig um ihn getrauert. Ohne ihre Familie, denn Nick war da schon tot, und Nadine erschien nicht zur Beerdigung ihres Vaters. Selbst für dieses unentschuldbare, egoistische Verhalten gab Amelia sich die Schuld. Sie hatte die Familie sich selbst überlassen, und nun fiel alles auf sie zurück.

Ja, Otto hatte ihr verziehen. Aber Nick …

»Ich *liebe* sie«, hatte er gefaucht.

»Wen liebst du?« Amelia war ehrlich verwirrt. Das Gespräch fand in der Küche statt, einen Tag, nachdem Nick bei ihr und Kelly hereingeplatzt war.

»Kelly!«

»Was? Seit wann?«

»Seit dem ersten Collegejahr! *Ich* habe sie überredet, den Sommer hier zu verbringen!«

Panik erfasste Amelia. War Kelly mit Nick zusammen gewesen und dann zu ihr gewechselt?

»Ihr wart ein Paar? Warum hast du nichts davon gesagt?«

»Nein, wir waren kein Paar! Sie hat sich diesen ganzen Monat kaum blicken lassen. Und jetzt weiß ich auch, warum.«

»Was ist das für ein Geschrei?« Nadine erschien in der Tür.

»Ach, nichts Besonderes«, sagte Nick. »Bloß dass Mom mit Kelly vögelt.«

Nadine, deren olivfarbener Teint nach einem Monat in der Sonne noch dunkler geworden war, erbleichte.

»Hör auf«, sagte sie. »Das ist nicht wahr.«

»Sag's ihr«, befahl Nick.

Amelia sah hilflos zwischen den gequälten Mienen ihrer beiden Kinder hin und her. »Es tut mir leid.«

»Wie kannst du Dad das antun?«

Ah, ja – da war es. Nadine war immer schon ein Papakind gewesen, was Amelia hinreißend fand, solange ihre Tochter klein war. Doch als Nadine älter wurde und Otto jedes Fehlverhalten nachsah, andererseits Amelia für alles die Schuld gab, war es nicht mehr so hinreißend. Es spielte keine Rolle, dass Otto jeden Sommer lieber zwölf Stunden am Tag angelte, als den liebenden Ehemann und Vater zu spielen. Otto, der abends um sechs nach Hause kam und von dem Moment an trank bis zum Umfallen. In ihrem Bostoner Haus hatte Amelia jahrelang auf der ausziehbaren Couch in ihrem Arbeitszimmer geschlafen und war im Strandhaus in eins der Gästezimmer im ersten Stock umgezogen – wobei sich ihre Kinder nichts weiter dachten. Was hatte sie als Mutter falsch gemacht, dass Nick und Nadine sie und Otto nur als Betreuungspersonal ansahen, nicht als Individuen mit eigenen Bedürfnissen und Schwächen? Vielleicht waren alle Kinder so, bis sie selbst Eltern wurden. Amelia hatte nie die Chance gehabt, das herauszufinden.

Und nun ging Nadine, die wutschäumende Verteidigerin ihres Vaters, auf Amelia los.

»Ich hasse dich!«, schrie sie und holte zum Schlag aus. Amelia sprang zur Seite, Nadine griff sich die Servierschüssel mit der Meeresfrüchte-Paella und schmetterte sie zu Boden. Shrimps, Muscheln, Hummer, Risotto und Glas flogen durch die Gegend. Und damit nicht genug: Nadine wollte sich an ein Regal voller Teller machen, doch Nick hielt sie zurück.

Bei Nadines Versuch, die Küche kurz und klein zu schlagen, ging Amelia auf, dass sie ihrer Tochter den perfekten Vorwand geliefert hatte, aus jugendlicher Abweisung etwas werden zu lassen, das sehr viel heftiger war. Und sehr viel dauerhafter. Eine Verdammung.

Marin fragte sich, ob es unhöflich erscheinen würde, wenn sie früh nach Hause ging. Wie konnte sie den ganzen Abend Small Talk betreiben, mit Miniflaggen wedeln und sich ein Feuerwerk ansehen in dem Wissen, dass Amelia keine Ahnung davon hatte, wie bald ihr Leben in Trümmern liegen würde?

Sie war nicht einverstanden mit Kellys Entscheidung, Amelia zu verschweigen, dass der Krebs zurückgekommen war; noch weniger konnte sie sich damit anfreunden, dass Kelly Amelia auch nichts von der düsteren Prognose des Arztes erzählen wollte. Wenn es sich um Marins Ehepartner handelte, würde sie es wissen wollen, um sich darauf einstellen zu können. Und wenn Amelia wüsste, wie viele Abende ihr mit ihrer Frau noch blieben, würde sie wohl kaum einen davon auf so etwas wie diese langweilige Party verschwenden.

Eine Kellnerin reichte Krebsküchlein mit Aioli auf Porzellanplatten mit rot-weiß-blauem Fischgrätmuster herum. Marin nahm einen Bissen und sah Nadine auf sich zukommen. O Gott – der letzte Mensch, mit dem sie sprechen wollte.

»Das ist also euer letzter Abend«, sagte Nadine. Sie hielt einen Teller mit Vorspeisen in der einen und ein Glas Champagner in der anderen Hand.

»Richtig.«

»Schade, dass wir nicht viel zum Reden gekommen sind. Hoffentlich war die Reise für dich keine totale Pleite.«

Marin runzelte die Stirn. »Ganz und gar nicht. Wieso sollte sie?«

»Ich weiß es nicht. Sag du's mir.«

»Ich habe keine Ahnung. Ich bin hergekommen, um meine Großmutter kennenzulernen. Und das ist mir offensichtlich gelungen.«

»Du bist hierhergekommen, mit einer wildfremden Frau, damit ihr beide eure *Großmutter* kennenlernt? Ich nehme doch an, dass du in New York City ein volles Leben hast, inklusive Großeltern vonseiten der Menschen, die dich großgezogen haben.«

»Es ist kompliziert«, sagte Marin.

Nadine nickte und hielt ihre Champagnerflöte Marins Wasserglas mit Eiswürfeln hin. »Auf Komplikationen«, sagte sie.

»Ja. Genau.« Marin sah quer durch den Raum zu Rachel, in der Hoffnung, sie auf sich aufmerksam zu machen und von ihr gerettet zu werden.

»Allerdings würde ich wetten, dass es eins gibt, was du in New York nicht hast?«

Marin verlor allmählich die Geduld und zuckte nur mit den Achseln.

»Ein riesiges Strandhaus«, sagte Nadine.

»Wie bitte?«

Amelia gesellte sich zu ihnen und lächelte beim Anblick

von Tochter und Enkelin, ohne die geringste Ahnung, dass Nadine soeben Marin praktisch beschuldigt hatte, eine schleimige Opportunistin zu sein.

»Hallo, Mädels. Kommt doch mit nach draußen. Am Pool stehen ein paar Tische.«

Nadine lächelte ihre Mutter an. »Führ uns hin.«

»Ach, Marin – ich sehe gerade, du hast eine Handtasche dabei, könntest du die hier wohl für mich einstecken?« Amelia hielt ihr unauffällig eine der Porzellanplatten hin.

»Wofür ist die gedacht?«

»Für Mosaiken«, flüsterte Amelia mit einem Zwinkern.

»Mutter«, sagte Nadine ungeduldig. »Was ist das für ein Benehmen in deinem Alter? Klauen, auf einer Dinnerparty?«

»Meint ihr etwa, Sandra Crowe wird eine einzelne Platte vermissen? Schaut euch doch mal um. Außerdem ist sie ein Fan von Kellys Kunstwerken. Sie wäre geschmeichelt.«

Nadine schüttelte den Kopf.

Amelia fasste Marin beim Arm, um sie nach draußen zu führen.

»Wisst ihr was?«, sagte Marin. »Geht ihr zwei doch schon mal vor. Ich suche noch schnell nach dem stillen Örtchen.« In Wahrheit wollte sie nach Kelly suchen.

Eine Idee nahm in ihr Gestalt an, bei der ihr nicht ganz wohl war. Doch dann wurde ihr klar, dass nicht sie auf den Gedanken verfallen war, sondern der Gedanke auf sie.

Beim Pool hatten sich mehrere Dutzend Gäste versammelt. Rot-weiß-blaue Lampions hingen rings um die Veranda, weitere trieben, mit Teelichtern bestückt, schimmernd im Pool. Rachel saß zusammen mit Nadine und zwei

Ehepaaren, die übers Wochenende von New York und Connecticut zu Besuch gekommen waren. Der Mann links von Rachel erläuterte ihr volle zwanzig Minuten lang sämtliche Unterschiede zwischen Provincetown und den Hamptons und ging dabei dermaßen ins Detail, als basiere seine Einschätzung auf einer langfristigen wissenschaftlichen Studie.

Sie hörte mit halbem Ohr zu, dachte eigentlich nur daran, wie Luke ihr in die Augen gesehen hatte. War er drauf und dran gewesen, sie zu küssen? Was wäre passiert, wenn Thomas nicht ans Fenster geklopft hätte?

Zum Glück wanderte Rachels redefreudiger neuer Freund schließlich zu einem anderen Tisch ab. Doch sie blieb nicht lange allein. Sandra Crowe setzte sich neben sie.

»Da habe ich mich so darauf gefreut, Amelias Enkelinnen kennenzulernen, und bin bisher noch kaum dazu gekommen, auch nur einen *Blick* auf dich zu werfen«, sagte sie. »Amüsierst du dich gut?«

»Ja! Es ist alles so toll hier. Ich finde dein Haus einfach fantastisch.«

»Und ich finde *dein* Haus fantastisch«, sagte Sandra und legte die Hand auf Rachels Arm, wobei ihre goldenen Armreifen ins Klimpern gerieten. Rachel wurde nicht gleich klar, dass Sandra von der Pension sprach.

»Ach, das ist ja eigentlich nicht mein Haus«, sagte sie.

»Allerdings nicht«, mischte sich Nadine ein, die ihnen am Tisch gegenübersaß.

Rachel stutzte – doch Nadines liebreizendes Lächeln sprach gegen ihren scharfen Ton.

Sandra sagte: »Nadine, du weißt ja gar nicht, wie oft ich schon angeboten habe, das Haus zu kaufen. Jetzt führen sie es nicht mal mehr als Pension; wahrscheinlich wird ihnen die Arbeit zu viel. Und ganz ehrlich, wer außer Amelia tut sich so was noch an, in dem Alter? Meinst du nicht auch?«

»Durchaus.«

»Sag deiner Mutter, wenn sie es loswerden will, soll sie einen Preis nennen, und ich schreibe ihr einen Scheck aus.«

»Wir werden es besprechen«, sagte Nadine.

Da Rachel nichts zu den Immobilienverhandlungen beizutragen hatte, checkte sie die Uhrzeit auf ihrem Handy. Sie wollte dringend los und wartete nur noch auf ein Anzeichen, dass die Nachspeisen im Anmarsch waren.

War es schon zu spät, um noch bei Pauls Party vorbeizuschauen? Ihr war nach Feuerwerk zumute. Und dabei dachte sie nicht an das, was am Himmel verpuffte.

Marin beobachtete Kelly über den Tisch hinweg. So wie sie redete, lachte und auf den Feiertag anstieß, konnte man fast meinen, das Gespräch im A-House hätte nie stattgefunden. Marin wünschte, es wäre so.

Schließlich entschuldigte Kelly sich – das Startzeichen, auf das Marin gewartet hatte. Sie folgte ihr ins Haus und rief in einem der beigefarbenen Wohnzimmer ihren Namen.

Kelly zuckte zusammen und drehte sich um.

»Herrgott, Marin. Hast du mir einen Schrecken eingejagt. Was machst du hier?«

»Ich spüre dir nach.«

»Ja, schon klar.« Sie streifte das Haarband um ihren Pferdeschwanz ab und schüttelte ihre Mähne. Die Wangen unter den versprengten Sommersprossen waren gerötet.

»Alles okay mit dir?«

»Mir geht's gut«, sagte sie gereizt. »Ab mit dir, zurück zur Party.«

»Kelly, ich mache mir wirklich Sorgen, wie du mit diesen Neuigkeiten umgehst. Wie kannst du hier reden und lachen, als wäre nichts?« Marin kamen die Tränen.

Kelly legte ihr die Hände auf die Schultern. »Nimm dich zusammen. Heute ist der 4. Juli. Der offizielle Beginn der Sommersaison. Und dein letzter Abend hier, also bitte – wenn ich da Spaß haben kann, kannst du es auch.«

»Und wenn es nicht mein letzter Abend ist?«

»Soll heißen?«

»Ich überlege, noch zu bleiben. Du willst Amelia nicht sagen, was im Busch ist, das weiß ich. Aber ich wäre gern hier, wenn du es schließlich doch tust.«

Kelly warf ihr einen fragenden Blick zu, kräuselte ihre kecke Nase und kniff die Augen zusammen.

»Du willst länger bleiben? Wie lang?«

»Einen Monat. Oder vielleicht bis zum Sommerende, das weiß ich noch nicht so genau. Mir ist einfach nicht danach, schon abzureisen. Wäre das für dich okay?«

»Wenn du es nicht meinetwegen tust.«

»Es wäre nicht nur deshalb«, sagte Marin und wusste im selben Augenblick, dass es stimmte. Sie war noch nicht so weit, zu ihrem eigenen Chaos zurückzukehren. »Mir gefällt es hier.«

»Na, wenn das so ist, bin ich voll und ganz dafür. Ich habe zu Amelia gesagt, wir hätten die Pension auch in diesem Sommer aufmachen sollen. Sie ist am glücklichsten, wenn sie das Haus voll hat – und wenn es voll von Familie ist? Ein Traum, der in Erfüllung geht.« Kelly umarmte sie. »Es wird uns allen guttun, dich den Sommer über hier zu haben.«

Marin atmete tief aus, zufrieden mit ihrer Entscheidung.

»Marin – hey. Kommst du mit raus?« Irgendwie hatte sich Rachel von hinten an sie angeschlichen.

Marin wollte nur noch weg. Sie war erschöpft.

»Ja. Gleich.«

»Geht ihr zwei doch schon mal zum Hafen und sichert euch einen guten Platz für das Feuerwerk. Wir kommen bald nach.«

»Für mich heute kein Feuerwerk. Ich will nach Hause«, sagte Marin.

»Ich hab überlegt, ob ich noch bei Pauls Party vorbeischaue«, sagte Rachel.

Kelly sah auf ihr Handy. »Da wird vermutlich nicht mehr viel los sein. Es ist fast Zeit für das Feuerwerk. Komm schon, Marin. Das ist das Beste vom ganzen Tag. Ich trommle jetzt mal Amelia und deine Mutter zusammen.«

Als sie gegangen war, wandte Marin sich Rachel zu.

»Was hast du bloß mit Pauls Party? Alle, die wir kennen, sind doch hier.« Oh – nicht alle, ging ihr auf. Sie seufzte. »Um Himmels willen, Rachel. Hör auf, dem Kerl nachzujagen.«

Rachel wirkte angeschlagen. »Was meinst du damit?«

»Pauls Party? Luke? Ich meine, es ist doch offensichtlich, dass der Typ, wann immer wir uns sehen, mir an die Wäsche will.«

»O mein Gott, bist du ekelhaft!«

»Ich bin ekelhaft? Okay, schön. Ekelhaft, aber korrekt.«

»Du bist bloß eifersüchtig!«, sagte Rachel.

»Worauf?«

»Dein Freund hat dich fallen lassen, und jetzt willst du nicht, dass irgendwer anders glücklich ist!«

Rachel machte auf dem Absatz kehrt und stürmte davon. Marin spürte einen Funken von Reue – war sie zu grob gewesen? Doch vor lauter Erschöpfung war ihr alles egal.

»Ach, gut – du bist noch da«, sagte Amelia, die eben mit Kelly im Gefolge das Zimmer betrat. »Kelly hat gesagt, du willst nach Hause, ohne dir vorher das Feuerwerk anzusehen? Nichts da. Du kommst mit. Mit Traditionen treibt man kein Schindluder.«

Kelly legte die Hand auf Marins Schulter. »Nun mach schon, Kleines. *Carpe diem* und so weiter.«

Marin wollte Einwände erheben, doch … wo hatte sie neulich diesen Ausdruck gehört? Von Paul – an jenem ersten Tag im A-House. Als er Marin erzählte, dass Kelly den Krebs überlebt hatte.

Sie folgte ihnen zur Tür hinaus.

***

Obwohl sie jeden Tag daran vorbeikam, hatte Marin sich noch nie länger am MacMillan Pier aufgehalten. Hier, genau in der Mitte der Commercial Street, legte die Fähre aus Boston an und fuhren die Boote zu Walbeobachtungstouren aus. Außerdem gab es skurrile kleine Kunstateliers und ein Piratenmuseum. Doch an diesem Abend diente der Pier einem einzigen Zweck, nämlich als vorletzter Anlaufpunkt für das schon den ganzen Tag andauernde Spektakel. Neun Stunden seit Beginn des Umzugs, und die Feierwütigen zeigten keinerlei Ermüdungserscheinungen.

Marin allerdings hatte genug davon.

Amelia und Kelly stellten Klappstühle auf, die sie unterwegs von zu Hause mitgenommen hatten. Sie trugen mit rot-weiß-blauer Folie umwickelte Uncle-Sam-Zylinder, die hier verteilt wurden, und ein Künstler malte Kelly eine kleine US-Flagge auf die Wange.

Rachel hockte auf einer schmalen Planke, die an den Gehweg und den Strand grenzte, sah aufs Wasser und schmollte immer noch wegen Marins Worten; dennoch reckte sie den Hals und hielt eindeutig Ausschau nach Luke Duncan. Na, immerhin konnte sie nicht behaupten, Marin habe sie nicht gewarnt.

»Ich gehe ans Wasser«, sagte Marin zu Amelia.

»Okay, Schätzchen. Wenn du Paul oder Bart siehst, schick sie zu uns.«

Marin schlängelte sich durch die Menge. Jemand plärrte »Chandelier« von Sia, und irgendwie gaben der Song, der Pier und das Wasser ihr ein Gefühl von einem Déjà-vu. Es war die Erinnerung an einen Abend im Spätwinter, weit nach Mitternacht, an dem sie in New York mit Julian über die Promenade am East River spaziert war. Er hielt ihre Hand, obwohl sie sich geschworen hatten, dies nie in der Öffentlichkeit zu tun. Doch in jenem Moment war ihm das offensichtlich egal gewesen; er hatte nach ihrer Hand gegriffen, und ihr Herz setzte zu einem Höhenflug an.

Sie verscheuchte den Gedanken und versuchte sich nicht zu fragen, was er wohl am 4. Juli tat. Sie hatte schon früher am Tag gegoogelt, wo genau in Manhattan das Feuerwerk in diesem Jahr veranstaltet wurde. Wo sie jetzt sein würde, wenn das Leben ihr nicht ins Gesicht gelacht hätte.

»Hey, Marin!«

Sie drehte sich um und sah Luke Duncan mit langen Schritten näher kommen. Kein Wunder, dass Rachel so in ihn verknallt war. Seine Augen waren leuchtend blau und die Stoppeln um sein Kinn goldblond, selbst im verblassenden Licht der untergehenden Sonne.

»Dachte ich mir doch, dass du es bist«, sagte er und grinste.

Ein perfektes Grübchenlächeln.

»Ja, bin ich«, sagte sie.

»Wie war die Dinnerparty?«

»Was denn, hast du unseren kompletten Tagesplan auswendig gelernt?«

Er lachte. »Nein. Ich bin heute Rachel begegnet, und da hat sie gesagt, ihr würdet später alle im East End sein.«

»Ja. Es war nett.«

»Nicht gerade eine glänzende Kritik. Nach allem, was man so hört, ist Sandra Crowe normalerweise eine tolle Gastgeberin.«

»Worauf bist du aus?«, fragte sie.

Er legte den Kopf schräg. »Ich wüsste nicht, worauf ich aus sein sollte.«

»Du verschwendest deine Zeit, wenn du mit mir flirtest, wo Rachel doch ganz klar Interesse zeigt.«

»Rachel? Wir sind nur Freunde. Sie ist – ich meine, sie ist doch noch ein halbes Kind.«

»Sie ist zweiundzwanzig.«

»Genau.«

Marin seufzte. »Okay, gut, dann solltest du vielleicht aufhören, sie an der Nase herumzuführen.«

Luke fuhr sich durchs Haar und runzelte die Stirn auf so anbetungswürdige Art und Weise, dass Marins Ärger beinahe verflogen wäre. Beinahe. »Ich bin immer nur lieb und nett zu ihr gewesen.«

»Sei's, wie es sei, Luke. Aber zu deiner Information, das hier« – sie zeigte mit dem Finger von sich zu ihm und zurück – »wird nie was.«

Er lachte.

»Findest du das lustig?«, fragte sie.

»Nein. Es ist bloß – ich habe keine Absichten, was dich betrifft, Marin. Auch wenn offensichtlich eine Menge für dich spricht. Aber ich bin nicht auf der Suche. Ich habe in Rhode Island genug an Komplikationen zurückgelassen. Manchmal ist es einfach schön, mit jemandem zu reden, der eher in meinem Alter und kein Schwuler ist.«

Marin lief rot an.

»Tut mir leid. Ich komme mir vor wie eine Vollidiotin.«

»Musst du nicht. Neunundneunzig Komma neun Prozent, die mit dir reden, haben mit Sicherheit Absichten. Zu deiner Beruhigung noch mal: Ich gehöre nicht dazu. Und die anderen Typen hier draußen vermutlich auch nicht.«

Sie lachte. »Okay. Aber – trotzdem solltest du meine Schwester nicht in die Irre führen.«

»Schon kapiert. Freunde?«, fragte er und streckte ihr die Hand hin.

»Freunde«, gab sie zurück und legte ihre Hand in seine. Er zog sie zu einer kurzen Umarmung an sich. Als sie sich löste (immer noch verlegen wegen ihrer albernen Vermutung), entdeckte sie Rachel ein paar Meter hinter Luke – zu weit entfernt, als dass sie ihr Gespräch mitangehört haben konnte, aber nah genug, um die Umarmung zu sehen. Sie wirkte verletzt, und bevor Marin sie zu sich herwinken konnte, drehte sie sich um und verschwand in der Menge.

Meine Güte. Marin hatte die Nase voll von Dramen.

Sie verabschiedete sich hastig von Luke und machte sich auf den Rückweg zum Haus und zu ihrem Bett, als eben die ersten Feuerwerkskörper hinter ihr explodierten.

Kapitel 27

Beim Erwachen überfiel Marin Panik.

Am Abend zuvor hatte sie kurz vor dem Schlafengehen ihren Kalender durchgesehen, um zu entscheiden, an welchem Augustwochenende sie abreisen würde. Offenbar hatte der Kalender nachts auf ihr Unterbewusstsein eingewirkt und die Alarmglocke in Gang gesetzt, die sie über all den Dramen der vergangenen beiden Monate ignoriert hatte.

Ihre Periode war ausgeblieben. Schon zweimal.

Ihre Erschöpfung bekam eine neue Bedeutung. Wenn es nun nicht nur an der emotionalen Belastung lag? Sie zog sich rasch an, um zu Adams Pharmacy zu gehen, der einzigen Apotheke im Ort, soweit sie wusste. Hoffentlich machten sie früh auf.

»Marin!« Ihre Mutter steckte den Kopf zur Tür herein. »Amelia hat mir gerade beim Frühstück gesagt, dass du noch bleibst? Ich bin praktisch schon im Aufbruch. Wann wolltest du mir das mitteilen?«

»Nicht jetzt, Mom. Ich muss kurz weg. Warte noch eine halbe Stunde. Ich bin gleich wieder da.«

Hastig lief sie nach unten.

Draußen herrschte strahlendes Wetter, es war keine Wolke am Himmel zu sehen und wärmer als an den meisten anderen Tagen um diese frühe Uhrzeit. Amelia sammelte sicherlich schon wieder Strandgut.

Sie bog nach rechts Richtung Apotheke ab. Erst als sie den

weißen Schindelbau sah, wurde sie nervös. Das Haus wirkte so altmodisch, dass es ihr irgendwie ungehörig schien, dort nach einem Schwangerschaftstest zu fragen. Draußen stand auf einer blauen Tafel: ADAMS PHARMACY, GEGRÜNDET 1869 VON DR. JOHN M. CROCKER. 1875 VON JOHN D. ADAMS ERWORBEN. ÄLTESTES DURCHGEHEND AM SELBEN ORT BETRIEBENES GESCHÄFT IN PROVINCETOWN.

Ob in dieser langen Zeitspanne wohl irgendjemand beim Betreten der Apotheke noch aufgelöster gewesen war als sie jetzt? Wetten, dass nicht

Vor lauter Angst wurde ihr übel. Oder lag es vielleicht an der Schwangerschaft? *Schluss damit,* befahl sie sich. *Denk positiv. Oder vielmehr – nicht positiv. Denk negativ! Negatives Testergebnis.*

Die altertümlich wirkende Apotheke bot kein großes Sortiment. Statt der vielen Varianten, unter denen sie in New York die Wahl gehabt hätte, gab es bei Adams nur einen einzigen Schwangerschaftstest namens First Response. Ein Strich: nicht schwanger; zwei Striche: schwanger. Kinderleicht.

Sie stand dermaßen neben sich, dass sie die Packung um ein Haar in ihre Handtasche gestopft hätte und gegangen wäre; erst in letzter Minute fiel ihr ein, dass sie ja noch bezahlen musste. In diesem Moment lief sie Kelly buchstäblich in die Arme.

»Was machst du denn so früh schon hier?«, fragte Kelly und sah dann, was Marin in der Hand hielt. Kellys Mund bildete ein stummes O.

»Ich weiß noch nicht Bescheid, okay? Sag bloß kein Wort, zu niemandem, bitte!«

Kelly hielt eine weiße Tüte mit Medikamenten hoch. »Ein großes Geheimnis gegen ein anderes.«

Blythe war von ihrer Tochter mehr als frustriert.

Erst konnte Marin es nicht erwarten, Provincetown zu verlassen, nun wollte sie plötzlich den ganzen Sommer bleiben. Und sie hatte nicht einmal die Freundlichkeit besessen, es Blythe persönlich zu erzählen! Sie hatte es von Amelia erfahren müssen, die – als sie merkte, dass Blythe von nichts wusste – sie nur mitleidig angesehen hatte. Nach wochenlanger Bestrafung durch grobes Benehmen setzte das dem Ganzen die Krone auf.

Und wohin war sie eben wie von der sprichwörtlichen Tarantel gestochen losgesaust? Warte, hatte sie gesagt. Als ob Blythe eine Wahl bliebe. Ja, sie würde warten, und sei es auch nur, um Marin zu erklären, dass sie mit dem restlichen Sommer tun und lassen konnte, was sie wollte – sie, Blythe, reiste jedenfalls ab. Sie hatte bereits die Abfahrtzeiten der Fähre gecheckt und einen Flug von Boston nach Philadelphia gebucht.

Ungeduldig lief sie in Marins Zimmer auf und ab.

»Was machst du hier?«, fragte Marin, als sie hereinkam. Sie hielt ihre Handtasche so fest an die Brust gedrückt, als fürchte sie, Blythe würde sie ihr entreißen.

»Warten – wie du es mir aufgetragen hast. Aber ich fahre in einer Stunde.«

»Ich … setz dich einfach, in Ordnung? Setz dich aufs Bett, und … ich bin gleich wieder da.«

Marin verzog sich ins Bad und schloss die Tür. Blythe seufzte, verschränkte die Arme und ließ sich auf der Bettkante nieder.

Einige Minuten später trat Marin aus dem Bad und setzte sich wortlos neben ihre Mutter.

»Wie gesagt, Marin, ich fahre in einer Stunde. Du bist hiermit offiziell von meiner Anwesenheit befreit und kannst den Sommer genießen.« Sie stand auf.

Marin sah zu ihr hoch, in ihren großen dunklen Augen spiegelte sich, was sie bewegte.

»Ich bin schwanger.«

Marin lief am Meer entlang, gerade so nah am Wasser, dass es ihr die Füße leckte, wenn eine Welle anrollte.

Es war der bisher wärmste Morgen, dennoch trug sie über ihrem Pulli noch eine leichte Strickjacke. Sie fröstelte, fühlte sich wund und verletzlich und hätte sich am liebsten in einem Daunenmantel verkrochen, wenn das vertretbar gewesen wäre. Sie zog die Kapuze des Pullis hoch, doch der Wind blies sie ihr immer wieder vom Kopf. Plötzlich hatte sie beim Gehen das Gefühl, dass ihr Bauch nicht mehr so flach war wie noch vor zwei Monaten. Und richtig, sie bildete es sich nicht bloß ein; ihre Jeans spannte.

Bei allem Zorn auf ihre Mutter musste sie zugeben, dass Blythe auf die Neuigkeit gut reagiert und für Marin sofort einen Termin bei einem Gynäkologen in Hyannis für den kommenden Dienstag vereinbart hatte.

Doch wie sollte sie die Zeit bis dahin überstehen? Der Test sagte ihr, dass sie schwanger war, aber nicht, in der wievielten Woche. Und das war die entscheidende Frage; nur die Bestimmung des Empfängniszeitpunkts gab Marin möglicherweise Aufschluss darüber, wer der Vater war.

Sie räumte es ungern ein, aber es hatte eine kurze Phase gegeben, in der sie noch mit ihrem Verlobten und schon mit

Julian schlief. In dieser Zeit war sie so durcheinander gewesen, dass sie sie aus ihrem Gedächtnis gestrichen hatte. Doch nun ließ es sich nicht mehr leugnen. Das Kind konnte ebenso gut von Greg Harper wie von Julian sein.

Tränen rannen ihr über die Wangen, sie wischte sie weg. Kein Selbstmitleid. Das stand ihr nicht zu.

»Hey – Marin!«

Rachel stapfte so schnell zu ihr, wie der weiche Sanduntergrund es erlaubte. Ihre Mähne wehte hinter ihr her, und sie hielt ihre unvermeidlichen Flip-Flops in der Hand.

Marin hätte ihr gern gesagt, dass sie für sich sein wollte, doch aus Rachels entschlossenem Gang und ihrer alles andere als freundlichen Miene schloss sie, dass sie nicht so leicht davonkommen würde.

Atemlos blieb Rachel vor ihr stehen. Kleine Schweißtropfen säumten ihren Haaransatz. Mittlerweile war es richtig heiß geworden, was Marin erst jetzt zur Kenntnis nahm.

»Du hast vielleicht Nerven«, sagte Rachel.

»Ich bin wirklich nicht in Stimmung für so was. Könntest du dich vielleicht etwas genauer ausdrücken?«

»Du sagst mir, ich soll mir Luke aus dem Kopf schlagen, nur damit du ihn dir angeln kannst!«

»Herrgott, das ist doch lächerlich.«

»Ach ja? Bist du etwa nicht schnurstracks zu ihm hin, kaum dass wir gestern Abend auf dem Pier waren? Wie lange hat es gedauert, bis du dich ihm an den Hals geworfen hast?«

»Rachel, du liegst komplett falsch. Ich habe null Interesse an Luke, und er hat null Interesse an mir. Leider scheint er auch kein großes Interesse an dir zu haben. Aber daran bin nicht ich schuld. Wenn du also weiter deine Zeit verplempern und Trübsal blasen willst, bitte sehr. Mit Verlaub, ich habe augenblicklich größere Sorgen. Und ich bin hierhergekommen, weil ich allein sein will.«

Rachel verschränkte die Arme und schüttelte dann den Kopf. Marin kehrte ihr den Rücken zu und ging weiter.

Kapitel 28

Blythe kniete auf einem schattigen Fleck im hinteren Garten. Nachdem sie die Erde mit Wasser angefeuchtet hatte, nahm sie mit einem Esslöffel eine kleine Probe und rieb ein paar Bröckchen zwischen Daumen und Zeigefinger. Grobkörnig. Sie versuchte, eine Handvoll Erde zu einer Kugel zu formen, doch sie fiel auseinander. Der Boden war zu sandhaltig – Amelia hatte Blythe ja bereits gewarnt. Doch er ließ sich anreichern, das Problem konnte behoben werden. In ihrem Garten in Philadelphia hatte sie mit dem Gegenteil zu kämpfen – zu viel Lehm. Und genau das war der Grund, warum sie Gartenarbeit so liebte: Anders als im Leben fand sich hier fast immer eine Lösung.

Sie wurde Großmutter! Und brannte vor Ungeduld, es Kip zu erzählen. Doch Marin bestand darauf, es vor allen geheim zu halten.

»Solange ich nicht mehr weiß«, hatte sie gesagt. Blythe würde sich Mühe geben, nichts zu verraten.

Immer wieder wanderten ihre Gedanken zu dem Tag von Marins Geburt zurück. Kip fuhr sie morgens um vier ins Lankenau Medical Center Hospital. Sie erinnerte sich, dass sie überlegt hatte, ob er sie in ein paar Stunden allein lassen und ins Büro gehen würde. Sie fragte ihn danach, und er schüttelte den Kopf. »So denkst du von mir?«

Bedauerlicherweise ja.

Ihre Eltern reisten aus Michigan an, und die Bishops

waren natürlich auch da. Kip begleitete sie nicht in den Kreißsaal, was ihr auch lieber war, nachdem die Wehen sie in den Klauen hatten. Sie konnte sich ihn nicht als den typischen werdenden Vater vorstellen, wie man ihn aus Filmen kennt – der seiner Frau die Hand hält, ihr den Schweiß von der Stirn wischt und sagt: »Pressen! Du schaffst das!« Allein der Gedanke daran erschien ihr schlimmer als die Kontraktionen in ihrem Inneren.

Nach vier Stunden Wehen kam Marin zur Welt. Dreitausendachthundertzwanzig Gramm, dunkler Schopf und große graubraune Augen. Blythe drückte sie an sich, und die Energie und das Vertrauen, mit denen das winzige Ding sich ihrer Brust bemächtigte, ließen in Blythe eine Liebe aufwallen, wie sie sie noch nie empfunden hatte.

Kip eilte herbei. Er hatte Tränen in den Augen. Sie erschrak über die Gefühle, die aus seiner Miene abzulesen waren; es haute sie wahrhaftig um. Er küsste erst sie, dann – behutsam – die Kleine.

»Ich liebe dich«, sagte er zu Blythe.

Blythe fing an zu weinen, war vollkommen überwältigt. Kip setzte sich auf die Bettkante, nahm ihre freie Hand und umschloss sie mit seinen Händen.

»Jetzt sind wir eine Familie«, sagte er. Blythe nickte, noch immer tränenüberströmt.

Kips Mutter verkündete, sie habe noch nie ein Neugeborenes mit dunklen Augen gesehen. Blythes Eltern waren selig und entschieden, Marin komme ganz nach den Madigans aus Wales. Blythe wusste es natürlich besser. In einem ersten – und letzten – Bekenntnis zu dem Mann, dem ihre Tochter das Leben verdankte, nannte sie sie Marin, »vom Meer«.

Blythe blickte auf; Amelia winkte ihr durch das Küchenfenster zu. Sie und Rachel waren eifrig mit Kochen beschäftigt, und Blythe war froh, dass sie zu viel um die Ohren hatten, um ihr groß Aufmerksamkeit zu schenken. Sie zog ihr Handy heraus.

Kip ging nach dem zweiten Klingeln dran. Ihr wurde bewusst, dass es Samstag und er demnach nicht in der Kanzlei war.

»Bist du wieder da?«, fragte er.

»Nein. Wir haben beschlossen, den ganzen Sommer zu bleiben.«

Er schnalzte missbilligend – ein vertrautes Geräusch. »Ist das auf deinem Mist gewachsen, Blythe? Ich kann mir nicht vorstellen, dass Marin hinter dieser Entscheidung steckt.«

»Und wieso nicht?«

»Weil sie am glücklichsten ist, wenn sie arbeiten und produktiv sein kann. Sie muss ins reale Leben zurückfinden. Genug Wunden geleckt.«

Sie seufzte. »Manchmal kannst du einen derart auf die Palme bringen.« Tatsächlich war selbst dieses nervige Gespräch ein seltsamer Trost für sie. So irrational es auch war – seine Stimme zu hören gab ihr das Gefühl, alles werde sich wieder einrenken. So wie bisher immer. »Wenn du dir so sicher bist, was für sie das Beste ist, und es dir nicht passt, wie die Dinge laufen, dann komm doch für einen Tag her. Ich muss mit dir reden, und – wichtiger noch – deine Tochter braucht dich.«

»Jetzt werde nicht melodramatisch.«

Sie konnte sich nicht mehr bremsen. Mochte Marin auch nicht wollen, dass ihr Vater es erfuhr – er sollte es wissen. Und wenn ihn das hierherbrachte, würde Blythe es ihm sagen.

»Marin ist schwanger.«

Kurzes Schweigen. »Ich sehe zu, was sich einrichten lässt.«

Rachel würde nicht, wie Marin es ausgedrückt hatte, ihre Zeit verplempern und Trübsal blasen. Keine langen Stunden mehr, in denen sie sich nach Luke Duncan verzehrte. Sie war hergekommen, um Amelia kennenzulernen, und genau das würde sie auch tun.

Insbesondere jetzt, da Amelia sie in ihr Allerheiligstes eingeladen hatte: die Küche.

Für Rachel war es eine fremde Welt. Fran hatte zum Thema Kochen nur eins zu sagen gehabt: Fang gar nicht erst damit an. »Sobald du für alle kochst, erwarten sie von dir, dass du es immer machst.« Ihre Mutter, Rachels Großmutter, habe ihr ganzes Leben lang in der Küche gestanden. »Und was bitte ist das für ein Leben?«

Nun zitierte Rachel die einzige kulinarische Weisheit ihrer Mutter vor Amelia.

»Ich finde es schade, dass sie es so auffasst.«

»Ach, das ist schon in Ordnung. Ich wollte damit nur sagen, dass ich im Kochen keinerlei Erfahrung habe. Meine Großmutter kocht wirklich viel, aber sie lebt an der Ostküste, und wir sehen sie nur einmal im Jahr zu den hohen jüdischen Feiertagen.«

»Woher stammt ihre Familie?«

»Russland, Polen, Osteuropa. Deswegen sind ihre Gerichte ziemlich fleischlastig – jede Menge Rinderbrust. Und Kartoffeln. Und etwas, das *kasha varnishkes* heißt, Buchweizengrütze mit Schmetterlingsnudeln.«

»Mochtest du es gern?«

Rachel nickte. »O ja.«

»Ich wette, wenn es jetzt vor dir stünde, hättest du das Gefühl, du wärst wieder in jenem Haus. Und wieder ein Kind.«

Rachel lächelte. »Kann schon sein.«

»In Essen liegt so viel Kraft. Es verbindet uns mit der Vergangenheit. Es hält uns am Leben. Es ist etwas Persönliches, aber auch etwas Gemeinschaftliches. Deshalb freut es mich zutiefst, dass ich dir ein paar portugiesische Gerichte beibringen kann. Wir haben eine mehr als reiche kulinarische Tradition.«

»Ich liebe mediterranes Essen«, sagte Rachel.

»Wir verwenden die Aromen der mediterranen Küche – Olivenöl, Lorbeerblätter, Koriander, Zwiebeln, Paprika. Aber wie diese Aromen kombiniert werden, darin liegt die Einzigartigkeit portugiesischer Speisen. Sie sind von vielen alten Kulturen beeinflusst: den Phöniziern, den Türken, den Mauren.«

»Klingt toll. Ich warne dich nur, dass ich null Techniken beherrsche.«

Amelia lachte. »Es geht nicht um Techniken. Wir kochen *con gusto* – ganz nach unserem Geschmack. Wie ich dabei vorgehe, mag anders sein, als die Nachbarin es tut. Es gibt kein Richtig oder Falsch. Ich zeige es dir so, wie ich es von meiner Mutter gelernt habe und sie wiederum von ihrer Mutter und so weiter. Und eines Tages bringst du es vielleicht deiner Tochter bei.« Amelia nahm einen weißen Blechkasten aus einem Küchenschrank, hob den Deckel und ließ Rachel den Inhalt sehen: an die hundert Karteikarten, durch Reiter unterteilt.

»Schau dir die mal durch. Mach dich vertraut damit. Lass mich wissen, was dich am meisten interessiert. Es ist alphabetisch geordnet, aber die Namen der Rezepte sind auf

Portugiesisch, also mach dir Notizen, sonst verlierst du den Überblick.«

»Nadine kann von Glück sagen, dass sie mit alldem aufgewachsen ist«, sagte Rachel.

Amelias Miene umwölkte sich. »Nadine hat sich nicht besonders fürs Kochen interessiert. Vielleicht hat sich das ja geändert, seit sie in Italien lebt. Ich weiß es nicht. Aber ich konnte nicht viel an sie weitergeben – nicht so, wie ich von meiner *mãe* gelernt habe.«

»Oh.« Rachel wusste nicht, was sie sonst noch sagen sollte. Sie sah aus dem Fenster und entdeckte Blythe, die im Boden herumscharrte.

»Was macht Blythe denn da?«

Amelia spähte nach draußen. »Sie will herausfinden, ob sich da hinten ein Gemüsegarten anlegen lässt.« Sie kehrte zu der anstehenden Aufgabe zurück. »So. Das erste Gericht. Wie du weißt, kochen wir einmal in der Woche für Thomas. Bart hat zwei Jobs – als Leiter der Kunstgalerie und Regisseur der Theatertruppe. Und an schlechten Tagen kann Thomas das Bett nicht verlassen.«

Rachel nickte. »Luke hat gesagt, dass er sich große Sorgen um ihn macht.«

»Das tun wir alle. Viele in Provincetown haben Aids. Aber wir haben gelernt, als Gemeinschaft einen Ort zu schaffen, an dem die Menschen mit der Krankheit *leben* können. Maler können malen, Schriftsteller können schreiben, und niemand muss sich Gedanken darum machen, wie er an die nächste Mahlzeit kommt.«

»Ich möchte gern mithelfen.«

»Das wirst du auch. Morgen Abend gibt es Brathähnchen. Und Thomas mag meinen selbst gemachten Frischkäse. Er muss vierundzwanzig Stunden ruhen, deshalb setzen wir ihn jetzt an und gehen dann zum Hauptgang über.«

Die Idee, Käse selbst zu machen, war Rachel noch nie gekommen. Käse war einfach da. Sie teilte diesen Gedanken Amelia mit, die sagte: »In meiner Jugendzeit habe ich jeden Sonntagnachmittag zusammen mit meiner Mutter Käse zubereitet. Sie nahm es damit sehr ernst. Als ich Otto kennenlernte, meinen späteren Mann – im Übrigen dein Großvater –, und er das erste Mal zu uns zum Essen kam, hat er den Käse verweigert, und ich glaube, das hat sie ihm nie verziehen.«

Rachel lachte.

»Das ist mein voller Ernst«, sagte Amelia. »Ich gebe zu, er sieht nicht so besonders verlockend aus, wenn man ihn nicht kennt. Aber ein ordentlicher Portugiese hätte es besser wissen müssen. Es war ein Zeichen.«

Käse ist wichtig. Notiert.

»Wir brauchen nur drei Zutaten: Vollmilch, Labtabletten und grobkörniges Salz.«

»Was ist Lab?«

»Lab trennt Milch in feste und flüssige Bestandteile – in Quark und Molke. Aus dem Quark entsteht dann der Käse.«

»Ja, aber ich meinte, was ist es genau? Eine Chemikalie?«

»Nein – es ist pure Natur. Ein Enzym, das normalerweise aus der Magenwand junger Kälber gewonnen wird.«

Was? O nein. Das war ein Problem. Sie war zwar keine Veganerin – sie aß Milchprodukte und Eier –, aber das ging jetzt doch zu weit. Deutlich zu weit. Sie würde den Käse verweigern müssen und damit wiederholen, was ihr Großvater vor Jahrzehnten angerichtet hatte. »Äh, Amelia, ich bin doch Vegetarierin. Da kann ich nicht … Ich …«

Amelia schüttelte den Kopf. »Was ist das nur mit diesem vegetarischen Kram? Ich kapiere es nicht. Wenn du mich fragst, Frauen brauchen rotes Fleisch.« Doch dann, vielleicht angesichts Rachels gequälter Miene, gab sie nach. »Du musst den Käse nicht essen. Nur zuschauen und lernen. Abgemacht?«

»Abgemacht«, sagte Rachel und lächelte.

Kapitel 29

»Ich fasse es einfach nicht, dass du immer noch diesen ganzen Schrott sammelst, Mutter«, sagte Nadine zu Amelia, die ihre neuesten Fundstücke vom Strand sorgsam in die entsprechenden Behältnisse legte.

»Und warum nicht? Ausgerechnet du müsstest es eigentlich verstehen, du bist doch selbst Künstlerin.«

»Das ist wohl kaum zu vergleichen.«

Amelia verdrehte die Augen. Es mochten dreißig Jahre vergangen sein, aber Nadine war immer noch dieselbe störrische Tochter, fand immer noch Mittel und Wege, um sie zu provozieren.

»Jedenfalls freut es mich sehr, dass du dich für ein Leben entschieden hast, bei dem du kreativ sein kannst. Das nährt die Seele, auch in schweren Zeiten.«

»Ja, schon, es nährt die Seele, aber manchmal reicht es nicht für die Miete«, erwiderte Nadine. »Und außerdem, was soll ich sagen? Ich habe es wohl im Blut.«

»Allerdings.« Es drängte Amelia, sie in die Arme zu nehmen, was sie, abgesehen von ihrem ersten Zusammentreffen nach Nadines Ankunft, seit Jahrzehnten nicht mehr getan hatte. Doch sie wollte sich nicht zu weit vorwagen. »Es hat mich überrascht, dass weder Marin noch Rachel irgendetwas Kreatives machen.«

Nadine schnaubte. »Wieso? Ich meine, woher willst du wissen, ob sie überhaupt wirklich mit uns verwandt sind?

Gibt es dafür Beweise? Die zwei sind einfach aus heiterem Himmel hier hereingeschneit. Da fragt man sich doch nach den Motiven.«

Zum ersten Mal spürte Amelia einen Anflug von Gereiztheit. »Herrgott noch mal, Nadine. Was sollen sie denn für *Motive* haben?«

Nadine seufzte. »Mutter, ich bitte dich. Da bist du wohl ein bisschen naiv.« Sie fixierte Amelia, mit einem Blick, der sehr viel härter war, als Amelia ihn in Erinnerung hatte. Ihre Haut war stark angegriffen. Alle Cabrals liebten die Sonne. Doch das war es nicht allein. Sie hatte Nadine während ihrer Highschool-Zeit beim Rauchen erwischt und ihr eine Gardinenpredigt gehalten. Vermutlich rauchte sie bis heute. Oder trank vielleicht zu viel. Jedenfalls wirkte sie um Jahre älter als Blythe, die im gleichen Alter war. Doch ihr Haar mit dem flotten Stufenschnitt war immer noch voll und kaum von Grau durchsetzt. Und sie sah gut aus, bewegte sich mit einem Selbstvertrauen, das fast schon an Aggressivität grenzte und ihr Präsenz verlieh.

Amelia wollte nicht nach dem Köder schnappen, den ihre Tochter ausgelegt hatte. Sie hatte vergessen, wie theatralisch Nadine sein konnte, wie sie regelmäßig Keile zwischen Amelia und Otto getrieben hatte, um ihr jeweiliges Ziel zu erreichen. Das hatte zu vielen Streitigkeiten mit Otto geführt, weil Amelia ihr Vorgehen bemerkte und Otto nicht.

Dennoch entfuhr ihr die Frage: »Wie um alles in der Welt kommst du darauf?«

Nadine trommelte mit den Fingern auf die Staffelei. »Hast du eine Ahnung, was das Haus hier wert ist?«

Amelia lachte. »Also bitte. Verschon mich mit diesem Unsinn.«

»Das hättest du gern, schon klar. Aber ich sage dir was: Es ist gut, dass ich da bin, als Stimme der Vernunft. Wach auf, Mutter. Provincetown ist nicht mehr das Fischerkaff, das es war, als unsere Vorfahren das Haus hier gekauft haben. Und du hast seinen Wert enorm gesteigert. Als deine Tochter möchte ich nicht versäumen, dich zu fragen, was mit diesem Besitz geschehen soll, wenn du einmal nicht mehr bist.«

Amelia schüttelte den Kopf. »Ach, Nadine.«

»Was?«

»Wenn ich nicht mehr bin, geht das Haus an Kelly über. Sie ist meine Frau.«

Nadine nickte. »Natürlich. Ich verstehe. Aber ihr habt keine gemeinsamen Kinder. Was also wird sie mit dem Haus anfangen?«

»Nadine, du bist gerade einmal achtundvierzig Stunden hier. Nach jahrzehntelangem Schweigen. Und ich freue mich sehr, dass du da bist, wirklich. Aber offen gesagt, dieses Thema ist unpassend.«

»Ach ja? Ich denke, Mütter und Töchter reden durchaus über solche Themen. Tut mir leid, wenn dir dabei nicht wohl ist. Aber wir sollten es besprochen haben, bevor der Sommer vorbei ist.«

Amelia schloss die Ateliertür. »Ein Thema gibt es, über das wir sprechen müssen und bei dem *dir* nicht wohl sein wird. Was ist in jenem Sommer mit Nick in Italien passiert?«

Nadine versteifte sich. »Das weißt du doch.«

»Nein, das weiß ich nicht. Ich habe nichts von dir gehört – rein gar nichts. Bis nach dem Tag, an dem du deinen Bruder begraben hast. Wie konntest du nur so etwas tun?« Amelia merkte, dass sie zitterte. »Viele Jahre habe ich geglaubt, ich hätte es verdient, aber jetzt denke ich anders darüber. Und es tut mir leid, wenn es dir nicht so geht. Doch jetzt bist du hier, in meinem Haus, unter meinem Dach, und das Mindeste, was du tun kannst, ist, mir zu erzählen, wie mein Sohn sich umgebracht hat.«

»Er hatte einen Motorradunfall, spät in der Nacht. Das habe ich dir damals doch erzählt. Möchtest du weitere Details? Warum fragst du nicht deinen reizenden Gast Blythe? Die Mutter seines Kindes. Frag sie, warum er zu mir gekommen ist; zweifellos ist er vor *ihr* nach Italien geflüchtet. Er war gefühlsmäßig in keiner guten Verfassung.«

Amelia atmete tief durch. »Hast du damals nicht gesagt, er hätte sich meinetwegen das Leben genommen? Jetzt behauptest du, Blythe sei schuld gewesen?«

»Offenbar mangelt es nicht an Schuldzuweisungen.« Nadine schob sich an ihr vorbei und öffnete die Tür. »Ich gehe zum Töpferladen.«

Immer noch zitternd sah Amelia ihr wortlos nach.

Blythe bestand darauf, Marin nach Hyannis zu fahren, obwohl sie auf längeren Strecken, die sie nicht in- und auswendig kannte, ungern hinter dem Steuer saß. Das Navigationssystem war nicht so ihre Sache, die monotone Abfolge der Ausfahrten fand sie irritierend. Doch sie wollte für Marin da sein.

»Mom, mir geht's gut. Ich kann selbst fahren! Es geht doch nur um eine Untersuchung und nicht um eine Entbindung.«

»Lass los und entspann dich einmal.«

Marin verstummte, und Blythe kam es vor, als ruhte ihr eigenes Geheimnis tonnenschwer zwischen ihnen. Nick ging ihr nicht mehr aus dem Kopf, wie es mit ihm begonnen und geendet hatte, die Leidenschaft, die Furcht, das Schuldbewusstsein, die Sorge – eine einzige Endlosschleife –, bis Blythe begriff, dass sie sich innerlich darauf vorbereitete, Marin alles zu erzählen.

Ein paar Tage nach dem katastrophalen Abend in dem Club hatte Nick sie nachmittags angerufen, weil er zu diesem Zeitpunkt davon ausgehen konnte, dass Kip in der Kanzlei war.

»Kannst du herkommen? Ich muss dich unbedingt sehen.« Als Blythe seine Stimme hörte, war es aus mit ihrem Entschluss, die Verbindung zwischen ihnen zu kappen, und sie sagte zu. Während der gesamten Fahrt ins Zentrum – und insbesondere, als sie am Kunstmuseum vorbeikam – rechtfertigte sie ihr Vorgehen mit dem Gedanken, dass sie ihm zumindest eine persönliche Verabschiedung schuldete.

Als er ihr aufmachte, sie mit einem Blick aus seinen dunklen Augen willkommen hieß – den Mund leicht geöffnet, als habe er sie eben erst geküsst –, war der Zorn über die Nacht im Club verflogen. Sie begehrte ihn, auf der Stelle, obwohl sie zwei Nächte zuvor höchst befriedigenden Sex mit ihrem Mann gehabt hatte. Wie es aussah, betrog sie nun beide.

»Sorry, dass ich bei dir zu Hause angerufen habe«, sagte er, seinen Mund nah an ihrem. Sie spürte, wie sie sich ihm öffnete, ihr Innerstes sich entfaltete wie die Flügel eines Vogels. »Aber ich musste dich unbedingt noch sehen, bevor ich morgen abreise.«

Kurz vergaß sie, dass sie hier war, um der Sache ein Ende zu machen. Sie konnte nur noch denken: *Abreise? Wohin? Für wie lange?*

»Was soll das heißen?«, fragte sie.

»Meine Schwester Nadine hat mich zu sich nach Italien eingeladen. Sie hat da ein Haus und einen Haufen Freunde. Perfekter geht's nicht.«

»Was ist mit deinen Seminaren?«

Er hob die Schultern. »Mit denen mache ich im Herbst weiter. Man muss das Leben nehmen, wie es kommt. Das weißt du ja selbst.«

Ja, das wusste sie. Genau so hatte es sich für sie angefühlt, wenn sie mit ihm zusammen war. Aber sie musste sich in Zukunft auf ihr eigentliches Leben konzentrieren – auf ihr Leben mit Kip. Musste ihre Ehe ins Lot bringen. Mochte sie auch noch so oft das Gefühl gehabt haben, sie sei Kip egal – auf alle Fälle war sie ihm weniger gleichgültig als diesem Fremden. Das hatte die Nacht im Club ihr deutlich gezeigt.

»Das heißt also Lebewohl«, sagte sie.

»Nein, das heißt es nicht. Im Herbst bin ich wieder da.«

»Nick, ganz im Ernst, wir sollten einander Lebewohl sagen.«

Er wirkte nachdenklich. Trat auf sie zu, umfasste ihr Gesicht mit beiden Händen. »Du machst dir zu viele Gedanken. Vielleicht sind wir hier gar nicht gefragt. Vielleicht hat das Universum seine eigenen Pläne.« Er küsste ihren Hals, und sie geriet ins Schwanken, spürte seine Hand unter ihrem Kleid, zwischen ihren Beinen. Es war schwer – höllisch schwer –, doch sie entzog sich ihm.

»Lebewohl«, flüsterte sie.

Sie hörte nie wieder etwas von ihm, bis auf einen einzigen Brief, der sie einen Monat später erreichte.

Beim Anblick der italienischen Briefmarke ließ sie die

übrige Post auf den Esszimmertisch fallen, ging mit dem Brief in der Hand hinauf in ihr Schlafzimmer und machte die Tür hinter sich zu, obwohl sie mutterseelenallein im Haus war.

Sie brach in Tränen aus, weil sie Nick so furchtbar vermisste, aber auch deswegen, weil ihre Affäre unbemerkt geblieben und ihre Ehe noch intakt war.

Sie hätte den Brief wegwerfen sollen, ja, aber etwas hielt sie zurück. Auf die Rückseite hatte Nick eine wunderschöne italienische Küstenlandschaft mit Bleistift skizziert, in bemerkenswerter Detailliertheit. Seine Worte hätte sie wegwerfen können, nicht aber eines seiner Kunstwerke. Also legte sie den Brief und ihr kaum benutztes Degas-Tagebuch in eine Schuhschachtel und stopfte diese ganz hinten in ihren Kleiderschrank. Damit war die Sache erledigt.

Bis sie merkte, dass sie schwanger war.

Nun umklammerte sie das Lenkrad und kämpfte gegen die Tränen an. »Marin, wir müssen reden.« Blythe stellte das Radio ab.

»Okay«, sagte Marin und warf ihr einen Blick von der Seite zu.

»Ich habe immer auf den richtigen Moment gewartet, aber den gibt es offenbar nicht.«

»Du machst mich noch wahnsinnig. Was ist denn jetzt schon wieder?«

Blythe holte tief Luft. »Du weißt, dass Nick Cabral dein leiblicher Vater ist.«

»Ja, das habe ich inzwischen verstanden. Was ich nicht kapiere, ist das Wie und Warum. Hattest du Probleme, ein Kind zu bekommen? Und hast dann hinter Dads Rücken einen Samenspender gesucht? So habe ich es mir zusammengereimt. Du wolltest Fruchtbarkeitsbehandlungen, und Dad wollte das nicht.«

»Nein. Es war nichts in dieser Richtung.«

»Was dann?«

»Ich kannte Nick.«

Marin beugte sich vor, die Hand auf dem Armaturenbrett, und sah Blythe forschend an. »Wie das?«

Blythe schüttelte den Kopf. »Es war verrückt. Es war …«

»Raus damit, Mom.«

»Es war am Anfang unserer Ehe. Dein Vater hat immer nur gearbeitet. Zwischen uns lief es nicht gut. Ich war jung – zehn Jahre jünger, als du es jetzt bist.«

»Mom, bitte. Rede nicht so viel drum herum.«

»Ich habe ihn eines Nachmittags im Museum of Art kennengelernt, und es wurde eine Sommeraffäre daraus. Sie war schon vorbei, als ich merkte, dass ich schwanger war.«

Marin sank auf ihrem Sitz zurück. »Das glaube ich nicht.«

»Es tut mir leid.«

»Ich begreife es nicht. Was ist mit Rachels Mutter? War er für sie nur ein Samenspender?«

»Das weiß ich nicht. Kann sein. Vielleicht brauchte er Geld – er war ja Kunststudent, hatte sich seinen Eltern entfremdet. Womöglich kam es so zu der Sache mit Rachels Mutter. Wie auch immer, als Rachel dir ihre Geschichte erzählt hat und du davon ausgegangen bist, bei mir lägen die Dinge genauso, war ich noch nicht bereit, die Wahrheit zu sagen.«

Marin nickte langsam. »Das heißt, als du gemerkt hast, dass du schwanger bist, wusstest du nicht, wer der Vater ist?«

»O doch. Ich war in der sechsten Woche … da hatte ich keinen Zweifel.«

Marins Lachen klang seltsam. »Na, dann bist du besser dran als ich.«

Blythe brauchte einen Moment, um zu begreifen, was Marin ihr sagen wollte, und schnappte dann nach Luft. »Du weißt nicht, wer der Vater ist?«

»So ist es.«

In ihrem Kummer um ihre Tochter griff Blythe nach ihrer Hand. Marin wandte sich ab und sah aus dem Fenster.

Kapitel 30

»Kelly, hast du kurz Zeit?« Rachel war mit einem Satz aus ihrem Schaukelstuhl, als sie Kelly auf die Veranda treten sah – offenbar in Gedanken versunken, weswegen Rachel ihr eigentlich lieber nicht in die Quere kommen wollte, aber sie musste einfach mit jemandem reden.

Kelly blickte irritiert hoch. »Hey. Ich fahre bloß schnell zu Sandra, um dort etwas auszumessen. Komm mit, wenn du magst.«

Rachel schwang sich auf den Beifahrersitz des Pick-ups, und Kelly fuhr los.

»Und, was gibt's?«, fragte Kelly.

»Du kennst Thomas doch schon seit Ewigkeiten, und Luke wahrscheinlich auch, oder?«

Kelly wollte etwas sagen, stattdessen hustete sie. »Kannst du mir ein Taschentuch aus meinem Rucksack geben?«, fragte sie und hustete erneut. Rachel öffnete den Rucksack, der zwischen ihnen lag. »Vordertasche«, sagte Kelly.

Rachel fand eine Packung Kleenex und gab Kelly eines. Die drückte es an ihren Mund, knüllte es dann zusammen und stopfte es in ihre Tasche.

»Alles okay mit dir?«

»Nebenhöhlenentzündung«, sagte sie. »Also, was willst du über Luke wissen?«

»Wie tickt er? Ich werde aus ihm einfach nicht schlau. Manchmal kommt es mir vor, als würde er auf mich stehen.

Wir waren oft zusammen, und am 4. Juli, als wir den Pickup abgeliefert haben, meinte er, hey, bleib doch noch und schwimm eine Runde. Und im Pool hätte ich schwören können, dass er mich küssen wollte. Es hat sich einfach so angefühlt. Aber dann habe ich beobachtet, wie er am Abend mit Marin geredet hat, und das wirkte schon ziemlich intensiv. Was denkst du?«

»Ich denke, du solltest mit Luke reden. Wenn er widersprüchliche Signale von sich gibt – sprich ihn darauf an. Zwischen ihm und Marin läuft aber nichts.«

»Woher weißt du das?«

»Ich weiß es einfach.«

Rachel spürte Erleichterung.

»Okay, ich rede mit ihm.«

»Die Leute spielen Spielchen – vor allem zu Beginn von Beziehungen. Das weißt du wohl.«

»Ich hatte nicht so viele Beziehungen. Bloß die eine oder andere Affäre, und dabei ging es immer schnell zur Sache. Aber Luke geht mir nicht mehr aus dem Kopf, und das macht mich verrückt.«

»Wie alt bist du?«

»Zweiundzwanzig.«

»Und du hattest bislang nie eine ernsthafte Beziehung?«

Rachel schüttelte den Kopf.

»In deinem Alter war ich schon mit Amelia zusammen.«

Rachel stutzte. »Wann hast du gewusst, dass du in sie verliebt bist?«

»Nach ungefähr zwei Minuten«, sagte Kelly und lächelte.

Demnach war es nicht so abwegig, derart heftige Gefühle für einen Typen zu empfinden, den sie gerade mal wenige Wochen kannte. »Okay, ich rede mit ihm«, wiederholte sie.

»Schön, dann ist das geklärt.« Kelly parkte den Pick-up hinter einem weißen Honda.

»Ist das nicht Amelias Wagen?«, fragte Rachel.

»Komisch. Ich hätte schwören können, dass sie zu Hause war, als wir losgefahren sind.« Kelly schlug die Fahrertür zu.

Tanya erschien auf ihr Klingeln.

»Hi, Kelly. Erwartet sie dich?«

»Ich denke schon.«

Tanya kam nach draußen, schloss die Tür bis auf einen Spaltbreit und gesellte sich zu Kelly und Rachel. »Ganz unter uns, falls ihr von irgendwelchen anderen Jobs hört, lasst es mich wissen. Sie treibt mich in den Wahnsinn.«

»Ist gebongt«, sagte Kelly und zwinkerte ihr zu.

»Hier entlang – sie ist im Frühstückszimmer.« Tanya führte sie zu einem Raum abseits der Küche, der einen geradezu blendete – Möbel, Wände und Bodenfliesen waren ganz in Weiß gehalten, Sonnenstrahlen fielen durch ein großes Oberlicht. Sandra saß an dem Tisch mit der Acrylglasplatte und trank Kaffee. Neben ihr: Nadine.

»Was für eine hübsche Überraschung«, sagte Sandra.

»Was macht ihr zwei denn hier?« Offenbar fand Nadine die Überraschung nicht ganz so erfreulich.

»Ich will hier arbeiten. Und was treibst *du* hier?«, fragte Kelly.

»Kelly, Rachel – nehmt Platz«, sagte Sandra und lächelte. »Ich hatte dich heute nicht erwartet. Geht es ums Maßnehmen?«

»Genau.« Kelly stemmte die Hände in die Hüften.

»Setzt euch doch. Trinkt eine Tasse Kaffee mit uns. Ein gutes Timing.«

»Sandra …« Nadine wollte offenbar Einwände erheben.

»Kaffee? Scones?« Sandra unterbrach sie und zeigte auf eine Platte.

»Was ist hier los?« Kelly nahm am unteren Ende des Tischs Platz und behielt Sandra und Nadine im Visier. Rachel zog unbeholfen einen Stuhl neben ihr hervor, ließ sich darauf nieder und nahm sich ein Scone mit Blaubeeren.

»Weißt du, im Leben geht es einzig und allein um den richtigen Zeitpunkt. Davon bin ich fest überzeugt.« Sandra schenkte sich Kaffee nach.

»Ach was?« Kelly kniff die Augen zusammen.

»Es ist doch erstaunlich, dass Nadine genau in dem Sommer aufkreuzt, in dem ihr die Pension geschlossen haltet und ich mir ständig überlege, wie gern ich euch diese Last abnehmen würde. Nadine findet das ebenfalls völlig einleuchtend. Ich stünde zu einem sehr großzügigen Angebot bereit.«

»Äh, Sandra – könntest du Nadine und mich kurz allein lassen?« Kelly stand auf, ihr Stuhl schrappte vernehmlich über den Fliesen.

Sandra lächelte gnädig. »Ja, natürlich.«

Als sie außer Sichtweite war – womöglich aber nicht außer Hörweite –, wandte sich Kelly zu Nadine und hieb mit der Hand auf den Tisch.

»Was zum Teufel bildest du dir ein, hierherzukommen und Verhandlungen über einen Hausverkauf anzuzetteln? Das ist unser Zuhause, unser Heim.«

»Es ist das Zuhause und das Heim meiner Familie – seit Generationen. Und falls es dir nicht aufgefallen sein sollte, ich bin die Letzte in dieser Abfolge. Nicht du, Kelly. Ich bin dran, Amelias Tochter. Nicht ihre Geliebte.«

»Wir sind verheiratet. Dein rechtlicher Anspruch auf das Haus ist geringer als meiner.«

»Es geht hier nicht um Rechtsfragen, Kelly, sondern um ganz praktische Dinge. Sandra Crowe ist bereit, für das Haus eine Summe zu zahlen, bei der meine Mutter sich für den Rest ihres Lebens keine Sorgen mehr ums Geld machen muss.«

»Sie macht sich keine Sorgen ums Geld. Uns geht's gut.«

»Es geht auch darum, was hier das Richtige ist. Das Haus gehört zu meinem Erbe. Die Frage, was damit einmal geschehen soll, bezieht mich mit ein. Schon klar, für dich war es ein Kinderspiel, in dem Sommer damals hier anzutanzen, meine Familie für dich einzunehmen und dich auf Dauer einzunisten, weswegen ich fortmusste. Aber jetzt bin ich wieder da, und ich rühre mich nicht vom Fleck, bis die Sache mit dem Haus geklärt ist.«

»Da gibt es nichts zu klären. Deine Mutter liebt das Haus. Allein irgendwo anders leben zu müssen, würde den Tod für sie bedeuten.«

»Sie wäre ja nicht allein. Sie hat doch dich, oder?« Nadine griff nach ihrer Tasche und hängte sie sich über die Schulter, anschließend blickte sie zu Rachel. »Und *du* – komm bloß nicht auf dumme Gedanken. Ganz gleich, wie oft sich mein Bruder einen runtergeholt hat, um Reagenzgläser zu füllen, von dir ist hier nicht die Rede – klar?«

Im Hinausgehen rief sie Sandra zu, sie würden bald wieder miteinander sprechen.

Blythe befand sich am Strand, als der Anruf kam.

Es war wärmer als an den Tagen zuvor. Sie saß auf einem Klappstuhl aus Plastik und trug einen türkisblauen

Badeanzug, den sie in einem Lädchen auf der Commercial Street erstanden hatte, sowie einen großen gestreiften Hut – eine Leihgabe von Marin.

An diesem Tag hatte sie es geschafft, den Strandabschnitt für Heteros zu finden. Die diesbezüglichen Einteilungen waren ihr bis dahin ein Rätsel gewesen; ein paar Tage zuvor war sie versehentlich bei den Lesben gelandet, wo ihr bald auffiel, dass sie zu den wenigen Strandbesuchern gehörte, die nicht oben ohne dalagen. Ein Stück weiter versammelten sich die Schwulen, da war sie noch mehr fehl am Platz. Als sie entnervt zur Pension zurückkehrte, zeichnete Amelia ihr freundlicherweise einen Plan über die einzelnen Abschnitte auf einem Stück Küchenpapier.

Als ihr Handy summte, fuhr sie zusammen. Sie hatte es erst gar nicht in ihre Tasche packen wollen, war davon ausgegangen, dass sie am Strand ohnehin keinen Empfang haben würde, und war das kurze Stück geradelt, mit dem Gedanken, eine Weile von allem abgekoppelt zu sein. Was sie ehrlich gesagt dringend brauchte.

»Hallo?« Sie fingerte an dem Handy herum. Eine kräftige Brise zwang sie, ihren Hut festzuhalten.

»Blythe, ich bin's. Ich bin im Ort.«

Kip!

»Du bist hier? In Provincetown?«

»Ja.«

»Ich glaub's nicht«, sagte sie, mehr zu sich selbst als zu ihm.

»Ich will Marin sehen. Und du hast gesagt, du müsstest mit mir reden. Das könnten wir tun, solange ich da bin. Wie bist du heute Vormittag verfügbar?« Kip, immer auf den Punkt. Immer zielgerichtet. Zweifellos hatte er den Trip nach Provincetown in letzter Minute von seiner Sekretärin in Philadelphia planen lassen.

Blythe versuchte aufzustehen, sank aber stattdessen noch tiefer in den Sand ein, während der Klappstuhl in sich zusammenfiel.

»Mist!«, sagte sie.

»Was?«

»Ach, nichts weiter. Bleib dran.«

Wie konnte sie bloß so unvorbereitet sein? Hatte sie wirklich angenommen, er würde nicht kommen? Immerhin würden sie bald Großeltern sein.

»Wo bist du untergebracht?«, fragte sie. Verzögerungstaktik.

»Im Sutter Hotel. Und du?«

»Im Beach Rose Inn.«

»Das habe ich im Netz gefunden, aber dort stand, es wäre den Sommer über geschlossen.«

»Lange Geschichte«, erwiderte sie.

Was wäre ein geeigneter Treffpunkt?, überlegte sie schnell. Sollte sie ihn zu sich an den Strand beordern? Sie wollte ihn unbedingt sofort sehen. Aber sie sah katastrophal aus – vom Wind zerzaust, ungeschminkt, mit nichts weiter als einem Badeanzug bekleidet. Nein, für dieses Gespräch musste sie gerüstet sein. Lieferte es ihm doch höchst problematische Neuigkeiten. Und angesichts dessen, was ihr bevorstand, wünschte sie, sie hätte ihm bezüglich der Vaterschaft von Marin schon eher reinen Wein eingeschenkt – wann auch immer, aber definitiv früher. Er würde sich schwer genug damit tun, dass Marin nicht sein leibliches Kind war, und zu allem Unglück setzte sich die Geschichte nun mit Marin und ihrem Baby fort.

Blythe holte tief Luft. »Bist du noch dran?«

»Ja, Blythe«, sagte er. Sie sah den angespannten Zug um seinen Mund vor sich. »Können wir uns in einer Stunde treffen? Irgendwo auf der Hauptstraße? Auf einen Kaffee?«

Wo? Bei Joe, wo jeder im Ort mitbekommen würde, wie es zwischen ihnen lief? Nein, vielen Dank.

»Ich weiß etwas Besseres, wo es nicht so voll ist.« Sie beschrieb ihm, wie er am besten zum Pilgrim's First Landing Park kam, der sich am Westende der Commercial Street befand. Dieser Park – im Grunde nur eine Grünfläche um ein Denkmal – bot Ausblick auf den Anlegesteg. Dass sie Kip etwas anderes als die üblichen Cafés vorschlagen konnte, gab ihr das angenehme Gefühl, hier fast schon zu Hause zu sein.

»Dann sehen wir uns da in einer Stunde«, sagte er.

Sie drückte das Handy an ihre Brust.

Nach Kellys Marschbefehl wollte Rachel keine Zeit vergeuden. Sie fand Luke im Pool.

Er bemerkte sie nicht gleich. Während er seine Bahnen zog, saß sie auf einer Liege und fühlte sich – wie eine Stalkerin. Sie hatte nicht einmal an der Haustür geklingelt, war direkt nach hinten in den Garten gegangen. Fragwürdiges Benehmen? Vielleicht. Aber sie konnte keine Minute länger warten, wollte Kellys Rat sofort befolgen. Kelly war der Boss. Und seit dreißig Jahren mit der Liebe ihres Lebens zusammen, da hatte sie sicherlich ein paar Weisheiten parat, was Beziehungen anbelangte.

Als er sie schließlich auf der Liege entdeckte, stieg er aus dem Pool.

»Hey – entschuldige die Störung.«

»Was gibt's?«, fragte er und trocknete sich ab. Vielleicht

litt sie inzwischen unter Paranoia, aber ihr Anblick schien ihn nicht besonders fröhlich zu stimmen. *Blöde Idee. Blöde, blöde Idee! Rachel, was hast du dir dabei gedacht?*

Sie mühte sich nach Kräften, ihn nicht anzustarren.

»Ich wollte nur kurz mit dir reden.«

Er setzte sich auf den Rand des Stuhls, der neben ihr stand. Für eine Weile herrschte peinigende Stille; sie wusste, dass ihr nur zwei Möglichkeiten blieben: entweder etwas zu sagen oder sich zu verdrücken und nie wiederzukommen. Sie hatte buchstäblich die Qual der Wahl.

»Also, ich wollte dir, äh, bloß etwas sagen«, brachte sie heraus.

»Wenn du nichts dagegen hast, würde ich gern zuerst dir etwas sagen.«

Diese Reaktion hatte sie nicht erwartet.

»Klar.«

»Rachel, ich finde es schön, Zeit mit dir zu verbringen und mit dir zu reden. Wirklich. Aber ich fürchte, ich habe in dir falsche Vorstellungen geweckt, bezüglich unserer … Freundschaft.«

Ihr wurde flau im Magen. »In welcher Hinsicht?«

»Du weißt, dass wir nur Freunde sind, oder? Und weiter nichts?«

Oh.

»Es hat sich nach mehr angefühlt«, sagte sie. »Ich glaube nicht, dass ich mir das eingebildet habe.«

Er seufzte. »Versteh mich nicht falsch. Du bist äußerst attraktiv. Aber darum geht es nicht.«

»Worum dann?«

Er lächelte ihr zu. »Komm schon. Wir können doch Freunde sein, oder?« Er hielt ihr die Hand hin. Rachel legte ihre in seine. Was blieb ihr anderes übrig? Bei diesem Spiel ging sie nicht als Gewinnerin vom Platz. Die Niederlage verstärkte ihre Übelkeit. Und sobald ihre Hände sich berührten, spürte sie ein Glühen, dasselbe elektrisierende Gefühl, wie an dem ersten Tag am Strand.

Das sie plötzlich auf seinen Schoß katapultierte.

In seiner Verblüffung legte er instinktiv die Arme um sie, damit sie nicht zu Boden fiel. Sie nutzte die Gelegenheit und küsste ihn auf den Mund. Was soll's, dachte sie, wenn schon ein Ende, dann wenigstens eines mit Glanz und Gloria. Sicher würde er sie von sich stoßen und sie schließlich doch fallen lassen – buchstäblich.

Aber nein.

Er zog sie näher an sich heran, erwiderte ihren Kuss mit einer Leidenschaft, wie sie es sich immer erträumt hatte. Ihr Herz schlug wie wild, und ihr blieb die Luft weg, aber das würde sie aushalten, für immer und ewig, wenn er nur nicht damit aufhörte.

»Rachel«, sagte er kaum hörbar. Er löste sich vorsichtig von ihr, und sie bemerkte, dass sein Brustkorb sich heftig hob und senkte. Sein bloßer Oberkörper, den Luke eben noch an ihre nur von einem hauchdünnen Tanktop bedeckten Brüste gepresst hatte.

»Rachel«, wiederholte er, diesmal lauter.

»Ja?«, hauchte sie.

»Du solltest besser gehen.«

Kapitel 31

Beim Anblick ihres Mannes begriff Blythe auf einmal, was es mit der Wendung »Das Herz schlägt einem bis zum Hals« auf sich hatte. Genauso fühlte es sich an, und als er sie zur Begrüßung umarmte, kamen ihr die Tränen.

Sie hatte unterschätzt, wie sehr er ihr fehlte.

»Was ist?«, fragte er aufgeschreckt.

»Nichts«, sagte sie und betupfte sich mit einem Papiertaschentuch die Augen. »Komm. Setzen wir uns.« Sie steuerte eine Steinbank am äußeren Rand des Parks an, doch Kip las eifrig die Inschrift des Denkmals.

»Demnach sind die ersten Pilger also hier gelandet und nicht in Plymouth?«

»So sieht es aus.«

»Hmm. Man lernt doch jeden Tag etwas Neues.«

Sie setzten sich nebeneinander auf eine Bank mit Ausblick aufs Meer und eine unendlich lange Mole.

»Okay, was zum Teufel ist mit Marin los?«, fragte Kip schließlich.

»Ach, Kip.« Das Ganze war schwieriger, als sie gedacht hatte.

»Ich nehme an, der Vater ist dieser Typ aus der Kanzlei?«, fragte Kip. Nach kurzem Zögern nickte Blythe. Ihrem Gefühl nach ging es zu weit, in diesem Augenblick die volle Wahrheit preiszugeben, dafür war die gesamte Situation nicht eindeutig genug und noch viel zu chaotisch. Vorerst musste sie ihm ihr eigenes Durcheinander offenbaren. Sie setzte zum Sprechen an, doch er war schneller.

»Ich weiß, du machst dir Sorgen um Marin – das tue ich auch. Aber wir dürfen uns dadurch nicht von dem ablenken lassen, was uns angeht.«

Blythe verspürte eine abgrundtiefe Enttäuschung. Er wollte über die Scheidung reden? Jetzt? Sie hatte gedacht, er wäre wegen Marin nach Provincetown gereist, aber offenbar wollte er lediglich das Geschäftliche regeln. Das tat weh. Aber es machte es ihr auch leichter, ihm alles zu gestehen. Dadurch würde sie ihn nicht verlieren. Sie hatte ihn schon verloren.

»Kip. Ich muss dir etwas sagen …«

»Bitte. Lass mich ausreden«, fiel er ihr ins Wort. »Ich möchte mich wegen der Sache mit Candace entschuldigen. Es war ein Fehler. Ich hätte ehrlicher mit dem umgehen sollen, was uns beide und mich selbst betrifft. Stattdessen eine Affäre zu beginnen, war unwürdig und hat letztlich alles nur noch schlimmer gemacht.«

Moment mal, was sagte er da gerade?

»Heißt das, du bist nicht mehr mit ihr zusammen?«

»Nein. Ich wollte mich ablenken. Nicht von dir, sondern von dem, was in der Kanzlei los ist. Sie war, wie du weißt, praktisch mein Leben.«

»Glaub mir, das weiß ich nur zu gut.«

Er nickte und sah aufs Wasser. »Zum Nachteil unserer Familie. Ja, zugegeben. Das bedeutet nicht, dass ich dich und Marin nicht geliebt hätte. Dieses Gefühl wollte ich euch nie vermitteln. Aber so bin ich nun mal. War ich.« Er wandte sich ihr zu. »Sie wollen mir eine Abfindung zahlen. Wollen mich raushaben. Das Jungvolk kann einen alten Knacker wie mich nicht mehr brauchen.«

»Ach, Kip. Können sie das wirklich tun?«

Er zuckte mit den Achseln und wirkte verloren – was völlig untypisch für ihn war. »Sie können mich nicht zwingen. Aber wenn ich bleibe, bin ich eine lahme Ente. Offen gesagt möchte ich nicht an einem Ort sein, wo ich nicht erwünscht bin. Wo man mich nicht zu schätzen weiß. Eine Zeit lang habe ich versucht, es zu verdrängen. Mit Candace wollte ich beweisen: *Seht her, ich habe noch immer Saft und Kraft. Ich bin immer noch jung und begehrt.*« Er nahm ihre Hand. »Es hatte nichts mit dir zu tun. Wobei das keine Entschuldigung sein soll.«

»Was soll das heißen? Willst du die Scheidung nach wie vor?«

»Ich weiß keine Antwort darauf, Blythe. Du etwa? Wir sollten uns darauf konzentrieren, Marin wieder auf die Beine zu bringen, und bis dahin keine gewichtigen Entscheidungen bezüglich unserer Ehe treffen.«

Blythe schwirrte der Kopf. Ihre Gebete hatten Gehör gefunden; es gab eine Gnadenfrist. Die Ehe war womöglich noch zu retten.

»Ja. Okay«, hauchte sie.

»Und, was wolltest du mir sagen?«

Großer Gott. Nein, nicht jetzt. Das war das Letzte, worüber sie in diesem Moment reden wollte.

»Ach, bloß … Marin«, sagte sie. »Gehen wir sie suchen.«

Marin brauchte beide Hände, um die Griffe des Rollschneiders zusammenzudrücken und etwas von einem dunkelblauen Fliesenteil abzuschneiden. Ein winziges, scharfkantiges Eck schoss empor und fiel zu Boden. An Präzision musste sie noch dazulernen.

»Bei dem hier fällt mir auf, wie lange ich meine Hände nur noch zum Tippen auf dem Computer und zum Telefonieren benutze. Irgendwie verrückt.«

»Stimmt«, sagte Kelly und sah von dem Mosaikteilchen hoch, das sie gerade aufklebte. »Also, so schön ich das versonnene Schweigen hier finde – sagst du mir jetzt, was mit dir los ist?«

Die Frage hatte Marin erwartet. Seit dem morgendlichen Zusammentreffen in der Apotheke wusste Kelly offensichtlich Bescheid. Das war okay, sie würde mit Marin nicht allzu hart ins Gericht gehen. Der einzige Mensch, vor dem sie sich fürchtete, eine Beichte abzulegen, war ihr Vater. Ihr Leben lang hatte sie ihn immer stolz machen wollen. Und jetzt: arbeitslos, Single und schwanger, sitzt herum und beschäftigt sich an einem stinknormalen Arbeitstag mit Kunsthandwerk.

»Ich bin schwanger«, sagte sie zu Kelly. »Wie du dir sicherlich schon gedacht hast.«

»Der Test hätte auch negativ sein können.«

»Stimmt. War er aber nicht.«

»Wie weit bist du?«

»Ungefähr in der achten Woche.« Sie konnte es immer noch nicht fassen.

»Und … sind das gute Neuigkeiten? Schlechte Neuigkeiten? Eine Mischung aus beidem?«

Marin hob die Schultern. »Ehrlich gesagt tue ich mich schwer damit, es irgendwie zu verarbeiten.«

»Was hast du vor?«

»Ich werde das Kind bekommen. Abgesehen davon – keine Ahnung.« Es war keine Frage für sie gewesen, ob sie das Kind behalten wollte, was sie selbst überraschte. Als

Schwangere einen Job in einer Kanzlei zu finden, würde keine leichte Aufgabe werden. Niemand gab es offen zu, aber welche Kanzlei stellte schon jemanden ein, der in ein paar Monaten wieder fort war? Und als alleinerziehende Mutter? Wie viel Zeit blieb ihr da noch für die Arbeit? All diese Erwägungen brachten ihren Entschluss, das Kind zu bekommen, nicht ins Wanken. Möglicherweise hatten die Hormone schon jetzt den Verstandesbereich ihres Gehirns unter Kontrolle. Oder es lag an ihrer neuen Sicht auf ihre eigene, allzu verzwickte Herkunft.

»Was ist mit dem Vater?«, fragte Kelly.

Marin stöhnte auf. »Damit will ich gar nicht erst anfangen.«

»Warum nicht? Reden hilft. Und ich habe dir etwas sehr Bedeutendes anvertraut. Etwas richtig Großes und Schlimmes.«

Marin sah zu ihr. »Was das angeht, solltest du noch mit jemand anderem darüber reden. Du musst es Amelia sagen. Sie würde es wissen wollen.«

Kelly schüttelte den Kopf. »Ich will es ihr so lange wie möglich ersparen.«

»Ich glaube nicht, dass du ihr damit einen Gefallen tust.«

»Schweif nicht ab. Wir sprechen gerade über dich. Über dich und dein Kind. Mannomann, Amelia wird Urgroßmutter.« Sie hustete. »Das wird ihr guttun. Genau das Richtige, wenn …« Kelly brach in Tränen aus. Marin kam hinter dem Tisch hervor und schloss sie in die Arme.

Schon bald löste sich Kelly von ihr und wischte sich über die Augen. »Nadine will sie dazu bewegen, das Haus zu verkaufen.«

»Das Haus hier? Das ist doch lächerlich.«

»Nicht so lächerlich, wie man meinen könnte. Amelia hat viele Schuldgefühle, weil unsere Beziehung sie ihren Kindern entfremdet hat. Und jetzt bin ich krank. Ich mache mir Sorgen, dass diese beiden Faktoren sie zu einer krassen Fehlentscheidung bewegen könnten.«

Es klopfte an der Tür. »Marin, ein Anruf für dich«, sagte Rachel.

Marin legte den Rollschneider weg. »Wirklich? Bist du sicher? Wer ist es denn?«

»Julian Rowe?«

Julian? Warum rief er sie nicht auf ihrem Handy an? Dann wurde ihr bewusst, dass sie es seit Tagen nicht mehr gecheckt hatte. Es gehörte nicht zu dem Leben, das sie hier führte. Dennoch seltsam, dass sie so überhaupt keinen Gedanken daran verschwendet hatte.

Marin hastete an Rachel vorbei und lief die Treppen hinunter. Der Hörer lag auf dem Empfangstresen.

Sie ging mit dem schnurlosen Telefon ins Büro, schloss die Tür hinter sich und setzte sich an einen Schreibtisch, der von Kalendern, Warenbestellformularen und einem Dutzend gerahmter Fotos von Amelia und Kelly sowie lächelnden Pensionsgästen gesäumt wurde. An den Wänden hingen drei Hochzeitsfotos, auf denen Paare mit ihren Brautjungfern und Trauzeugen auf der Vortreppe zur Veranda posierten.

»Hallo?«, sagte sie. Ihr Herz raste.

»Marin – endlich. Seit zwei Tagen versuche ich dich zu erreichen. Bei deinem Handy geht jedes Mal nur die Sprachbox an.«

»Woher hast du die Nummer?«

»Du hast erwähnt, wo du unterkommst, und ich habe im

Internet nachgesehen.« Hatte sie das tatsächlich erwähnt? Sie konnte sich nicht mehr daran erinnern. Er hingegen sehr wohl – erstaunlich. »Ich dachte, du wärst mittlerweile wieder in New York.«

»Äh, ja. Planungsänderung«, sagte sie.

»Ich habe gehofft, ich könnte persönlich mit dir sprechen. Wann bist du wieder da?«

»Das weiß ich noch nicht so genau.«

»Marin, ich habe ein mieses Gefühl wegen unseres letzten Gesprächs. Es tut mir leid, dass ich so einen schnellen Schnitt gemacht habe. Die Situation war schwierig. Ich stand voll unter Stress und konnte nicht über unsere Zukunft nachdenken, bevor mir nicht klar war, wie meine Zukunft aussehen soll.«

»Ist schon okay.«

»Nein, ist es nicht. Es tut mir leid.«

Ihr Magen verknotete sich. *Sei nicht so lieb und nett. Das macht es nur noch schwerer.*

»Hör zu«, sagte er. »Ich habe gute Neuigkeiten. Genie hat mir eine Festanstellung als Berater angeboten. Das heißt, ich kann in New York bleiben.«

»Gratuliere. Das freut mich für dich.« Was stimmte. Aber es machte sie auch wehmütig. Ihre Lebenslinien liefen auseinander.

»Ich will dich sehen. Wir müssen wieder in die Spur kommen.«

»Was?« Instinktiv wanderte ihre Hand zu ihrem Bauch.

Das konnte doch nicht wahr sein. Das Gespräch, von dem sie geträumt hatte – zum ungünstigsten Zeitpunkt. »Also, ich werde wohl nicht so schnell nach New York zurückkehren.«

»Okay«, sagte er gedehnt. »Dann komme ich für ein paar Tage zu dir.«

»Nein! Tu das nicht.« Schlimmer, als ihn ein erstes Mal verloren zu haben, war nur noch, ihn ein zweites Mal zu verlieren, von Angesicht zu Angesicht, wenn er erfuhr, dass sie womöglich von einem anderen schwanger war. Nein – das Allerschlimmste wäre, wenn sie mit Bestimmtheit sagen konnte, dass es Julians Kind war und er sie dennoch zurückwies. Offenbar war er jetzt willens, sich mit ihr zu treffen und womöglich darüber zu reden, wie es weitergehen sollte. Aber wenn der Schlamassel mit der Kanzlei schon zu viel für ihn war, wie würde er dann mit dieser chaotischen Situation klarkommen?

»Marin, ich habe mich mies verhalten. Da gibt es nichts zu entschuldigen und zu beschönigen. Und wie gesagt, es tut mir leid. Bitte gib mir eine Chance zur Versöhnung. Du fehlst mir sehr. Lass mich zu dir kommen, damit wir alles von Angesicht zu Angesicht besprechen können.«

»Es gibt nichts zu besprechen.«

»Marin ...«

»Nein«, sagte sie mit zittriger Stimme. »Bitte, ruf nicht noch mal hier an.« Sie beendete das Gespräch, legte den Hörer auf den Schreibtisch und fing an zu weinen, einen Arm um ihren Bauch geschlungen. *Schluss damit,* befahl sie sich nach einer Weile. *Du musst stark sein. Ab jetzt für zwei.*

Sie verließ das Büro mit dem festen Entschluss, sich zusammenzureißen.

»Marin, da bist du ja!«, sagte Blythe. »Ich habe schon überall nach dir gesucht.«

Ihre Mutter. Und daneben ihr Vater. Marin brach erneut in Tränen aus.

Kapitel 32

Amelia mochte keine Lügen. Nach dem katastrophalen Zerwürfnis mit ihren Kindern hatte sie sich geschworen, nie wieder zu lügen. Und nun bat Blythe sie genau darum.

Sie wandte sich vom Küchenfenster ab, durch das sie zu dem gut aussehenden Mann und zu Marin gespäht hatte; die beiden saßen Seite an Seite auf einer Bank, blickten aufs Wasser und unterhielten sich. Gelegentlich steckten sie die Köpfe zusammen.

»Irgendwann sage ich ihm die Wahrheit. Ganz bestimmt«, sagte Blythe. »Aber unsere Beziehung ist momentan sehr fragil.«

»Was denkt er denn, warum ihr beide hier seid? Welchen Reim macht er sich auf mich?«

»Marin hat ihren Job in New York verloren. Ihr Freund hat mit ihr Schluss gemacht. Sie musste aus alldem raus, das weiß Kip. Ich habe ihm erzählt, du und Kelly wärt Freunde von Marin.«

Amelia schüttelte den Kopf.

Es gab noch einen weiteren, verstörenderen Grund, warum Amelia nicht geneigt war, Blythes Bitte zu entsprechen. Das Gespräch mit Nadine setzte ihr mehr zu, als sie sich selbst eingestehen wollte. Was immer zwischen Blythe und Nick vorgefallen war, ging sie nichts an, aber der Gedanke, dass ihre Affäre der Tropfen gewesen war, der das Fass zum Überlaufen brachte, der Auslöser dafür, dass er seinem

Leben ein Ende machte – das war hart. Lange hatte sie sich selbst die Schuld für sein Unglück gegeben. Und nun sollte jemand anderer ihm das Herz gebrochen haben?

»Ich möchte damit nichts zu tun haben. Insbesondere weil mein Sohn am meisten dabei verletzt wurde.«

»Was meinst du damit?« Blythe wirkte gequält.

»Nadine hat mir erzählt, dass er nach eurer Affäre mit gebrochenem Herzen zu ihr nach Italien kam. Wieso? Hat er dich gebeten, deinen Mann zu verlassen, und du hast dich geweigert? Wusste er, dass du ihm sein Kind wegnimmst?«

Blythe machte große Augen. »Amelia«, sagte sie langsam. »Ich weiß nicht, was Nadine dir sonst noch erzählt hat – aber was ich von dir jetzt höre, ist alles nicht wahr.«

»Tja, es mag unerfreulich sein. Das heißt aber noch lange nicht, dass es nicht wahr ist.«

»Doch. Nick hat Philadelphia nicht mit gebrochenem Herzen verlassen. Er hat sich darauf gefreut, nach Italien zu fliegen und seine Schwester wiederzusehen. Er hat gesagt, fernab vom Meer sei ihm nie so richtig wohl zumute. Er war nicht in mich verliebt. Es war eine vorübergehende Sache. Als ich merkte, dass ich schwanger war, hatten wir schon keinen Kontakt mehr. Er hat mich wissen lassen, dass er nie mehr nach Philadelphia zurückkehren würde – er war glücklich in Italien.«

Amelia schüttelte den Kopf. »Wenn er in Italien so glücklich war, wieso hat er sich dann umgebracht?«, schrie sie schrill, trotz bester Bemühungen, Ruhe zu bewahren. Blythe zuckte zusammen.

»Ich weiß nichts über die Umstände seines Todes. Ich hatte gehofft, von dir mehr darüber zu erfahren, aber ich habe bislang nicht den Mut aufgebracht, dich danach zu fragen.«

»Er ist mit dem Motorrad nachts von einer unbefestigten Straße abgekommen.«

Blythe schüttelte den Kopf. »Das war ein Unfall. Keine Frage. Der Nick, den ich gekannt habe, liebte das Leben. Er war leichtsinnig, vielleicht auch ein bisschen verloren. Aber er war nicht lebensüberdrüssig.«

»Ich wünschte, ich könnte dir glauben.«

»Amelia, um deines Seelenfriedens willen sollst du wissen, dass Nick nie mehr von mir wollte als unsere kurze Affäre. Und er hat mir geschrieben, wie glücklich er in Italien ist.«

Blythe wirkte so ernst. Entweder verleugnete sie alles vor sich selbst, oder sie hatte sich ihre eigene Version von der Geschichte zusammengereimt. »Du musst mir so etwas nicht sagen, nur um mich zu beruhigen. Ich behalte dein Geheimnis für mich.«

Amelia konnte den Anblick der Frau keine Minute länger ertragen. Sie warf ihre Schürze auf die Arbeitsfläche und ging aus der Küche.

»Dad, ich kann's nicht fassen, dass du einen so weiten Weg auf dich genommen hast«, sagte Marin. Sie hätte gern an einem abgeschiedenen Ort mit ihm geredet, aber es war Hochsaison und der Ort voller Touristen. Amelias Haus bot eine Zuflucht – die allerdings auch nicht frei von äußerst komplexen Gefühlen war.

Es tröstete sie, in seine scharfsichtigen blauen Augen zu sehen, seinen Arm zu spüren, der sich beruhigend um ihre Schulter legte. Seine Ruhe, sein Selbstvertrauen hatten ihr stets Orientierung gegeben; wie töricht von ihr, sich nicht schon längst bei ihm gemeldet zu haben.

Doch die Freude über seine Anwesenheit wurde durch ihre Gewissheit gedämpft, dass sie ihn mit der Schwangerschaft enttäuschte – und mit dem furchtbaren Geheimnis ihrer Mutter. Ein Geheimnis, das nun auch Marin wahren musste.

»Nach der ganzen Geschichte mit Cole und Harding hatte ich überlegt, nach New York zu kommen und mit dir zu reden«, sagte er. »Ich wusste nicht, dass du abreisen würdest.«

»Das war eine spontane Entscheidung.«

»Es sieht dir nicht ähnlich, vor Problemen davonzulaufen.«

Sie seufzte. »Die Sache ist kompliziert.« *Untertreibung des Jahres.*

»Marin, du solltest wieder an deine Karriere denken, das ist das Beste, was du für dich tun kannst.«

»Jetzt komm schon, Dad. Du weißt besser als jeder andere, dass das nach dem Vorfall in der Kanzlei und dem Artikel in der Klatschspalte schwierig genug sein wird. Jetzt bin ich auch noch schwanger. Nicht gerade eine Wunschkandidatin.«

»Das ist nur ein vorübergehender Einbruch.«

»Glaubst du das wirklich?«

»Ich kann ein paar Beziehungen spielen lassen.«

Sie schüttelte den Kopf. »Nein, Dad. Das ist das Letzte, was ich will.«

»Wir sprechen ein anderes Mal darüber. Das Wichtigste ist jetzt deine Gesundheit. Alles okay mit dir?« Er sah sie besorgt an.

»Mir geht's gut, Dad. Der Arzt hat gesagt, so weit sei alles in Ordnung. Kräftige Herztöne.«

Kip nickte und drückte ihre Hand. »Und der Vater?«

»Ich habe ihm noch nichts davon gesagt. Sorry«, flüsterte sie. »Du bist bestimmt megaenttäuscht von mir«

Er legte den Arm fester um sie. »Niemals. Wir alle machen Fehler. Und deine gehst du mit viel Kraft an. Ich habe dich so lieb wie nie zuvor.«

Plötzlich bekam sie Atemnot. Es lastete einfach zu viel auf ihr. In diesem Moment bedingungsloser Liebe konnte sie das Geheimnis ihrer Mutter nicht mehr für sich behalten. Die Ehe ihrer Eltern war gescheitert, doch er würde immer ihr Vater sein. Es war ihre Aufgabe, ihn über die eigentliche Vaterschaft aufzuklären.

Sie sah ihn an.

»Dad«, sagte sie. »Ich bin nicht zum Urlaubmachen hierhergekommen.«

Kapitel 33

Amelia bestand darauf, das Abendessen für Thomas bei ihm zu Hause zuzubereiten, statt es wie sonst bei sich zu machen und fertig zum Aufwärmen zu ihm zu bringen.

»Marins Vater ist zu Besuch da«, sagte sie. »Ich möchte ihnen ihre Ruhe lassen.«

Rachel verspürte einen Stich von Neid. Ihre Mutter hatte ihr bisher nicht einmal eine SMS geschickt, Marin hingegen hatte beide Eltern bei sich. Sie verscheuchte den Gedanken. Den ganzen Monat schon hatte sie kein Yoga mehr gemacht – kein Wunder, dass die negative Energie in ihr überhandnahm.

Sie konzentrierte sich auf das *pão de milho,* verrührte energisch Maismehl, Salz und kochend heißes Wasser. Bei diesem Rezept hatte sie schon Übung und konnte es komplett allein umsetzen, sodass Amelia freie Hand für den Hauptgang hatte: Eintopf mit Seehecht. Seehechte gehörten offenbar zur Familie der Dorsche. Und diese wiederum zur Familie der Fische, was hieß, dass Rachel nichts davon essen würde.

»Das war das typische Gericht deiner Urgroßmutter«, sagte Amelia. Sie gab Zwiebeln, Schalotten und zwei Tassen Wasser in einen großen, schweren Topf und schaltete den Herd ein. »Ihre Mutter stammte von den Azoren, einer Inselgruppe vor Lissabon. Sie kam auf der größten Insel zur Welt, São Miguel. Dieses Gericht und seine Zubereitung habe ich erst gelernt, als ich nach ihrem Tod zu Besuch dort war.« Sie warf Rachel einen Blick zu. »Wirst du niemals Fisch essen?«

»Vermutlich nicht«, sagte Rachel.

»Wie kannst du etwas kochen, das du nicht selbst isst?«

»Wahrscheinlich werde ich nichts mit Fleisch oder Fisch machen.«

»Und was ist mit deinen Kindern?«

Mit ihren Kindern? Ein fester Freund hätte Rachel schon vollauf genügt.

Bart steckte den Kopf zur Tür herein. »Ich gehe in die Galerie. Hier alles unter Kontrolle?«

»Alles wunderbar«, sagte Amelia. »Viel Glück mit der Ausstellung. Mach dir um uns keine Gedanken.«

Bart küsste sie auf die Wange. »Du bist die Beste.« Er spähte über Rachels Schulter. »Und was wird das?«

»Maisbrot.«

»Rachel macht sich immer besser als Köchin«, sagte Amelia. »Bart, ich stelle die Reste in den Kühlschrank. Du kannst sie dir aufwärmen, wenn du nach Hause kommst. Ist Luke auch zum Abendessen da, oder sind wir heute mit Thomas allein?«

Hoffnung stieg in Rachel auf. Sie hatte ihn seit dem Kuss nicht mehr gesehen – das war nun schon einige Tage her. Hätte er gewollt, wäre ihm sicherlich ein Vorwand eingefallen, um in der Pension vorbeizuschauen. Offenbar wollte er nicht. Es schmerzte und verwirrte sie. Seine Reaktion am Pool auf sie war unverstellt gewesen. Warum also stieß er sie von sich?

»Luke hilft in der Galerie aus, aber er hat gesagt, er wäre gegen sechs wieder da.«

Rachel sah von der Bratpfanne auf, die sie gerade einfettete. Bart suchte ihren Blick und zwinkerte ihr zu. Na toll – demnach wusste er von Luke, dass Rachel sich ihm an den Hals geworfen hatte und er ihr seitdem lieber aus dem Weg ging. Das war kein bisschen demütigend, ach was. Sie hatte sich die Suppe eingebrockt, und nun musste sie sie auslöffeln.

Bart verschwand, Amelia und sie arbeiteten schweigend weiter. Irgendwann sah Rachel zur Uhr. Und zählte die Minuten, bis Luke auftauchte.

***

Die Empfangsdame des Red Inn, eines der ältesten und nobelsten Restaurants am Ort, lächelte Blythe an. »Bishop, ein Tisch für drei Personen?«

»Wir sind jetzt doch nur zu zweit.« Blythe sah zu Marin. Sie hatte gedacht, Kip würde zumindest eine Nacht in Provincetown bleiben, sodass sie zusammen zu Abend essen konnten. Aber er war gleich nach seinem Gespräch mit Marin aufgebrochen, ohne sich von Blythe zu verabschieden.

Die Empfangsdame führte sie durch weitläufige Räume, durch deren Fenster man aufs Meer sah, zu einem Tisch mit Ausblick auf den Leuchtturm von Long Point.

»Genießen Sie den Abend«, sagte sie und reichte ihnen Speisekarten.

Blythe schaute aufs Wasser. »Ich hätte mir gewünscht, wir hätten wenigstens eine Mahlzeit mit deinem Vater einnehmen können.«

»Wieso, Mom? Ihr zwei lebt in Scheidung.«

Blythe ersparte sich eine Antwort.

Nach dem Gespräch im Park war erneut Hoffnung in ihr aufgekeimt. Die meisten Frauen wären angesichts einer Affäre wohl viel zu gekränkt, um eine Versöhnung in Betracht zu ziehen, aber in ihrem Fall konnte sie ihm diesbezüglich nichts vorwerfen – sie hatte ihr eigenes Liebesabenteuer gehabt.

Nachdem sie ihre Ehe beinahe durch jene Leichtsinnigkeit zerstört hätte, war sie zu dem Entschluss gekommen, Kips Arbeitswut zu akzeptieren. Entweder das, oder sie musste ihn verlassen. Sie konnte nicht ihr ganzes Leben innerlich vor Wut schäumen oder, schlimmer noch, ihr Luft machen. Sobald sie die Entscheidung getroffen hatte, bei Kip zu bleiben, obwohl sie wusste, dass für ihn die Arbeit stets an erster Stelle stand, wurde es leichter. Nie hätte sie damit gerechnet, dass er eigene Versäumnisse eingestehen würde. Nie hätte sie es sich träumen lassen, eine Entschuldigung von ihm zu hören. Dass sie erst erfolgte, als ihre Ehe so gut wie am Ende war, erschien ihr als Ironie des Schicksals.

»Sieh es von der positiven Seite – so haben wir ein bisschen Zeit füreinander«, sagte Marin, klappte die Speisekarte auf und lächelte ihrer Mutter zu. Blythe lächelte zurück. Es erleichterte sie ungemein, dass Marins Zorn auf sie allmählich verrauchte. Natürlich machten die komplizierten Gegebenheiten von Marins Schwangerschaft sie nicht gerade glücklich, aber ein Gutes hatte das Ganze: Es verlieh Marin mehr Einfühlungsvermögen für ihre Mutter.

Sie griff über den Tisch hinweg nach Marins Hand und drückte sie.

Wie es aussah, hatte die Reise nach Provincetown ihren Zweck erfüllt. Nun, da Marin ein Kind erwartete und eine leise Aussicht auf eine Versöhnung mit Kip bestand, wurde es Zeit zum Aufbruch.

Ein Kellner nahm ihre Getränkebestellung auf: Pinot noir für Blythe und Wasser mit Limette für Marin. »Ich würde so gern die Wellfleet-Austern essen, aber das soll ich momentan nicht«, sagte Marin.

»Wegen des Babys?«

Marin nickte.

»Es gibt jetzt so viel mehr Vorschriften als zu der Zeit, in der ich mit dir schwanger war. Marin, du solltest unbedingt deinen Frauenarzt in Manhattan aufsuchen. Und ich möchte zurück ins Haus.« Nach einer kurzen Pause fügte sie sanft hinzu: »Wir sollten im Lauf der Woche abreisen.«

Marin schüttelte den Kopf. »Ich kann nicht.«

»Warum nicht? Dein Vater hat gesagt, du würdest allem aus dem Weg gehen, was dir Probleme bereitet, und ich habe ihm widersprochen. Jetzt kommen mir allmählich Zweifel.«

»Ich habe Kelly gesagt, dass ich noch bleibe.«

Wovon redete sie da? »Kelly hat sicher Verständnis.«

Marin griff nach Blythes Weinglas und nippte.

»Nicht doch, Marin.«

»Ein Schlückchen schadet schon nichts.« Ihre Augen füllten sich mit Tränen. Blythe erschrak.

»Was ist los?«

»Kelly hat Lungenkrebs.«

Was? »Großer Gott. Hat sie früher geraucht?«

»Ich habe keine Ahnung, Mom.«

Blythes Hand zitterte, als sie nach ihrem Weinglas griff.

»Erzähl es bitte nicht weiter. Ich hätte es nicht mal dir sagen dürfen. Aber du sollst verstehen, warum ich im Augenblick noch nicht abreisen kann. Ich will für sie da sein – und für Amelia.«

Blythe nickte. Ihr fehlten die Worte. Wie hielt Amelia das nur aus?

»Amelia wirkt so stark! Das hätte ich nie vermutet.«

»Sie weiß nichts davon«, sagte Marin. »Bitte, Mutter – kein Wort zu niemandem. Ich meine das ganz ernst.«

Blythe versprach es und dachte an das unangenehme Gespräch mit Amelia in der Küche.

»Amelia hat sich heute über mich geärgert. Jetzt fühle ich mich deswegen noch schlechter.«

»Über dich geärgert? Wieso?«

»Ich habe sie gebeten, deinem Vater nicht zu verraten, wie wir auf sie gestoßen sind – ich bin noch nicht in der Lage, ihm reinen Wein einzuschenken. Sie hat abgeblockt, war der Meinung, ihr Sohn sei das eigentliche Opfer gewesen, nachdem er sich mit einer verheirateten Frau eingelassen hatte. Aber das stimmt nicht, Marin. Was immer zwischen uns war, es hat Nick Cabral nicht aus der Bahn geworfen, da bin ich mir sicher. Er liebte seine Freiheit. Und das Schlimmste: Nadine sagt, er hätte sich aus Kummer über das Ende unserer Affäre umgebracht. Warum sollte sie so lügen?«

»Er hat sich umgebracht?« Marin blinzelte heftig.

»Ich weiß es nicht. Es ergibt hinten und vorn keinen Sinn.«

Marin schüttelte den Kopf. »Nadine verfolgt bestimmte Absichten. Sie versucht Amelia zu überreden, das Haus zu verkaufen, und das macht Kelly jetzt noch zusätzlich Sorge.«

Blythe seufzte. »Tja, Amelia sieht die Sache mit Nick anders. Sie glaubt Nadine. Ich hatte den ganzen Tag über wegen dieses Gesprächs ein blödes Gefühl, und wenn ich jetzt höre, was mit Kelly ist … Ich wünschte, ich könnte etwas tun, damit Amelia mit der Vergangenheit abschließen kann.«

»Dann sag's ihr.«

»Habe ich ja! Sie glaubt mir nicht. Sie denkt, ich wollte mich nur lieb Kind bei ihr machen, damit sie deinem Vater gegenüber nicht mit der Wahrheit herausrückt.«

Marin lehnte sich zurück und drehte die Stoffserviette in ihren Händen. »Mom ...«

»Bevor du loslegst, möchte ich dir noch etwas sagen. Ich weiß, wir finden gerade erst langsam wieder zusammen. Aber auch auf die Gefahr hin, dich zu verärgern, werde ich meinen Senf dazugeben. Ich nehme an, irgendwann wirst du herausgefunden haben, wer der Vater deines Kindes ist. Und dann, so hoffe ich, lässt du es ihn wissen. Es mag unangenehm und schwierig sein, aber wenn wir bei alldem etwas gelernt haben, dann doch wohl das, dass die Wahrheit eines Tages ans Licht kommen muss. Es hat keinen Zweck, dagegen anzukämpfen.«

Marin nickte. »Stimmt. Und was das betrifft: Ich habe Dad den wahren Grund genannt, warum wir hier sind. Und wer mein eigentlicher Vater ist.«

Blythe, die gerade von ihrem Wein nippte, ließ das Glas fallen. Das weiße Tischtuch färbte sich burgunderrot, das Glas rollte über die Tischkante und zerbrach auf dem Boden. Eine Kellnerin und zwei Hilfskräften eilten herbei, um das Malheur zu beseitigen. Blythe konnte kaum atmen. Marin sagte etwas zu ihr, dann zu der Kellnerin, doch sie bekam nichts davon mit.

Das war es dann wohl. Damit war jede Chance auf eine Versöhnung zunichtegemacht. Kein Wunder, dass Kip so schnell abgereist war. Er wollte sie nie wiedersehen. Er hasste sie. Sie konnte von Glück sagen, dass sie sich ihm nicht von Angesicht zu Angesicht hatte stellen müssen.

»Ist schon okay«, sagte sie schließlich, als ein sauberer Teller vor ihr stand, ihr Weinglas durch ein anderes ersetzt und neu eingeschenkt worden war. Sie berührte den Stiel, ihre Augen füllten sich mit Tränen. »Da halte ich dir große Vorträge über die Wahrheit. Natürlich willst du mit keiner Lüge leben. Ich weiß nicht, wie ich das so lange geschafft habe.«

»Das ist es ja gerade. Hast du nicht.«

Blythe sah auf. »Was?«

»Dad weiß es. Er hat es immer schon gewusst.«

Kapitel 34

Als Rachel den Kokos-Zitronenkuchen servierte, den sie mithilfe von Amelias eselsohrigem Rezept für *bolo de coco e limão* gebacken hatte, hatten Thomas, Kelly und Amelia schon kräftig dem Wein zugesprochen und tauschten ausgiebig Erinnerungen aus.

Rachel und Luke, die zu dem Gespräch nichts beizutragen hatten, aßen schweigend und gaben vor, sich nicht ständig verstohlen anzuschauen. Zumindest ging Rachel davon aus, dass es so sei. Vielleicht sah auch nur sie heimlich zu ihm hin, und er fragte sich verwundert, warum sie ihn so anstarrte. Es war schwer zu sagen.

Noch verwirrender wurde es, als er ihr beim Abräumen half. Während sie Teller und Besteck in die Geschirrspülmaschine einräumte, sagte er: »Es ist toll, dass du Amelia und Kelly hilfst. Stundenlang in der Küche zu stehen ist vermutlich nicht gerade das, was du dir von einem Trip zu einem Badeort erwartet hast.«

»Es ist besser als das, was ich erwartet habe«, erwiderte sie.

Luke blickte sie an, als sähe er sie zum ersten Mal.

»Ist das wahr?«

Sie nickte.

»Schon witzig«, sagte er. »Als ich meinen Kollegen an der Uni erzählt habe, dass ich den Sommer in Provincetown verbringe, haben sie nur die Augen verdreht – als ginge ich für zwei Monate auf eine Sauftour. Aber das Leben hier ist schlicht und einfach realer als irgendwo sonst. Weißt du, was ich meine?«

»Ja«, hauchte sie. Er war so nah. Sie verdrängte den Gedanken daran, ihn zu berühren. Es war wichtig, dass sie verinnerlichte, was er sagte. Was immer er ihr mitteilte, war entscheidender als jeder Kuss am Beckenrand. Sie wusste nur noch nicht so genau, wie sie diesen Kuss einordnen sollte.

»Glaub mir, das wirst du noch stärker empfinden, wenn du diesen Ort wieder verlässt.«

Sie wollte nicht daran denken, Provincetown zu verlassen. Sie wollte nicht einmal daran denken, diese Küche wieder zu verlassen.

Amelia kam herein. »Kelly geht es nicht gut. Ist es okay, wenn ihr hier allein weitermacht? Ich möchte sie nach Hause bringen.«

»Ja, klar. Was hat sie denn?«, fragte Rachel.

»Nichts, was ein bisschen Ruhe nicht kurieren wird.« Sie stellte eine halb leere Weinflasche auf die Kücheninsel. »Und vielleicht ein bisschen weniger von dem hier.« Sie lächelte und küsste Rachel auf die Wange. »Du bist eine große Hilfe. Danke, Liebes.«

Rachel und Luke kümmerten sich um das restliche Geschirr. Rachel hielt sich endlos mit den letzten paar Töpfen und Pfannen auf. Als absolut kein Grund mehr bestand, weiter im Haus zu bleiben, sagte Luke: »Ich könnte ein bisschen frische Luft brauchen. Lust auf einen kleinen Spaziergang?«

Sie sah in seine wunderschönen blauen Augen. War weder durcheinander noch nervös. Tief in ihrem Inneren wusste sie, dass etwas zwischen ihnen war. Sie bildete es sich nicht ein, und diesmal würde sie es sich nicht entgleiten lassen.

»Klar.«

Amelia saß auf der Bettkante und rieb sich ihre Hände mit einer Bio-Lavendel-Creme ein. Zu den kleinen Ärgernissen des Älterwerdens gehörte, dass ihre Haut ständig trocken war, sogar mitten im Sommer. Doch im Winter war es ganz schlimm. Einmal hatte sie dieses Problem gegenüber einem Stammgast erwähnt, einer pensionierten Flugbegleiterin, die während der Langstreckenflüge permanent mit trockener Haut zu kämpfen gehabt hatte. Am Ende ihres Aufenthalts schenkte sie Amelia als Dankeschön eine Tube mit ihrer Lieblingscreme. Seitdem schwor sie auf dieses Produkt. Es hatte sogar zu dem nicht von Erfolg gekrönten Versuch geführt, ein Lavendelbeet anzulegen.

»Erinnerst du dich noch an den Sommer, in dem wir Lavendel anbauen wollten?«, rief sie Kelly zu, die im Bad war. »Vielleicht sollten wir es noch mal probieren? Ich glaube, Blythe hat einen grünen Daumen. Vielleicht kann sie uns dabei helfen.«

Hinter der geschlossenen Tür begann Kelly heftig zu husten.

»Was ist mit dir?«, fragte Amelia erschrocken, als Kelly schließlich herauskam, ein Taschentuch vor den Mund gepresst.

»Nebenhöhlenentzündung«, sagte Kelly, kroch auf ihre Bettseite und schloss die Augen. Amelia schmiegte sich an sie und legte den Kopf auf ihr Kissen.

»Wir sollten mal Urlaub machen. Im Winter irgendwohin reisen.«

»Wieso das?« Kelly drehte sich zu ihr und stützte sich auf einen Ellbogen, was einen weiteren Hustenanfall auslöste.

Amelia zögerte. »Ich denke, wir sollten uns von der Verantwortung für dieses große Haus befreien. Dann sind wir nicht mehr in der Pflicht, es instand zu halten und zu entscheiden, ob wir die Pension weiterführen oder nicht. Wir können reisen. Wer weiß, in welche Gegend wir uns verlieben werden? Wir bauen uns ein neues Nest – für diesen Abschnitt unseres Lebens. Ich bin fünfundsiebzig. Wenn nicht jetzt, wann dann?«

»Dahinter steckt Nadine«, sagte Kelly.

Amelia seufzte. »Ich weiß, du verstehst es nicht, aber ich fühle mich für sie verantwortlich. Wenn ich nicht die Mutter sein konnte, die sie brauchte und sich wünschte, kann ich zumindest etwas zu ihrer finanziellen Absicherung beitragen. Und zu unserer ebenfalls. Sandra Crowe bietet weit mehr, als ich gefordert hätte.«

»Ich kann nichts dazu sagen, was du mit dem Haus anstellen sollst. Aber ich denke, du solltest die größeren Zusammenhänge kennen, bevor du solch eine gewichtige Entscheidung triffst. Ich werde im Winter nicht mit dir auf Reisen gehen. Und auch kein neues Nest mit dir bauen.«

»So musst du es nun auch nicht unbedingt ausdrücken. Und wir müssen auch nirgendwohin. Aber was das Haus betrifft, das ist eine komplizierte Angelegenheit.«

»Möglicherweise werde ich im Winter nicht mehr da sein«, sagte Kelly.

Amelia überlief es kalt von Kopf bis Fuß.

»Nein«, sagte sie und drehte sich mit pochendem Herzen

von Kelly weg. Instinktiv wusste sie, was gleich ausgesprochen werden würde. Und wenn sie sich einfach weigern könnte, die Worte zu hören …

»Der Krebs ist zurückgekommen.«

Es war dunkel, und über ihnen leuchteten scheinbar alle Sterne des Universums.

»Geh es langsam an. Einfach hinter mir her«, sagte Luke.

Die Felsen bildeten eine lange Formation in der Cape Cod Bay. Luke ging einen Schritt vor ihr, mit nach hinten ausgestreckter Hand, und führte sie so über die Felsbrocken, die eine besondere Trittsicherheit erforderten.

»Das möchte ich nicht machen, wenn ich betrunken bin«, sagte sie.

»Das sollte man auch nicht. Ich hab's getan, und es war nicht besonders toll.«

Die Tafeln, die vor Haien und gefährlichen Unterströmungen warnten, steigerten ihr Unbehagen noch weiter. Ja, einen derartigen Spaziergang unternahm man definitiv nur in nüchternem Zustand und vermutlich am besten bei Tag. Doch nun folgte sie Luke Duncan auf einem nicht unbedingt vertrauenerweckenden Pfad über Felsen, der in von Haien verseuchte Gewässer führte.

Jeder Schritt von Luke war genau überlegt. Sie sprachen erst wieder miteinander, als sie ein Viertel der Strecke zurückgelegt hatten und er stehen blieb.

Der Wind frischte auf. Hier, unter dem Sternenzelt, umgeben von Wellen, die ans Gestein schlugen, hatte sie das Gefühl, am Ende der Welt angelangt zu sein – es war berauschend und erschreckend zugleich. Sie war am Strand aufgewachsen, Wasser war ihr so vertraut wie Land. Doch dies hier fühlte sich irgendwie anders an. Sie begann zu zittern, und Luke legte den Arm um sie.

Was ging hier vor? Sollte sie auf cool machen? Wie könnte sie? Sie hatte keine Spielchen auf Lager, und wenn, würde sie es nicht einmal damit versuchen.

Er blickte zum Himmel empor und seufzte. »Wenn du doch ein bisschen älter wärst.«

Was sagte er da eben? War das der Stolperstein?

»Älter? Wieso? Amelia und Kelly haben sich kennengelernt, da war Kelly jünger als ich. Der Altersunterschied ist bei ihnen fünfundzwanzig Jahre. Und schau sie dir an!«

»Ich will nicht sagen, dass unser Altersunterschied notwendig ein Problem sein muss. Aber er macht die Dinge schwieriger – das habe ich in meiner letzten Beziehung auf die harte Tour gelernt. Ich bin nicht unbedingt versessen darauf, den gleichen Fehler ein zweites Mal zu machen.«

»Du warst mit einer Jüngeren zusammen, es hat nicht funktioniert, und jetzt willst du nie mehr mit einer Jüngeren zusammen sein? Sorry, aber das klingt in meinen Ohren ein bisschen schräg. Und als der *Ältere* von uns beiden solltest du es besser wissen.« Sie schüttelte seinen Arm ab.

Er lachte. »*Treffer.* Bist du sicher, dass Marin die einzige Juristin der Familie ist?«

Sie erwiderte sein Lächeln nicht. Das war für sie kein Witz. Es tat *weh.* Sie lehnte sich weit aus dem Fenster – oder genauer gesagt, sie wagte sich weit auf einer Felsformation vor.

»Ich glaube nicht, dass ich mit dir befreundet sein kann«, sagte sie.

»Ach, Rachel.« Er legte wieder den Arm um sie, und trotz aller Empörung brachte sie es nicht über sich, ihn erneut abzuschütteln. »Einen Monat, bevor ich herkam, lebte ich noch mit meiner Freundin Vanessa zusammen. Sie studiert Alte Geschichte im ersten Jahr. Wir wollten den Juli in Griechenland verbringen. Ich habe mich nach einem Ring umgesehen. Aber dann hat Bart bestätigt, was ich an Weihnachten schon vermutet hatte: dass es mit meinem Vater bergab ging, und da beschloss ich, den Sommer über hier zu sein. Vanessa war sauer – es gefällt ihr hier nicht besonders.«

Rachel überfiel eine völlig irrationale Eifersucht. Er hatte eine Frau nach Provincetown mitgebracht? Waren sie auf genau diesem Fleck gestanden? Hatte er seinen Arm um ihre Schulter gelegt? Vermutlich. Er hatte sie zweifellos geküsst, während das Wasser so romantisch um sie herum wogte wie eben jetzt.

»Dann hat sie also mit dir deswegen Schluss gemacht?« Die Frau musste verrückt sein.

»Nein, nicht direkt. Aber sie hat mich letztlich vor die Wahl gestellt: sie oder mein Dad. Da wurde mir klar, dass ich sie nicht heiraten konnte.«

Ihr Pech.

»Okay, das haut rein – verstehe ich. Aber ich verstehe nicht, was das mit dem Alter zu tun hat.«

»Vanessa ist kein schlechter Mensch. Sie ist bloß noch sehr jung und begreift nicht, dass man sich nicht nur um sie kümmern kann.«

»Du wirfst mich also mit ihr in einen Topf? Ich *kümmere* mich um andere – einschließlich deines Vaters. Oder hast du das Abendessen vorhin schon vergessen?«

Wie konnte er sich anmaßen, über sie zu urteilen? Es fühlte sich gut an, ihre Wut rauszulassen, sich zur Wehr zu setzen. Nicht bloß um die Krümel zu betteln, die er ihr hinwarf.

»Natürlich habe ich das nicht vergessen. All das macht es mir schwer, an dem festzuhalten, was ich bislang gedacht habe. Doch einer Sache bin ich mir gewiss. Du weißt noch nicht, wer du eigentlich bist und was du mit deinem Leben anfangen willst. Ich habe vermutlich schon Antworten auf mehr Fragen gefunden, als du sie in deinem Leben auch nur ansatzweise gestellt hast.«

»Ich habe Antworten auf Fragen gefunden, die du nie stellen musstest! Deswegen bin ich in diesem Sommer hierhergekommen. Von meinem Vater zu erfahren ist das Größte, was mir je passiert ist. Wenn das nicht lebensverändernd ist, dann weiß ich nicht, was sonst.«

Sie balancierten auf demselben Felsbrocken und funkelten einander im Mondlicht an.

»Du hast recht«, sagte er. »Entschuldige. Es geht nicht nur um dich. Ich bin noch nicht ganz über Vanessa hinweg. Aber selbst unter besseren Umständen – du lebst in Los Angeles. Ich will keine Sommeraffäre. Das kann ich nicht brauchen, und du auch nicht, schätze ich mal.«

Tatsächlich hörte sich eine Sommeraffäre für sie ziemlich gut an! Aber egal, sie würde nicht anfangen zu betteln. Sie war zu jung, er hing immer noch an Miss Soundso aus Rhode Island, und sie beide lebten weit voneinander entfernt. Wie viele Vorwände brauchte er noch, um sie abzuweisen?

»Hab's kapiert«, sagte sie und nahm die Strecke in Augenschein, die sie zurück auf trockenen Boden führte. Würde sie auch nur ein Fünkchen Würde besitzen, würde sie kehrtmachen und allein nach Hause marschieren. Aber so blieb sie, wo sie war, weit draußen auf der Mole.

»Sollen wir?«, fragte er und hielt ihr für den Rückweg den Arm hin. Sein Blick war so freundlich und liebevoll, dass sie ihn nur mit einem zaghaften Lächeln erwidern konnte. Wie hätte es anders sein können?

Sie war rettungslos in ihn verliebt.

Kapitel 35

Am folgenden Morgen gab es kein Frühstück.

»Amelia stellt doch immer etwas zu essen und Kaffee hin. *Immer*«, sagte Blythe.

Marin nickte, sie war besorgt. Als Amelia sich nicht wie üblich in der Eingangshalle zu ihrem Morgenspaziergang am Strand einfand, machte sie sich auf die Suche nach ihr und kehrte zurück in den Garten. Doch da saß nur Blythe und nippte an einem Kaffeebecher von Joe.

Es war sonnig und außergewöhnlich warm – schon am frühen Morgen fast siebenundzwanzig Grad. Marin zog das langärmlige Baumwoll-T-Shirt aus, das sie über ihrem Tanktop trug, und band es sich um die Taille. Dann setzte sie sich ihrer Mutter gegenüber an den Tisch.

»Marin, du siehst so wunderschön aus«, sagte Blythe. »Du leuchtest förmlich.«

»Davon merke ich nichts. Ich bin ziemlich erschöpft.« Und das, obwohl sie in der vergangenen Nacht besser geschlafen hatte als in den Nächten davor.

Das Gespräch mit ihrem Vater hatte sie endlich ein Stück weit von der diffusen Furcht befreit, die sie seit jener ersten E-Mail von Rachel verspürte.

Auf der Bank neben Kip, fast genau an der Stelle, wo sie jetzt mit ihrer Mutter saß, war es ihr vorgekommen, als beobachte sie eine andere Person, die ihm alles erzählte. Sie konnte sich beim besten Willen nicht mehr erinnern, was genau sie gesagt hatte. Doch die Antwort ihres Vaters würde sie niemals vergessen.

»Du bist meine Tochter. Seit ich dich zum ersten Mal gesehen habe.«

»Dad, ich glaube, du verstehst es nicht ganz.« Sie fing wieder mit den genetischen Tests an, doch er fiel ihr ins Wort.

»Marin, Schatz, *du* verstehst es nicht ganz: Ich habe es immer gewusst. Es macht für mich keinen Unterschied aus. Du bist meine Tochter, bist es immer gewesen und wirst es immer sein.« Sie tat sich schwer, ihm das abzunehmen. Andererseits – von Nick Cabral zu wissen änderte nichts an der Tatsache, dass Kipton Bishop ihr Dad war. Was vermochte die Genetik schon gegen Liebe auszurichten?

Ihre Mutter hatte ähnliche Mühe, seine Entgegnung in ihren Gehirnwindungen unterzubringen. Marin musste die Sätze ihres Vaters zweimal wiedergeben, Wort für Wort.

»Bist du sauer auf mich, weil ich es ihm gesagt habe?«, hatte Marin gefragt.

»Nein«, kam es rasch von Blythe. Und dann wiederholte sie, dass Marin bei ihrem eigenen Vaterschaftsproblem so ehrlich und offen vorgehen solle wie möglich. Marin reagierte gereizt.

»Mom, bitte. Schieb jetzt nicht mir den Schwarzen Peter zu.«

Dennoch hatte sie vor dem Einschlafen über den Ratschlag ihrer Mutter nachgedacht. Die Situationen waren nicht vergleichbar, versicherte sie sich selbst. Sie *belog* weder Greg noch Julian. Sie erzählte ihnen einfach nichts von der Sache mit dem Kind.

Rachel trat aus dem Haus, und beim Anblick des leeren

Tischs ging sie augenblicklich zurück in die Küche, um Frühstück zu machen.

Marin stand auf. »Ich hole mir bei Joe ein Croissant und gehe ein bisschen spazieren.« Kein Kaffee mehr für sie. Kein Koffein, kein Alkohol. Seltsamerweise vermisste sie beides nicht. Sie wollte nur schlafen. Es lockte sie, sich wieder ins Bett zu legen, aber sie wollte sich von den für die ersten drei Schwangerschaftsmonate bekannten Erschöpfungszuständen nicht unterkriegen lassen. Zumindest ein Rest des Alphatiers in ihr war noch vorhanden.

»Hast du dein Handy dabei?«, fragte Blythe.

»Nein. Wieso?«

»Nimm's vielleicht besser mit. Nur für alle Fälle.« Blythe wies mit dem Kopf in Richtung Haus. Marin begriff sofort. Möglicherweise hatte Amelia das Frühstück ausfallen lassen, weil irgendetwas sie in Aufruhr versetzt hatte. Vielleicht hatte Kelly ihr endlich die Wahrheit gesagt, oder Amelia hatte es sich selbst zusammengereimt. So oder so konnte es sein, dass Amelia Marins und Blythes Unterstützung brauchte.

»Ich gehe es holen. Ruf an, wenn etwas ist.«

Geistesabwesend überquerte Marin die Straße; eine Radfahrerin musste klingeln, um nicht mit ihr zusammenzustoßen. Der Verkehr war schon jetzt zum Erliegen gekommen. Aus einigen Metern Entfernung sah sie, dass die Schlange bei Joe bis vor die Tür reichte. In der zweiten Julihälfte war der Ort so angeschwollen, dass er keine Ähnlichkeit mehr mit der intimen Gemeinschaft aufwies, die sie einen Monat zuvor kennengelernt hatte.

Sie band ihr Haar zu einem Pferdeschwanz, wischte sich mit dem Handrücken über die Stirn und reihte sich in die Schlange ein, die sich rasch vorwärtsbewegte. Die

Bedienung hinter dem Tresen war das Mädchen mit den blonden Dreadlocks, das Marin schon vom Tag ihrer Ankunft kannte. Heute stand auf ihrem T-Shirt VAGITARIAN.

Marin bestellte gerade ihr Croissant, als ihr Handy in der Tasche vibrierte. In der festen Überzeugung, es sei ihre Mutter, warf Marin kaum einen Blick auf die angezeigte Nummer – dann hörte sie seine Stimme.

»Hey, wie schön, dass du endlich mal rangehst«, sagte Julian.

»Warte einen Moment.« Sie klemmte das Handy zwischen Wange und Schulter ein, zahlte hastig und eilte wieder nach draußen. An einem der Tische saß Bart mit ein paar Freunden, er winkte ihr zu. Sie winkte zurück, bog nach links ab und reihte sich in den Strom der Fußgänger auf der Commercial Street ein.

»Julian, ich habe dir doch gesagt, du sollst mich nicht mehr anrufen.«

»Ich weiß. Und das habe ich vermutlich auch verdient. Aber wir müssen einfach reden, Marin. Es ist mir völlig egal, wie oft ich darum betteln muss.«

Mitten auf der Straße hielt eine als Meerjungfrau verkleidete Dragqueen den Verkehr auf. Gehupe – zweifellos Touristen. Marin wusste mittlerweile, dass die Ortsansässigen bei Staus auf der Hauptstraße eine wahre Engelsgeduld an den Tag legten. Die Meerjungfrau verteilte Flyer. Neben ihr erschien ein mit Pailletten geschmückter Hummer mit einem Ghettoblaster im Stil der Achtzigerjahre in den emporgereckten Händen, aus dem »The Edge of Glory« von Lady Gaga dröhnte.

»Seid dabei, kommt alle – zum sechsten alljährlichen

Hummerfest zur Förderung des Gesundheitswesens am Outer Cape!«

»Bleib noch kurz dran. Ich suche mir einen ruhigeren Ort …« Marin verzog sich in die höhlenartigen Räumlichkeiten von Marine Specialities, einer skurrilen Mischung aus Trödelladen, Geschenkeshop und sonstigem für sie Undefinierbaren. Sie schlängelte sich vorbei an Ständern mit Cargohosen, einer Auslage mit Thermounterwäsche, einer Schachtel voller Strohhüte und einem Sortiment tief hängender bunter Figuren aus Pappmaschee. Ganz hinten fand sie schließlich neben einer Kiste mit Filmplakaten ein stilles Eck.

Sie holte Luft und hielt sich das Handy ans Ohr. »Okay, da bin ich wieder.« Julian redete los, irgendwas über die Zeit und dass er über alles nachgedacht und begriffen hätte, wie viel sie ihm bedeute …

Marin konnte immer noch Lady Gaga und die brüllende Meerjungfrau hören. *Am anderen Ende der Leitung.*

»Julian«, sagte sie und wagte kaum Atem zu holen. »Wo genau bist du?«

Kelly lag falsch. Amelia brauchte kein Haus voller Menschen. Und sie brauchte auch das Haus nicht. Amelia brauchte *sie.*

Sie holte ihren Koffer vom Schlafzimmerschrank herunter und begann, Kleidung hineinzuwerfen. Sie wusste noch nicht, wohin die Reise gehen sollte, wusste nur, dass sie von hier wegmussten.

Das Universum bestrafte sie, das war sonnenklar. Kelly zu lieben, ihre Ehe zu lieben – für diese Verfehlungen hatte sie von Anfang an bezahlen müssen. Ein Verlust nach dem anderen. Als Nick starb, hatte sie das Gleiche gedacht, hatte

Gott wissen lassen, dass sie die Buße auf sich nahm. Sie würde damit leben müssen. Aber nun auch noch das.

Als im Jahr zuvor der Krebs erstmals aufgetreten war, hatte sie das Gefühl gehabt, das Universum drohe ihr mit dem Finger: *Wiege dich nicht zu sehr in Sicherheit.* Kelly hatte ihr gesagt, sie müsse mit diesem magischen Denken aufhören.

»So funktioniert das Ganze nicht«, hatte sie gemeint.

Amelia schloss den Koffer, kniete sich auf den Boden und brach in Tränen aus. Das konnte sie ungehindert tun, obwohl sie sich in der vergangenen Nacht geschworen hatte, nie wieder vor Kelly zu weinen – denn Kelly war nicht im Zimmer. Wie jeden Morgen hatte sie sich in ihrem Atelier an die Arbeit gemacht.

»Es soll alles so bleiben, wie es ist«, sagte sie noch zu Amelia und küsste sie, bevor sie sich aus dem Bett quälte; der Nachhall ihres Hustens ließ an ein Martinshorn denken.

Nachdem alles gepackt war, blieb Amelia unbeweglich auf dem Boden sitzen. Schließlich klopfte jemand an die Tür. Sie wischte sich die Augen trocken.

»Wer ist da?«

»Blythe. Ich wollte dir einen Kaffee bringen.«

Amelia holte tief Luft und zwang sich, das einzig Richtige zu tun, nämlich die Tür zu öffnen.

»Wir haben dich beim Frühstück vermisst«, sagte Blythe. Sie stellte ein Tablett mit Amelias gelbem Kaffeebecher auf eine Holzkommode. Amelia überlegte kurz, wie hoch die Wahrscheinlichkeit war, dass Blythe von Kellys Krankheit wusste. Kelly hatte Amelia gestanden, dass sie Marin davon erzählt hatte: »Aber bloß, weil sie mich am Telefon erwischt hat.« Hatte Marin es wiederum ihrer Mutter mitgeteilt?

»Ich habe verschlafen«, sagte Amelia. »Danke für den Kaffee. Wie lieb von dir.«

»Es ist das Mindeste, was ich tun kann«, erwiderte Blythe. Etwas in ihrer Miene, ein kummervoller und zugleich forschender Blick, gab Amelia Antwort auf ihre Frage. Aber sie wollte es nicht zur Kenntnis nehmen. Sie weigerte sich schlichtweg.

Blythe musterte den Koffer. »Fährst du fort?«

Amelia nickte. »Um diese Zeit ist die Insel immer so überlaufen. Wir müssen einfach mal ein paar Tage weg.«

»Ach, Amelia«, sagte Blythe. »Werden wir euch zu viel? Ich kann gern die Mädels einsammeln, und dann reisen wir ab. Wir wollen eure Gastfreundschaft nicht überstrapazieren. Ihr zwei wart so großzügig, aber natürlich wollt ihr auch mal Zeit für euch haben.«

»Nein, nein – bitte. Jetzt sei nicht albern. Wir freuen uns riesig, dass ihr da seid. Außerdem verlasse ich Provincetown leichteren Herzens, wenn ich weiß, dass sich jemand um das Haus kümmert. Rachel war bislang eine enorme Hilfe, und sie wird sicher einspringen, wenn Thomas etwas braucht.«

»Auf jeden Fall.« Blythe stand verlegen herum und knetete ihre Hände.

Amelia lächelte und wartete darauf, dass sie das Zimmer verließ. Blythe ging zur Tür, fasste nach dem Knauf, hielt dann aber inne und drehte sich wieder zu ihr um.

»Ich wollte dir von einer guten Neuigkeit erzählen«, sagte sie. Amelia sah sie an und überlegte, ob sie sich verhört hatte.

»Eine gute Neuigkeit?«

Ja.« Blythe lächelte zaghaft und kam näher. »Marin ist schwanger. Du wirst Urgroßmutter.«

»Was?«

»Sie weiß es erst seit letzter Woche.«

Blythe redete weiter und weiter, doch Amelia hörte nur ein weißes Rauschen. Sie lauschte in sich hinein, auf der Suche nach einer Empfindung, einem Anflug von Freude, aber da war nichts. Einzig das Gefühl, betrogen zu werden – dass das Universum sich einen grausamen Scherz mit ihr erlaubte, sie verhöhnte mit seiner Macht, die Karten für Leben und Tod auszuteilen. Sie begann zu schluchzen, und Blythes hoffnungsvolles Lächeln war im Nu erloschen. Sie umarmte Amelia, sagte ihr, es sei alles gut, sie würden für sie da sein. Amelia suchte nach Worten, um ihrer Empfindung Ausdruck zu verleihen, dass alles, was sie liebte, ihr früher oder später genommen wurde. Wie konnte sie sich da über eine noch so gute Neuigkeit wie diese freuen?

»Was ist denn hier los?« Rachel stand in der Tür.

Amelia und Blythe sahen einander an. Amelia formte ihren Mund zu einem stummen *Nein.*

Blythe bat Rachel herein und schloss die Tür hinter ihr. Als sie sich umdrehte, trug sie ein aufgesetztes Lächeln zur Schau. »Wir haben gute Neuigkeiten«, sagte sie mit Tränen in den Augen; nur Amelia wusste, dass sie dem Kummer entsprangen. »Marin ist schwanger.«

***

Julian sah so gut aus! Sie hatte fast vergessen, wie anziehend sie ihn fand, doch als er sie in die Arme schloss und ihr sein Geruch in die Nase stieg, war sie einer Ohnmacht nahe. Er hielt sie fest, und es war, als seien sie in dem Muff und dem Halbdunkel von Marine Specialities allein auf der Welt.

Unendlich oft hatte sie sich ihr Wiedersehen ausgemalt, doch in ihren Tagträumen war sie, Marin, erstens nicht schwanger gewesen, und zweitens hatte die Begegnung nicht unter einem Plakat zu *The Lost Boys,* einem Vampirfilm von 1987, stattgefunden.

»Mein Gott, erst jetzt wird mir klar, wie sehr ich dich vermisst habe«, sagte er, löste sich von ihr und sah sie an.

»Ich glaub's einfach nicht, dass du hier bist«, sagte sie. Bei seinem Blick wurde ihr unwohl. Würde er es erkennen? War sie verändert? Während ihres Zusammenseins – wie lange es auch dauern mochte – wollte sie auf keinen Fall ihre Schwangerschaft erwähnen. Die Frage stellte sich überhaupt nicht. Ihn hier zu treffen war ein Geschenk – eine flüchtige, unglaubliche Gabe des Universums, das sie hin und her schubste, nur um ihr zu zeigen, wer hier der Boss war. Sie hatte kapituliert: *Universum, du bist der Sieger!* Aber eines gab es noch, worüber sie selbst bestimmen konnte.

Sie würde ihr Wiedersehen nicht mit den chaotischen Tatsachen ruinieren.

Julian küsste sie und murmelte etwas von wegen, sie sollten hier raus.

»Wo bist du untergebracht?«, fragte sie.

»Es heißt Captain Jack's. Du musst dir mein Zimmer ansehen. Man kommt sich vor wie auf einem Boot.«

Sie gingen die Commercial Street entlang; er hatte den Arm um ihre Taille gelegt und zog sie nah an sich heran. Jeder ihnen entgegenkommende Mann warf Julian einen bewundernden Blick zu, was in Marin einen merkwürdigen Besitzerstolz hervorrief. Ein paar Minuten lang überließ sie sich dem Gefühl, sie beide seien ein ganz normales Paar, das das simple Glück des Verliebtseins genoss.

Captain Jack's war ein ungewöhnliches Hotel am Kai – eine lange Reihe von Holzhütten direkt am Wasser. Außerhalb von Provincetown würde man eine solche Herberge nur schwerlich finden. Julian führte sie zu einem knallgrün gestrichenen Schindelhäuschen mit Blick auf die Bucht. Links und rechts vom Kai ragten Pfähle aus dem Wasser empor, die mit alten Bojen in abblätternder Lackierung verziert und mit langen Lichterketten behangen waren. Auf einem Schild vor der Hütte stand: RAUCHEN UNTERSAGT. KEINE KATZEN.

Der Innenraum hatte eine gewölbte Holzdecke, weiße Dielen, zwei Glastüren, die auf eine Veranda führten, und breite Fenster. Überall stand maritimer Krimskrams herum. In der Ferne war der Leuchtturm von Long Point zu sehen.

»Schön«, sagte sie nervös.

Julian zog sie wortlos zum Bett. Ihn zu berühren war so wunderbar, dass es ihr den Atem verschlug, doch sie fürchtete, er würde die neue, leichte Rundung ihres Bauchs und ihre ein wenig volleren Brüste bemerken.

»Gott, hast du mir gefehlt«, murmelte er.

»Du mir auch.« Ihr Körper bäumte sich auf, ihm entgegen. Und als er in ihr war, konnte sie nicht mehr klar genug denken, um sich Sorgen zu machen.

Danach schmiegte sie sich an ihn, wollte einzig den Moment genießen und keinen Gedanken an die Realität verschwenden, die – nach einem entsprechenden Geständnis – dieses mehr als flüchtige Glück zunichtemachen würde.

»Ist das ein Tattoo?«, fragte er.

»Wie?« Die Strandrose hatte sie schon ganz vergessen. Sie war mittlerweile ein Teil von ihr – von der neuen Marin, die frühmorgens lange Spaziergänge am Strand unternahm, statt in die U-Bahn zu steigen, die vormittags Fliesen zerschnitt, statt Dokumente abzuheften, und in der ein Kind heranwuchs.

»Ja. Es ist eine Strandrose. Ich habe sie mir gleich in der ersten Woche hier stechen lassen.«

»Interessant.«

»Interessant gut oder interessant schlecht?«

»Sag du's mir«, erwiderte er und strich ihr durchs Haar. »Was ist eigentlich los, Marin? Du bist doch nicht nur wegen alldem hier, was in New York gelaufen ist, oder? Warum bist du am Telefon so sauer geworden und hast von Genie angefangen?«

Sie rieb über die Innenseite ihres Handgelenks, und es sprudelte nur so aus ihr heraus. Sie berichtete von ihren Testergebnissen, von Rachels E-Mails und Anrufen, von der Fahrt und dem, was seit ihrem letzten Treffen geschehen war.

»Davon wolltest du mir an dem Morgen nach dem Besuch bei deiner Mom in Philadelphia erzählen«, sagte er. »Als du mich nach der statistischen Wahrscheinlichkeit eines Irrtums gefragt hast?«

»Ich wollte es dir nicht erzählen. Ich wollte glaubhafte Bestreitbarkeit, wie es bei uns Juristen so schön heißt. Ich hätte es nicht mal mir selbst eingestanden, geschweige denn dir.«

Alles, was Julian dann sagte, war gut und richtig: Sie hätte doch mit ihm darüber reden können – hätte mit ihm darüber reden sollen. Statt sie zu trösten, weckten seine Worte in ihr noch schlimmere Gewissensbisse – denn noch wusste er nicht alles.

»Können wir zu der Pension gehen?«, fragte er. »Ich möchte gern sehen, wo du die letzten Wochen verbracht hast.«

»Dich mit meiner Familie bekanntzumachen habe ich mir anders vorgestellt«, sagte sie.

»Ich wusste gar nicht, dass du dir so etwas vorgestellt hast.« Er lächelte und drückte ihre Hand. Sie zog sie weg, wollte ihn nicht weiter ermutigen. Das Ganze konnte nirgendwohin führen. Sie würden ein, zwei schöne Tage miteinander verleben, dann würde er zurück nach New York fahren. Und um die Zeit, wenn sie – sichtbar schwanger – nach New York zurückkehrte, wäre es vorbei.

Dass Julian sie vermisst hatte und hier aufgekreuzt war, hieß noch lange nicht, dass er ein Kind wollte. Und schon gar nicht ein Kind, das möglicherweise von ihrem Exverlobten war.

Doch fürs Erste war er hier. *Lebe den Moment,* befahl sie sich. *Du kannst einen Tag lang glücklich sein.*

»Mal sehen, wer überhaupt da ist. Vielleicht nur Kelly in ihrem Atelier.« Bei dem Gedanken, ihn Kelly vorzustellen, wurde sie ein bisschen aufgekratzt. Später könnte sie mit Kelly über ihre verwickelten Gefühle reden. Kelly würde sie verstehen.

»Marin, ich möchte, dass es was wird mit uns. Lass uns den ganzen Wahnsinn der letzten Monate – die Sache mit der Arbeit und den Aufruhr um deine Familie – in etwas Positives verwandeln. Lass uns etwas aufbauen, ja? Das kriegen wir hin.«

Sie schloss die Augen. *Das kriegen wir hin.* Wie gern wollte sie ihm Glauben schenken.

Kapitel 36

Blythe kniete auf dem Gras und hämmerte den vierten und letzten Pflock in den Boden, als Abgrenzung des Rechtecks aus frischer Erde, das sie angelegt hatte. Als Nächstes würde sie das Beet mit Kompost abdecken. Die Arbeit in der Hitze, die Anstrengung, die sie zum Keuchen brachte – nichts davon ließ sie innerlich zur Ruhe kommen.

Wie konnte es sein, dass Kip von Anfang an über Marin Bescheid gewusst und nie ein Wort gesagt hatte? Es hätte sie erleichtern sollen, stattdessen kam es ihr vor, als ob ihre nunmehr gescheiterte Ehe nie das gewesen war, wofür sie sie ursprünglich gehalten hatte. Sie hatte immer das Gefühl gehabt, dass Kip sie mehr liebte, seit Marin auf der Welt war; er gab sich mehr Mühe, ihr näher zu sein, und obwohl er in vieler Hinsicht versagte, festigten seine neuen Anstrengungen zusammen mit ihrer Mutterschaft Blythes Überzeugung, dass sie alles tun musste, damit ihre Ehe hielt. Und sie hatte gehalten, viele, viele Jahre lang. Es hatte aufrichtige Liebe, Glücksmomente und ja, selbst Leidenschaft zwischen ihnen gegeben. Sicher, in den letzten Jahren war alles etwas abgeflaut. Doch das hielt sie für den normalen Lauf der Dinge. Nun fragte sie sich, ob es nach ihrer Schwangerschaft je einen »normalen« Moment zwischen ihnen gegeben hatte.

Die Antwort lautete vermutlich nein. Und es würde auch nie einen geben. Die Ehe war nicht wegen der Affäre mit

Candace am Ende und ließ sich auch durch das Ende der Affäre nicht retten. Der Schaden war irreparabel.

Nadine kam aus dem Haus und zog einen Rollkoffer hinter sich her. »Hast du meine Mutter gesehen?«

»Sie ist in ihrem Zimmer«, sagte Blythe und blinzelte gegen die Sonne an.

Nadine sah auf ihr Handy. »Kannst du ihr ausrichten, dass ich für ein paar Tage Freunde besuche? Aber ich komme wieder.«

»Ja, ich sag's ihr. Sie und Kelly fahren auch weg.«

Nadine hob eine Augenbraue. »Ach so? Na, dann habt ihr das Haus ja ganz für euch. Wie es sich doch manchmal trifft. Was tust du da eigentlich?«

»Gartenarbeit.«

»Weiß meine Mutter, dass du ihren Grund und Boden umgräbst?«

Blythe raffte an Geduld zusammen, was noch übrig war, und sagte: »Ja, das weiß sie, und sie ist voll und ganz dafür. Es geht nichts über Gemüse frisch aus dem Garten, Nadine. Dir würde es vielleicht auch schmecken.«

»Ihr drei habt es euch hier ja recht gemütlich gemacht«, sagte Nadine. »Lasst es nicht zu gemütlich werden.«

Warum war sie so feindselig? Glaubte sie wirklich, dass Blythe Nick auf irgendeine Weise verletzt hatte? Dass er vor *ihr* nach Italien geflohen war? Wenn ja, war das Nadines Problem.

Aber es sollte nicht Amelias Problem sein. Blythe kam plötzlich eine Idee. Sie war vielleicht verrückt, doch besser als keine. Sie ging ins Haus und schenkte sich ein Glas Wasser ein.

Überleg es dir gut, dachte sie. *Wenn du es tust, lässt es sich nicht mehr rückgängig machen.*

Sie ging nach oben, nahm ihr kaum noch benutztes Handy aus der Nachttischschublade und wählte Kips Nummer.

»Ich hab mich schon gefragt, ob du dich melden würdest«, sagte er.

»Warum bist du abgedüst, ohne dich zu verabschieden?«

»Ich habe mich doch verabschiedet, vor dem Gespräch mit Marin.«

»Ja, aber ich dachte, wir würden uns danach noch sehen.« Stille. »Marin hat mir von deiner … Unterredung mit ihr erzählt. Kip, warum hast du mir gegenüber nie ein Wort gesagt?«

»Blythe. Das ist Schnee von gestern. Lassen wir das.«

Wie? Wie war es möglich, nicht darüber zu reden? Wahrscheinlich betrachtete er die Ehe als endgültig beendet. So war er in vielem: Entweder gab es etwas zu verhandeln, oder der Fall war abgeschlossen.

Als er im Pilgrim's Park sagte, die Sache mit Candace sei vorbei, hatte sie gedacht, er wolle zu ihr zurück. Offenbar war das falsch gedacht.

Sie lebten seit vier Monaten getrennt. Er hatte den weiten Weg auf sich genommen, um Marin zu sehen, und hatte sich von Blythe nicht einmal verabschiedet. Dazu noch die völlig verwirrende Tatsache, dass er die ganze Zeit von ihrer Untreue gewusst und sie nie zur Rede gestellt hatte. Nun war alles ans Licht gekommen, und er unternahm nicht die geringste Anstrengung, darüber zu reden. Für ihn schien das Zeitverschwendung zu sein. Sein Entschluss stand fest.

All das hätte es ihr leichter machen müssen, ihre Bitte auszusprechen. Aber dem war nicht so, und sie schob es hinaus. »Wie sieht es in der Kanzlei für dich aus?«

»Ich nehme das Paket an, das sie mir anbieten, und scheide Ende des Jahres aus.«

»Kip, das tut mir leid. So hast du es dir nicht vorgestellt.«

»Ich mache das Beste daraus. Geht es Marin gut?«

»Ja, alles in Ordnung. Aber wir haben leider auch schlechte Neuigkeiten. Eine der beiden Frauen, bei denen wir hier wohnen, hat erfahren, dass sie Krebs im Endstadium hat. Das setzt uns allen sehr zu.«

»Marins Großmutter?«

»Nein. Ihre Lebenspartnerin.«

»Hoffentlich nimmt Marin es nicht zu schwer.«

»Wie gesagt, ihr geht's gut. Aber ich mache mir Sorgen um ihre Großmutter – Amelia. Deswegen rufe ich an.« Tief Luft holen. »Ich möchte ihr etwas zeigen. Es befindet sich bei uns im Haus, und ich wollte fragen, ob du es von dort holen und hierherschicken könntest.«

»Das kann ich.«

»Es ist eine Schuhschachtel. Ich weiß, es ist viel verlangt, aber mach sie bitte nicht auf. Steck sie einfach in ein FedEx-Paket und schick das Ganze los. Es ist … etwas Persönliches.«

Blythe beschrieb ihm noch, wo er die letzten Worte finden konnte, die sie von Nick Cabral erreicht hatten.

Rachel rollte ihre Yogamatte auf der vorderen Veranda aus und streckte sich aus. Eigentlich hatte sie zum Strand gehen wollen, aber das dauerte ihr jetzt zu lange. Sie musste dringend meditieren und ihre Seele beruhigen. Sie wurde Tante! Es war schwer, ein Geheimnis zu bewahren, aber wem sollte sie es schon erzählen?

Sie freute sich, zugleich aber machte die Neuigkeit sie

auch ein wenig traurig. Marin hatte ihre Eltern, und nun bekam sie ein Kind. Amelia und Kelly hatten einander. Rachel musste am Ende des Sommers zurück nach Los Angeles und würde sich einsamer denn je fühlen.

Sie drehte sich auf den Rücken.

»Rachel – du bist ja da.« Marin war die Treppe heraufgekommen. Überrascht sah Rachel zu ihr hoch.

»O mein Gott, Marin! Glückwunsch! Ein Baby! Ich glaub's nicht.«

Marin riss die Augen auf und schüttelte hastig den Kopf. Und dann wurde hinter ihr ein umwerfend aussehender Mann mit dunklem Haar und großen braunen Augen sichtbar.

»Was hat sie da gerade gesagt?«, fragte er Marin.

Ups.

»Julian, das ist meine Halbschwester Rachel«, sagte Marin rasch, als wäre nicht soeben eine Bombe geplatzt. »Rachel, das ist Julian, ein Freund von mir. Ich zeige ihm bloß schnell das Haus.«

Sie konnte nur nicken, als Marin ihn bei der Hand nahm und Richtung Küche zog. Der »Freund« sah über die Schulter zu ihr, als erwarte er noch eine Erklärung. Sie schaute weg.

Die Vollkatastrophe! Aber woher hätte sie wissen sollen, dass direkt hinter Marin noch jemand war? Sie hatte nur Marin gesehen und freute sich doch so diebisch darauf, Tante zu werden. Tja, wenn das der Babydaddy war, musste er es früher oder später sowieso erfahren, oder? Sie ging ebenfalls ins Haus.

Amelia kam die Treppe herunter, schwer mit Gepäck beladen.

»Was hast du vor?«, fragte Rachel. Dass Amelia Provincetown verließ, war ähnlich unvorstellbar, wie wenn der Gartentisch sich plötzlich selbstständig gemacht hätte und davonspaziert wäre.

»Kelly und ich machen ein paar Tage Urlaub. Ich hoffe, du kannst solange ein Auge auf alles haben? Und ruf bitte für mich am Donnerstag bei Thomas an, ja? Eigentlich ist Paul an der Reihe, das Abendessen für ihn zu machen, aber mir wäre wohler, wenn du noch mal nachfragst.«

Die Haustür ging auf, und es kamen vier Leute herein, die Rachel noch nie zuvor gesehen hatte: ein Mann und eine Frau, dem Äußeren nach in den Vierzigern, und zwei Halbwüchsige, ein Junge mit einem Gitarrenkasten und ein Mädchen mit einem Skateboard.

»Amelia!« Die stämmige, dunkelhaarige Frau eilte lächelnd auf Amelia zu und umarmte sie. Der Mann winkte von der Türschwelle, zu seinen Füßen Unmengen von Reisetaschen.

»Joan … Frank. Was macht ihr hier?« Amelia ließ ihr Gepäck fallen.

»Ja, ja, ganz richtig, nicht wahr?«, sagte die Frau, sah sich um und strahlte. »Schon wieder August! Jedes Mal, wenn wir zur Tür hereinkommen, ist es, als wären wir nie fort gewesen.«

Kelly stieg in diesem Moment die Treppe herunter. Amelia drehte sich zu ihr um und flüsterte: »Die Millers sind da. Hast du nicht gesagt, du würdest sie anrufen?«

»Ich hab's vergessen!«

Nun folgte ein seltsames Willkommensritual mit großem Austausch von Neuigkeiten, wozu Rachel nichts beizutragen hatte. Sie sah zu den beiden Kids, die von einem Bein aufs andere traten und ihre Handys checkten, während ihre Eltern sich vor Freude über das Wiedersehen mit Amelia und Kelly kaum zu lassen wussten. Schließlich wandte die Frau sich Rachel zu.

»Joan Miller«, sagte sie und hielt ihr die Hand hin. »Sind Sie auch zu Gast hier?«

»Oh, entschuldige! Wo hab ich bloß meinen Kopf gelassen? Joan, das ist meine Enkelin Rachel.«

Weiteres Gejubel. Joan wusste ja gar nicht, dass Amelia eine Enkelin hatte! (Woher auch. Bis vor wenigen Monaten hatte Amelia selbst nichts davon gewusst.)

Kelly zog Rachel beiseite.

»Hör zu, das ist jetzt eine etwas peinliche Situation«, sagte sie schwer atmend. »Die Millers kommen seit zwanzig Jahren jeden Sommer hierher. Dieses Jahr habe ich ihre Buchung storniert, aber offenbar haben sie die Benachrichtigung nicht erhalten. Nachdem sie nun einmal hier sind, können wir sie nicht gut wieder wegschicken, aber Amelia will unbedingt für ein paar Tage fort …« Ein Hustenanfall ließ sie nicht weiterreden, und Amelia kam eilig herbei.

»Liebling, geh schon mal zum Auto. Ich übernehme das hier«, sagte sie, das Gesicht voller Sorgenfalten.

»Amelia, ich kann mich gern um alles kümmern. Sag mir nur, was genau ich tun soll«, bot Rachel an. Amelia blickte zu den Millers, die jetzt alle auf der vorderen Veranda herumstanden und auf ihre Zimmer warteten.

»Bist du sicher?« Auf Amelias Gesicht zeigten sich Zweifel.

»Absolut. Erklär mir nur, wer welches Zimmer haben soll, den Rest erledige ich schon.«

»Es ist ein Haufen Arbeit. Das Bettzeug, Frühstück …«

»Damit werde ich schon fertig! Es ist das Mindeste, was ich für euch tun kann. Ich meine, wir sind hier einfach aufgekreuzt und noch immer hier. Ich fühle mich richtig mies, dass du und Kelly aus dem Haus fortgehen müsst, damit ihr mal ein bisschen Ruhe habt.«

»Ach, Liebes. Das ist nicht der Grund.«

»Lass mich nur machen. Zur Abwechslung kann mal jemand anderer etwas für euch tun.«

»Es wäre allerdings eine enorme Hilfe«, räumte Amelia ein. »Aber nur, wenn du sicher bist …«

»Bin ich«, sagte Rachel.

Was konnte schon schiefgehen?

Kapitel 37

Marin saß auf dem Bett, in dem sie sich all die Wochen nach Julian gesehnt hatte. Nun war er da, und die Lage hätte nicht schlimmer sein können.

Er lief vor ihr auf und ab. »Ich begreife einfach nicht, wieso du mir das vorenthalten hast.«

»Ach nein? Vielleicht weil du mit Komplikationen und Rückschlägen so wahnsinnig gut umgehen kannst!«

»Du vergleichst eine Schwangerschaft mit dem Verlust eines Jobs?«

Sie zuckte mit den Achseln. Er setzte sich neben sie und packte sie bei den Schultern, zwang sie, ihm in die Augen zu sehen. »Ich weiß, wie es ist, ohne Vater aufzuwachsen; das würde ich meinem Kind niemals antun.«

Sie schaute weg. »Das ist sehr edel von dir, Julian. Aber wenn das Kind nun *nicht* deins ist?«

Seine Hände ließen von ihr ab, er rückte zur Seite. Seine Miene war gequält.

»Ist es nicht?«, flüsterte er.

»Ich weiß es nicht, okay? Rechne es dir doch selbst aus.«

Er kniff die Augen zusammen und blickte so entrückt wie sonst immer, wenn er über einem Fall brütete, ein Problem zu lösen versuchte oder eine knifflige Frage zu beantworten hatte. Nach einer gefühlten Ewigkeit sagte er:

»Wie konnte das passieren?«

»Die Frage ist wohl rhetorisch«, sagte Marin.

Er stand auf und presste die Hände an die Stirn. »Verdammt noch mal, Marin.«

»Du solltest lieber gehen«, sagte sie und kämpfte gegen die Tränen an.

Das musste sie ihm nicht zweimal sagen. Als er weg war, schloss sie die Tür und lehnte sich schluchzend dagegen. Erst jetzt bemerkte sie die Notiz, die jemand unter dem Spalt durchgeschoben haben musste. Sie erkannte das Papier, es war vom Beach Rose Inn.

»Hallo! Ich suche Nadine.«

Blythe sah von dem Flecken Erde auf, den sie gerade mit einem Rechen bearbeitete. Nachdem sie ihn vom restlichen Garten mit den vier Pflöcken abgeteilt hatte, bestand der nächste Schritt darin, das Beet mit Holzplanken abzustützen, die sie hoffentlich im Gartencenter finden würde.

Blythe wischte sich die Erdkrumen von den Händen und rückte ihren Sonnenhut zurecht, um nachzusehen, wer ihr da etwas zurief. Es war Sandra Crowe.

Sie trug ein lachsfarbenes Sommerkleid und goldfarbene Riemchensandalen. Ihr glattes dunkles Haar war exakt auf Kinnhöhe geschnitten, und trotz des recht schwülen Nachmittags war ihr Make-up tadellos. Sie sah aus, als wollte sie zu einem Vorsprechen für *Real Housewives of Provincetown.*

Blythe erhob sich. »Nadine ist für ein paar Tage verreist. Kann ich Ihnen irgendwie helfen?«

Sandra beäugte Blythes Hände und ihre von Erde verschmutzten Shorts.

»Was tun Sie da?«, fragte sie.

»Ich arbeite im Garten.«

»Würden Sie es bitte sein lassen, dieses Grundstück umzugraben?«

Herrgott noch mal, nicht schon wieder diese Leier.

»Entschuldigung?«, sagte Blythe. »Ich wüsste nicht, was Sie das angeht.«

Sandra legte den Kopf schräg und lächelte amüsiert. »Es geht mich insofern etwas an, als ich die angehende Besitzerin dieses Hauses bin. So, und nun, wenn Sie nichts dagegen haben: Nadine meinte, ich könnte drinnen ein bisschen was ausmessen.«

»Im Moment ist es ungünstig«, bemerkte Blythe. Hatte sie das Recht, sich auf diese Weise einzumischen? Teufel noch mal, ja. Nicht nur das Recht – sie hatte die Pflicht!

Sandra wollte Einwände erheben, doch Blythe setzte ein geziertes Lächeln auf und sagte: »Der Kammerjäger ist gerade da. Es wird ausgeräuchert.«

»Der Kammerjäger? Wozu?«

»Tja – das geht nun wiederum *mich* nichts an. Kommen Sie wieder, wenn Nadine da ist.« Blythe lotste sie zurück zur Vorderseite des Hauses und verabschiedete sie mit einem Winken.

Anschließend stieg sie die Vortreppe hinauf und setzte sich auf die Veranda. Am liebsten hätte sie eine Schrotflinte zur Hand gehabt, wie die Siedler, die ihr Heim in der Wildnis verteidigten. Nachdem sie ein paar Minuten in der Vorstellung von sich als Beschützerin von Haus und Hof geschwelgt hatte, beschloss sie, sich das Gartencenter näher anzusehen, das sie an der Race Point Road entdeckt hatte.

Die Haustür ging plötzlich auf, und sie fuhr zusammen. Sie hoffte, es wäre Marin, die seit dem Frühstück verschwunden war, doch stattdessen stand ein großer, dunkelhaariger, außerordentlich gut aussehender junger Mann vor ihr.

»Kann ich Ihnen behilflich sein?«, fragte sie und erhob sich rasch.

»Ich wollte gerade gehen«, sagte er. Er trug Khakihosen, die Ärmel seines weißen Hemds waren aufgerollt. Legere Bekleidung, doch nicht so leger, wie es hier die Norm war. Ein Besucher, aber wen besuchte er? Oder suchte er ein Zimmer?

»Ich möchte nicht unhöflich sein, aber dies ist ein Privathaus. Die Pension ist in diesem Sommer geschlossen.«

»Wie ich schon sagte, Ma'am, ich wollte gerade gehen.«

Lange Wimpern um dunkle Augen. Die Andeutung eines britischen Akzents.

Was für ein Tag!

»Sind Sie Julian?«

Nun fuhr er zusammen. »Ja, ich bin Julian.«

»Ich bin Blythe Bishop, Marins Mutter. Was bin ich froh, dass sie Sie wegen des Babys angerufen hat und Sie gekommen sind!« Am liebsten hätte Blythe ihn umarmt. Das war der Beweis, dass sie recht hatte: Marin musste sich der Situation stellen, sie musste ehrlich sein und durfte nicht versuchen, die komplizierte Wahrheit zu vertuschen. Jetzt würde für sie alles gut werden.

Er betrachtete sie schweigend und sagte dann förmlich: »Freut mich, Sie kennenzulernen, Mrs Bishop.«

O je. Da stimmte etwas nicht.

»Sie wollen gehen?«

»Ja. Wie ich schon sagte.«

Blythes mütterliches Alarmsystem schlug an.

»So bald schon? Bitte bleiben Sie doch noch. Es ist

kompliziert, ich weiß. Aber Sie sind hergekommen, um Marin zu sehen. Da nehme ich an, dass Sie mit ihr zusammen sein wollen.«

Er sah sie an, als wäre sie nicht ganz bei Trost.

»Bei allem Respekt, Mrs Bishop, aber ich brauche etwas Zeit.«

Zeit? Das hatte er auch gesagt, als die beiden ihre Jobs verloren. Aber jetzt war er hier, da musste ihm doch klar geworden sein, dass er nicht etwa Zeit brauchte, sondern Marin. Wozu noch einmal diese nutzlose Übung? »Ihr zwei könnt eine Lösung finden. Ich weiß, dass sie Sie sehr gernhat – so gern wie sonst noch niemanden. Das habe ich gleich bemerkt, als sie mir von Ihnen erzählt hat.«

Er schüttelte den Kopf. »Sie möchten irgendwie helfen, das ist verständlich.«

Blythe sah zum Haus. Sie hatte noch so viel zu sagen, er musste noch so viel erfahren, bevor er eine Entscheidung fällte, die ihn und Marin und vielleicht auch das Kind verletzen würde. Dinge, die sie erst im vergangenen Monat gelernt hatte, wie zum Beispiel, dass die Wahrheit womöglich gar nicht so furchterregend ist, wie man anfangs angenommen hatte. Vor ihr wegzulaufen, das war das Problem. Und sie hatte begriffen, dass Familie so viel mehr ist als Biologie. Dass es sich lohnt, jemandem Liebe zu schenken.

Die Haustür ging erneut auf – eine fremde Frau und ein Mädchen im Teenageralter mit Badeliegen unter dem Arm traten heraus. Die Frau lächelte Blythe an.

Wer um Himmels willen waren diese Leute? Blythe steckte mitten in einer Krise, und diese verdammte Veranda wurde zur Grand Central Station. Bevor sie die Situation retten konnte, machte Julian sich auf den Weg.

Kapitel 38

Rachels erster Morgen als Pensionswirtin, und schon war sie mit dem Frühstück spät dran.

Sie hatte komplett falschgelegen mit ihrer Einschätzung, wie lange es dauern mochte, Amelias übliches Sortiment zuzubereiten. Wirklich viel Zeit bräuchten nur das *broa* und die Orangenmuffins, alles andere, so dachte sie, erledige sich quasi von selbst. Doch es waren die Kleinigkeiten – Eier hart kochen, Orangen auspressen, Obst kleinschneiden –, die sie aus der Bahn warfen. Selbst so simple Dinge wie eine Schüssel mit Müsli füllen und Joghurt nach draußen bringen – es läpperte sich zusammen. Die Millers tranken Kaffee und warteten geduldig. Genauer gesagt, die Eltern waren geduldig. Die beiden Teenager protestierten lautstark, wollten das Frühstück ausfallen lassen und ab zum Strand.

Als endlich die letzten Schüsseln und Platten aufgetischt waren, gaben alle laut kund, wie hervorragend das Frühstück doch sei, dass Rachel sich wegen des vermurksten Timings nicht mehr grämte.

»Das ist so köstlich, Rachel – genauso gut wie bei Ihrer Großmutter!«, sagte Mrs Miller. Ihr Gatte nickte mit vollem Mund. Mrs Miller mahnte ihre Tochter, sie solle nicht zu viel Kaffee trinken, was ihr einen genervten Blick eintrug. Rachel war auf dem Weg in die Küche, als Mrs Miller rief: »Sie haben nicht rein zufällig diesen unglaublichen Käse da?«

Käse? Meinte sie den selbst gemachten Käse? Den hatte sie völlig vergessen. Seit sie zusammen mit Amelia die Quarkmasse in Formen gefüllt und in den Kühlschrank gestellt hatte, war darüber kein Wort mehr verloren worden. Dazu ging es in diesem Hause mittlerweile zu sehr drunter und drüber.

»Nein, aber …« Gehörte der Käse überhaupt zu den Dingen, die Amelia ihren Gästen vorsetzte? War Rachel jetzt dafür verantwortlich? Nein, sie konnte keinen Käse machen, ausgeschlossen. Das würde sie nur vermasseln. »Vielleicht morgen?«

Mrs Miller klatschte wie ein Kleinkind in die Hände. »Ich finde es einfach toll hier. Wir haben es schrecklich vermisst.«

Rachel nickte und hoffte, dass ihre Miene nichts von ihrer Panik verriet. Sie ging zurück in die Küche, wo Marin sich gerade einen entkoffeinierten Kaffee machte.

O Gott. Seit dem grauenvollen Fauxpas gestern Nachmittag hatte sie Marin nicht mehr gesehen. Weder sie noch Blythe waren zum Abendessen erschienen. Rachel hatte einsam und allein ein Hummerbrötchen in der Bar Canteen gegessen.

»Marin, es tut mir schrecklich leid wegen gestern. Ich hab mich bloß so über das Baby gefreut. Hoffentlich habe ich dich damit nicht verärgert. Oder ihn. War das dein Freund?«

»Ganz richtig, das *war* mein Freund. Ist schon okay. Es ist nicht deine Schuld. Früher oder später musste er es ja erfahren.«

Rachel vergrub das Gesicht in den Händen. »Ich bin so ein Idiot.«

»Nein, das bist du nicht. Du hast mir mit deiner Reaktion einen Gefallen getan. Es war so, wie wenn man ein Pflaster abreißt, verstehst du?« Sie sah aus dem Fenster. »Also, ich kapiere das nicht. Die Leute da sind einfach aufgekreuzt, weil sie davon ausgegangen sind, dass sie reserviert haben, und Amelia lässt sie bleiben?«

Rachel nickte, ziemlich erleichtert, dass ihr verziehen worden war.

Marin stöhnte auf. »Ich bin nicht in Stimmung für irgendwelche Störenfriede.«

»Sieh es doch mal so: Vor zwei Monaten waren *wir* die Störenfriede. Stell dir vor, wie das für Kelly gewesen sein muss. Wir sind einfach hier reinmarschiert.«

»Wir und Störenfriede? Wir gehören zur Familie.«

»Ja, das stimmt, und ich denke, Amelia und Kelly sehen das ähnlich bei den Leuten, die seit Jahrzehnten hierherkommen. Sie sind für sie Familie. Also, versuch dich damit abzufinden.«

»Muss ich wohl. Ach ja – Luke steht draußen vor der Tür. Er will mit dir reden.«

»Hier? Jetzt?«

Marin nickte, goss sich ihren Kaffee ein, schnappte sich ein hart gekochtes Ei und ging wieder nach oben.

Rachel blickte an sich herunter und fegte das Mehl von ihrem T-Shirt. Dann löste sie ihren Pferdeschwanz und schüttelte ihre Mähne. Ach, was machte es schon für einen Unterschied, wie sie aussah? Freunde.

Luke stand auf der obersten Stufe, mit Blick zum Haus. Er trug marineblaue Baumwollshorts und ein himmelblaues Sweatshirt der University of Rhode Island. Nicht zu übersehen: der goldblonde Stoppelbart. Oh, Himmel hilf.

»Hey«, sagte sie so beiläufig, wie es ging. »Marin meinte, du wolltest mich sprechen?«

Luke lächelte. »Hast du Lust, mit Bart und mir Wale zu beobachten? Das Boot legt um elf ab.«

Luke, ein Boot, einige Stunden auf See in der Hoffnung, einen Blick auf eines dieser majestätischen Geschöpfe zu erhaschen. Ihr Meerjungfrau-Film könnte real werden.

»Ich habe zu tun. Aber danke, dass du an mich gedacht hast.«

Er wirkte ehrlich enttäuscht. »Rachel, ich meine es ernst mit dem, was ich gesagt habe. Ich möchte wirklich, dass wir Freunde sind.«

Wen interessiert schon, was du möchtest?, dachte sie und wurde plötzlich gereizt. Es tat weh, jemanden so sehr zu begehren. Andererseits – das Angebot war verlockend. Aber die Wäsche. Und der Käse!

»Es ist nicht deswegen. Ich habe wirklich zu tun. Amelia und Kelly sind weggefahren, und gestern ist eine Familie angekommen, die reserviert hatte und offenbar die Absage nie gekriegt hat, deswegen kümmere ich mich jetzt die ganze Woche um die Pension.«

»Das ist ja … großartig.«

»Warum fragst du nicht Marin, ob sie mitwill?« Na bitte. So spricht eine gute Freundin.

»Ich glaube, Stunden auf einem Boot zu verbringen, wäre nicht gerade ihre erste Wahl für einen Zeitvertreib, wenn man bedenkt …

»Ach, du weißt also Bescheid?«

»So was spricht sich hier schnell herum.«

Sie standen verlegen da. »Trotzdem, nett von dir, dass du gefragt hast.« Es kostete sie große Anstrengung, sich umzudrehen und zurück ins Haus zu gehen.

Danke, lieber Käse. Danke für die Entscheidungshilfe.

Marin quälte sich, allein ihren Gedanken überlassen. Es war nicht zu ertragen. Das Kind, Julian … ihr Leben war ihr völlig entglitten. Das Einzige, womit sie sich ablenken konnte, war die Arbeit an dem Mosaik.

Ohne Kelly im Atelier zu sein, kam ihr merkwürdig vor, fast so, als wäre sie ein Eindringling. Bevor sie mit der Arbeit begann, las sie noch einmal den Zettel, der unter ihrer Tür durchgeschoben worden war.

Marin: Es freut dich sicher zu hören, dass ich es Amelia gesagt habe. Es war hart. Sie will für ein paar Tage fort von hier – wie könnte ich ihr das abschlagen? Aber das bringt meinen Zeitplan für das Mosaik durcheinander. Bitte, leg unbedingt damit los, ein paar Teile anzubringen, und zwar die blauen Glasmosaiksteine in Saphir, Glockenblume und Eisblau. Halt dich an meine Skizze – mit dem Bereich habe ich schon angefangen, also mach mit dem Muster einfach weiter. Im Zweifelsfall einfach auf der Zeichnung nachsehen. Ich habe dir ja schon gezeigt, wie man die einzelnen Steine mit Kleber bestreicht. Tausend Dank und viel Spaß dabei! XO K

Marin würde Kelly nicht im Stich lassen. Sie hielt sich genau an den Plan, und nach einer gewissen Zeit legte sich ihre Panik. Sobald sie einen Rhythmus gefunden hatte, wurde ihr bewusst, dass die Nachmittage Seite an Seite mit Kelly sie mehr gelehrt hatten als gedacht. Irgendwie hatte sie sich manches von Kellys Techniken angeeignet. Und Kelly hatte das registriert.

Die Arbeit mit den Händen liebte sie deshalb so sehr, weil es sie beruhigte. Keine peinigenden Gedanken an Julian, kein Grübeln über ihre Schwangerschaft und ihre Zukunft.

Es gab nur die Arbeit – ein wunderschönes Muster nahm unter ihren Fingerspitzen Gestalt an.

Die drei verschiedenen Blautöne fügten sich höchst wirkungsvoll zusammen. Sollte Marin sich jemals an eigenen Mosaiken versuchen, würde sie vermutlich mehrere Muster entwerfen, bevor sie eine Entscheidung treffen konnte. Wahrscheinlich ein Dutzend Muster. Sie würde sich mit ihrem Perfektionismus verrückt machen, bis sie zu der Einsicht gelangte, dass es gut genug war. Aber vielleicht war das auch okay so.

Ein Klopfen an der Tür ließ sie aufschrecken. Aus Gewohnheit hatte sie sie verschlossen; Kelly und sie achteten immer genau darauf, es nicht zu vergessen, damit Amelia nicht womöglich unangekündigt hereinplatzte und sich versehentlich die für sie gedachte Überraschung verdarb.

»Kleinen Moment.« Sie wischte sich die Hände an einem Tuch ab. Wer immer es war, er oder sie würde rasch wieder gehen müssen. Sie hatte einen Auftrag und war gerade voll im Schwung.

Als sie die Tür öffnete, stockte ihr der Atem.

»Deine Mutter hat gesagt, du wärst hier oben«, sagte Julian.

Marin legte Pinsel und Kleber auf den Tisch. »Warum kommst du wieder her? Es gibt nichts mehr zu besprechen.«

»Es gibt jede Menge zu besprechen.«

»Vermutlich hast du bei Captain Jack's ein paar Tage im Voraus bezahlt. Aber deshalb müssen wir unsere Unterredung nicht unnötig in die Länge ziehen.«

Er schüttelte den Kopf. »Ganz schön zynisch.«

»Habe ich etwa keinen Grund dazu? Du bist bei der Sache mit dem Job total ausgerastet, warst einen Monat lang praktisch nicht in der Lage, mit mir zu reden. Ich kann mir nicht vorstellen, dass du selbst unter den besten Bedingungen die Situation mit dem Kind in den Griff kriegst, geschweige denn angesichts dieser Ungewissheit. Es ist gut so, wie es ist, ich mache dir keine Vorwürfe. Ich weiß ja selbst nicht einmal, wie ich alles handeln soll. Also, ersparen wir uns das Drama.«

»Marin«, sagte er. »Sieh mich an.«

Sie konnte es nicht. Warum musste er wiederauftauchen? Die ganze Nacht lang hatte sie sich eingeredet, es sei für sie beide am besten, dass er gegangen war – das hatte den Druck rausgenommen. Manche Menschen waren einfach nicht für dauerhafte Beziehungen geschaffen, und aller Wahrscheinlichkeit nach gehörte sie dazu. Vielleicht würde sie das Kind in Provincetown großziehen und in einer der nahegelegenen kleinen Kanzleien arbeiten. Oder sich in einem anderen kleinen Ort an der Küste niederlassen und Künstlerin werden. Dabei sprang nicht viel heraus, aber sie würde es schon hinbekommen …

Julian sagte etwas. Sie versuchte sich zu konzentrieren.

»Entschuldige«, sagte sie. »Kannst du das noch mal wiederholen?«

»Ich bin hierhergekommen, weil du mir gefehlt hast. Zwischen uns ist etwas ganz Besonderes. In New York bin ich viel in mich gegangen und zu dem Schluss gelangt, dass ich herausfinden möchte, wohin das noch führen kann.«

»Was redest du da?«

»Ich habe überreagiert, als wir unsere Jobs verloren haben. Diesen Fehler will ich nicht noch einmal machen. Ich denke, wir sollten es … langsam angehen und alle Fakten zusammentragen.«

»Fakten. Mmh.«

»Komm schon, Marin. Du hast mit mir zusammen am Genie-Fall gearbeitet. Du weißt, welche Fortschritte bei den DNA-Tests erzielt worden sind. Die Vaterschaft lässt sich bald feststellen, in – ein paar Wochen schon?«

Ja, daran hatte sie auch gedacht. Und den Gedanken wieder verworfen. Sie wollte nicht wissen, wer der Vater war, weil sie das Kind so oder so schon jetzt liebte.

»Und was dann? Wenn sich herausstellt, dass das Kind nicht von dir ist, machst du dann den Abgang? Nein, schönen Dank auch. Lieber beenden wir es jetzt und gleich.«

»Marin, wir sind erst seit ein paar Monaten zusammen und noch nicht mal sicher, woran wir miteinander sind, geschweige denn, ob wir gemeinsam ein Kind großziehen wollen. Aber wie dem auch sei, ich will es wissen. Und, ganz ehrlich, Greg sollte es ebenfalls wissen; er hat ein Recht darauf.«

So ärgerlich es war, da konnte sie ihm nicht widersprechen.

Sie schwieg. Er betrachtete das Mosaik.

»Hast du das gemacht?«

»Nein. Es ist von Kelly – der Frau meiner Großmutter. Ich helfe nur mit.«

Julian sah sich im Atelier um und ging zu den Behältern voller Muscheln, Buntglas und Fliesen. Dann musterte er einige Werke von Kelly, die an der Wand hingen. »Verkauft sie die?«

»Ja. Meine Großmutter hat es ihr beigebracht, damit sie etwas zu tun hatte, als sie hierherzog. Jetzt findest du ihre Mosaiken im ganzen Ort, in Privathäusern und Restaurants.«

»Beeindruckend.«

»Die Leute hier verdienen sich ihr Geld, ohne jeden Tag bei einem großen Unternehmen antanzen zu müssen. Der Gedanke an eine solche Lebensweise ist mir bisher nie gekommen.«

»Schwebt dir das vor? Die Juristerei an den Nagel zu hängen, hier zu leben und etwas in der Art zu machen?«

Sie schüttelte den Kopf. »Nein. Es schenkt mir nur eine andere Sichtweise, sonst nichts. Wieso? Was schwebt dir denn vor?«

»Das Gleiche wie eh und je. Ich bin immer noch der ehrgeizige Anwalt, als den du mich vor zwei Jahren kennengelernt hast. Und das gilt auch für dich. Also tun wir doch das, worin wir am besten sind: Fakten zusammentragen. Und dann Entscheidungen fällen.« Er nahm ihre Hand. »Was meinst du?«

Sie nickte langsam.

»Es wird alles gut«, sagte er, beugte sich vor und küsste sie auf die Wange.

Hoffentlich hatte er recht.

»Suchen wir uns einen Computer«, sagte er. *Wozu die Eile?*, hätte sie ihn gern gefragt, ließ es aber bleiben.

»Ich habe meinen Laptop im Zimmer.«

Seit ihrer Ankunft lag er im Koffer auf dem Schrank. Als sie ihn herunterholte und bemerkte, dass Julian sie nicht aus den Augen ließ, machte sie das befangen. Es war eine seltsam intime Situation, mit ihm in diesem Zimmer zu sein, irgendwie viel intimer als all die Stunden in seiner Stadtwohnung, einschließlich der ersten Nacht. Sie wusste nicht, woran es lag, aber sie spürte auf einmal eine gewisse Scheu.

Julian setzte sich auf die Bettkante, während sie den Computer anschloss und sich bei Genie einloggte. Nach ein paar Sekunden hatte sie den Abschnitt über pränatale Genetik gefunden und wurde sogleich von Ängsten überfallen. Sie dachte an das letzte Mal, als sie sich – nach Rachels E-Mail – auf dieser Website eingeloggt hatte. Das hier flößte ihr noch mehr Furcht ein.

Sie klickte auf das Bestellformular für das Test-Set und tippte die von ihr verlangten Daten ein. Julian rückte näher an sie heran und massierte ihre Schultern.

»Bieten sie eine Lieferung über Nacht an?«, fragte er.

Sie nickte. Erledigt.

»Und jetzt?«, fragte sie.

»Jetzt? Jetzt gehen wir aus. Und du zeigst mir, was dein Städtchen zu bieten hat.«

Amelias und Kellys Räder, beide im gleichen Blauton, lehnten an der Seitenwand des Hauses. Amelia hatte gesagt, sie könnten die Räder benutzen, wann immer sie wollten, doch wie Blythe ganz zu Anfang ihres Aufenthalts Rachel gestanden hatte, war sie tatsächlich vor dreißig Jahren zuletzt Fahrrad gefahren. Woraufhin Rachel erwidert hatte, sobald sie aufstiege, würde es ihr vorkommen, als sei es gestern gewesen.

Während sie durch die Commercial Street eierte, hoffte Blythe, dass Rachel recht hatte. Der Stau machte sie nervös. Vom Rad zu fallen wäre schon peinlich genug, aber die schlimmste Vorstellung für sie war, einen Fußgänger anzufahren oder mit einem Auto zu kollidieren. Sie klingelte häufiger als nötig, und ein paar Leute sahen sie komisch an. Oder bildete sie sich das nur ein?

Trotzdem war es ein unglaublich befreiendes Gefühl, auf zwei Rädern unterwegs zu sein. Von Übermut gepackt legte sie Richtung Race Point Road einen Zahn zu. Warum bloß hatte sie so lange nicht mehr auf einem Fahrrad gesessen?

Sie bog in die Kieszufahrt zur Garden Renovations Nursery ein. Aus reichlicher Erfahrung wusste sie, dass sie Gefahr lief, in Gartencentern ein bisschen durchzudrehen und über die Stränge zu schlagen, darum hielt sie sich strikt an ihre Liste: gute Gartenerde, Töpfe zum Umpflanzen sowie Aussaat für verschiedene Blattsalate, Rosenkohl und Möhren.

Oh, aber dieses hölzerne Vogelhäuschen würde sich in Amelias Vorgarten sicher entzückend machen …

»Wie ich sehe, haben Sie gewissermaßen alle Hände voll zu tun. Darf ich Ihnen etwas abnehmen und Sie zur Kasse begleiten?«

Und ob er das durfte. Ein mehr als gut aussehender Mann, hochgewachsen und sonnengebräunt, mit einem silbrigen Haarschopf und freundlichen braunen Augen. Zum ersten Mal, seit sie sich die Gepflogenheiten des lässigen Strandlebens zu eigen gemacht hatte, wurde Blythe ihr ungepflegtes Äußeres peinlich bewusst. Ihr Haar war unfrisiert, ihr Gesicht wies keine Spur von Make-up auf. In Philadelphia wäre sie in diesem Aufzug nicht einmal zum Minimarkt gefahren, geschweige denn durch die Stadt spaziert.

Lächelnd reichte sie ihm den schweren Sack mit Erde und die Töpfe. »Danke. Ich hätte einen Einkaufswagen nehmen sollen, aber ich habe die schlechte Angewohnheit, da mehr hineinzupacken, als ich eigentlich brauche.«

»Sie sind nicht die Einzige, die sich eine Strategie zurechtgelegt hat, wie man hier wieder herauskommt, ohne seinem Konto allzu schweren Schaden zuzufügen. Ich kenne diverse Leute, die ihre besseren Hälften niemals allein hierherlassen.«

»Da fühle ich mich gleich ein bisschen besser«, sagte sie und blieb auf dem Weg zur Kasse stehen, um eine Orchidee im Topf zu bewundern.

»Soll Ihnen das geliefert werden?«, fragte er. Sie sah auf seine Hände; das tat sie bei Männern immer als Erstes, selbst damals schon, als man ihr Tanzpartner zuwies. Dieser Mann hatte breite, wohlgeformte Hände und gepflegte Nägel. Ob er auch Hobbygärtner war? Oder arbeitete er hier? Gehörte ihm das Gartencenter womöglich? Sie bemerkte, dass er keinen Ehering trug. Und tat dann so, als hätte sie es nicht bemerkt.

Er sah sie erwartungsvoll an. »Oh – ja, richtig, meine Adresse.« Sie nannte Straße und Hausnummer.

»Und Ihr Name?«

»Blythe Bishop.«

»Schön, Sie kennenzulernen, Blythe Bishop. Ich bin Warren Ames. Demnach wohnen Sie bei Amelia und Kelly?«

»Ja. Kennen Sie die beiden?« Blöde Frage. In diesem Ort kannte jeder jeden.

»Allerdings. Aber Sie sind definitiv ein neues Gesicht in dieser Gegend. Was führt Sie nach Provincetown?«

»Ach, ich bin bloß … zu Besuch hier.«

»Soweit ich weiß, hatte Amelia bisher keinen Gemüsegarten.« Er druckte den Beleg aus und schob ihn ihr zur Unterschrift hin. »Sie haben sich viel vorgenommen, wenn Sie es mit diesem Boden aufnehmen wollen.«

»Man könnte wohl sagen, dass ich ein Projekt brauche.«

Er lächelte. »Wie lange sind Sie noch vor Ort?«

»Bis zum Labor Day«, sagte sie. »Ursprünglich wollte ich mit meiner Tochter nur für eine Woche herkommen, aber dann sind wir hängen geblieben.«

»Das geht vielen Leuten hier so.«

Hinter ihr hatte sich eine kleine Schlange gebildet. Falls Warren Ames es registriert hatte, schien es ihm jedenfalls egal zu sein. Er schob Blythe ein paar Samentütchen mit anderen Blattsalatvarianten hin – Buttercrunch und Red Sails – und erklärte ihr, warum er sie den von ihr ausgewählten Sorten vorzog. »Ich stecke sie Ihnen in die Tüte dazu. Versuchen Sie es mal damit.«

Was für eine nette Geste. Und was für ein reizender Ort, in dem die Menschen so herzlich und entgegenkommend waren. Sie bedankte sich überschwänglich und wandte sich zum Gehen, da sagte er: »Blythe? Eins noch. Könnten Sie auf dem Lieferschein auch Ihre Telefonnummer vermerken?«

»Oh! Aber natürlich. Die vom Festnetzanschluss oder …«

»Mit Ihrer Handynummer wäre ich vollauf zufrieden«, sagte er.

Sie verbiss sich ein Lächeln und kritzelte die Zahlen auf den Zettel.

Anschließend machte sie sich auf den Rückweg, überlegte es sich unterwegs jedoch anders und bog Richtung Strand ab.

Als die Dünen in Sicht kamen, stieg sie vom Rad, hielt es mit den Beinen und kramte in der Handtasche, die sie im Weidenkorb vor dem Lenker verstaut hatte; sie enthielt ihr Portemonnaie, ihr Handy, einen Lippenpflegestift mit Sonnenschutzfaktor sowie eine Flasche Wasser. Von oben brannte die Sonne herab. Sie trank einen Schluck Wasser und radelte dann weiter über einen Pfad bis zum Strand, wo schon reges Treiben herrschte.

Sie stellte das Rad ab und ging ein paar Schritte in die Dünenlandschaft hinein, die da und dort mit Gras, leuchtend grünen Pflanzen und knallrosa Strandrosen bewachsen war. Blythe hielt das Gesicht direkt ins Licht, riskierte ein paar Sekunden UV-Bestrahlung und aalte sich in dem himmlischen Gefühl, dass es vielleicht doch noch ein Leben nach dem als Gattin von Mr Kipton Bishop gab.

Marin spazierte mit Julian zum Pilgerdenkmal, dann liefen sie die Commercial Street hinauf und hinunter und ließen keins der Highlights aus: Cabot's Candy. Shell Design. Atlantic Accents. Ihren Lieblingsladen, Provincia, hob sie sich bis zum Schluss auf, ein weißer Schindelbau am westlichen Ende der Commercial, in dem man schöne portugiesische Töpferwaren und anderes Kunsthandwerk erstehen konnte. Dieses kleine Geschäft führte sie jedes Mal in Versuchung, wenn sie auf dem Weg zu Thomas und Bart daran vorbeikam.

Aber noch nie hatte sie so viel Freude daran gehabt wie jetzt, als sie es zusammen mit Julian betrat, ihn auf handbemalte olivfarbene Schüsseln, Essgeschirr aus Steingut mit Blumenmustern, glasierte Kacheln, Seifen von Luxo Banho sowie auf Becher und Krüge hinwies, die Abbildungen von Fischen oder Olivenzweigen zierten.

»Was hat es mit den Hähnen auf sich?«, fragte er. Richtig, es gab in dem Laden unzählige Hähne aus Ton in allen Größen, einige konnten sogar als Buchstützen Verwendung finden. Alle hatten einen schwarz bemalten Rumpf und waren mit bunten Blumen und roten Herzen verziert. Ein skurriler

Bestandteil des Ladens, nach dem sie sich nie erkundigt hatte. »Ich weiß es nicht«, sagte sie.

»Sie bringen Glück«, sagte der Mann hinter der Verkaufstheke.

»Ist das so?« Julian nahm einen der größeren Vögel in die Hand.

»Laut portugiesischer Überlieferung ist das so.«

»Na dann. Ein bisschen Glück könnten wir gut gebrauchen.« Julian trug den Vogel zur Theke.

»Ist es ein Geschenk?«, fragte der Mann und entfernte das Preisschild.

Julian zwinkerte Marin zu. »Ja, das ist es.«

Kapitel 39

Rachel wurde wach, schlüpfte in ihre orangefarbenen Flip-Flops und lief hinunter in die Küche, aufgeregt wie ein Kind am Weihnachtsmorgen. Sie war gekommen, die Stunde der Wahrheit! Ihr Käse hatte in seinen Formen vierundzwanzig Stunden im Kühlschrank geruht. Den letzten Rest Molke hatte sie gestern Nachmittag mit einem Tuch herausgepresst. Hatte sie alles richtig gemacht, sollte er jetzt servierbereit sein.

Sie nahm ihn aus dem obersten Fach des Kühlschranks und stellte ihn auf die Arbeitsfläche. Er war weiß und ein kleines bisschen klumpig. Kein besonders appetitlicher Anblick, um ehrlich zu sein. Ob alles mit ihm stimmte? Sicherlich sollte sie davon probieren, bevor sie ihn den Gästen vorsetzte. Aber der Gedanke an das Lab …

Doch das gehörte nun mal zu ihrer Aufgabe als Pensionswirtin. Denn wenn er am Ende grauenhaft schmeckte, hätte sie Schande über die Familie gebracht! Sie musste von dem Käse kosten.

Also schnitt sie ein Stück ab und schob es sich in den Mund.

»O mein Gott.« Er war himmlisch – perfekt. Womit ließ er sich vergleichen? Vielleicht mit dem besten Cottage Cheese aller Zeiten, nur fester. Sie hatte es geschafft!

Nicht zu glauben, aber solch ein Erfolgserlebnis hatte sie in ihrem ganzen Leben noch nicht gehabt. So sollte es jeden Tag für sie sein. Könnte aus ihr vielleicht eine

Köchin werden? War das die Bestimmung, nach der sie gesucht hatte?

Sie ging nach draußen, lächelte der Morgensonne zu und stellte Maisbrot, Kaffee und frisches Obst auf den Tisch, völlig versunken in die Vorstellung, ein eigenes kleines Restaurant in Provincetown aufzumachen.

Molly, der schokoladenfarbene Labrador, kam von irgendwoher angelaufen, wedelte mit dem Schwanz und schnüffelte um den Tisch herum.

Rachel spähte um die Hausecke – war Bart im Anmarsch? Nein, offenbar war Molly allein aufgekreuzt. Das tat sie gern, Rachel hatte das ja gleich an ihrem ersten Tag hier erfahren.

Die Tochter der Millers erschien in ultrakurzen Shorts und einem T-Shirt von Marina and the Diamonds.

»Guten Morgen!«, flötete Rachel.

»Hey.« Das Mädchen tätschelte Molly. »An den Hund erinnere ich mich noch vom letzten Sommer.« Sie goss sich Kaffee ein. »Darf ich dich was fragen?« Sie schüttelte sich den langen Pony aus dem Gesicht.

»Klar«, sagte Rachel.

»Kann man in dem Kaff hier irgendwas unternehmen? Es ist so scheißlangweilig. Oder entgeht mir was?«

»Langweilig?«, erwiderte Rachel, als wäre es ein absolutes Fremdwort für sie. »Keine Ahnung. Ich find's super hier.«

»Nimm's mir nicht übel, aber dann warst du noch nie irgendwo, wo es richtig cool ist.«

»Ich lebe in Los Angeles, und das hier ist der schönste Sommer meines Lebens.«

»Okay, dann – egal, was du rauchst, kann ich was davon abhaben?«

Bevor Rachel sich eine Antwort überlegen konnte, kam Marin angerauscht, Hand in Hand mit dem »Freund«. Krise umschifft? Vielleicht war Pflasterabreißen tatsächlich das Beste. Eine Lehre fürs Leben, schon notiert!

»Wow. Du hast ja wirklich Amelias komplette Palette drauf«, sagte Marin, nahm sich ein hart gekochtes Ei und goss sich Orangensaft ein.

Rachel strahlte.

»Guten Morgen«, rief Blythe und kam in ihrem Badeanzug und einem Überwurf aus Frottee zum Tisch. Es hatte eine Zeit lang gedauert, aber mittlerweile ließ sie Strickjacken und Leinenhosen im Schrank. Sie setzte sich Marin und ihrem Freund gegenüber. »Julian, wie schön, dass du Provincetown doch noch ein, zwei Tage erhalten bleibst.«

Blythe stellte sich der Miller-Tochter vor; in dem Moment kam Mrs Miller aus dem Haus geschlendert, in Pyjamahose und einem Sweatshirt mit dem Aufdruck P-TOWN.

»Die Millers kommen schon seit zwanzig Jahren hierher«, erklärte Rachel Marins Mutter.

Joan Miller sah sich am Tisch um. »Sie sind also alle Verwandte von Amelia? Mich laust der Affe. Wir hatten ja keine Ahnung, dass sie so eine große Familie hat. Ich komme mir vor wie auf einer Wiedersehensfeier!«

Rachel und Marin sahen einander an.

»Ja, dieser Sommer hat schon so was davon an sich«, sagte Marin.

Und dann hatte Rachel einen Geistesblitz: Warum sich nur auf das Frühstück beschränken? Warum nicht morgen Abend ein Familienessen veranstalten? Oder gar ein erweitertes Familienessen – sie würde auch Luke, Thomas und Bart dazu einladen. Ein Abendessen unter *Freunden.*

Sie ging in die Küche, um Amelias Rezeptkasten durchzusehen und eine Einkaufsliste zu erstellen.

Marin und Julian mieteten sich Räder und fuhren nach Herring Cove. Dort wanderten sie am Meer entlang, dieselbe Strecke, die Marin morgens immer mit Amelia ging.

Unterwegs sammelte Marin Muscheln und Schnecken und zeigte Julian die verschiedenen Arten.

»Sie bringen dir hier ja richtig was bei«, sagte er.

»Ich gehe fast jeden Morgen mit Amelia zum Strand. Sie hat all die Jahre Muscheln und Schnecken für Kellys Mosaiken gesammelt. Außerdem noch Steine und Meerglas.«

Sie reichte ihm eine makellose weiße Wendeltreppenschnecke.

»Wie ist es eigentlich, bei dieser Frau zu sein, die sich plötzlich als deine Großmutter entpuppt hat?«, fragte er und steckte die Schnecke in die Tasche seiner Shorts.

»Eigenartig, aber nicht so sehr, wie man meinen könnte«, sagte sie, blieb stehen und blickte zum Horizont. »Ich mag sie. Sie macht es einem leicht, sie zu mögen.« Eine Welle nach der anderen rollte an, und sie bückte sich, um Sand von ihren Händen abzuspülen. Als sie wieder aufstand, schien die Sonne ihr ins Gesicht; sie schloss die Augen. »Und ich finde es wunderschön hier.«

»Das kann ich verstehen«, sagte er.

»Natürlich wäre ich lieber unter weniger komplizierten Umständen hier. Aber das, worüber ich mir am meisten Sorgen gemacht habe – nämlich meinem Dad die Wahrheit zu sagen –, hat sich als der schmerzloseste Teil erwiesen.«

»Er hat es gut aufgenommen?«

Sie drehte sich zu ihm. »Er meinte, er hätte es die ganze Zeit gewusst. An seinen Gefühlen für mich hätte das nie etwas geändert.«

Etwas hatte Julians Aufmerksamkeit erregt. Zwei Kinder, ein Junge und ein Mädchen mit sonnengebleichtem Haar und karamellfarbener Haut, liefen an ihnen vorbei. Der um einen Kopf größere Junge bespritzte das Mädchen mit Wasser, und ihre fröhlichen Protestschreie entlockten Marin wie Julian ein Lächeln.

»Interessant, dass wir beide Einzelkinder sind«, sagte er.

»Darüber habe ich noch gar nicht nachgedacht, aber stimmt, du hast recht.«

Er legte den Arm um sie, und sie sahen den beiden Geschwistern zu, bis ihre Mutter aus einiger Entfernung nach ihnen rief.

Eines Tages wird unser Kind genau an diesem Strand spielen, dachte sie.

»Es ist toll hier für Kinder«, sagte er; offenbar gingen seine Gedanken in die gleiche Richtung. Ein Glücksgefühl durchströmte sie. Bis er fragte: »Um welche Zeit ist normalerweise der FedEx-Bote in Provincetown?«

»Das weiß ich nicht genau.« Er dachte an die Test-Sets?

»Vielleicht sollten wir zurück zum Haus und da auf ihn warten.«

Sie sah ihn an, das Wasser leckte an ihren Füßen. Ein kalter Schauer rann ihr über den Rücken.

»Okay. Klar.« Und in dem Moment wusste sie es.

Wenn das Kind nicht von ihm war, bedeutete dies das Aus für sie beide.

***

Rachel kritzelte ihre Einkaufsliste auf dem Beach-Rose-Inn-Notizblock, der auf der Arbeitsfläche neben dem Toaster lag.

4 Pfund frischer Kabeljau
4 Pfund reife Tomaten
4 große Gemüsezwiebeln
8 Knoblauchzehen
1 kleiner Bund Petersilie
Linsen
Quinoa
Grünkohl
Eier

Was noch? Sie warf einen Blick auf die Karteikarten, die viele Jahre beim Kochen zurate gezogen und fleckig geworden waren. Dann vergewisserte sie sich, ob in der Vorratskammer genügend Mehl und Zucker für die Nachspeise vorhanden waren. Vor dem Haus bellte Molly in einer Tour.

»Molly!«, rief sie und fügte mit dem Bleistift der Liste noch einiges an Gemüse hinzu. »Ruhig!«

Das Gebell wurde nur noch wilder. War da draußen jemand? Sie legte den Stift beiseite und ging zur Haustür.

Auf halbem Weg durch den Eingangsbereich entdeckte sie die Frau auf der Couch, die in einer Ausgabe des Magazins *Provincetown* blätterte.

Das konnte nicht sein. Ihre Fantasie spielte ihr einen Streich.

»Hallo?«, sagte sie leise, als spräche sie zu einer Erscheinung, als wollte sie nicht, dass jemand sie hörte und ihre Zwangseinweisung in die Irrenanstalt veranlasste. Im

Augenblick erschien ihr die Vorstellung, dass sie dabei war, den Verstand zu verlieren, als das kleinere von zwei Übeln – und das am ehesten einleuchtende. Die Alternative war zu abgedreht.

»Hey.« Ihre Mutter schloss die Zeitschrift und betrachtete sie so gelassen, als wäre Rachel soeben in ihrem Wohnzimmer auf sie gestoßen.

»Fran? Was machst *du* denn hier?«

»Hast du meine SMS nicht gekriegt? Ich hab dir ein paarmal geschrieben.«

SMS? Wann hatte Rachel ihr Handy überhaupt zum letzten Mal *gesehen?* Sie konnte sich beim besten Willen nicht erinnern. Es war wie ein verkümmerter Teil aus ihrem fernen Leben in Los Angeles. Hier war es sinn- und zweckentleert. Die Leute hier schrieben keine SMS, sie kamen vorbei und sagten Hallo. Oder man traf sich regelmäßig bei Joe. Lief sich in der Canteen-Bar oder am Strand über den Weg. Und sie hatte in der ganzen Zeit nie an jemanden in der Welt da draußen gedacht. Provincetown war zu ihrer Welt geworden – wie sehr, das wurde ihr erst in diesem Moment deutlich.

»Nein, hab ich nicht«, sagte sie.

»Sean und ich sind auf dem Love-Yoga-Fest von Cape Cod. Und da habe ich heute einen Abstecher gemacht, um dich zu sehen.«

»Ihr seid quer durch den Kontinent gefahren für ein Yoga-Festival?«

»Es ist ein Riesending.«

War das nur ein Vorwand, um nach Rachel zu sehen? Entwickelte ihre Mutter schließlich doch noch mütterliche Gefühle?

»Hast du einen Zwischenstopp in Philadelphia gemacht und Nana besucht?«

»Mach ich auf dem Rückweg. Vielleicht.« Sie stand auf und streckte die Arme aus. »Komm her, Kleines.«

Rachel ging zu ihr und ließ sich umarmen, wollte sich über den Besuch freuen – aber das vorherrschende Gefühl war Unbehagen.

»Dann bist du also im Ort abgestiegen? Ist dein Freund auch hier?«, fragte Rachel.

»Er trifft sich mit Freunden irgendwo in der Nähe. Ich habe mir gedacht, ich schaue einfach mal bei dir vorbei und fahre nach dem Abendessen dann wieder, aber ich hab ganz schön lange bis hierher gebraucht. Jetzt überlege ich – kann ich vielleicht hier übernachten?«

»Eigentlich nicht«, sagte Rachel schnell. »Aber du kannst gern zum Abendessen bleiben. Es kommen noch ein paar andere.«

»Sehr cool. Werde ich denn die Großmutter kennenlernen, von der du mir erzählt hast? Wie läuft's mit ihr?«

»Im Augenblick ist sie nicht da.«

»Aber du bist geblieben?«

»Ja. Ich helfe hier aus. Ist eine lange Geschichte.«

Fran ging zur Haustür und blickte auf die Veranda. »Herrliches Wetter. Wie wär's, zeigst du mir den Strand?«

Rachel versuchte sich vorzustellen, wie sie und ihre Mutter nach Herring Cove radelten, sich ein Plätzchen am Strand suchten und friedlich in der Sonne saßen. Wann hatten sie das letzte Mal einen Nachmittag zusammen verbracht? Worüber würden sie reden? Rachel könnte versuchen, ihr von den Geschehnissen der letzten Wochen zu erzählen, aber hatte Fran wirklich Interesse an so etwas? Oder würde sie wie üblich bloß auf eine Gesprächslücke warten, um sie mit Geschichten über ihren neuesten jugendlichen Liebhaber zu füllen? Rachel hatte weder die Zeit noch die Geduld, um es herauszufinden.

»Das passt gerade nicht. Ich muss fürs Abendessen einkaufen.«

»Das können wir doch auf dem Rückweg erledigen.«

»Ich koche, Fran. Dazu brauche ich den Großteil des Nachmittags.«

»Seit wann kochst du?«

»Seit meine Großmutter mir gezeigt hat, wie es geht.«

Fran ließ ein seltsames Lächeln sehen. »Na, das ist doch super. Freut mich, dass dein kleiner Urlaub sich gelohnt hat.«

Es ist kein Urlaub, dachte Rachel. Urlaube sind irgendwann zu Ende. Und da gestand sie sich ein, dass sie nicht vorhatte, je wieder abzureisen.

Der Vaterschaftstest verlief schmerzlos. Zumindest in physischer Hinsicht.

Marin und Julian suchten mit den Test-Sets ein Labor auf, ließen sich Blut abnehmen und unterzeichneten alle notwendigen Papiere. Nun blieb ihnen nichts weiter übrig, als abzuwarten.

»In neun Tagen bin ich wieder zurück«, sagte Julian, der neben seinem Wagen stand, und gab Marin einen Abschiedskuss.

Neun Tage. Dann sollten die Ergebnisse per Post kommen. Neun Tage, und dann hatte Julian die Ausrede, die er brauchte, um sich für immer aus dem Staub zu machen. *Warum willst du überhaupt noch mal herkommen?*, hätte sie am liebsten gefragt. Wollte sie wirklich den Umschlag vor seinen Augen öffnen, als handle es sich um den Oscar für Genetik? Sie schlug Julian vor, dass sie ihn einfach anrufen würde, sobald die Post eingetroffen sei, doch davon wollte er nichts hören. »Die Nachricht müssen wir gemeinsam lesen.«

Okay. Sei's drum.

Als er losfuhr und sein Wagen vom Verkehr auf der Commercial Street verschluckt wurde, stürzte ihre Stimmung in den Keller. Vergiss das Ganze, befahl sie sich. *Verbanne ihn fürs Erste aus deinen Gedanken.*

Sie ging zurück ins Haus; eigentlich wollte sie sich sofort auf ihr Zimmer begeben und die Tür für ein paar Stunden, wenn nicht sogar für den Rest des Tages hinter sich schließen. Aber aus ihrem Fluchtplan wurde nichts, weil Rachel im Wohnzimmer mit einer nicht mehr ganz jungen, sonnenverwöhnten Hippiefrau redete. Sie hatte lange Haare und trug eine Art Strampelanzug mit Batikmuster.

Hatte Rachel den Verstand verloren und noch weitere Gäste aufgenommen?

»Marin – hey. Komm doch kurz rein.«

Rachel stellte ihr die Frau als ihre *Mutter* vor.

Wie die beiden so nebeneinander auf der Couch saßen, war es zu erkennen. An der Kinnpartie, der Nasenform. Bei der Mutter war das Haar mit grauen Strähnen durchsetzt, fiel aber ebenso üppig über die Schultern wie bei Rachel. Auch ihr Stil in puncto Bekleidung war ähnlich, wobei Rachel Boheme-Chic zur Schau trug, ihre Mutter hingegen den Chic-Anteil weitgehend vermissen ließ.

»Schön, Sie kennenzulernen«, sagte Marin.

Fran kniff die Augen zusammen und sah abwechselnd

Marin und Rachel an. »Und, gibt es Ähnlichkeiten? Ich sehe keine. Seid ihr sicher, dass ihr verwandt seid?«

»Ja«, sagten Rachel und Marin einstimmig. Rachel schüttelte deutlich gereizt den Kopf.

»Wie lang bleiben Sie im Ort?«, fragte Marin höflich.

»Nach dem Abendessen bin ich wieder weg. Rachel hat mich zu ihrer kleinen Fiesta eingeladen.«

Marin sah erstaunt zu Rachel, die erklärte, dass sie für den Abend etwas kochen wollte und Luke, Thomas und Bart eingeladen hätte. »Ich dachte, wo du und Julian auch hier seid, da … wird es bestimmt ein lustiger Abend.«

»Julian ist nach New York zurückgefahren«, sagte Marin.

Fran gähnte. »Okay, Mädels, dann macht euch mal ans Abendessen. Ich gehe ein bisschen Sonne tanken.« Sie sah auf ihrem Handy nach, wie man zum Strand kam, und verschwand mit einem fröhlichen Winken.

»Scheiße«, sagte Rachel.

»Du hattest keine Ahnung, dass sie herkommt?«

»Nicht die Spur.«

»Na, es ist doch aber nett. Offenbar vermisst sie dich.«

Rachel schüttelte den Kopf. »Ich weiß nicht. Es ist irgendwie komisch. Ständig ist sie wochenlang irgendwo unterwegs. Und jetzt soll sie mich auf einmal vermissen? Vielleicht gefällt es ihr bloß nicht, dass die Rollen dieses Mal vertauscht sind.«

Die Fliegengittertür klappte auf und wieder zu; sie drehten sich um und sahen Amelia, die ihre Reisetasche ins Haus schleppte.

»Du bist wieder da!«, sagte Rachel mit einem breiten Lächeln.

»Ja, wir sind wieder da«, sagte Amelia. Marin sah ihre tief

umschatteten Augen. Kelly, die mit etwas Abstand folgte, wirkte dünner als noch vor drei Tagen. Die Sorge ließ Marins Magen in Aufruhr geraten.

»Wie sieht's aus hier?«, fragte Kelly, hörbar außer Atem.

»Super! Die Millers sind so cool, und alles läuft rund. Sie fahren morgen früh – perfektes Timing.«

Rachel strahlte, erzählte, was sie alles gekocht hatte, dass ihr sogar der Käse gelungen sei, sie berichtete vom Kommen und Gehen der Millers, ohne Amelias Geistesabwesenheit und Kellys offensichtliche Erschöpfung zu bemerken.

Marin wurde klar, dass ihre Schwester nicht eingeweiht war, was Kelly betraf.

»Die beiden wollen sicher erst mal auspacken«, sagte Marin und stoppte damit Rachels Redeschwall. Amelia lächelte ihr dankbar zu. Marin half ihnen, das Gepäck nach oben zu tragen; als Amelia ins Bad ging, sah Marin zu ihrem Entsetzen, dass Kelly Halt an der Kommode suchte.

»Hast du Schmerzen? Was ist los?«

»Mir geht's beschissen.«

»Kann ich irgendwas für dich tun?«

Kelly schüttelte den Kopf. Marin betrachtete die Innenseite ihres Handgelenks, ihr gemeinsames Tattoo. Sie war so dankbar, dass Kelly sie an dem Morgen, an dem sie die Flucht ergreifen wollte (ein Impuls, der mittlerweile schwer vorstellbar war), zum Bleiben überredet hatte. Nun musste umgekehrt sie Kelly beistehen – zu einer Zeit, in der sie eigentlich keinen klaren Gedanken fassen konnte. »Kelly, wenn du Schmerzen hast, musst du dir Hilfe holen.«

Mit einem Klicken ging die Badezimmertür auf. Marin

umarmte Kelly kurz, spürte ihre spitzen Schultern, die sie behutsam umschlang.

»Marin, Liebes, hab Dank. Wir ruhen uns erst mal ein bisschen aus«, sagte Amelia.

»Kann ich irgendwas tun?«

Amelia schüttelte den Kopf, und Marin begriff, dass sie einfach allein sein wollten.

Während sie langsam nach unten ging, kämpfte sie mit den Tränen. Rachel war in der Küche und kritzelte, über die Arbeitsfläche gebeugt, irgendetwas auf einen Notizzettel. Marin spähte über ihre Schulter und sah, dass es sich um eine ausgefeilte Einkaufsliste handelte.

»Hör zu, du kannst hier heute Abend keine Dinnerparty veranstalten«, sagte Marin. Rachel drehte den Kopf zu ihr um.

»Wieso nicht?«

»Glaub mir, Kelly und Amelia brauchen Ruhe und Frieden.«

Rachel wandte sich um und lehnte sich an die Arbeitsfläche, mit ihrer Liste in der Hand. »Wer sagt das?«

»Ich sage das, okay? Heute ist kein guter Abend für so etwas.«

»Aber ich habe schon alle eingeladen. Und ich gehe jetzt einkaufen«, sagte Rachel.

»Jetzt sei nicht so albern!« Marin war frustriert. »Du bist wie ein Kind, das Lob von Amelia hören will, weil es so brav kocht und putzt und versucht, den Laden am Laufen zu halten.«

Rachels Wangen röteten sich. Marin bereute ihre Worte noch im selben Moment. »Entschuldige.«

»Soll ich lieber so sein wie du? Den halben Sommer

Trübsal blasen und die anderen von früh bis spät um dich herumscharwenzeln lassen, damit du nur ja dableibst? Fick dich!«

Rachel schnappte sich ihre Strohtasche, die auf der Arbeitsfläche stand, stopfte die Liste hinein, hängte sich die Tasche über die Schulter und verschwand durch die Hintertür.

»Keine Dinnerparty!«, rief Marin ihr nach.

Kapitel 40

Warren Ames brauchte genau drei Stunden, dann rief er an und lud Blythe zum Abendessen ein. Sie wählte ihre Kleidung mit Sorgfalt und fast so etwas wie Übermut. Zum ersten Mal seit Wochen trug sie Leinenhosen und eine türkisfarbene Bluse zu ihren Perlen. Sie frisierte und schminkte sich und schlüpfte dann so schnell und leise wie möglich aus dem Haus, damit sie um Himmels willen nicht irgendjemandem in die Arme lief und erklären musste, wohin sie ging.

Die Aussicht, Warren Ames zum Dinner zu treffen (ein Date wollte sie es nicht nennen), rief in ihr so gemischte Gefühle hervor, dass sie absolut niemandem davon erzählen konnte – am wenigsten Marin. Einerseits tat sie sich mit der Vorstellung schwer, dass ihre Ehe am Ende war. Doch nachdem sie sich vier Monate lang etwas vorgemacht hatte und nicht zugeben wollte, was ablief, kam sie sich allmählich töricht vor. Immerhin hatte sie Kip gebeten, die Schuhschachtel aus ihrem Versteck hervorzuholen.

Er würde neue Wege einschlagen, und das würde sie früher oder später ebenfalls tun müssen.

Warren hatte einen Tisch im Red Inn reserviert – eine unglückliche Wahl. Unwillkürlich musste sie daran denken, wie gern sie dort mit Kip gesessen hätte, damals, als sie noch Hoffnungen bezüglich ihrer Ehe hegte.

Warren erwartete sie an der Bar. Der in Zartgelb gehaltene

Raum mit der Holzbalkendecke und dem gemauerten Kamin wirkte warm und anheimelnd.

Als er sie sah, erhob er sich und küsste sie auf die Wange.

»Schön sehen Sie aus«, sagte er. Sie spürte, dass sie rot wurde. Er war noch attraktiver, als sie ihn in Erinnerung hatte, und sie fragte sich, warum er Single war. Geschieden?

»Ich bin Witwer«, erklärte er, nachdem sie ihre Plätze an einem Tisch mit Blick aufs Meer eingenommen hatten. Er hatte zwei erwachsene Söhne; der eine stand kurz vor seinem Abschluss an der University of Wisconsin, der andere arbeitete als Meeresbiologe in Santa Barbara. Die Pflanzenschule hatte seiner Frau Catherine gehört. Seit sie fünf Jahre zuvor an Multipler Sklerose gestorben war, betrieb er sie selbst. Sie waren in den Anfängen ihrer Ehe nach Provincetown gezogen – nicht gerade der ideale Ort für einen Witwer, wie er eingestand. »Ich fühle mich hier einsam, vor allem im Winter. Andererseits sind all meine Erinnerungen an Catherine mit Provincetown verknüpft, das macht es mir schwer, einfach auf und davon zu gehen.«

Sie wollte nicht über ihre persönliche Situation reden, sagte nur, dass sie noch verheiratet sei und am Beginn eines Scheidungsprozesses stehe.

»Es ist alles noch sehr frisch. Und kompliziert.« Halb und halb hoffte sie, er werde stutzen und sich nach dieser Bemerkung zurückziehen – dann würde sie sich nicht weiter mit ihrem starken Unbehagen und ihren zwiespältigen Gefühlen bezüglich dieses Abends beschäftigen müssen. Doch er war verständnisvoll und mitfühlend und lenkte das Gespräch gewandt auf neutraleren Boden: ihre beruflichen Laufbahnen. Er war ursprünglich Wirtschaftsprüfer gewesen. Sie erzählte ihm von ihrer nicht weiter nennenswerten Ballettkarriere.

»Eine Ballerina. Das überrascht mich gar nicht. Sie haben noch immer eine sehr anmutige Haltung.«

O Gott, das war zu viel. Was für ein reizender Mann, und die Art und Weise, wie er ihr seine volle Aufmerksamkeit schenkte, war schmeichelhaft, ohne dass es allzu unterwürfig wirkte. Sie versuchte sich einen Abend mit Kip im Restaurant vorzustellen, an dem er nicht alle paar Minuten auf sein Handy schaute. Undenkbar. Warum also ließ dieser Abend sie Kip nur noch stärker vermissen?

»Es ist lange her«, sagte Blythe.

»Sie haben seitdem nie mehr getanzt, auch nicht als Hobby?«

»Nein. Als meine Tochter auf der Welt war, fehlten mir sowohl die Zeit wie das Interesse.«

Das stimmte allerdings nicht ganz.

Nach zwei Jahren, in denen sie mit Marin zur musikalischen Früherziehung gegangen war, ihr die ersten Buchstaben beigebracht und dreimal am Tag kleinkindgerechte Mahlzeiten zubereitet hatte, heuerte Blythe eine Babysitterin an, eine Nepalesin namens Pema. Sie war liebevoll und freundlich und hatte selbst eine Tochter, die schon im Teenageralter war. Blythe hatte keine Bedenken gehabt, ihr Marin dreimal die Woche vormittags für ein paar Stunden zu überlassen und im Center City Ballettstunden zu nehmen. Es war himmlisch, wieder an der Stange zu stehen, wieder Macht über ihren Körper zu haben und zu spüren, wie die Muskulatur sich an die alten Bewegungen erinnerte. Ein paar Wochen lang war sie so glücklich wie schon lange nicht mehr. Ihr Leben war rund und ganz. Sie hatte ihre wunderschöne Tochter, sie lebte mit Kip in einem ansehnlichen Haus und konnte nun, nach ein paar Jahren Abstand, zum Ballett zurückkehren – mit der alten Leidenschaft, aber ohne den Druck und die Versagensängste.

Doch eines Tages bog sie in die Zufahrt zum Haus ein und hörte schon von draußen Marins markerschütternde Schreie.

Sie rannte ins Wohnzimmer, wo sie Marin, die immer noch wie am Spieß brüllte, neben der Couch entdeckte. Pema stand hilflos daneben.

»Was hat sie denn?« In dem Moment entdeckte Blythe die Blasen auf Marins Hals und Schlüsselbein. Zunächst dachte sie an eine allergische Reaktion, doch dann sagte Pema etwas von heißem Tee, und Blythe begriff, dass ihre Tochter ernsthaft verbrüht war. »Verdammte Scheiße, warum hast du mich nicht angerufen?« Sie legte Pema immer einen Zettel mit der Nummer der Ballettschule hin. Immer.

Mit zitternden Händen nahm sie Marin in die Arme und wählte Kips Nummer.

Seine Sekretärin holte ihn aus einer Besprechung. Er wies sie an, einen Krankenwagen zu rufen. Das hätte sie als Erstes tun sollen, aber sie hatte nur den einen Gedanken gehabt – dass sie Kip brauchte. Er sagte, er werde in der Klinik zu ihnen stoßen.

Auf dem Weg zum Lankenau-Hospital, in dem sie Marin zur Welt gebracht hatte, wurde Blythe wieder ruhiger und beherrschter. Kips Stimme hatte sie aus ihrer Hysterie gerissen. Und auch Marin, die in ihren Armen den tröstenden Worten ihrer Mutter lauschte, beruhigte sich ein wenig.

Zehn Tage lang wechselten Blythe und Kip Verbände. Marins Verletzungen mussten unter allen Umständen steril gehalten werden, um eine Infektion zu verhindern. Jedes Mal, wenn sie neu verbunden wurde, weinte Marin, als hätte sie sich abermals verbrüht. Blythe konnte es kaum ertragen, doch Kip war da, mit ruhiger und fester Hand.

Der Spezialist für Verbrennungen riet ihnen, die betroffenen Bereiche vor Sonneneinstrahlung zu schützen. Dann würden sie aller Voraussicht nach so gut verheilen, dass man meinen könnte, es sei nie etwas geschehen. Und tatsächlich, die Narben verschwanden. Doch Blythes Schuldgefühle wegen des Vorfalls blieben ungemindert bestehen.

Sie ging nicht mehr zu den Ballettstunden. Wäre sie nicht so selbstsüchtig gewesen und stattdessen zu Hause bei der Kleinen geblieben, wie es sich gehörte, hätte es solch einen Unfall nie gegeben. Sie machte sich entsetzliche Vorwürfe. Von Kip, das musste man ihm lassen, bekam sie nie welche zu hören.

Es war so einfach, sich rückblickend als das Opfer in ihrer Ehe hinzustellen, als selbstlose Mutter, die zu Hause alles schulterte, während für den Ehemann die Karriere an erster Stelle stand. In vieler Hinsicht traf das für Kip auch zu. Aber hätte Blythe den Wunsch verspürt, erneut an einer eigenen Karriere zu arbeiten, hätte er sie darin unterstützt. Es war schlicht so, dass sie nach Marins Geburt nichts weiter sein wollte als eine Vollzeitmutter. Vielleicht waren es die Zweifel an der Richtigkeit ihrer Entscheidung, die sie Groll gegen Kip hegen ließen – er konnte alles haben, eine Familie und eine grandiose Karriere. Und ganz sicherlich deswegen hatte Marins geplatzte Verlobung sie so entsetzt. Es kam ihr vor wie ein Tadel an ihrer damaligen entgegengesetzten Wahl. Natürlich konnte davon nicht die Rede sein. Marin hatte nur mitten in ihrem eigenen, chaotischen Entscheidungsfindungsprozess gesteckt.

Warren hob sein Weinglas. »Auf vergangene Leben«, sagte er.

Sie stieß mit ihm an und mühte sich, ihn so aufrichtig anzulächeln, wie er es verdient hatte.

Als Rachel Luke anrief und das Abendessen absagte – mit der Begründung, Marin habe sie zur Schnecke gemacht, weil sie keine Rücksicht auf Kelly und Amelia nehme –, schlug er vor: »Wenn du trotzdem noch was kochen willst, bring das ganze Zeug doch rüber. Mein Dad und Bart finden das bestimmt super. Du musst nur Paul miteinrechnen, er ist gerade zum Schwimmen da und bleibt vermutlich zum Abendessen.«

Rachel, die immer noch an ihren Plänen für den Abend hing, willigte ein.

Der einzige Haken an der Sache war Fran. Wie würde Luke ihre Mutter finden? Ach, wen kümmerte das schon. Sie beide würden eh nie ein Paar werden. Seine Meinung spielte keine Rolle. Sie musste ihre Denkweise ändern, musste endlich loslassen.

In der Küche von Thomas und Bart machte Rachel den Grünkohlsalat mit frisch ausgequetschtem Zitronensaft an und bestreute ihn dann mit Pinienkernen. Sie bat ihre Mutter, die Schüssel zum Esstisch zu tragen.

»Ich liebe diese Küche!«, sagte Fran und spielte an dem mintgrünen Vintage-Toaster herum.

»Hörst du bitte auf, die Küchengeräte zu befummeln, und hilfst mir dabei, das Essen auf den Tisch zu bringen«, sagte Rachel.

»Aber dieser Toaster«, gurrte Fran. »So glatt … so glänzend.«

Rachel schaute sie an. »Bist du high?«

Klar war sie das. Sie hatte sich für eine Weile mit Paul verzogen. Rachel seufzte und trug den Salat selbst ins Esszimmer. Als sie in die Küche zurückkam, war Fran in ein anderes Zimmer abgedriftet.

Rachel entfernte den Schraubverschluss von einer Flasche Kim Crawford Sauvignon Blanc und goss sich gerade ein Glas ein, als Paul eintrat und eine Flasche Wodka sowie ein halbes Dutzend Limetten auf der Arbeitsfläche deponierte.

»Ich hab mir gedacht, wir mixen uns heute Abend Kamikazes«, sagte er und zog eine weitere Flasche aus einer braunen Papiertüte. »Die geheime Zutat: Combier.«

»Nur zu. Ich bleibe bei Wein.«

Paul fischte eine Zitronenzange aus einer Küchenschublade, schnitt eine Limette in zwei Hälften und presste den Saft in ein Glas. »Ich möchte dich mal was fragen. Was zum Teufel ist mit Kelly los?«

Rachel sah ihn verdutzt an. »Keine Ahnung. Was meinst du damit?«

»Ach komm, spar dir den Mist. Ich kenne sie länger als du. Ich gehöre auch zur Familie.«

»Paul, ganz ehrlich, ich weiß nicht, wovon du redest. Sie und Amelia waren ein paar Tage verreist. Sie sind eher zurückgekehrt, aber ich habe sie seitdem praktisch noch gar nicht gesehen. Wieso? Was denkst *du* denn, was los ist?«

»Vielleicht ist der Krebs wieder da. Genauso hat sie sich letztes Jahr verhalten, als sie die Diagnose bekam – war auf einmal verschollen.«

Rachel war das alles völlig neu. Sie wusste nichts über eine frühere Krebserkrankung und hatte somit keinen Grund zu der Annahme, Kelly sei erneut erkrankt. Wahrscheinlich machte das Hasch Paul paranoid.

»Ich muss das Essen servieren.«

Die Stimmung war ausgelassen. Alle schienen sich aufrichtig zu freuen, dass Fran mit von der Partie war. Thomas ging es an diesem Abend offensichtlich gut, Bart feierte einen erfolgreichen Verkauf eines Gemäldes in seiner Galerie, und Paul war hin und weg von einem Typen, den er beim Hummerfest kennengelernt hatte. Der Wein floss in Strömen, Rachels Kabeljau war grandios – sie musste sich auf das Urteil der anderen verlassen, da sie selbst ja nichts davon aß –, und Fran gab Geschichten von ihren wildesten Ausschweifungen in Los Angeles zum Besten, einschließlich ihres One-Night-Stands mit Anthony Kiedis.

»War das während der *One Hot Minute*-Tournee?«, fragte Bart.

»Ihr schlechtestes Album«, knurrte Rachel. Das stimmte zwar, aber warum musste sie es gerade jetzt sagen? Plötzlich wurde sie wütend auf Fran. Stinkwütend.

Fran war so witzig, so amüsant – nur als Mutter hatte sie versagt.

»Rachel, der Kabeljau ist fantastisch«, sagte Thomas. »Ich glaube, der Knaller dabei sind die Paprika.«

»Nicht zu fassen, du kannst tatsächlich kochen«, sagte Fran.

»Ja, Amelia ist eine tolle Lehrerin«, erwiderte Rachel.

»Im Gegensatz zu mir.« Fran lachte, als wolle sie einen Scherz machen.

»Ganz richtig«, sagte Rachel. »Im Gegensatz zu dir.«

Fran ging auf, dass hinter dieser Bemerkung mehr steckte; sie legte ihre Gabel weg. »Was soll das heißen?«

»Na ja, also – das steht doch wohl mal fest: Du hast mir nicht allzu viel beigebracht.«

»Wusste ich's doch, dass es bei der Reise eigentlich darum geht! Ich war als Mutter eine Niete, also musstest du davonlaufen, um dir was Besseres zu suchen.«

»Nein, darum geht es nicht. Obwohl, stimmt schon, wenn du dir als Mutter mehr Mühe gegeben hättest, hätte ich vielleicht nicht mein Leben lang das Gefühl gehabt, dass mir etwas fehlt. Aber weißt du was? Letzten Endes hast du mir damit einen Gefallen getan, weil es mich dazu gebracht hat, den Rest meiner Familie zu finden.«

»Du hast doch keine Ahnung, wie es ist, ein Kind allein großzuziehen!«, schrie Fran.

»Das war deine Entscheidung!«

»Okay, Rachel?«, sagte Luke. »Wollen wir einen kleinen Spaziergang machen und etwas frische Luft schnappen? Bart und Paul können in der Zwischenzeit abräumen, ja?«

»Na klar«, sagte Bart. »Kein Thema.«

Rachel warf ihre Serviette hin und folgte Luke zur Tür.

Nach dem Abendessen bestand Warren darauf, sie nach Hause zu begleiten. Ihm das abzuschlagen wäre extrem unhöflich gewesen, aber Blythe hatte eine Heidenangst, jemandem über den Weg zu laufen. Als sie am Haus von Bart und Thomas vorbeikamen, hielt sie den Atem an. Schließlich standen sie auf der Veranda der Pension, und sie kam sich vor wie eine scheue Hauskatze.

»Alles okay?«, fragte Warren.

»Ja – natürlich. Ich habe bloß meiner Tochter nichts davon gesagt, dass ich heute Abend ausgehe, und … Es ist albern, ich weiß.«

»Nein, ganz und gar nicht. Wahrscheinlich ginge es mir ebenso, wenn meine Jungs hier wären.«

»Es war wundervoll. Vielen, vielen Dank. Ein so schöner Abend – das hätte ich als Letztes erwartet.«

Sein Lächeln war warm. Sie erwiderte es und versuchte, nicht darüber nachzudenken, ob er sie küssen würde oder nicht. Als er sich zu ihr beugte, war klar, dass er es bei einem Wangenkuss belassen würde.

»Ich fand es auch wunderbar, Blythe. Und ich denke, in dieser Lebensphase tut es uns gut, offen für Unerwartetes zu sein.«

Rachel nahm Lukes ausgestreckte Hand und balancierte von Fels zu Fels. Langsam arbeiteten sie sich voran.

»Das reicht«, sagte sie, als sie sich etwa eine Viertelmeile vom Land entfernt hatten. Sie spürte den Wein und vermutete, dass es Luke ähnlich ging. Es war dunkel, die See kabbelig. Rachel war nervös.

»Noch ein kleines bisschen weiter? Wenigstens einmal in diesem Sommer sollten wir es bis ans Ende schaffen.«

»Nein.« Sie schlang die Arme um sich. Es hatte eine Zeit gegeben, in der sie Luke überallhin gefolgt wäre. Aber nicht jetzt.

Er drängte sie nicht.

»Das ist also deine Mom«, sagte er.

»Yep.«

»Interessante Frau.«

»So könnte man es auch ausdrücken.«

»Es tut mir leid, dass sie dich so auf die Palme bringt.«

»Das Verrückte dabei ist, dass mir erst klar wurde, wie wütend ich auf sie bin, als sie hier aufgetaucht ist. Marin und ihre Mutter sind sich so nah – das macht mich eifersüchtig.

Amelia ist so fürsorglich, und das zeigt mir, wie viel mir in meinem Leben gefehlt hat. Ich weiß wirklich nicht, warum meine Mutter mich überhaupt bekommen hat.«

»Wichtig ist, dass sie dich bekommen hat. Und in Anbetracht der Umstände war es kein Unfall. Sie wollte wirklich ein Kind. Und sie liebt dich, auch wenn du dir vielleicht eine andere Mutter gewünscht hättest. Aber das kann man sich eben nicht aussuchen. Schau mal, ich liebe meinen Dad. Und doch gab es Zeiten, da war ich ziemlich sauer auf ihn, weil er uns sitzen gelassen hat. Nach und nach verstand ich, dass er sein Bestes getan hat. Bei deiner Mom ist es das Gleiche. Und hey, sie ist hergekommen, um dich zu sehen. Das hätte sie ja auch bleiben lassen können, oder?«

Rachel nickte. Da hatte er recht. »Danke, dass du vorhin dazwischengegangen bist. Es wäre sonst noch viel hässlicher geworden.«

»Kein Problem.«

Sie seufzte. »Trotzdem bin ich froh, dass ich das alles zu ihr gesagt habe. Ich hab's rausgelassen.«

»Geht's dir jetzt besser?«

»Ja.«

»Die Beziehung zu Eltern ist genauso wie die zu anderen Menschen. Sie erfordert Arbeit. Aber es lohnt sich. Du willst deine Mom doch sicher nicht abschreiben.«

»Nein. Obwohl, ich glaube, auf irgendeiner Ebene hatte ich schon damit angefangen. Und dann tauchte sie hier auf und drängte sich ein, so kam es mir vor. Es war leichter, sie beiseitezuschieben, als zuzugeben, wie wütend ich auf sie bin.« Sie sah sich um. Das Land mit seinem trockenen, festen Boden unter den Füßen schien weit, weit weg. »Lass uns zurückgehen.«

Er fasste sie am Arm – um ihr Halt zu geben, wenn sie auf dem Felsen kehrtmachte, so dachte sie. Doch als sie zu ihm aufsah, schlang er den Arm um ihre Taille, zog sie an sich und küsste sie.

Was war das denn jetzt? Instinktiv wollte sie den Kuss erwidern, öffnete sich seinem Mund. Doch dann schaltete ihr Verstand sich zu und warnte: *Achtung … Gefahr!* Sie hatte sich endlich damit abgefunden, dass sie für ihn nicht in Betracht kam, und nun … kam sie offenbar doch in Betracht. Sie wich zurück und sagte, atemlos à la Marilyn Monroe, was aufgesetzt klang, es aber nicht war: »Ich bin zu jung für dich, weißt du noch?«

»Ja. Was das angeht, war ich ein Idiot.« Und er küsste sie noch einmal.

Kapitel 41

Als Marin aufwachte, goss es draußen in Strömen. Sie fühlte sich fast so deprimiert wie an ihrem ersten Morgen in diesem Haus. Lange starrte sie den portugiesischen Glückshahn auf ihrem Nachttisch an, bevor sie sich zum Aufstehen zwang.

Familie Miller fand sich kurz nach acht zu ihrem letzten Frühstück in der Küche ein. Marin machte Kaffee, da Rachel offenbar verschollen war. Sie holte Maisbrot, hart gekochte Eier, Himbeeren und Orangensaft aus dem Kühlschrank und stellte alles auf den runden Küchentisch, dessen weiße Lackierung gerade so weit abgeblättert war, dass es charmant wirkte.

Während Mr Miller das Gepäck im Wagen verstaute und die Kids Ausschau nach Steckdosen hielten, um ihre elektronischen Spielzeuge schnell noch aufzuladen, sagte Mrs Miller zu Marin, wie sehr sie es bedaure, Amelia und Kelly kaum zu Gesicht bekommen zu haben.

»Bitte richten Sie den beiden aus, dass wir uns schon darauf freuen, sie nächsten Sommer wiederzusehen. Wenn wir zu Hause sind, schreibe ich gleich eine E-Mail, um zu reservieren.«

Molly sprang auf und wedelte mit dem Schwanz, der dumpf gegen das Tischbein schlug; jemand kam über die Hintertreppe herunter. »Vielleicht ist das ja Amelia, dann können Sie es ihr gleich selbst sagen«, meinte Marin.

Doch es war nicht Amelia, sondern Nadine in einem schwarzen Sommerkleid; sie hatte einen Laptop dabei. Molly bellte, und Nadine brachte sie zum Schweigen.

»Du bist also wieder da«, sagte Marin.

»Bin ich. Und … wer sind Sie? Noch eine lange verloren geglaubte Verwandte?«, fragte Nadine Mrs Miller.

»Was? Nein … Wir sind Gäste. Wir sind jeden August hier.«

»Ich dachte, die Pension wäre diesen Sommer geschlossen«, sagte Nadine zu Marin. Mrs Miller sah sie verwirrt an.

»Offensichtlich nicht«, sagte Marin rasch. »Hier geht alles seinen Gang.«

»Geschlossen? *Aus-ge-schlos-sen!*« Mrs Miller gluckste. »Ich habe gerade zu Marin gesagt, dass ich unsere Zimmer gleich wieder fürs nächste Jahr reservieren will.«

»Das ist vielleicht ein bisschen voreilig«, sagte Nadine.

Mr Miller erschien in der Tür und verkündete, er habe alles im Auto untergebracht, und die Kinder seien nur noch kurz auf die Toilette gegangen.

»Ich bringe Sie hinaus«, sagte Marin und warf Nadine über die Schulter einen Blick zu, der – so hoffte sie – klar und deutlich signalisierte: *Halt bloß den Mund.*

Nach einer schnellen Verabschiedung auf der Veranda winkte sie den Millers beim Abfahren noch zu, dann hastete sie zurück in die Küche. Nadine verputzte gerade den letzten Orangenmuffin.

»Was sollte das denn eben?«, fragte Marin. Nadine schenkte sich Kaffee ein und zuckte mit den Achseln.

»Was fragst du mich. Meine Mutter hat gesagt, sie nähme in diesem Sommer keine Gäste auf.«

»Es ist eine lange Geschichte. Du hättest nicht so grob sein müssen.«

»Das war nicht grob. Das war ehrlich. Die Pension nimmt auch im nächsten Sommer keine Gäste auf, und das kann man der Frau ebenso gut gleich sagen.«

»Woher willst du wissen, was Amelia nächsten Sommer tut oder nicht tut?«

Nadine sah sie finster an. »Geh einfach zurück nach New York. Pack deine Sachen, wie die vier da vorhin. Keine Ahnung, wie lange du meiner Mutter noch auf der Tasche zu liegen gedenkst, aber eins sage ich dir: Damit hat es bald ein Ende. Sie verkauft das Haus.«

Das Geräusch von Regen, der ans Fenster pladderte, weckte Rachel. Sie brauchte ein paar Sekunden, um sich zu erinnern, wo sie war: in Lukes Bett. Mit einem Lächeln drehte sie sich zur Seite und betrachtete sein Gesicht; er schlief noch. Nicht zu fassen – da hatte sie sich so lange ausgemalt, Sex mit Luke Duncan zu haben, und jetzt war es tatsächlich passiert. Allein bei dem Gedanken daran, wie er sie berührt hatte, schlug ihr Magen einen kleinen Salto.

Plötzlich fiel ihr auf, dass ihr Handywecker nicht geklingelt hatte. Sie setzte sich auf und suchte auf dem Nachttisch nach ihrem Telefon. Es war schon fast elf. »Mist!«

»Was ist?«, fragte Luke noch im Halbschlaf und streckte die Hand nach ihr aus.

»Ich hab verpennt«, sagte sie. »Dabei wollte ich doch rechtzeitig zurück sein, um Frühstück zu machen. Die Millers fahren heute ab.«

»Mach dir keine Sorgen. Amelia ist ja wieder da. Sie hat bestimmt für alles vorgesorgt.«

Sie ließ sich zurück auf das Kissen sinken und schmiegte sich an ihn. Er küsste sie auf den Kopf.

»Ist das verrückt«, flüsterte sie.

Seine Arme schlossen sich fester um sie. Sie überlegte, ob sie sich anziehen sollte. Vermutlich wollte er an seinem Buch weiterarbeiten.

»Ich sollte dann mal los«, sagte sie.

Er setzte sich auf und sah zu dem vom Regen vollgespritzten Fenster. »Kein Strandtag«, bemerkte er.

»Nein.«

»Wir könnten uns einen Film anschauen.«

»Luke, es ist schon okay. Du musst mich nicht unterhalten oder so.«

Er schüttelte den Kopf. »Dummkopf. Das weiß ich. Ich habe den ganzen Sommer damit verschwendet, dich auf Abstand zu halten. Die verlorene Zeit will ich jetzt nachholen.«

Sie lächelte. »Echt?«

»Ich bin am Verhungern«, sagte er. »Schauen wir mal, was mein Dad in der Küche hat. Frühstück ist die einzige Mahlzeit, die ich hinbekomme. Magst du Eier?«

»Ja«, sagte sie und schlüpfte in die Jeans vom Vortag, die hastig hingeworfen neben Lukes Bett lag. Er nahm ein blaues Sweatshirt mit dem Aufdruck »University of Rhode Island« aus dem Schrank und gab es ihr. »Wenn es draußen kühl ist, zieht es in der Küche.«

Leicht verlegen ging sie, Hand in Hand mit Luke, hinunter in die Küche. Bei so einem Wetter hatten Thomas und Bart sich mit Sicherheit irgendwo im Haus verkrochen, und sie fühlte eine gewisse Scham – nur dass es nichts gab, wofür sie sich schämen musste. Außerdem würden Thomas und Bart bestimmt nicht schockiert sein, so oft, wie sie Rachel in diesem Sommer schon vielsagende Blicke zugeworfen hatten. Die Einzige, die vom Verlauf der letzten Nacht überrascht sein mochte, war vermutlich sie selbst.

»Da bist du!« Fran sprang vom Küchentisch auf. »Ich hab schon in dem anderen Haus nach dir gesucht.«

»Na, jetzt hast du mich ja gefunden«, sagte Rachel und setzte sich ihr gegenüber auf einen der Arts-and-Crafts-Stühle.

»Ich fahre nach dem Mittagessen«, sagte Fran.

Rachel fragte sich, ob ihr Streit von gestern Abend Fran überhaupt nicht erschüttert hatte; sie wirkte so gechillt wie üblich.

»Kaffee, Fran?«, fragte Luke und goss Rachel einen Becher ein.

Fran winkte ab und sagte, sie hätte gerade begonnen, sich zu entschlacken. Luke unterhielt sich mit ihr über den Yoga-Retreat auf Cape Cod, und Rachel war vollauf damit zufrieden, in seinem Anblick zu schwelgen. Irgendwann fiel es ihm auf, er zwinkerte ihr zu, und sie hätte vor Glück sterben können.

Es klingelte an der Haustür; er entschuldigte sich und ging hin, um aufzumachen.

»So, so«, sagte Fran. »Schön für dich. Kein Wunder, dass du den ganzen Sommer hiergeblieben bist. Du hättest mir eine Ansichtskarte mit *ihm* drauf schicken sollen. Weitere Erklärungen unnötig!«

Rachel schüttelte den Kopf. Sie wollte das Thema nicht weiter vertiefen. Fran würde es nicht verstehen. Sie an Rachels Stelle hätte es irgendwie geschafft, gleich am Tag der ersten Begegnung mit ihm zu schlafen.

»Ich sollte dann mal los«, sagte Rachel.

»Warum?«

Warum? Weil ihr mit dem hier nicht besonders wohl zumute war. Sie brauchte kein Am-Morgen-danach-Brunch mit ihrer Mutter. »Komm gern noch zur Pension, damit wir uns verabschieden können, bevor du losfährst.«

Sie schaute zur Küchentür und fragte sich, was Luke so lange aufhielt. Dann ging sie wieder nach oben in sein Zimmer, um ihre Tasche zu holen. Beim Blick aus dem Fenster beschloss sie, seinen Kapuzenpulli anzubehalten. Er hatte sicher nichts dagegen. Sie betrachtete das zerwühlte Bett und lächelte. *Es ist tatsächlich wahr.*

Wieder unten hörte sie seine Stimme, noch bevor sie ihn sah. Er war nicht allein.

Sie folgte dem Klang der Gesprächsfetzen bis ins Wohnzimmer. Luke kehrte ihr den Rücken zu, ihm gegenüber stand eine bildhübsche Asiatin, die bei Rachels Auftauchen eine überraschte Miene aufsetzte. Sie war etwa so alt wie Rachel, hatte ausgeprägte Wangenknochen, einen herzförmigen Mund und schulterlanges Haar mit einem akkurat geschnittenen Pony.

Luke folgte dem Blick der Frau und drehte sich um.

»Hey«, sagte er, offensichtlich um einen lässigen Ton bemüht. Doch seine angespannte Kiefermuskulatur und die Art, wie er die Schultern straffte, sprachen eine völlig andere Sprache.

»Hey«, gab sie zurück. Und damit hoffentlich auch die Frage: *Wer zum Teufel ist das?* Obwohl sie es natürlich schon wusste. Vanessa.

Stotternd stellte Luke sie einander vor. Ihr wurde es eiskalt und heiß zugleich. Da hatten sie in den vergangenen Stunden so intensiv miteinander geredet (und gevögelt), und er hatte es nicht geschafft zu erwähnen, dass seine Freundin zu

Besuch kommen würde? Okay, vielleicht war es vom aktuellen Timing her überraschend, aber er wusste doch sicher, dass ihr Auftauchen auf dem Programm stand. Kein Wunder, dass er Rachel den ganzen Sommer von sich weggeschoben hatte. Er war immer noch an Vanessa interessiert!

Um ein Haar hätte Rachel auf dem Weg zur Haustür einen Beistelltisch umgestoßen. Sie ignorierte Lukes flehentliche Bitten, doch zu warten, stehen zu bleiben, nur für ein paar Sekunden. Draußen prasselte der Regen auf sie herab, stach wie mit tausend Nadeln, eine willkommene Strafe. Sie hatte es verdient, bis auf die Haut durchnässt und ins Meer hinausgeschwemmt zu werden. Was war sie doch für eine Idiotin! Als endlich das Beach Rose Inn zu sehen war, legte sie die restliche Strecke im Laufschritt zurück.

Kapitel 42

Die Tage vergingen schnell und verschmolzen miteinander. Marin wurde träge. Ob es am Lebensrhythmus in einem Küstenort oder an ihren Hormonen lag – jedenfalls kam sie an manchen Tagen nur deshalb morgens aus dem Bett, weil Kelly an die Tür klopfte und sagte, sie solle ihren Arsch gefälligst rauf zu ihr ins Atelier schaffen.

Marin begann etwas klar zu werden. Oder vielmehr war es Kelly klar geworden, und sie hatte sie darauf aufmerksam gemacht: Marin hatte tatsächlich künstlerische Fähigkeiten. Während Kelly an einem ziemlich komplizierten Teil des Mosaiks für das Beach Rose Inn arbeitete – das Rosendesign hatte es in sich, weil die Steine, die Blüten, Blätter und Stängel bildeten, in ganz bestimmten Winkeln zugeschnitten werden mussten –, begann Marin mit einem eigenen kleinen Werk. Es war ein Seestern, zu dem sie das Buntglasmosaik im Wohnzimmer inspiriert hatte. Allerdings gestaltete sie ihres ausschließlich mit Smalti und Kacheln. Sie liebte die Arbeit daran, alles kam ihr völlig selbstverständlich vor; sie wusste im Vorhinein haargenau, wie es aussehen sollte. Und die Teile so zuzuschneiden und aufzukleben, dass sie ihrer Vision entsprachen, befriedigte sie zutiefst.

»Wundert mich nicht, dass du ein Händchen dafür hast«, sagte Kelly. »Ich hab dir ja erzählt, dass Amelia mir das alles beigebracht hat, und Nick, ihr Sohn, konnte unglaublich gut zeichnen. Du hast es im Blut.«

Eigenartig, da hatte sie immer geglaubt, eine mit allen Wassern gewaschene Anwältin im Blut zu haben. Und hart daran gearbeitet, dieser Bestimmung gerecht zu werden. Vorbei. *Natur gegen Kultur.*

»Ich zeige dir jetzt, wie man die Teile verfugt«, sagte Kelly. Verfugt wurde mit Mörtel, der sämtliche Freiräume ausfüllte und die einzelnen Teilchen – zusätzlich zum Kleber – miteinander verband.

»Klar. Los geht's.«

Kelly führte sie zu einem kleinen Kasten und zog ein paar Arbeiten heraus, zeigte ihr den Unterschied zwischen verfugten und nicht verfugten Mosaiken.

»Das Verfugen dient einem technischen Zweck, hat aber auch eine visuelle Wirkung.«

Marin nickte.

»Wichtig ist die Wahl der richtigen Mörtelfarbe. Im Zweifelsfall nimmst du die hellste Variante. Die kannst du immer noch abtönen. Wenn du Schwarz oder Dunkelblau verwendest, kommst du davon nicht mehr weg.«

Kelly zog einen großen Eimer zum Tisch und keuchte dabei so heftig, dass Marin ihr zur Seite sprang. »Das hier habe ich schon angemischt. Es ist ziemlich simpel. Einfach Wasser zugeben, bis es die Konsistenz von Mayonnaise hat. Dann eine Viertelstunde ruhen lassen. Aber wie gesagt, das hier ist fertig. Jetzt schau zu. Ich verfuge eins von den kleinen Stücken, die hier herumliegen – mit dem Schild für Amelia bin ich noch nicht so weit.«

Sie streifte Gummihandschuhe über und erklärte Marin, sollte sie je Mörtel an den bloßen Händen haben, müsse sie ihn mit Apfelessig abwaschen.

»Meine bewährten Werkzeuge. Das ist eine Maurerkelle«,

fuhr Kelly fort und zeigte ihr eine kleine, flache Metallplatte mit einem Griff daran. »Und das ist eine Fugenkelle.« Sie griff nach einem weiteren Metallteil, das aussah wie ein Tortenmesser ohne Riffelung.

Dann ließ sie einen Klumpen Mörtel auf das Mosaik plumpsen.

»Das schmiert man über alles drüber? Nicht bloß in die Ritzen?«

»Du musst das Mosaik ganz damit überdecken und das Überschüssige dann abwischen. Ich weiß, sieht merkwürdig aus, aber vertrau mir einfach.« Sie verschmierte die dickflüssige graue Mixtur mit der Maurerkelle, erst von rechts nach links, dann von oben nach unten. »Ja keine Lücken lassen.«

Sie fing an zu husten und musste die Kelle weglegen, um Taschentücher aus ihrer Schürzentasche zu holen. Marin schnappte nach Luft, als sie die roten Flecken sah.

»Kelly! Herrgott. Schon dich. Wir können das auch später machen.«

Kelly schüttelte den Kopf. »Alles gut. Es muss jetzt sowieso erst mal zehn Minuten trocknen.«

Sie setzten sich auf eine Couch am Fenster. Marin war aufgewühlt, ihr fehlten die Worte.

»Wie steht's denn um den Baby-Daddy? Hast du was von ihm gehört, seit er weg ist?«, fragte Kelly schließlich.

Marin schüttelte den Kopf. »Theoretisch könnte er auch nicht der Vater sein. Und nein, ich habe nichts von ihm gehört.«

»So ein Mist, dass ich nicht da war, um ihn kennenzulernen. Schlechtes Timing.«

»Stimmt. Timing ist alles.« Besonders, wenn man

versehentlich schwanger wird. »Ich habe heute noch einen Termin für eine Ultraschalluntersuchung.«

»Marin, hast du dir mal überlegt, ob es nicht Zeit für dich wird, nach New York zurückzufahren? Wie es aussieht, müsstest du dich da um ein paar wichtige Sachen kümmern. Warte lieber nicht darauf, dass ich abkratze.«

»Kelly! Ich warte doch nicht darauf, dass du … abkratzt. Das ist es nicht.«

Kelly legte den Kopf schräg und kniff die Augen zusammen. »Du hattest fest vor, nach dem 4. Juli abzureisen – nein, falsch: Du wolltest nicht mal die erste Woche bleiben. Dann hast du mitbekommen, dass ich krank bin, und auf einmal beschließt du, den ganzen Sommer zu bleiben.«

Marin schüttelte den Kopf. »Sicher, einerseits wollte ich dich und Amelia unterstützen. Aber andererseits – so ganz selbstlos ist das Ganze auch nicht. Ich bin gerne hier. Es hilft mir, mich neu zu orientieren.«

Kelly nickte. »Neuorientierung ist gut. Dagegen lässt sich nichts sagen. Aber irgendwann musst du dein Zeug auch mal auf die Reihe kriegen. Da ist ja jetzt noch jemand, an den du zu denken hast«, sagte sie mit einem Blick auf Marins Bauch.

»Ich weiß. Wenn der Sommer vorbei ist, fahre ich zurück nach New York.«

»Den Zeitpunkt hast du dir also gesetzt? Ende des Sommers?«

»Ja. Labor Day.«

Kelly atmete so gepresst, dass Marin die Furcht packte.

»Hast du Schmerzen?«

»Mir geht's nicht gerade besonders, so viel steht fest.«

»Ist es … tut dir die Brust weh?«

»Ja, das auch. Aber es ist noch mehr. Als wir unterwegs waren, hat Amelia darauf bestanden, dass ich mich in Boston durchchecken lasse. Sie haben Knochenmetastasen gefunden. Die hat der Arzt hier wohl nicht entdeckt oder jedenfalls nicht erwähnt. Mit *den* Schmerzen umzugehen ist nicht leicht.«

»Kann man denn gar nichts dagegen machen?«

»Ich nehme Medikamente. Aber die helfen kaum, und wenn ich zu viel davon nehme, werde ich ballaballa. Ich hasse es, wenn ich nicht mehr klar denken kann. Der Arzt will, dass ich nächste Woche zur Bestrahlung gehe. Mal sehen.«

Es klopfte an der Tür.

»Wer ist da?«, rief Marin.

»Paul. Mach auf. Ich bringe Geschenke.«

Marin öffnete, und er kam mit einem Teller Brownies herein.

»Sieh an – gerade haben wir über Schmerzbekämpfung gesprochen«, sagte Kelly.

»Und welche Entschuldigung habe *ich,* wenn ich etwas davon esse?«, fragte er, setzte sich an den Tisch und schob Marins Mosaik beiseite, um Platz für den Teller zu schaffen.

»Keine«, erwiderte Kelly trocken.

Paul nahm sich einen Brownie, biss davon ab und gab ihn an Marin weiter.

»Sie darf keine Haschbrownies essen, Paul. Sie ist schwanger«, sagte Kelly.

»Schwanger! Mazel tov. Wer ist der Glückspilz?«

»Das ist eine lange Geschichte«, sagte Marin und checkte die Uhrzeit auf ihrem Handy. Nur noch zwei Stunden bis zu dem Ultraschalltermin. Sie musste ihre Mutter finden und sich auf den Weg machen.

»Viel Glück!«, rief Kelly ihr nach. Als Marin die Tür hinter sich schloss, hörte sie Paul sagen: »Dafür ist es ein bisschen zu spät. Sie hat sich schon was eingefangen.«

Marin hörte Kellys kehliges Lachen und lächelte.

Blythe saß draußen am Tisch und pflanzte Salatsamen in Töpfe. Sie wollte es mit den von Warren empfohlenen Sorten versuchen und überlegte, ihm das per SMS mitzuteilen, aber etwas hielt sie davon ab. Seit dem Abendessen hatten sie zwar ein paarmal miteinander telefoniert, doch ihre Zurückhaltung blieb ihm offenbar nicht verborgen, denn er bat sie nicht darum, nochmals mit ihm auszugehen. Vielleicht spürte er aber auch einfach keine Verbindung zwischen ihnen. So oder so, es beschäftigte sie nicht weiter, woran sich zeigte, dass sie schlicht noch nicht bereit war, jemand Neuen kennenzulernen.

Wie immer in stressigen Phasen wandte sie sich von ihren Herzensangelegenheiten ab und konzentrierte sich auf ihren grünen Daumen. In zwei Wochen würden die Samen, die sie nun in kleine Erdmulden drückte, drei bis fünf Zentimeter hohe Setzlinge sein, die sie in das Gartenbeet umpflanzen konnte.

Ihr Handy klingelte. Sie fuhr zusammen, sprang auf und suchte es in ihrer Tasche. Die angezeigte Nummer war die von Kip.

»Hallo?«, sagte sie und grub die Nägel in ihre Handfläche. Mittlerweile musste er die Schuhschachtel gefunden haben. Die Frage war, ob er hineingesehen hatte, bevor er sie verpackte und losschickte. Marin hatte zwar gesagt, er habe es von Anfang an gewusst, doch den Beweis für eine Affäre Schwarz auf Weiß vor sich zu haben – das wäre für jeden ein schwerer Brocken. Seit Blythe ihn gebeten hatte, ihr die Schachtel zu schicken, waren ihr immer wieder Zweifel gekommen, ob das eine gute Idee gewesen war.

»Wie geht's Marin?«, fragte er.

»Ganz ordentlich. Julian war zu Besuch hier, und er kommt mit der Nachricht von der Schwangerschaft recht gut klar. Ich will nur nicht, dass sie das Gefühl hat, allein mit allem fertigwerden zu müssen.«

»Sie ist nicht allein. Sie hat uns.« *Uns?* Ja natürlich – uns Eltern. Sie würden immer ihre Eltern sein. »Blythe, ich habe die Schachtel gefunden, die ich für dich aus deinem Kleiderschrank ausgraben sollte.«

Sie sah auf ihre Fingernägel mit den Trauerrändern aus Erde. Ihr Herz schlug schneller.

»Hast du sie losgeschickt?«

»Nein.«

»Nein?« *Nein – hieß das so was wie »noch nicht«? Oder hieß es: »Ich habe hineingesehen und leiste keinen Vorschub dazu, dass du in Erinnerungen an deinen ehemaligen Liebhaber schwelgst«?*

»Ich bringe sie dir persönlich. Meinem Gefühl nach haben wir noch etliches zu klären. Außerdem habe ich einiges an Papierkram dabei. So können wir zwei Fliegen mit einer Klappe schlagen.«

Persönlich? Etliches zu klären? Zwei Fliegen … wovon um Himmels willen redete Kip da?

»Ich komme nicht mehr mit«, sagte sie. »Wo bist du?«

»Hier – in Provincetown.«

Er hatte ein Einzimmerappartement in einem Souterrain gemietet, das Einzige, was er auf die Schnelle in dieser Woche finden konnte. Der Ort war komplett ausgebucht. Die

Wohnung lag ein paar Querstraßen entfernt, abseits der Franklin Street. »Kannst du gleich vorbeikommen?«

Auf dem Weg zu der angegebenen Adresse brach ihr der Schweiß aus. Kip machte ihr auf, und sie begrüßten einander steif, ohne sich zu berühren.

Sie sah sich um. Es war eine hübsche Wohnung, mit einem Schlittenbett aus dunklem Holz, reinweißen Wänden, an denen handsignierte, gerahmte Fotos von Broadwaystars hingen, sowie mit einer unzeitgemäßen Stereoanlage und einem Stapel CDs. Außerdem gab es eine kleine Küche mit einem Holztisch, an dem sie Platz nahmen.

»Hübsch ist es hier«, sagte sie und hielt erneut Umschau. Es fiel ihr schwer, ihm gegenüberzutreten – in dem Wissen, dass er immer schon über Marin Bescheid gewusst hatte. In mancher Hinsicht war dies der erste vollkommen ehrliche Moment für sie beide, nach dreißig Jahren.

Sie litt Qualen.

»Wie lange bleibst du?«, fragte sie.

»Ich musste das Appartement für ein paar Tage mieten, das war die Bedingung. Aber ich fahre morgen früh. Ich dachte, vielleicht könnte ich heute Abend mit Marin essen gehen.«

»Okay«, sagte sie und sah ihm in die Augen – diese klugen, gebieterischen blauen Augen, die es ihr vor all den Jahren gleich so angetan hatten. Danach hatte es Jahre mit Geheimnissen und Lügen gegeben. »Was ich nicht verstehe …«, sagte sie fast im Flüsterton. »Du wusstest über Marin Bescheid, warum hast du nie etwas gesagt?«

»Vielleicht hätte ich es tun sollen«, sagte er. »Aber ich war verletzt. Und zornig. Mit dir darüber zu reden hätte in gewisser Hinsicht bedeutet, dich vom Haken zu lassen. Es war kein bewusster Gedanke – aber nicht zuzugeben, dass ich die Wahrheit kannte, gab mir mein eigenes Geheimnis. Damit agierten wir auf Augenhöhe. Das ist schäbig, ich weiß. Der Tiefpunkt meiner Gedankengänge. Ich habe aber auch deshalb nichts gesagt, weil ich Marin schützen wollte. Sie sollte nichts davon wissen. Ich wollte mich nie der Frage stellen, ob ich ihr die Wahrheit sagen sollte oder nicht. Was mich betraf, war sie meine Tochter.«

Blythe kämpfte gegen die Tränen an. »Es tut mir so leid.«

»Das muss es nicht. Mir hat es nie leidgetan. Wäre es nach mir gegangen, hätten wir wahrscheinlich nie ein Kind gehabt. Dazu war ich zu selbstsüchtig. Und das wäre der größte Fehler meines Lebens gewesen. Davor hast du mich bewahrt.«

»Meinst du das wirklich?«, fragte sie.

»Ja.«

Als er aufstand, schrappte der Stuhl über den Boden und ließ sie zusammenzucken. Kip ging zum Schlafbereich und kam mit der Schuhschachtel in der Hand zurück.

Sie schloss die Augen. Ja, sie hatte darum gebeten, aber nun, da die Schachtel vor ihr stand, wollte sie sich dem Beweis ihrer Untreue nicht stellen.

»Ich weiß, ich hätte nicht hineinsehen dürfen, aber ich konnte nicht anders.«

»Kip …«

»Ich habe gelesen, wie einsam du warst. Wie elend du dich gefühlt hast. Und das war meine Schuld.«

Das Tagebuch. Sie war so auf Nicks Brief fixiert gewesen, dass sie das Tagebuch völlig vergessen hatte.

Blythe spürte einen Hoffnungsschimmer. Wobei sie nicht wollte, dass er sich schuldig fühlte – die Affäre war ihr Fehler gewesen, ihr Ausbruch aus der Ehe. Aber wenn er willens war, die Schuld für manche seiner Versäumnisse auf sich zu nehmen, wenn er das Ganze im großen Rahmen sah, dann war womöglich Raum für eine Versöhnung gegeben. Vielleicht war er deshalb hergekommen. Ja, das musste es sein!

Sie nahm seine Hand. »Es gibt keine Entschuldigung für das, was ich getan habe. Und ich wünschte, du hättest mir gesagt, dass du es von Anfang an gewusst hast. Aber so verkehrt es auch war, eine Affäre anzufangen – es hat mich gezwungen, dich entweder so zu akzeptieren, wie du bist, oder unserer Ehe ein Ende zu setzen. Und ich wollte mit dir zusammen sein, das war mir klar. Ich habe die Affäre beendet, bevor ich merkte, dass ich schwanger war.«

»Ich weiß«, sagte er mit einem wehmütigen Lächeln. »Vergiss nicht, ich habe dein Tagebuch gelesen.«

Sie sah ihn an und versuchte aus seiner Miene schlau zu werden. Die vielen Prozesse über Jahrzehnte hinweg hatten ihn undurchschaubar gemacht. Und sie hatte von ihm gelernt, dass man nicht immer etwas sagen muss – dass auch Schweigen die Wahrheit hervorbringen kann.

Kip sprach langsam und bedächtig. »Ich habe geglaubt, ich hätte damit abgeschlossen. Schon vor Jahren. Ich dachte, du hättest einen One-Night-Stand oder etwas ähnlich Unbedeutendes gehabt. So habe ich es mir zurechtgelegt. Und es zum Nicht-Thema gemacht, weil ich nicht wollte, dass es an meiner Liebe zu Marin rührt. Das hat es auch nie. Aber dann die Zeichnung zu sehen … und den Brief. Damit wurde es real. Wurde *er* real.«

Sie schloss die Augen. »Es tut mir so leid, Kip.«

Schließlich sagte er: »Wir haben beide Fehler gemacht.

Ich hoffe, wir können sie hinter uns lassen und neue Wege einschlagen.«

Ihr Herz schlug höher. Es würde sich wieder einrenken. Nichts war ohne Grund geschehen, alles führte zu ebendiesem Moment. Die Ehe war nicht am Ende. Sie stand vor einem Neuanfang.

»Ja – ja. Natürlich können wir das.«

»Freut mich zu hören«, sagte Kip und lächelte sie an. »Wir sollten gut miteinander auskommen. Um unserer selbst willen, aber vor allem wegen Marin.«

Kapitel 43

Rachel hätte niemals gedacht, dass sie die Zeit vermissen würde, in der sie Luke Duncan aus der Ferne angehimmelt hatte, ohne Hoffnung auf Erwiderung ihrer Gefühle. Verglichen mit der Hölle, durch die sie nun ging, erschien jene Zeit idyllisch und geradezu freudvoll.

Zweimal war er zum Haus gekommen, doch sie weigerte sich, mit ihm zu reden. Dieser Typ – lässt sie den ganzen Sommer lang abblitzen, weil sie zu jung für ihn ist und sie deshalb ihren Mist nicht auf die Reihe kriegen kann, dann will er sie plötzlich doch, schläft mit ihr, und am nächsten Morgen taucht seine Exfreundin auf? Sofern sie überhaupt seine Ex ist. Wer kommt schon so rein zufällig vorbei? Sollte Rachel ihm abnehmen, dass es Zufall war? Wenn hier einer seinen Mist nicht auf die Reihe kriegte, dann *er.*

»Hast du meine Mutter gesehen?« Marin kam in die Küche; ihr Outfit – Jeans, richtige Schuhe statt Flip-Flops oder Sneakers sowie eine durchgeknöpfte Bluse – passte weder zu Provincetown noch zur üblichen Strandmontur.

»Nein, bislang nicht.«

»Blöd. Sie wollte mich heute zu meinem Arzttermin begleiten. Wenn ich noch länger warte, komme ich zu spät.«

»Dann begleite ich dich«, bot Rachel an. Die Ablenkung kam ihr gerade recht. Außerdem hatten sie seit Marins Wutausbruch wegen der geplanten Dinnerparty im Haus noch nicht viel miteinander geredet. Vielleicht fanden sie wieder zueinander, das würde ihnen guttun.

»Nein, ist schon okay. Danke. Ich war bloß …«

»Ich hab Lust dazu. Ganz ehrlich. Ich könnte ein bisschen Gesellschaft brauchen. Ich hatte nämlich den absoluten Super-GAU mit Luke. An dem Abend, an dem ich bei Thomas und Bart gekocht habe …«

Und dann fügten die Teile sich zusammen. Marins Überreaktion darauf, dass Rachel vor Amelias und Kellys Rückkehr Leute eingeladen hatte. Pauls Frage beim Abendessen, was mit Kelly los sei. »Marin«, fragte Rachel. »Ist Kelly krank?«

Marin zögerte. Dann sagte sie: »Wir reden auf der Fahrt weiter.«

Blythe fand einen ruhigen Fleck am Strand nahe den Dünen. Die Schuhschachtel ruhte in ihrem Schoß. Sie hatte auf Risiko gesetzt, als sie Kip bat, sie ihr zu schicken. Und verloren.

Wir müssen gut miteinander auskommen … um Marins willen.

Jetzt brachte sie es nicht über sich, die verdammte Schachtel zu öffnen. Sie hatte zu teuer dafür bezahlt.

Nein. Kip hatte sich schon seit Längerem mehr und mehr zurückgezogen. Kip hatte eine Affäre gehabt. Die Ehe war seit geraumer Zeit am Ende, und Blythe hatte es einfach nicht einsehen wollen. Er war ein zweites Mal nach Provincetown gekommen, um von Angesicht zu Angesicht mit ihr zu reden, um sicherzugehen, dass sie es einsah, und zwar ein für alle Mal. Und das hätte er möglicherweise so oder so getan, auch ohne den Vorwand, ihr die Schuhschachtel zu bringen.

Aber warum hatte er es nicht gleich bei seinem ersten Besuch hier hinter sich gebracht? Vielleicht hatte er an dem Tag im Pilgrims' Park dazu angesetzt, dann aber den Mut verloren. Vielleicht war er unentschlossen gewesen und hatte erst nach dem Gespräch mit Marin über ihren leiblichen Vater eine endgültige Entscheidung getroffen. Doch auch da wieder – er hätte an jenem Abend mit Blythe reden können. Stattdessen war er abgereist.

Sie fuhr mit dem Daumen über den Ehering aus Weißgold, den sie seit zweiunddreißig Jahren trug. Zog ihn ab und steckte ihn in ihre Tasche. Es blieb ein schmaler, hellerer Streifen Haut. Ein paar Wochen in der Sonne, dann würde er verschwunden sein.

Die Sonne konnte vieles heilen.

Blythe fegte Sand vom Deckel der Schachtel und fragte sich, ob Nick wohl unweit dieser Stelle gesessen und das Meer gezeichnet hatte – damals, als er hier noch glücklich gewesen und Inspiration für ihn so selbstverständlich war wie der nächste Atemzug.

Auf einmal passte alles zusammen – warum er fortgegangen war, warum er so abrupt alle Verbindungen zu dem Ort, den er liebte, gekappt hatte. Als sie ihm begegnete, kämpfte er immer noch mit dem Verlust seiner Muse. Vielleicht hatte er in Blythe oder in der Partyszene von Philadelphia eine neue Muse gesucht – und fand sie dann an einem Strand, Tausende von Kilometern entfernt. Doch eines wusste Blythe: Nadines Darstellung seiner Gemütsverfassung in Italien stimmte hinten und vorne nicht. Er war nicht aus Verzweiflung über seine Affäre mit Blythe geflüchtet. Und er war in Italien nicht unglücklich gewesen – jedenfalls mit Sicherheit nicht so unglücklich, dass er sich umgebracht hätte.

Denn zum ersten Mal seit Jahren gelang es ihm dort wieder zu zeichnen.

Sie wollte die Schachtel aufmachen, Nicks Brief in Händen halten, seine Zeichnung betrachten – und ihn vielleicht für einen kurzen Moment wieder vor sich sehen. Doch etwas in ihr war stärker und sträubte sich. Nein, sie wollte nicht wieder in die Vergangenheit eintauchen. Einst hatte ein Impuls sie bewogen, den Brief aufzubewahren, und nun begriff sie, dass das Universum tatsächlich seine eigenen Pläne verfolgte, wie Nick es prophezeit hatte.

Der Brief war nicht für sie bestimmt, sondern für Amelia.

Eins aber gab es, das sie noch einmal in Händen halten wollte. Ganz langsam, mit angehaltenem Atem, hob sie den Deckel ab und nahm ihr altes Degas-Tagebuch heraus. Schon erstaunlich, dass sie es kurz vor ihrer ersten Begegnung mit Nick gekauft hatte, die ihr Leben für immer verändern sollte. Sie strich mit dem Finger über das Umschlagbild, schlug die erste Seite auf und klappte das Buch wieder zu. Die Worte darin hatte eine einsame und verwirrte junge Frau geschrieben, die Blythe heute nicht mehr wiedererkennen würde. Auch hier wollte sie nicht noch einmal mit Vergangenem konfrontiert werden.

Ihr Handy klingelte. Sie griff nach ihrer Handtasche – froh darüber, in die Gegenwart zurückgeholt zu werden.

»Blythe? Hier ist Warren Ames.«

Sie lächelte. »Hi, Warren. Ich bin gerade am Strand, kann sein, dass der Empfang nicht besonders gut ist.«

»Alles klar. Wollte nur fragen, ob du heute Abend frei bist? Ich würde gern mit dir essen gehen.«

Blythe erhob sich und sah hinaus aufs Meer. »Ja. Ja, Warren – ich bin frei.«

Der Tag brachte dramatische Neuigkeiten – gute wie schlechte. Zunächst musste Marin Rachel beibringen, dass Kelly erneut Krebs hatte. Mit dem Resultat, dass Rachel die ganze Strecke bis Hyannis weinte. Doch dann, im Untersuchungszimmer, winkte das winzige Baby ihnen zu – na gut, bewegte sein Händchen in ihre Richtung. Marin traute ihren Augen nicht. Sie starrte unentwegt darauf und dachte: *Das ist mein Kind. Mein Kind.* Rachel lächelte, zerquetschte Marin halb den Arm und quiekte, sie würde also tatsächlich Tante.

Die Ärztin, die als Doppelgängerin von Cate Blanchett durchgehen konnte und an ihrem Kittel einen Anstecker in Gebärmutterform mit der Aufschrift POLITIKFREIE ZONE trug, fragte Marin, ob sie das Geschlecht wissen wolle.

Rachel rief sofort begeistert »Ja!«. Marin warf ihr einen strengen Blick zu, damit sie sich zügelte. Marin musste eine Minute nachdenken. Wollte sie es tatsächlich erfahren? Am liebsten hätte sie in diesem Moment Julian bei sich gehabt. Doch der war nicht da, hatte sie seit Tagen nicht mehr angerufen. Was die Vaterschaft und ihre Beziehung anging, hieß es Abwarten und Tee trinken. Aber warum länger darauf warten, sich noch mehr in ihr Kind zu verlieben?

»Ja«, sagte sie. »Ich möchte es wissen.«

»Glückwunsch. Es ist ein Junge!«

O mein Gott, dachte Marin. *Ich werde wirklich Mutter.*

»Das müssen wir Kelly und Amelia erzählen«, sagte Rachel. »Was für wunderbare Nachrichten – die können sie brauchen.« Damit hatte sie natürlich recht.

Und so machte Marin sich, mit einem Ausdruck der Ultraschallbilder und der Nachricht, dass Amelia einen Urenkel bekommen würde, nach der Rückkehr daran, ihre

Großmutter ein wenig fröhlicher zu stimmen. (Eigentlich hätte sie die Neuigkeit lieber zuerst ihrer Mutter mitgeteilt, aber die war seltsamerweise immer noch wie vom Erdboden verschluckt.)

Marin musste nicht lange nach Kelly und Amelia suchen. Sie ruhten, jede mit einem Buch in der Hand, Seite an Seite auf Liegestühlen im Garten; auf dem kleinen Tisch zwischen ihnen stand ein Krug mit Eistee.

»Hey, ihr zwei. Entschuldigt die Störung«, sagte Marin. »Ich wollte euch etwas zeigen.«

Amelia rückte beiseite, sodass Marin auf dem Liegestuhl Platz nehmen konnte. Sie bot ihr Tee an. »Im Augenblick nicht, danke«, sagte Marin und gab ihr den Papierstreifen mit den drei Bildern, der sich bereits einzurollen begann. Amelia strich ihn glatt und blinzelte.

»Ich brauche meine Brille«, sagte sie.

»Das ist das Baby«, sagte Marin. »Ein Junge.«

Amelia sah auf. »Es ist ein Junge?«

»Heiliger Strohsack, Amelia, du kriegst einen Urenkel!« Kelly schob ihre Sonnenbrille hoch. Die Freude leuchtete ihr aus den grünen Augen.

»*Wir* kriegen einen Urenkel«, korrigierte Amelia, beugte sich zu Kelly hin und griff nach ihrer Hand. »Aufregend, was?«

Marin gab die Ultraschallbilder an Kelly weiter.

»Wahnsinn«, sagte Kelly. »Schau dir die kleine Nase an! Siehst du, Liebes, das Leben geht weiter.«

»Ja. Darauf können *wir* uns freuen«, sagte Amelia betont.

Sie hatten nur noch Augen füreinander, sodass Marin nichts übrigblieb, als still zurück ins Haus zu gehen. Die Ultraschallbilder ließ sie liegen.

Kapitel 44

Amelia gab den Versuch auf, weiter in ihrem Buch zu lesen. Sie hatte schon den ganzen Tag gelesen, nun setzte sie ihre Lektüre im Bett fort, doch kein Wort drang zu ihr durch. Sie legte das Buch behutsam auf den Nachttisch, um Kelly nicht zu stören, die offenbar schon schlief. Amelia sah nach, wie spät es war: acht Uhr abends.

»Wo willst du hin, Liebes?«, fragte Kelly mit matter Stimme.

»Oh! Ich wollte dich nicht wecken.«

»Ich bin wach.« Kelly setzte sich auf und strich sich das Haar aus dem Gesicht.

»Ich dachte, ich gehe draußen kurz ein bisschen frische Luft schnappen. Willst du mit?«

Kelly schüttelte den Kopf. »Geh nur. Ich möchte noch etwas arbeiten.«

Amelia nickte widerstrebend und küsste sie auf die Wange. Nie in ihrem Leben hatte sie sich so allein gefühlt. Nach der ersten Krebsdiagnose im vergangenen Jahr war Kelly noch relativ mitteilsam gewesen, doch jetzt verschloss sie sich wie eine Auster, und Amelia begriff nicht, warum.

In ihrer Verzweiflung hatte Amelia sich Bart anvertraut. Er lieh ihr ein mitfühlendes Ohr, doch zum Schluss sagte er: »Eine tödliche Krankheit ist etwas sehr Persönliches. Wir möchten den anderen auf seinem Weg bei jedem Schritt begleiten, da wir doch sonst in allem Partner sind.

aber schlussendlich ist es unmöglich. Die letzte Reise tritt jeder allein an.«

Amelias Magen knurrte. Wann hatte sie zuletzt etwas gegessen? Sie hatte am frühen Abend für Kelly und sich gekocht, selbst aber kaum einen Bissen zu sich genommen. Sie musste auf sich achtgeben, das wusste sie. Sie tat Kelly nichts Gutes, wenn sie selbst schlappmachte und krank wurde.

Sie ging hinunter in die Küche. Der Kühlschrank war voll. Rachel hatte sich, was ihre Kochkünste betraf, offenbar schier überschlagen. Amelia zog einen mit Alufolie abgedeckten Teller heraus. War das Käse? Sie schnitt ein Stück ab und musste bei dem Gedanken lächeln, welche Früchte ihre Arbeit trug. Da hatte sie die ganzen Jahre über die verpasste Gelegenheit geklagt, ihre Rezepte an Nadine weiterzugeben. Hätte sie nur gewusst, was das Leben noch für sie bereithielt!

Eine Brise wehte von der Bucht durch das offene Fenster. Amelia atmete tief durch. Sie musste sich zusammenreißen. Und sie würde die Hoffnung nicht aufgeben, auch wenn Kelly auf Teufel komm raus daran arbeitete, sie ihr auszutreiben.

Amelia trat in den Garten hinaus. Von fern tutete ein Nebelhorn. Über ihr der klare Nachthimmel mit seinen glitzernden Sternen. Einsamkeit drohte sie zu übermannen, doch sie stemmte sich dagegen. Wieder holte sie tief Luft und dachte daran, dass Kelly oben im Haus war. Sie war da. Und selbst in diesem Moment, in dem sie sich verlassen fühlte, umgab sie so vieles, was ihr lieb und teuer war: das Meer, die salzige Luft, das Haus, in dem sie jahrzehntelang gerackert und geliebt hatte. Und später am Abend würde der Rest der Familie ins Haus zurückkehren, seine Räume mit Leben füllen.

Sie hob den Kopf und sah, wie das Licht in Kellys Atelier anging.

Amelia setzte sich mit dem Rücken zum Tisch auf eine Bank und schaute zu den Sternen hinauf, die greifbar nah erschienen. Der September stand vor der Tür. Wo war der Sommer geblieben? Sie schloss die Augen und dachte an jenen ersten September mit Kelly. Könnte sie doch die Uhr zurückdrehen, die vergangenen dreißig Jahre noch einmal durchleben. Das war natürlich unmöglich. Und es wäre auch zu gierig, wäre zu viel verlangt.

Okay, feilschte sie mit den Sternen. *Dann wenigstens noch einen Sommer?*

Es war sinnlos. Blythe hatte bei einem Date nichts verloren. Angesichts dessen, was zurzeit alles vor sich ging, konnte sie kaum selbst einen klaren Kopf behalten, geschweige denn einem lieben, guten Mann wie Warren Ames etwas geben.

Dabei versuchte sie es, oh ja. Ihr Tischgespräch blieb leicht, sie vermieden tunlichst, über ihre Ehen zu sprechen. Es war, als ob sie beide seit ihrem letzten Treffen ein Handbuch über Beziehungen im mittleren Alter zurate gezogen hätten. Doch leider hielt die Gegenwart für Blythe so viele Komplikationen bereit, dass ihre Vergangenheit dagegen wie ein Kinderspiel wirkte.

Wie konnte sie den Abend mit Warren genießen, wenn sie wusste, dass Kip noch in Provincetown war?

Vermutlich beim Abendessen mit Marin, in ebenjenem Moment.

Trotzdem hatten Warren und sie ein paarmal herzlich miteinander gelacht. Doch als er sie nach Hause begleitete, musste ihm klar geworden sein, dass es ein freundschaftliches Lachen war, kein Vorbote einer potenziellen Liebesbeziehung.

Das Haus lag still und dunkel da. Vor ihrer Verabredung mit Warren hatte sie nach Marin gesucht, sie aber nirgends gefunden. Nun war die Zimmertür ihrer Tochter geschlossen, unter dem Spalt drang kein Licht hindurch.

Blythe fühlte sich wie ein Geist, der in den Gängen herumspukte. Sie ging hinunter in die Küche, um Teewasser aufzusetzen. Erst als sie Amelias Dosen mit Kräuterteemischungen inspizierte, fiel es ihr wieder ein: Marins Ultraschalltermin. Sie hatte ihn verpasst!

Eine Versagerin auf ganzer Linie.

Plötzlich bemerkte sie, dass das Außenlicht brannte. Durch das Küchenfenster sah sie jemanden am äußersten Ende des Tischs sitzen und aufs Wasser blicken. Amelia.

Es war noch nicht zu spät, um den Tag komplett abzuschreiben. Sie stellte den Herd aus, hastete nach oben in ihr Zimmer und zog die Schuhschachtel unter ihrem Bett hervor.

***

Amelia hörte das Knarzen der Hintertür. Sie fuhr hoch und drehte sich um – in der Hoffnung, Kelly habe es sich anders überlegt, habe die Kunst Kunst sein lassen und käme, um mit ihr zu reden. Als sie bemerkte, dass es Blythe war, hätte sie vor Enttäuschung fast nach Luft geschnappt.

»Ich hoffe, ich störe nicht«, sagte Blythe.

Doch, natürlich, genau das tat sie. Amelia schob diesen kleinlichen Gedanken jedoch beiseite.

»Ganz und gar nicht«, sagte sie. »Ich wollte nur ein bisschen an die frische Luft. Hattest du einen netten Abend?«

Blythe setzte sich ihr gegenüber und nickte. »Ja. Jedenfalls hab ich's versucht. Ich war mit Warren Ames essen.«

Amelia freute sich sichtlich. »Ach, Blythe, das ist doch wunderbar. Er ist so ein netter Mann. Jammerschade, das mit Catherine. Wir mochten sie alle sehr gern.«

»Ich fürchte, ich habe ihn enttäuscht. Ich bin noch nicht bereit für ein Date. Es kommt mir schon lächerlich vor, das Wort auch nur auszusprechen.«

»Das liegt wohl daran, dass wir allem unbedingt eine Bezeichnung verpassen müssen. Damit setzen wir uns viel zu sehr unter Druck. Es ist Sommer. Du hast ein Recht auf ein bisschen Spaß.«

Blythe wirkte sehr ernst. Was immer ihr auf der Seele lag, hatte offenbar wenig mit Warren Ames zu tun. Nun, wenn sie reden wollte, würde Amelia ihr zuhören. Sie sah zum Haus, wäre am liebsten hineingegangen – aber das würde sie nur in Versuchung führen, Kelly bei der Arbeit zu stören. Blythe kam ihr da gerade recht.

»Soll ich uns eine Flasche Wein holen?«, fragte Amelia.

»O nein, danke. Jedenfalls nicht für mich. Ich gehe gleich ins Bett. Aber vorher möchte ich dir noch etwas zeigen.« Erst jetzt bemerkte Amelia den Umschlag in ihrer Hand. Nach etwas Gefummel zog Blythe ein zusammengefaltetes Blatt Papier heraus. »Das ist ein Brief, den Nick mir aus Italien geschickt hat.«

Amelia schüttelte den Kopf. »Was?«

»Es ist das Letzte, was ich von ihm gehört habe. Ich habe ihn all die Jahre aufbewahrt – vor allem wohl wegen der Zeichnung. Ich hätte niemals eins seiner Werke wegwerfen können. Und jetzt bin ich froh, dass ich so gehandelt habe, denn dieser Brief erzählt eine andere Geschichte als die, die du von Nadine kennst.«

Sie hielt ihr das Blatt hin, und Amelia nahm es behutsam entgegen, als könne es unter ihren Fingern zu Staub zerfallen. Blythe drückte Amelias Hand. »Aber lies selbst.«

Amelia brachte kein Wort heraus. Sie wartete, bis Blythe im Haus war, erst dann warf sie einen Blick auf den Briefbogen in ihrer Hand.

Die eine Seite nahm eine Zeichnung ein: hohe Felswände, zwischen ihnen ein Strandabschnitt und das unendlich weite Meer. Es war eine Schwarz-Weiß-Zeichnung, aber so fein ausgearbeitet, dass man Farben darin zu sehen glaubte. Das Wasser, blaue Stille. Der unberührte elfenbeinfarbene Strand. Sie fuhr die Striche mit dem Finger nach, stellte sich vor, wie Nick sich über dieses Blatt Papier gebeugt hatte, ganz darauf konzentriert die Stirn runzelte, wie ihm das – immer zu lange – Haar in die Augen fiel.

Sie zwinkerte gegen ihre Tränen an. Hatte Blythe am Ende recht?

Seine Worte würden für sich sprechen. Endlich. Sie las sie ungeduldig, mit zugeschnürter Kehle und jagendem Puls.

Liebe Blythe:
Tut mir leid, dass ich so aus anscheinend heiterem Himmel auf und davon bin. Aber mittlerweile gibt es keinen Zweifel, dass ich genau das gebraucht habe: wieder nahe am Meer und bei meiner Schwester zu sein. Ich zeichne auch endlich wieder. Hier gehöre ich hin. Du hattest also recht: Es war ein Lebewohl. Aber ich denke an dich. Ich stelle mir vor, was diese gnadenlose Sonne aus deiner blassen Schönheit machen und wie

sie ihr einen neuen, exotischen Glanz verleihen würde. Wenn wir einander wiedersehen, dann hoffentlich hier. Obwohl ich vermute, dass du in die Arme deines Mannes zurückgefunden hast und nun glücklich bist, so hoffe ich.

Unterschrieben hatte er mit *Stets dein Nick*. Amelia las seine Worte wieder und wieder. Wie oft würde sie das noch tun? Sie wusste es nicht. Wahrscheinlich unzählige Male. Doch fürs Erste schloss sie die Augen und drückte den Brief an ihre Brust.

Er war glücklich gewesen.

Etwas drängte Amelia mit Macht ins Haus. Sie musste Kelly davon erzählen. Kelly, die von Anfang an richtiggelegen hatte mit ihrer Einschätzung, dass Nadine sie beide weit über Gebühr bestrafte. Dass Amelia nicht die ganze Bürde von Nicks Tod auf sich nehmen müsse.

Sie ging nach oben, fühlte sich leicht und voller Tatkraft. Im ersten Stock blieb sie auf dem Treppenabsatz stehen, um Atem zu schöpfen, dann stieg sie weiter hinauf bis zum Atelier. Vor der Tür zögerte sie. Sie hasste es, Kelly bei der Arbeit zu stören, aber dies hier war eine Störung wert.

»Kel?«, sagte sie, klopfte und sah auf den Brief in ihrer Hand. Sie konnte es immer noch nicht fassen. Klopfte wieder. Keine Antwort. »Kelly?« Sie versuchte es mit dem Türknauf, doch er ließ sich nicht drehen.

Sie klopfte ein weiteres Mal, war auf einmal alarmiert. »Kelly, mach auf.« Sie hämmerte mit der flachen Hand gegen die Tür, so heftig, dass es wehtat. Noch einmal versuchte sie den Türknauf zu drehen, dann trat sie zurück, von Kopf bis Fuß schweißgebadet.

Im Büro hinter dem Empfangstresen lag ein Zweitschlüssel

zum Atelier. Sie lief nach unten, nahm fast schon zwei Stufen auf einmal, achtete nicht auf ihre schmerzenden Beine. Im Dunkeln stieß sie gegen die Wohnzimmercouch, ließ sich davon aber nicht aufhalten. Atemlos zog sie die Schreibtischschubladen heraus, wühlte sich durch das Chaos, kippte Gummibänder, Stifte und Notizblöcke auf dem Fußboden aus. Sie fand ein paar einzelne Schlüssel und schnappte sie sich alle miteinander.

Als sie vom Fuß der Treppe nach oben sah, hatte sie das Gefühl, den Mount Everest besteigen zu müssen. Sie verfluchte ihr Alter, verfluchte den Körper, der sie im Stich ließ, statt sie wie im Flug ins zweite Stockwerk zu bringen. Heftig schnaubend schleppte sie sich nach oben, so schnell es ging. Mit zitternden Händen versuchte sie den ersten Schlüssel im Schloss umzudrehen.

»Kelly, mach auf!« Der Schlüssel passte nicht, sie ließ ihn zu Boden fallen und probierte es mit dem nächsten. Zum Glück war es der richtige. Blindlings stürzte sie in den Raum, stieß erst einen Stuhl und dann einen Behälter mit Fliesen um, der scheppernd zu Boden ging. »Kelly!«

Kelly, bekleidet mit ihrer grünen Cargohose und dem NO ONE LIKES A SHADY BEACH-T-Shirt, lag zusammengerollt auf der kleinen Couch nahe dem Fenster. Amelia – weniger panisch, nachdem sie nun im Atelier war – eilte zu ihr.

»Kelly?« Sie kniete sich neben sie und schüttelte sie sanft. Kelly rührte sich nicht. Schien kaum zu atmen. Amelia schüttelte sie heftiger. »Kelly, wach auf.«

Als sie ihre Position wechselte, stieß Amelia ein Wasserglas um, das Kelly neben der Couch abgestellt hatte. Erst da bemerkte sie das Medizinfläschchen. Wie in Zeitlupe griff sie danach.

Es war leer.

»Was hast du getan?«, kreischte Amelia. »Kelly, was hast du getan?«

Blythe und Marin stürmten herein. »Was ist los?«, fragte Blythe.

»Ruft einen Krankenwagen!«, schrie Amelia, Sie drückte Kelly an sich, wiegte sie wie ein Kind, schluchzte und vergrub ihr Gesicht in Kellys Haar, das sich aus dem Pferdeschwanz gelöst hatte. »Ich brauche dich«, jammerte Amelia. »Ich liebe dich. Bitte, bitte, geh nicht fort …«

Sie wusste nicht, was genau sie alles sagte, wusste nur, dass sie nicht aufhören durfte zu reden. Sie musste Kelly bei sich behalten, obwohl jetzt ein Mann sie wegzuziehen versuchte. »Entschuldigung, Ma'am. Lassen Sie uns bitte …«

Blythe war neben ihr, nahm sie bei den Armen, zwang sie, Kelly freizugeben.

Kelly, verdammt noch mal. Verlass mich nicht!

Kapitel 45

Wie fast alles in Provincetown war auch die Kirche Saint Mary of the Harbor ein wenig anders – mit ihrer Regenbogenflagge und den ins Holz geritzten Worten über dem Eingang: WO DAS LAND, DAS MEER UND DAS HEILIGE ZUSAMMENKOMMEN.

Bei der Trauerfeier gab es nur noch Stehplätze. Marin und Blythe gingen ganz nach vorn. Paul, Bart und Thomas saßen hinter ihnen in der zweiten Reihe. Paul schluchzte, und Marin umarmte ihn.

»Ich hatte keine Ahnung, dass es so enden würde.« Seine Stimme brach.

»Natürlich nicht, Paul. Wie denn auch?«

»Vorgestern, als wir im Atelier gekifft haben, da wirkte sie so friedlich. So ruhig. Ich hätte ahnen müssen, dass sie etwas vorhatte.«

»Woher hättest du das sollen?«, fragte Marin, obwohl auch sie sich mit solchen Überlegungen herumschlug. Sie rief sich sämtliche Gespräche in Erinnerung, die sie mit ihr geführt hatte, und zwar seit dem Zeitpunkt, als Kelly ihr die Diagnose, ihre Angst vor einem Kontrollverlust und ihre Furcht davor, bald nicht mehr arbeiten zu können, anvertraut hatte. Kelly hatte akzeptiert, dass der Tod unausweichlich und dies ihr letzter Sommer war. »Und selbst wenn du Verdacht geschöpft hättest – du weißt doch, wie willensstark Kelly war. Dagegen hättest du nichts ausrichten können.«

Er weinte heftiger. Marin umarmte ihn fester. Sie hätte auch gern alles so herausgelassen. Aber es war ihr unmöglich, in der Öffentlichkeit ihren Tränen freien Lauf zu lassen.

»Hallo, Marin – es tut mir so leid.« Luke Duncan. Marin kam nicht umhin zu bemerken, dass er sich entsprechend des Anlasses in Schale geworfen hatte, was ihm sehr stand. Kein Wunder, dass Rachel über dieser katastrophalen Liebelei schier den Verstand verlor.

Er fragte, ob sie Rachel gesehen habe.

»Wir sind zusammen hergefahren, aber wo sie jetzt gerade ist, weiß ich nicht genau«, sagte Marin. Luke wollte sich auf die Suche nach ihr machen, und sie verspürte einen Stich. Sie hatte Julian auch nach Kellys Tod nicht angerufen. Sosehr sie ihn in diesem Moment hätte dabeihaben wollen, so tröstlich seine Umarmung gewesen wäre, seine beruhigende Hand auf ihrer Schulter – sie wollte nichts von ihm wollen. Sie brauchte ihn nicht. Außerdem funktionierte ein Telefon ja bekanntlich in beide Richtungen. Hätte er angerufen, dann hätte sie es ihm erzählt. Aber sie würde ihn nicht anflehen, ihr zur Seite zu stehen.

Ein stattlicher, gut aussehender älterer Mann blieb stehen und sprach mit ihrer Mutter. Er küsste sie auf die Wange und wandte sich dann Amelia zu, die auf dem Weg zur vordersten Kirchenbank war.

»Wer ist das?«, fragte Marin.

»Bloß ein Freund.«

Ein Freund? Wo hatte sie den her?

Für Spekulationen blieb keine Zeit, denn nun setzte sich Amelia zwischen sie und Rachel, die sich mittlerweile eingefunden hatte. In den drei Tagen seit Kellys Tod hatte Amelia sich weitgehend zurückgezogen. Nur kurz verließ sie das

Haus, um alles Mögliche zu organisieren, ansonsten schloss sie sich in ihrem Schlafzimmer ein. Marin war sich völlig überflüssig vorgekommen. Rachel hatte zumindest einen Weg für sich gefunden, um sich nützlich zu machen: Seit zwei Tagen kochte und backte sie für die Trauergäste, die sich nach dem Gottesdienst im Haus versammeln wollten. Amelia fand die Idee gut, und Kelly hätte sie sicher auch gefallen.

An Rachels rechter Seite befand sich ihre Mutter. Kaum hatte sie die Nachricht erreicht, war Fran von ihrem Yoga-Retreat aufgebrochen und hatte sich bei Thomas und Bart einquartiert. Rachel tat so, als würde es ihr nicht passen, war aber insgeheim dankbar, sie bei sich zu haben – das wusste Marin. Sie selbst wäre in solch einer Zeit ohne ihre Mutter völlig verloren gewesen.

Die Pastorin nahm ihren Platz vor der versammelten Gemeinde ein. Marin drehte sich um, weil sie sehen wollte, wie viele noch versuchten, sich in die kleine Kirche zu zwängen. Dabei entdeckte sie ihren Vater, der ganz hinten stand.

»Dad ist da«, flüsterte sie. Überrascht drehte Blythe sich um und folgte Marins Blick.

»Er macht sich sicher Sorgen um dich«, sagte sie.

Das leise Gemurmel im Kirchenraum verstummte.

»Wir haben uns heute zu Ehren unserer geliebten Kelly Hanauer versammelt«, begann die Pastorin. Sie hatte langes graues Haar, trug ein weißes Gewand und sprach mit voller, warmer Stimme. »Auch wenn ich in meiner Eigenschaft als Vorbeterin hier stehe, trauere ich doch mit euch. Wie wir alle wissen, war Kelly kein Fan von organisierter Religion. Oder überhaupt von irgendetwas Organisiertem.« Nervöses Gelächter. »Manche fragen sich nun vielleicht, woher ich sie so gut gekannt habe – denn das habe ich, und ich rechne es mir als Ehre an. Zur Antwort auf diese Frage bitte ich alle, sich in der Kirche umzusehen. Jedes einzelne dieser grandiosen Buntglasfenster – ein steter Quell der Freude und des Trosts für die Mitglieder unserer Gemeinde – wurde von Kelly geschaffen und uns gespendet. Als ich überlegte, was ich heute zur Erinnerung an Kelly sagen könnte, die ein so wertvoller Bestandteil der künstlerischen und spirituellen Gemeinschaft von Provincetown war, kam ich auf etwas zurück, was der Grundbegriff ihres Lebenswerks war: das Mosaik. Ich weiß, dass Kellys geliebte Frau Amelia ihre Familientradition an sie weitergegeben und ihr das Handwerk beigebracht hat. Das Mosaik, in all seiner Schönheit, ist vielleicht die Kunstform, die am meisten für die Familie steht. Verschiedenste Teile, die mehr oder auch weniger offensichtlich zusammenpassen, fügen sich zu einem wunderschönen, farbenfrohen Ganzen. Manche Mosaiken bestehen aus Buntglas, andere aus Kacheln, Steinen oder Muscheln. Es gibt nicht den einen, es gibt nicht den richtigen Weg. Das hat Kelly erkannt. Sie trug alle Teile zusammen und schuf daraus ein Leben, das ihr gemäß war, auch wenn das bedeutete, manches aufzugeben oder von Menschen verlassen zu werden, die ihre Entscheidungen nicht billigten.«

Marin spähte zu Nadine, die am Ende der Reihe saß und starr geradeaus schaute. Was wohl in ihr vorging? Nadine spürte Marins Blick und drehte sich zu ihr; Marin sah rasch auf ihre Hände, strich mit dem Zeigefinger über das Tattoo.

Sein Anblick würde wahrscheinlich nun und bis in alle Ewigkeit bittersüße Empfindungen auslösen.

Verdammt noch mal, Kelly. Es kostete Marin große Anstrengung, nicht zornig zu werden. Wie konnte Kelly Amelia das antun? Amelia und ihnen allen? Ihr hätten noch Monate, vielleicht sogar ein Jahr bleiben können. Wer wusste das schon? Jeder andere Zeitpunkt wäre besser gewesen als das hier, das allen die Gelegenheit nahm, sich in Ruhe von ihr zu verabschieden.

»Kelly hat die Dinge immer auf ihre Art gemacht. Das gilt bis zum Ende. Deshalb sind wir heute hier, früher als erwartet, viel zu früh, als dass wir uns darauf hätten vorbereiten können. Doch in unserem ehrenden Gedenken an Kelly müssen wir Frieden damit schließen, dass ihre letzte Entscheidung Teil dessen ist, was sie ausmachte, was sie für uns alle zu etwas ganz Besonderem hat werden lassen. Und darum bitte ich euch, in eurer Trauer, an das Mosaik zu denken. Ein einzelnes Teil, für sich genommen, mag nicht unbedingt schön sein, nicht unbedingt etwas, das wir auserwählen würden. Doch wenn wir sämtliche Teile als Ganzes sehen, stehen wir staunend davor und sind dankbar für das Geschenk.«

Amelia schluchzte, Marin hielt sie umschlungen. Ihr Arm streifte den von Rachel, die Amelia ebenso fest umklammert hielt.

In diesem Moment wurde Marin klar, dass es nicht selbstsüchtig von Kelly gewesen war, sich das Leben zu nehmen und damit den Zeitpunkt und die Umstände ihres Todes selbst zu bestimmen. So war sie sich sicher gewesen, dass Amelia, wenn das Ende kam, ihre Familie um sich haben würde.

Nun kamen auch ihr die Tränen, ein Schluchzen von ganz tief innen, das sie von Kopf bis Fuß durchschüttelte. In inniger Umarmung mit Amelia und Rachel sah sie zur Decke empor. *Okay, Kelly. Ich hab's kapiert.*

***

Es verging einige Zeit, bis alle leicht benommen aus der Kirche hinaus in den Sonnenschein getreten waren und sich zu kleinen Gruppen zusammengefunden hatten. Blythe sah Kip auf sich zusteuern und wurde plötzlich gereizt. Wie sollte sie in ihrem Leben neue Wege einschlagen und die Scheidung akzeptieren, wenn er sich hartnäckig weiter in ihrer Nähe aufhielt? Besonders verwirrend fand sie, wie hervorragend er in seinem Anzug aussah. Natürlich reiste jemand wie Kip nie ohne Anzug im Gepäck. Anwalt bleibt Anwalt, Kanzlei hin, Kanzlei her.

»Wie geht es dir?«, fragte er.

»Einigermaßen in Ordnung.« Sie verschränkte die Arme. »Es überrascht mich, dass du noch hier bist.«

»Ich wollte sehen, ob ich irgendwas tun kann.«

»Uns geht's gut, Kip. Du willst Marin zur Seite stehen, das weiß ich, aber wir sind den ganzen Sommer durch viele Höhen und Tiefen gegangen, und zwar ohne dich. Und offen gesagt fällt es mir schwer, mich neu zu orientieren, wenn du hier bist.«

»Vor ein paar Wochen wolltest du mich noch hier haben.«

»Da dachte ich, es gäbe noch eine Chance für uns.« Sie hielt inne. »Aber jetzt – tut mir leid, Kip. Jetzt hast du hier nichts mehr verloren.«

Kapitel 46

Allem Anschein nach hatte sich die gesamte Einwohnerschaft von Provincetown in Amelias Haus eingefunden, um Kelly die letzte Ehre zu erweisen. Im Vorgarten wimmelte es von Menschen, ebenso wie im Erdgeschoss und hinter dem Haus. Der Gartentisch und beide Bänke waren mit Tabletts voller Essen und unzähligen Weinflaschen belegt. Marin erkannte den Besitzer von Provincia, den Küchenchef des Red Inn, den Verkäufer bei Marine Specialties, den Betreiber des Café Heaven. Und dann war da noch der »Auswärtige«.

Ihr Vater gehörte mit seinem dunklen Anzug und den Schuhen von John Lobb ganz eindeutig *nicht* zu Provincetown. Es war merkwürdig beruhigend.

An dem Abend von Kellys Tod waren er und Marin zusammen in einem Restaurant essen gegangen. Er hatte gesagt, er bleibe nur für eine Nacht, er habe ein paar Dinge für ihre Mutter dabei. Sie hatte angenommen, es handle sich um Schriftstücke, die für die Scheidung zu unterzeichnen waren, doch als sie genauer nachfragte, wimmelte er sie ab. Was immer ihn hergeführt hatte, jetzt war sie schlicht dankbar, dass er in einer schweren Zeit wie dieser bei ihnen war. Es hatte anscheinend so sein sollen, und das sagte sie ihm auch, als sie in dem übervollen Wohnzimmer saßen.

»Mom ist bestimmt auch froh darüber.«

»Da bin ich mir nicht so sicher«, erwiderte er.

»Was meinst du damit?«

Rachel tippte ihr auf die Schulter. »Tut mir leid, wenn ich störe, aber Julian sucht nach dir.«

Was?

Marin drehte sich um, und richtig, da war er, bahnte sich einen Weg durch die Menge zu ihnen. Bei seinem Anblick schlug ihr Herz höher, doch zwei Gedanken machten dem rasch ein Ende: Zum einen hatte sie ihn nicht eingeladen herzukommen – und zum anderen brauchte sie ihn nicht.

»Was tust du hier?«, fragte sie.

Er sah sie verwirrt an. »Warum hast du nicht angerufen und mir das mit Kelly gesagt?«

»Du hast mich ja auch nicht angerufen.«

»Marin, ich habe gesagt, in neun Tagen bin ich wieder da. Und da bin ich. Ich wäre auch eher gekommen …«

Neun Tage. Die Testergebnisse hatte sie völlig vergessen. Vermutlich lagen sie im Büro hinter dem Empfangstresen in dem drei Tage alten Stapel ungeöffneter Post.

»Kipton Bishop«, sagte ihr Vater und hielt Julian die Hand hin.

»Entschuldigung«, gab Marin verlegen zurück. »Julian, das ist mein Vater. Dad, das ist Julian Rowe.«

»Es ist mir eine Ehre, Sie kennenzulernen«, sagte Julian. »Ich habe mich beim Studium mit einigen Ihrer Fälle beschäftigt.«

Es folgte eine spontane Verbrüderung von Anwalt zu Anwalt. Marin fand es irgendwie surreal, mit ihnen im selben Raum zu sein. Wobei sie zugeben musste, dass es sich gut anfühlte – als würden sich die Fäden ihres Lebens miteinander verweben. Und offensichtlich mochten sich die beiden.

Warum auch nicht? Zwei ehrgeizige Juristen, der eine am Beginn, der andere am Ende seiner Karriere.

Und womöglich hatten sie noch etwas gemeinsam. Womöglich hatten sie beide eine Frau geliebt, die ein Kind von einem anderen erwartete.

Sie ertrug die Ungewissheit nicht mehr. Wochenlang hatte sie den Gedanken daran verdrängt. Aber jetzt war Julian da, die Testergebnisse waren wahrscheinlich auch da, und sie konnte nicht länger in ihrer kleinen Welt verweilen und vor allem die Augen verschließen.

»Entschuldigt mich einen Augenblick.« Die beiden hörten ihr kaum zu. Sie schlängelte sich durchs Wohnzimmer zu dem kleinen Büro hinter dem Empfangstresen, schloss die Tür hinter sich, durch die trotzdem noch gedämpft das Stimmengewirr der versammelten Freunde und sonstigen Trauergäste zu vernehmen war, und ging den Poststapel durch. Der Umschlag mit dem leuchtend rotgrünen Logo von Genie war schnell gefunden. Sie klemmte ihn sich unter den Arm, bahnte sich einen Weg zurück durch das überfüllte Wohnzimmer und versuchte, Julian von ihrem Vater loszueisen. Als er zögerte, winkte sie ihm mit dem Umschlag zu.

»Wir ziehen das jetzt durch?«, fragte Julian.

»Wir ziehen das jetzt durch.«

Sie ging mit ihm hoch in ihr Zimmer.

Es freute Blythe, dass Julian wegen Marin gekommen war. Und es freute sie noch mehr zu sehen, wie die beiden nach oben verschwanden. Junge Liebe war doch unverwüstlich.

Ältere Liebe offensichtlich weniger.

Sie zog Kip beiseite. »Hast du auch nur ein Wort von dem gehört, was ich vor der Kirche zu dir gesagt habe?«

»Ja, habe ich.«

»Wieso bist du dann hier?«

»Du bist einer irrigen Annahme unterlegen.«

»Komm mir nicht mit Anwaltssprech, Kip.«

»Du hast gesagt, ich wäre wegen Marin hier. Ich habe darüber nachgedacht, und es stimmt nur zum Teil. Dass ich mit dieser Schachtel im Gepäck anreiste, geschah nicht ihretwegen.«

»Ich weiß. Du bist mit der Schachtel aufgekreuzt, um deine Schuldzuweisungen persönlich abzuliefern. Hör zu, ich hab's kapiert. Es war viel verlangt, und es tut mir leid. Aber wenn du Amelias Gesicht gesehen hättest, als ich ihr den Brief gab … Ich bereue es nicht, dass ich dich darum gebeten habe.«

»Das war sehr mutig von dir.«

»Vielleicht.«

Er nahm ihre Hände und sah ihr in die Augen. »Du bist eine gute Frau, Blythe.«

»Aber nicht gut genug«, flüsterte sie.

»Nein? Und warum komme ich dann nicht von diesem Ort weg?«

Blythe sah ihn verdutzt an. »Sag du's mir«, brachte sie mit einiger Mühe heraus.

Kips stählerner, durch nichts zu erschütternder Blick, an dem sie sich ein Leben lang ausgerichtet hatte, ruhte auf ihr. »In der Kirche sprach die Pastorin über Teile, die sich auf unerwartete Weise zusammenfügen, und darüber, dass es nicht den einen richtigen Weg gibt. Sie hat über Familie gesprochen. Du bist meine Familie, Blythe. Wir werden Großeltern.«

Ihr Herzschlag setzte kurz aus. »Ja«, murmelte sie. »Aber

das ist nicht unbedingt ein Grund, um zusammenzubleiben.«

»Es ist ein guter Ausgangspunkt.«

All die Menschen, die Kelly geliebt hatten – Amelia wurde es warm ums Herz beim Anblick alter und neuer Freunde und auch einiger ihr Fremder. Sie alle spendeten ihr Trost, mit einer Ausnahme.

Sandra Crowe erschien in einem langen schwarzen Kleid mit Flügelärmeln und einem Pillbox-Hut – als wäre sie die Witwe. Man konnte den Eindruck gewinnen, als habe sie den ganzen Sommer über auf einen Vorwand gewartet, um ihre lässige Strandkleidung abzustreifen. Unwillkürlich kam Amelia der Gedanke, dass sie sich sicher über die Gelegenheit freute, das Haus zu betreten, für das sie ein erstes Kaufangebot abgegeben hatte.

Blythe hatte ihr erzählt, dass Sandra während Kellys und Amelias Abwesenheit einfach so hereingeplatzt war. Zum Glück war Kelly außer Hörweite gewesen, als Blythe diese brisante Information weitergab, sonst wäre sie wohl ausgerastet.

Nadine entdeckte Sandra und ging stracks auf sie zu. Amelias Gereiztheit schlug in flammenden Zorn um. Sie marschierte zu den beiden hin, doch die steckten die Köpfe zusammen und bemerkten sie nicht. Amelia hatte keinen Zweifel, worum sich ihr Gespräch drehte – bestimmt tauschten sie keine liebevollen Erinnerungen an Kelly aus. Gewiss, zum Teil war Amelia selbst schuld an dieser Situation. Sie hatte mit der Idee gespielt, das Haus zu verkaufen, hatte Nadine sogar damit beauftragt, von Sandra Angebote einzuholen, ein paar Zahlen zwischen Sandra und sich hin- und hergehen zu lassen. Für kurze Zeit hatte sie die Aussicht auf einen Geldsegen für sich und Kelly gereizt. Und sie hätte das Geld mit ihrem einzigen überlebenden Kind teilen können. Schuldgeld.

Doch es gab nichts mehr, weswegen sie sich schuldig fühlen musste. Jedenfalls nicht so, wie es Nadine ihr hatte weismachen wollen. Das wusste sie nun, dank des Briefes, den Blythe aus dem Hut gezaubert und ihr zum Lesen gegeben hatte. Was für ein unverschämtes Glück, dass er kam, bevor es zu spät war.

Erst nach ein paar Sekunden nahmen Sandra und Nadine sie überhaupt zur Kenntnis.

»Oh, Amelia. Mein herzliches Beileid«, sagte Sandra.

»Dieses Haus ist nicht zu verkaufen!«, rief Amelia laut genug, dass manche mitten im Satz innehielten und zu ihr hinschauten. Es war ihr egal. Die Lautstärke und das, was sie damit zum Ausdruck brachte, waren Erleichterung pur. Vielleicht war ja doch noch etwas von ihr übrig. Sie war nicht mit Kelly gestorben, obwohl der Schmerz etwas anderes sagte.

»Amelia, du bist in Trauer. Das ist natürlich nicht die richtige Zeit, um so etwas zu besprechen«, sagte Sandra.

»Und wir reden gerade auch gar nicht über das Haus«, schaltete Nadine sich hastig ein.

Vielleicht hatte ihre Tochter doch noch einen Funken Anstand. Aber wie heißt es so schön: zu wenig, zu spät. Bebend sah Amelia zu Nadine hin. »Du bist hier nicht länger willkommen. Ich möchte, dass du morgen abreist.«

In der Küche nahm Rachel Äpfel und Birnen aus einem Obstkorb und legte sie in eine Servierschüssel. Beim Blick durchs Fenster sah sie Thomas, der an der Tafel Hof hielt und Gedichte rezitierte.

Die vielen Menschen im Haus gaben ihr etwas zu tun – gaben ihnen allen etwas zu tun. Aber was war morgen? Und am Tag darauf?

Fran kam mit einer Platte gedünsteter Hummer in die Küche.

»Schau mal, was da jemand mitgebracht hat!«, sagte sie. »Das ist die beste Schiwe, bei der ich je war. Schalentiere und was weiß ich noch alles.«

»Es ist keine Schiwe, Fran«, sagte Rachel und nahm ihr die Platte ab. »Es ist eine Feier zu Ehren von Kelly.«

Am Abend von Kellys Tod hatte Rachel – geschockt und vollkommen durch den Wind – eine SMS an ihre Mutter geschickt. Es war ein Impuls gewesen; sie hatte nicht erwartet, dass Fran sich abermals ins Auto setzen und nach Provincetown zurückfahren würde. Aber genau das hatte sie getan.

»Willst du dich den ganzen Tag in der Küche verkriechen?«, fragte Fran.

»Ich verkrieche mich doch gar nicht. Was redest du da?«

»Luke wartet draußen auf dich.«

Ja, sie hatte Luke bei der Trauerfeier gesehen. Geradezu verboten attraktiv in seinem dunklen Anzug.

»Bitte – lass es. Dass du Thomas und Bart so lange bequatscht oder so lange mit ihnen gekifft hast, bis sie dich bei sich aufgenommen haben, gibt dir noch lange nicht das Recht, dich einzumischen.«

»Es geht nicht um irgendwelche Rechte. Ich war da, als die Ex aufgekreuzt ist, und er hat sie so schnell wieder an die Luft gesetzt, als hätte das Haus eine Drehtür.«

»Weißt du was? Das ist mir so was von egal. Es gibt hier

wirklich Wichtigeres.« Rachel wandte sich wieder dem Obst zu, und Fran packte sie beim Arm.

»Du hast mir neulich beim Abendessen klar und deutlich zu verstehen gegeben, dass ich als Mutter nie gut genug war. Ich habe dir kaum etwas beigebracht, ich habe dir keine Richtlinien gegeben. Habe ich vielleicht auch nicht. Aber in diesem Augenblick versuche ich es: Dieser Typ, dieser Luke Duncan – er ist absolut umwerfend. Er hat was auf dem Kasten. Und so, wie er über dich redet und wie er sich benimmt, steht er voll auf dich. Also schieß das nicht in den Wind.«

Rachel war völlig platt und starrte sie nur an.

»Ich … verkrieche mich nicht in der Küche.« Mehr brachte sie nicht heraus.

Nein, sie verkroch sich nicht. Sie hatte zu tun – sah ihre Mutter das nicht? Und ja, vielleicht hatte Luke seine Exfreundin nicht gebeten herzukommen. Und vielleicht hatte er sie auch nicht gebeten, zu bleiben. Aber der ganze Vorfall hatte ihr so wehgetan wie nie etwas zuvor in ihrem Leben, und das machte ihr Angst.

Sie trug die Obstschüssel Richtung Wohnzimmer und sah über die Schulter zu Fran. *Jetzt zufrieden?*

Und da war er, sonnengebräunt, goldblond, ohne Anzugjacke und mit aufgerollten Hemdsärmeln. Sie schaute weg, doch es war zu spät: zufälliger Blickkontakt. Er kam auf sie zu. Sie lief zurück in die Küche. Um sich zu verkriechen.

Schön. Ihre Mutter hatte recht.

Es gab für alles ein erstes Mal.

Marin schloss die Tür hinter sich. Ihr Zimmer, das ihr den ganzen Sommer über Zuflucht geboten hatte, war nun der Ort, an dem das Schicksal sein Urteil sprechen würde.

Julian setzte sich auf die Bettkante.

»Marin, ich finde es furchtbar, dass du das Gefühl hattest, mich nicht anrufen zu können, als Kelly gestorben ist. Ich wäre gern mit dir bei der Trauerfeier gewesen.«

»Es war mir einfach nicht möglich. Verstehst du denn nicht, dass ich mich nicht weiter auf dich einlassen kann? Eventuell lautet die Antwort in dem Umschlag anders, als wir es uns wünschen. Und was dann? Dir geht es mit Sicherheit ebenso, sonst hättest du doch mal angerufen oder eine SMS geschickt.«

Er nickte. »Entschuldige. Ich wollte ja. Ich habe ununterbrochen an dich gedacht, aber du hast recht – irgendwas hat mich zurückgehalten. Dabei habe ich verzweifelt nach einem Vorwand gesucht, um herzukommen. Und wenn du angerufen hättest, hätte ich die Gelegenheit beim Schopf gepackt und wäre schon früher gekommen. Du hast eine Freundin verloren, und ich war nicht für dich da. Ich habe die Trauerfeier verpasst. Das fühlt sich richtig, richtig ungut an.«

Sie hielt ihm den Umschlag hin; ihre Hand zitterte. »Mach du ihn auf.«

Er wartete einen winzigen Moment, bevor er ihn entgegennahm. Ihre Blicke trafen sich, sie schluckte schwer.

Julian sah auf den Umschlag. Und dann riss er ihn in Fetzen.

Kapitel 47

Draußen war es dunkel. Alle Besucher waren gegangen, und im Haus herrschte Ruhe. Eine Ruhe, die sie hasste und von der nur Kelly wusste, wie *sehr* sie sie hasste.

Wann war die Stille Amelias Feind geworden? Vielleicht begann es in den Tagen nach Nicks und Nadines Abreise. Die Stille wurde zum Zeichen für Verlust. Und nun blieb ihr nichts weiter als Stille.

Doch immerhin, heute Abend war ihre Familie noch da. Marin, Rachel und Blythe, in Amelias Haus, unter ihrem Dach. Und natürlich Nadine. Die jetzt gerade vermutlich für ihre Abreise packte.

Amelia bereute ihren Wutausbruch am Nachmittag nicht, aber es war ihr auch nicht ganz wohl damit. Wollte sie wirklich, dass Nadine fuhr? In einer gewissen Hinsicht, ja. Es war frustrierend, sie wieder hier zu haben und zu sehen, wie wenig sie sich verändert hatte. Andererseits war Nadine seit Nicks Tod ihr einziges Kind. Es war Amelias Aufgabe, ihre Pflicht als Mutter, die Dinge wieder ins Lot zu bringen. Tat sie es nicht, würde sie mit einer neuen Wunde leben müssen.

Nicks Brief lag auf ihrem Nachttisch. Behutsam nahm sie ihn zur Hand, als sei er aus Glas. Dann stieg sie in den zweiten Stock und zuckte zusammen, als sie an Kellys Atelier vorbeikam. Weiß der Himmel, wann sie es wieder würde betreten können. Wenn überhaupt.

Die Tür zu Nadines Zimmer stand offen; drinnen war niemand. Amelia ging wieder nach unten, checkte den ersten Stock und das Wohnzimmer. Auch hier entdeckte sie ihre Tochter nicht. Die Küche – leer. Durch das Fenster sah sie im Dunkeln eine glühende Zigarette.

Draußen hatte es sich empfindlich abgekühlt. Vielleicht war es auch nur die Erschöpfung, die Amelia zittern und die Arme um sich schlingen ließ. Sie knipste das Verandalicht an.

Aufgeschreckt drehte Nadine sich um.

»Ich wünschte mir, du würdest nicht rauchen«, sagte Amelia.

»Es ist eine schlechte Angewohnheit. Ich habe mein ganzes Erwachsenenleben in Europa zugebracht.«

Ihr ganzes Erwachsenenleben. Was für eine interessante Formulierung. Denn als sie da so stand und Nadine wie vor dreißig Jahren heimlich eine Zigarette rauchen sah, stellte sich Amelia die Frage, ob ihre Tochter eigentlich je aus der Rolle des ständig beleidigten, nachtragenden Teenagers herausgewachsen war. Unter normalen Umständen hätte Nadine ihren jugendlichen Zorn vielleicht überwunden und wäre ein besserer Mensch geworden. Doch als Amelia sich in Kelly verliebte, lieferte sie Nadine damit die perfekte Entschuldigung, nicht erwachsen zu werden, nichts von persönlicher Verantwortung wissen zu wollen. Im Licht der einsamen Glühbirne, deren gelber Schein das Dunkel durchbrach, betrachtete Amelia ihre nicht mehr ganz junge Tochter und hatte das Gefühl, neben einer Fünfzehnjährigen zu stehen.

»Nadine, ich verkaufe das Haus nicht. Um keinen Preis der Welt.«

»Hab ich kapiert«, sagte sie und drückte ihre Zigarette aus.

»Nein«, sagte Amelia. »Das hast du nicht.«

Sie gab ihrer Tochter den Brief.

»Was ist das?« Nadine faltete ihn auseinander.

»Den hat dein Bruder aus Italien an Blythe geschickt.«

Nadine erstarrte.

»Nur zu – lies«, sagte Amelia. Es dauerte einen Moment, doch schließlich beugte Nadine ihren Kopf über das Blatt Papier. Als sie fertig war, sah sie zu ihrer Mutter hoch, mit Tränen in den Augen.

»Warum hast du behauptet, er sei unglücklich gewesen?« Amelias Stimme klang angespannt. »Hast du gelogen, um mich zu bestrafen, oder hast du es wirklich geglaubt?«

Nadine weinte leise. »Nach dem letzten Sommer hier waren wir nie wieder heil und ganz.«

»Er war dabei, es zu überwinden«, sagte Amelia.

»Was hatte er mitten in der Nacht auf dem Feldweg zu suchen? Das war der pure Leichtsinn. Damit hat er das Schicksal herausgefordert.« Nadine griff nach einer weiteren Zigarette, ließ sie dann aber stecken.

»Nadine, hör mir zu: Du hast deinem Bruder mit deiner Einladung zu dir nach Italien etwas Gutes getan. Und in dieser Nacht war er einfach ein junger Mann in Ferienlaune und hat einen dummen Fehler begangen. Es war nicht meine Schuld. Es war nicht deine Schuld. Du musst von deinem Zorn ablassen.«

Nadine ließ den Kopf auf den Tisch sinken und barg ihn in ihrer Armbeuge. Amelia berührte sie sacht am Rücken. »Schätzchen, du musst dir das Leben nicht schwerer machen, als es ist. Es hat harte Zeiten gegeben, daran trage zum

Teil ich die Schuld. Aber du bist weggelaufen, hast mich weggestoßen, und damit ließ es sich nicht wieder einrenken. Nichts und niemand ist vollkommen – auch keine Familie. Aber schau, zu guter Letzt sind wir hier zusammen. Das ist doch etwas.«

Amelia wischte Nadine die Tränen ab – das hatte sie nicht mehr tun dürfen, seit Nadine ein kleines Mädchen war.

»Es tut mir leid«, sagte Nadine. »Es ist schön, zu Hause zu sein.«

Rachel wartete mit dem Essen auf der vorderen Veranda. Eigentlich hätte es im Ort an dem Abend ruhig sein, hätten alle Bewohner bei sich zu Hause um Kelly Cabral trauern sollen. Doch gegen neun Uhr herrschte auf der Commercial Street fröhliches Getöse; die Jungs waren unterwegs zu den Clubs, Pärchen auf dem Hin- und Rückweg von einem Lokal oder in Vorfreude auf einen Drink an der Uferpromenade. Nach Mitternacht würde dann ebendiese Flut feuchtfröhlich lärmend zur Spiritus Pizza strömen. Hoffentlich schlief Rachel um die Zeit schon und konnte den langen Tag hinter sich lassen. Zum ersten Mal verstand sie den Ausdruck *müde bis auf die Knochen.*

Aber da war noch das Essen. Im Kühlschrank ließ es sich nicht mehr unterbringen. Sie rief Bart an und fragte, ob er das Überschüssige bei sich lagern könne.

»Ich kann es nicht mal allein tragen, es sind vier Tabletts. Meinst du, du könntest kurz herkommen und mir dabei helfen?«

»Verstärkung ist schon unterwegs«, sagte Bart.

Schließlich sah sie jemanden, der auf das Haus zusteuerte. Sie stand auf und winkte. Aber es war nicht Bart.

»Hey. Wie ich höre, werden hier starke Arme gebraucht.«

Luke.

»Ich dachte, Bart wollte mit anpacken.« Sie hielt ein Tablett umklammert, als hätte sie einen Dieb vor sich.

»Ich habe ihm angeboten, das zu übernehmen.«

Verärgert schüttelte sie den Kopf. »Keine gute Idee.«

»Ich finde, du springst ein bisschen hart mit mir um.«

»Ach ja, findest du das?«

Er nahm ihr das schwere Tablett ab und stellte es auf den Boden. »Ja, allerdings.«

»Ich bin vielleicht noch sehr jung, aber ich bin nicht dumm«, sagte sie und bereute die Bemerkung auf der Stelle. Sie klang nach Kinderspielplatz und ließ Rachel tatsächlich als jung *und* dumm dastehen.

»Ich habe nie gesagt, dass du dumm bist. Nicht mal zu der Zeit, als ich unmenschliche Kräfte aufbieten musste, um deinen Reizen zu widerstehen.«

Nein, er sollte hier nicht den Goldjungen spielen. »Dumm, naiv – was immer man sein muss, um zu glauben, dass deine sogenannte Exfreundin nach zwei Monaten hier einfach aufkreuzt, ohne Einladung, ohne Vorwarnung?«

»Können wir uns einen Moment hinsetzen? Bitte!«

»Ich will mich nicht hinsetzen.«

»Rachel, sie und ich sind lange zusammen gewesen. Natürlich haben wir dann und wann noch etwas voneinander gehört. Und im ersten Monat nach der Trennung habe ich gehofft, sie würde es sich anders überlegen und den Sommer doch hier verbringen. Aber als du und ich zusammenkamen, hatte ich schon mehrere Wochen nicht mehr mit ihr gesprochen oder ihr eine SMS geschrieben.

Für mich war es vorbei. Ich hatte keine Ahnung, dass sie noch überlegte, wie es mit uns vielleicht doch noch weitergehen könnte.«

Das klang einleuchtend, sicher. Aber in ihrem Inneren schrillte ein Alarmsignal, und sie wusste nicht, wie sie es ausschalten sollte. Vor lauter Anstrengung, ihn für sich zu gewinnen, hatte sie keinen Gedanken daran verschwendet, sich für die Risiken zu wappnen, falls es doch zu einer Beziehung kommen sollte.

Affären waren leicht, Beziehungen schwer. Deswegen hatte sie es bisher bei Affären belassen. Erschöpft und traurig wie sie war, kam ihr in diesem Moment eine Erkenntnis: Nachdem ihre Mutter sie ein Leben lang im Stich gelassen hatte, wollte sie niemand anderem jemals Gelegenheit geben, sie zu verletzen. Und dann traf sie Luke, und aus irgendeinem merkwürdigen Grund – vielleicht war es die Chemie zwischen ihnen oder der Umstand, dass Menschen im Urlaub dazu neigen, sich weniger zu panzern – begehrte sie ihn, wie sie noch nie jemanden begehrt hatte.

»Und, was willst du damit sagen? Jetzt ist es *wirklich* vorbei?«

Er nickte. »Ja. Wir haben miteinander geredet, und es ist vorbei. Sie war keine Stunde im Haus. Wenn du mir nicht glaubst, frag deine Mutter, die kann es bestätigen.«

»Ja, meine Mutter ist ein großer Fan von dir.« Er sagte nichts, heftete nur seine wasserblauen Augen auf sie. Mit derselben Wirkung wie an jenem ersten Tag beim Pool. Absolut entwaffnend. Sie senkte den Kopf, und er strich ihr eine Locke hinter das Ohr.

»Kann das wirklich funktionieren?«, flüsterte sie.

»Ich weiß es nicht«, sagte er. »Aber ich will es versuchen. Und du?«

Rachel schaute zum Himmel empor, an dem es vor Sternen nur so wimmelte. Ob Kelly wohl irgendwo da draußen war und über das Haus wachte?

Falls ja, wusste Rachel, was sie ihr auftragen würde.

Kapitel 48

Die Salatsetzlinge waren mittlerweile hoch genug, um sie ins Gartenbeet umzupflanzen. Gerade noch rechtzeitig: Marin wollte am Nachmittag abreisen, und Kip trommelte ebenfalls zum Aufbruch.

Blythe hatte viel früher anfangen und Amelia und Rachel alles über Gartenarbeit beibringen wollen, was sie wissen mussten, sodass sie im Herbst eine gute Ernte haben würden. Und je besser sie alles im Vorfeld begriffen, desto leichter würde es ihnen fallen, im Frühjahr mit der Neuanpflanzung zu beginnen. Doch durch Kellys Tod lag erst einmal alles brach. Nun, am Labor-Day-Wochenende, musste das, was im Garten an Arbeit liegen geblieben war, unbedingt erledigt werden.

Blythe wässerte den Boden, grub dann ein fünf Zentimeter tiefes Loch und schaute hoch, um sich zu vergewissern, dass Amelia, die neben ihr stand, auch zusah. Sie gab noch etwas Komposterde zu, um die Feuchtigkeit in der Erde zu halten, und deutete auf die Töpfe voller Setzlinge.

Amelia reichte sie ihr und kniete sich neben sie. Blythe zog das erste Pflänzchen vorsichtig heraus.

»Möchtest du es einsetzen?«, fragte sie und hielt es Amelia hin.

»Ich will nichts falsch machen«, sagte Amelia und barg es in der Hand, als wäre es ein frischgeschlüpfter Vogel.

»Es kann nichts passieren – steck es einfach in das Erdloch und grab es bis zu den Blättern ein.«

Behutsam folgte Amelia ihren Anweisungen. Blythe beugte sich zu ihr hin und legte letzte Hand an, presste die Erde energisch nach unten und prüfte mit dem Daumen, ob die Pflanze fest von ihr umgeben wurde.

»Ich kann dir gar nicht sagen, wie sehr mich das freut«, sagte Amelia und hockte sich auf ihre Fersen. Blythe war hochzufrieden. Morgen Vormittag würde sie nach Philadelphia zurückkehren, doch sie ließ Amelia etwas da, etwas Grünes, Lebendiges, Nährendes. Schließlich hatte Amelia ihr in diesem Sommer so viel gegeben. Hatte sie alle aufgenommen, unter ihrem Dach beherbergt und damit Blythe die Chance gegeben, den Bruch zwischen ihr und Marin zu kitten. Und indem sie Amelia mit ihrem lange verheimlichten »Fehltritt« konfrontierte, mit ihren falschen Überzeugungen von dem, was mit Nick in Italien passiert war, hatte sie buchstäblich alles ans Licht gezerrt – und nun war die jahrzehntelange Kluft zwischen Blythe und Kip überbrückt. In gewisser Weise hatte Amelia die Samen für die nächste Phase von Blythes Ehe gesät.

»Hey, ihr hättet mir ruhig Bescheid sagen können.« Rachel kam mit großen Schritten in den Garten gehüpft.

»Willst du wirklich für das Beet zuständig sein?«, fragte Amelia. »Das ist eine große Verantwortung.«

»Traust du es mir etwa nicht zu?«, fragte Rachel, leicht gekränkt.

»Doch, absolut. Ich weiß nur nicht, ob du dir im Klaren darüber bist, wie viel wir im Frühling zu tun haben werden, falls wir die Pension wieder aufmachen.«

»*Wenn* wir die Pension wieder aufmachen«, korrigierte Rachel sie.

»Der Frühling ist noch mal ein ganz anderer Punkt«, sagte

Blythe. »Da lotse ich euch per Telefon durch. Aber fürs Erste sind die nächsten paar Wochen entscheidend. Solange es draußen noch so warm ist, müsst ihr die Pflanzen zweimal am Tag gießen – die oberste Erde darf nicht zu trocken werden.«

»Woher wissen wir, wann wir den Salat ernten sollen?«, fragte Rachel.

»Man sieht es, wenn er voll ausgewachsen ist. Ihr könnt entweder immer nur ein paar Blätter abpflücken – ihr werdet staunen, wie wenig man für einen gemischten Salat braucht – oder den ganzen Kopf knapp über dem Boden mit einem scharfen Messer abschneiden.«

Sie sah auf ihre Armbanduhr. Es galt noch andere Samen einzusetzen und den beiden alles über die entsprechende Pflege beizubringen. Dazu Tipps für die Ernte zu geben.

»Kommst du im Frühjahr wieder?«, fragte Amelia.

Blythe nickte. »Nach dem letzten Frost oder irgendwann im Sommer.«

»Nein«, sagte Amelia. »Versprich mir, dass ihr, du und Marin, wieder herkommt, sobald wir den Winter überstanden haben und das Kind auf der Welt ist.«

Blythe lächelte. Richtig, im Frühling würde das Baby da sein. »Natürlich. Ich verspreche es. Und dann will ich hier das Gemüse nur so aus dem Boden quellen sehen. Keine Bange! Pflanzen wollen blühen und gedeihen. Sie streben zur Sonne. Ihr müsst sie nur gut hegen und pflegen.«

Ihr letzter Morgen in Provincetown.

Marin wurde früh wach und ging auf Zehenspitzen um das Bett herum, in dem Julian noch schlief. Ihre Taschen waren gepackt (wie konnte sich in knapp drei Monaten bloß so viel Zeug ansammeln?), der Benzintank war voll, und sie hatte sich von allen verabschiedet. Von fast allen.

Den schwierigsten Abschied hatte sie sich bis zum Schluss aufgehoben.

Seit Kellys Tod hatte sie keinen Fuß mehr in das Atelier gesetzt – und gedacht, dass sie es vielleicht lieber so in Erinnerung behalten wollte, wie sie es kannte, mit einer quicklebendigen, schaffensfrohen Kelly, die nie ein Blatt vor den Mund nahm. Doch nun abzureisen, ohne dem Raum einen letzten Besuch abzustatten, hätte bedeutet, mit ihren Gefühlen nicht abzuschließen.

Trotzdem spürte sie bei jedem Schritt auf der Treppe zur zweiten Etage Beklemmung. Ganz vorsichtig öffnete sie die Tür zum Atelier. So leise wie möglich. Sie fühlte sich wie ein Eindringling, wie ein Einbrecher. Die Deckenleuchte flackerte zweimal auf, bevor sie richtig anging.

Der Anblick von Kellys Werken an der Wand, die zahllosen, aufgereihten Plastikeimer mit Amelias über Jahrzehnte hinweg gesammeltem Strandgut, die über den Boden verstreuten blauen Fliesenstücke, deren Behälter Amelia am Abend von Kellys Tod umgestoßen hatte – nichts von alldem schmerzte so sehr wie der Duft von Gewürzvanille, der immer noch in der Luft hing.

»Ach, Kelly«, sagte Marin. Ihr Herz krampfte sich zusammen, sie blieb mitten im Raum stehen und presste die Hände an die Stirn. Sie sollte lieber gehen. Und doch fühlte sie sich genötigt, genau hier zu sein. Nach qualvoller Grübelei wusste sie auch, warum.

Sie brauchte ein paar Sekunden, um es zu finden.

Kelly hatte eine Art Stoffwand installiert, die eins der Reißbretter den Blicken entzog. Marin spähte dahinter und wusste, was sie dort erwartete: das Schild für das Beach Rose Inn. Was sie nicht erwartet hatte: obendrauf lag ein von Hand geschriebener Zettel.

Hey, Marin,
wusste ich's doch, dass du zurückkommst, um das hier fertigzustellen! Du bist echt einsame Spitze.
Entschuldige den überstürzten Abgang. Aber ich glaube, du verstehst es. Jeder muss selbst wissen, wie lange er bleiben und wann er gehen soll, stimmt's?
Also dann: das Mosaik. Ich weiß, du schaffst das.
Glückwunsch im Voraus zu dem Baby. Es ist tröstlich zu wissen, dass Amelia sich in diesem Winter auf etwas so Tolles freuen kann.
XO Kelly

Marin wischte sich die Tränen ab und strich mit dem Finger über die glänzenden Fliesenteile, deren Halbrund das Unterteil der Rosenblüte bildete. Sie steckte den Zettel in die Tasche, schloss die Ateliertür hinter sich und begab sich wieder in ihr Zimmer. Julian wurde gerade wach und lächelte sie an.

»Wo warst du denn?«, fragte er. »Habe ich verschlafen?«

»Nein«, sagte sie und küsste ihn. »Es ist noch früh am Tag. Aber wenn du nun schon wach bist – ich bräuchte Hilfe, um ein letztes Teil im Auto zu verstauen.«

Die Kiste war irgendwo auf dem Dachboden, inmitten von Dutzend anderen, so viel wusste Amelia.

Die Deckenleuchte streikte; Amelia suchte nach einer Taschenlampe und machte sich dann auf die Jagd durch einen Wald aus Pappkartons. Auf manchen stand *Mãe* – die stammten aus der Zeit nach dem Tod ihrer Mutter. Andere waren ihrem Exmann Otto zuzuordnen. (Sie nahm sich vor, sie noch einmal durchzugehen und dann zu entsorgen. Es war an der Zeit.) Andere Beschriftungen waren allgemeiner: *Bücher, Winterkleidung* oder schlicht nur *Hüte.* Eines Tages würde Neues hinzukommen, Kisten mit der Aufschrift *Kelly.* Aber dafür war sie noch nicht im Entferntesten bereit. Allein bei dem Gedanken daran überkamen sie Beklemmungen und Atemnot. Sie musste sich zwingen weiterzumachen; schließlich gab es einen triftigen Grund, warum sie hier war.

Die Kiste, nach der sie Ausschau hielt, stand zusammen mit anderen ganz hinten an der Wand, unter einem Stapel Plattenalben (Fleetwood Mac, *Blue* von Joni Mitchell, *Bridge Over Troubled Water* von Simon & Garfunkel) und einem alten Hutständer. Nachdem sie sie von Staub und etlichen Spinnweben befreit hatte, zog sie die Kartons aus der vollgestopften Ecke, um erkennen zu können, was sie beinhalteten. Wo war nur der, der mit *Nick/Baby* beschriftet war?

Endlich hatte sie ihn gefunden. Sie schlitzte das Klebeband mit einem Teppichmesser auf. Obenauf lag die weißblaue Decke, die ihre Mutter gehäkelt hatte. Dann ein blauer Pullover mit einem roten Elefanten. Oh ja, an den erinnerte sie sich. Sie wusste nicht mehr, von wem sie ihn bekommen hatte, aber Nick hatte so hinreißend darin ausgesehen. Immer mehr kam zum Vorschein: eine himmelblaue Strickmütze, ein Matrosenanzug, ein selbst gestrickter Strampler. Ein Pyjama mit Füßchen und Schildkrötenmuster. Eine weitere Decke aus hellblauer Baumwolle mit einem Saum aus marineblauem Satin. Sie schüttelte alle Teile aus und faltete sie in ihrem Schoß zusammen.

Noch etwas gab es, worauf sie aus war; sie tastete am Boden der Kiste herum, bis sie auf kühles Metall stieß. Es rasselte, als sie es zutage förderte – ein Klang, der sie in ein anderes Leben zurückversetzte.

Sie lud sich alles auf die Arme und ging die Treppen hinunter in den ersten Stock. Marin saß in ihrem Zimmer am Fenster, vor sich auf dem Boden ihre fertig gepackten Taschen, und scrollte sich durch die neuesten Nachrichten auf ihrem Handy. Als Amelia eintrat, sah sie verlegen hoch.

»Ich bin schon wieder halb in der realen Welt«, sagte sie.

»Das ist wohl ganz normal, Liebes. Aber bevor du fährst, wollte ich dir noch ein paar Sachen geben.« Sie setzte sich auf die Bettkante; Marin legte ihr Handy weg und ließ sich neben ihr nieder.

Amelia breitete die weißblaue Häkeldecke aus.

»Die hat meine Mutter gemacht, als Nick geboren wurde. Ich fand sie wunderschön und hatte Angst, er würde sie in der Wiege vollspucken, darum lag sie in der ersten Zeit immer nur zusammengefaltet auf seiner Kommode. Ab seinem zweiten Lebensjahr wurde sie seine Schlafdecke. Sie blieb in seinem Bett, bis er ungefähr zwölf war. Die sollst du für deinen Sohn haben.«

Marins Wangen röteten sich. »Ach, Amelia! Ich weiß gar nicht, was ich sagen soll. Das ist so … danke.« Sie fasste nach der Decke und bettete sie in ihren Schoß.

Amelia zog aus dem Kleiderstapel eine angelaufene silberne Rassel heraus.

»Die hat auch ihm gehört. Sie stammt aus Portugal und ist seit vielen Generationen in unserer Familie.«

Marin wollte etwas erwidern, hielt dann aber inne. Schließlich sagte sie stockend: »Amelia, ich muss zugeben, es ist mir schwergefallen, Nick als meinen Vater anzusehen, weil ich schon einen Vater habe. Aber nun, da ich dich kenne, kann ich ihn als deinen Sohn ansehen, als denjenigen, der mich mit dir verbindet. Und das macht mich sehr, sehr glücklich.«

»Das Leben ist so seltsam«, sagte Amelia mit Tränen in den Augen. »Es gibt, es nimmt. Ich werde es nie verstehen.«

»Ich auch nicht«, sagte Marin. »Aber allmählich wird mir klar, dass es okay so ist.«

Amelia nickte. Sie vermisste Kelly so schmerzlich, dass es ihr den Atem raubte. Marin nahm Amelia in die Arme, und es war wie ein erstes tiefes Luftholen nach langer Zeit unter Wasser. Amelia überließ sich den Tränen. Sie weinte um Kelly. Um Nick. Um die verflossenen Jahre und den Wandel der Generationen. Sie weinte lange, lange Zeit, und Marin hielt sie fest umschlossen.

Provincetown

Frühling

Sie hatten ihr Zimmer schon im Februar reserviert, gleich nach Rachels Anruf, bei dem sie sagte, die Pension sei so gut wie ausgebucht, und sie nehme keine weiteren Anfragen entgegen.

»Ich weiß, es ist schwer, so weit im Voraus zu denken, aber ihr müsst euch jetzt auf eine Woche festlegen.«

Marin – mit einem drei Tage alten Säugling im Arm, der untrennbar mit ihr verwachsen schien – konnte sich nicht einmal einen Gang zum Lebensmittelladen um die Ecke vorstellen (zumal draußen, vor ihrem Stadthaus in der 68. Straße, fünfzehn Zentimeter Schnee lag), geschweige denn eine Fahrt nach Provincetown. Sie war im Nest-Modus und wollte nicht vor die Tür.

Als Julian ihr an dem Abend, der nun schon so lange zurückzuliegen schien, den Schlüssel gab, hätte sie es sich nie träumen lassen, dass dieses Haus eines Tages ihr Heim sein würde. Ihr gemeinsames Heim. Als Familie, zu dritt.

»Willst du dir den Zirkus wirklich antun?«, fragte sie Julian später.

»Dann können ihn alle gleichzeitig kennenlernen«, sagte er. »Außerdem haben wir versprochen, dass wir wiederkommen.«

Ja, das hatten sie. Und wenn Julian, der beruflich so eingespannt war, sich eine Woche freinehmen konnte, dann konnte sie es wohl auch. Schließlich hatte sie den Vorteil, sich ihre Arbeit selbst einteilen zu können. Zu ihrer eigenen Überraschung entwickelte sie sich allmählich, buchstäblich Stück für Stück, zu einer Mosaikkünstlerin. Eine Woche vor Jakes Geburt hatte sie erstmals ein Werk verkauft, einen portugiesischen Glückshahn aus Fliesen und Smalti.

Also beluden sie Anfang Mai das Auto und machten sich auf den Weg nach Provincetown; Julian saß am Steuer.

War es wirklich erst ein Jahr her, dass sie in einer Viertelstunde ihre Sachen für eine einwöchige Reise gepackt hatte? Und in einem Stück durchgefahren war, bis auf einen kurzen Halt für ein paar Hummerbrötchen, die ihr dann die Möwen weggeschnappt hatten? Jetzt erforderte das Packen so viel Vorbedacht und Präzision wie eine Militäraktion. Wie verstaute man einen Buggy, ein Reisebett, Jakes Wippe und Marins Milchpumpe auf dem einzigen freien Rücksitz? Ein Koffer beinhaltete ausschließlich Windeln, Fläschchen, Badespielzeug und Spucktücher. Dazu hatte Marin noch reichlich Babykleidung eingepackt, damit sie Amelias Waschmaschine nicht komplett mit Beschlag belegen musste.

In der Nacht vor ihrer Abreise tat Marin kaum ein Auge zu. Die Fahrt selbst dauerte aufgrund der vielen Zwischenstopps zum Stillen und Windelwechseln fast neun Stunden.

Doch all die Anstrengungen waren vergessen, als Amelia Jake zu Gesicht bekam.

»Allmächtiger! Die Bilder werden ihm nicht gerecht. So etwas Schönes wie ihn habe ich mein Lebtag nicht gesehen.« Sie streckte die Hände nach ihm aus, und schon bald lag er selig in ihren Armen.

»Darf ich vorstellen, deine Uroma«, sagte Marin. »Wie heißt das auf Portugiesisch?«

»*Bisavó*«, murmelte Amelia und küsste den Kleinen. »Er ist dir wie aus dem Gesicht geschnitten, Marin.«

Marin lächelte, auch wenn diese Einschätzung nicht ganz stimmte. Mit seinen langen Wimpern um die braunen Augen und der winzigen Clint-Eastwood-Nase kam er mehr nach seinem Vater.

»Folgt mir – sie sind alle draußen.«

Es war merkwürdig, den Garten zu betreten. Der Gemeinschaftstisch, der Strandabschnitt und das Wasser – alles sah aus wie immer, während sich in Marins Leben doch so viel verändert hatte. Der einzige Hinweis auf die verstrichene Zeit war das in Saft und Kraft stehende Gemüsebeet.

»Es hat den Winter überlebt«, sagte Marin und umarmte Rachel.

»Stimmt – und ich auch!« Ihr Haar war kürzer, ihre Haut nicht mehr bronzebraun, sondern honigfarben. Doch ihre großen braunen Augen strahlten ebenso verschmitzt wie an dem Tag, an dem Marin sie im Starbucks am Times Square kennengelernt hatte. Seit dem vergangenen Sommer hatten sie einander nur zweimal gesehen; im Oktober war Rachel auf dem Rückweg von einem Besuch bei Frans Eltern in Philadelphia für ein Wochenende vorbeigekommen und hatte es sich dann gleich nach Jakes Geburt trotz Eiseskälte und eines drohenden Schneesturms nicht nehmen lassen, ihren frischgebackenen Neffen in Augenschein zu nehmen. Ursprünglich wollte Amelia sie begleiten, doch dann durchkreuzte eine schwere Erkältung ihre Pläne. Rachel sagte, in den Wintermonaten habe sie sich ein paarmal Sorgen um Amelia gemacht, weil sie viel Zeit im Bett verbracht und körperlich wie geistig angegriffen gewirkt hätte. Doch seit Anbruch des Frühlings schien sie wieder mehr sie selbst zu sein.

Luke schloss Marin in die Arme, gefolgt von Kip und Blythe.

»Wo ist der Kleine?«, fragte Blythe.

»Drinnen«, erklärte Julian. »Marin hat Amelia schon zum Wickeldienst verpflichtet.«

»Einspruch, sie hat sich freiwillig gemeldet!«, sagte Marin.

Julian und ihr Vater fachsimpelten ein Weilchen. Nachdem Kip nun im Ruhestand war, genoss er es, Strategien für Julians aktuelle Projekte zu entwerfen. Und versuchte ihn immer wieder zu überreden, sich erneut bei einer großen Kanzlei zu bewerben.

Marin legte ihre Hand auf Julians Arm. »Vielleicht könnten mein Dad und Luke dir draußen vor dem Haus ein bisschen zur Hand gehen?«

»Gute Idee.«

Marin setzte sich zu ihrer Mutter an den Tisch und fragte sich, wann sie wohl den Ring an ihrem Finger bemerken würde. Doch Blythe ließ die Tür nicht aus dem Blick.

»Entspann dich, Mom. Amelia kommt bestimmt gleich raus.«

»Da ist er ja!« Beim Anblick ihres Enkels sprang Blythe auf, als stünde die Bank in Flammen, und streckte die Arme aus.

»So ein braver Junge«, gurrte Amelia.

Das war er wirklich. Aber die Reise hatte seinen Schlaf- und Essrhythmus durcheinandergebracht, und Marin befürchtete, es könne sich nur noch um Minuten handeln, bis eine Schreiattacke erster Güte fällig wurde.

»Zeit für eine Mahlzeit«, sagte sie und griff nach ihm.

»Stillst du ihn etwa immer noch?«

»Ja, Mom. Er ist erst drei Monate alt.«

Marin war in der Endphase einer Zeit geboren worden, in der Milchpulver als die einzig richtige Nahrung für Säuglinge galt, und Blythe hatte deutlich ihr Unverständnis darüber zum Ausdruck gebracht, dass Marin von dieser modernen Annehmlichkeit nichts wissen wollte, »die doch schließlich für dich gut genug war«.

Marin knöpfte ihre Bluse auf. Mittlerweile war sie darin geübt, Jake anzulegen und sich selbst dabei bedeckt zu halten. Wahrscheinlich würde der Junge später einen Hang dazu entwickeln, seine Mahlzeiten in Zelten einzunehmen.

Blythe stutzte plötzlich, sah ein zweites Mal hin und packte schließlich Marins linke Hand.

»Marin, bist du …?«

»Verlobt? Ja.«

Blythe stieß einen solchen Freudenschrei aus, dass der Kleine vor Schreck zu weinen begann.

»Mom, bitte.«

»Glückwunsch«, sagte Amelia. »Julian ist ein entzückender junger Mann.«

»Habt ihr schon ein Datum für die Hochzeit festgesetzt?«, fragte Blythe. »In New York ist ja alles Jahre im Voraus ausgebucht. Aber wenn ihr in Philadelphia feiern wollt, können wir sicher den Club mieten.«

»Die Sache ist die« – Marin sah zu Amelia –, »da diese Woche alle zusammen sind, haben wir überlegt, es hier stattfinden zu lassen.«

»Hier?«, fragten Blythe und Amelia gleichzeitig.

Kip erschien und bedeutete ihnen, vor das Haus zu kommen.

Blythe schüttelte den Kopf. »Nein, komm du her! Kip, Marin ist verlobt!«

Ihr Vater ging mit federnden Schritten zum Tisch und küsste Marin auf die Wange. »Glückwunsch, Schätzchen.« Er wandte sich Blythe zu. »Siehst du? Und du hast dir solche Sorgen gemacht.«

Blythe protestierte, als hätte man sie auf frischer Tat ertappt. »Ich habe mir keine *Sorgen* gemacht.«

»Was habe ich verpasst?« Rachel erschien mit einem neuen Krug Eistee und einer großen Schüssel Tomatensalat aus der Küche. Sie stellte beides auf den Tisch.

»Marin wird heiraten«, platzte Blythe heraus.

Rachel lächelte und nickte. »Ja, ich hab den Ring bemerkt, aber nichts gesagt, weil von den anderen auch nichts kam.« Sie umarmte Marin.

Natürlich hatte Rachel den Ring bemerkt. Sie war dreiundzwanzig und bis über beide Ohren in ihren Freund verliebt. Marin war sich sicher, dass auch sie schon sehr bald einen Ring tragen würde.

»Okay, kurzer Thema- und Ortswechsel, meine Damen«, sagte Kip. »Marin, Julian ist so weit.«

»Super! Amelia, kommst du mal eben mit vors Haus?«

Marin löste Jake von ihrer Brust und wischte ihm mit einem Tuch den Sabber vom Mund. Dann legte sie ihn sich über die Schulter und rieb ihm den Rücken, damit er ein Bäuerchen machte, während sie gemeinsam mit Blythe, Amelia und Rachel nach vorn zur Straße ging.

Amelia brauchte einen Moment, um zu begreifen, was sie vor sich sah: Julian und Luke hatten das alte Holzschild des Beach Rose Inn abgenommen und stattdessen Kellys Mosaik an einer schweren Metallkette aufgehängt. Marin war damit im Spätherbst fertiggeworden und hatte überlegt, es Amelia zu schicken. Nun war sie froh, dass sie damit gewartet hatte. Die ganze Familie war versammelt, im verblassenden Licht der Nachmittagssonne an einem perfekten Frühlingstag. Als Amelia endlich klar wurde, was sie vor Augen hatte, klatschte sie in die Hände und quietschte glückselig wie ein Kind.

»Marin, hast du das gemacht?«

»Nein. Das war Kelly.«

Amelia schnappte nach Luft. Ihre Miene verdüsterte sich, und Marin griff nach ihrer Hand.

»Was soll das heißen?«, fragte Amelia.

»Kelly hat den ganzen letzten Sommer daran gearbeitet. Auf die Idee ist sie gekommen, nachdem ihr darüber diskutiert habt, ob die Pension weiter bestehen soll oder nicht, und sie gehörte eindeutig zum Lager der Befürworter. Als sie anfing, mir beizubringen, wie man Mosaiken herstellt, habe ich ihr ein bisschen bei dem Schild geholfen. Und dann kam die Diagnose … Ich weiß auch nicht. Vermutlich war sie der Ansicht, dass ich den kleinen Rest für sie fertigstellen kann.«

»Ist das zu fassen«, sagte Amelia und strich über die Muschelbuchstaben.

»Sie wollte dich überraschen«, sagte Marin.

Amelia starrte unverwandt auf das Schild, als läse sie etwas aus ihm heraus, fände darin die Antwort auf eine Frage.

»So eine Überraschung habe ich noch nie erlebt«, sagte sie schließlich. »Außer natürlich damals, als du mich angerufen hast, Rachel.«

Allgemeines Gelächter, das den vorhergehenden Momenten ein wenig von ihrer Schwere nahm. Jake begann zu quengeln, und Marin gab ihn an ihre Mutter weiter.

»Sie fehlt mir so sehr«, flüsterte Amelia.

»Ich weiß«, sagte Marin und legte den Arm um sie. Alle standen schweigend da, bis Amelia sich Marin und Julian zuwandte.

»Also – eine Hochzeit an der Bucht?«

Marin und Julian lächelten einander zu. »Wenn das für dich okay ist«, sagte Marin.

»Okay? Es ist mehr als okay. Ich könnte mir keinen schöneren Auftakt für die Saison vorstellen.«

Lautes Gebell näherte sich, dann preschte Molly in den Garten und grub ihre Schnauze in Amelias Taille.

»Kommen wir zu spät zum Abendessen?«, rief Bart von der Straße her; Thomas und Paul waren ihm dicht auf den Fersen.

»Nein, ihr kommt gerade richtig«, sagte Rachel. Luke schlang den Arm um ihre Schultern.

»Schönes Schild«, sagte Paul und zwinkerte Marin zu.

Irgendwo in der Ferne tutete ein Nebelhorn. Nach und nach kehrten alle zurück in den Garten und nahmen um den Tisch Platz, während Rachel in der Küche letzte Hand an das Essen legte. Amelia verweilte am längsten vor dem Haus, wollte sich nur ungern von Kellys Geschenk trennen. Marin hielt ihr einen Platz am Tisch zwischen sich und Blythe frei.

Kip öffnete eine Flasche Wein.

»Auf den Beginn eines neuen Sommers«, sagte er und hob sein Glas.

»Auf das Beach Rose Inn«, sagte Marin.

Amelia stand auf und drückte ihr Glas ans Herz. »Auf meine Familie.«

Dank

Den Moment, in dem ich erfuhr, dass *Der Sommer der Dünenrosen* bei Little, Brown erscheinen und von Judy Clain lektoriert werden würde, werde ich nie vergessen. Ich danke Reagan Arthur und Judy Clain aus tiefstem Herzen. Judy – mit dir zu arbeiten ist eine Ehre und ein wahr gewordener Traum. Dank an das gesamte Team von Little, Brown und insbesondere an Amanda Brower und Maggie Southard.

Ich danke meinem Agenten Adam Chromy, der von Anfang an an dieses Buch glaubte und es so perfekt untergebracht hat. Ein besserer Agent als er ist in diesem Business nicht zu finden.

Ein besonderer Dank geht an meine lebenslange Freundin Sherri Poall.

Danken möchte ich im Weiteren allen Bloggern, Buchclubleitern und leidenschaftlichen Lesern, insbesondere Robin Kall Homonoff *(Reading with Robin)* und Andrea Peskind Katz *(Great Thoughts' Great Readers)*. Den Autoren Brenda Janowitz, Fiona Davis und DeLauné Michel danke ich für ihre Kameradschaft und ihre Unterstützung.

Ebenfalls danken möchte ich meinem Mann, der mich im Sommer 2015 mit großer Begeisterung auf einem abenteuerreichen ersten Trip nach Provincetown begleitet hat, sowie meinen Töchtern Bronwen und Georgia und meinen Stiefkindern Eleanor und Addison: Meine Geschichten über

Geschwister und komplizierte Familienverhältnisse wurden von unserem Zusammenleben inspiriert.

Zuletzt ein Dank an meine Familie in Philadelphia: Dad, Josh und Rachel, Tante Harriet und Onkel Paul, Alison und Stewart. Zu wissen, dass ich immer nach Hause kommen kann, bedeutet mir unendlich viel.